Noa Yedlin • Leute wie wir

Noa Yedlin
Leute wie wir

Roman

Aus dem Hebräischen
von Markus Lemke

KEIN & ABER
POCKET

Für meine Mutter

Die Arbeit des Übersetzers am vorliegenden Text wurde vom Deutschen Übersetzerfonds gefördert.

Die Übersetzung wurde gefördert von
The Institute of Hebrew Literature, Israel,
und von der Botschaft des Staates Israel, Bern.

Die Originalausgabe erschien 2019 unter dem Titel
Anashim kamonu bei Kinneret Zmora-Bitan Dvir
Copyright © 2019 by Noa Yedlin

Deutsche Erstausgabe
Alle Rechte vorbehalten
Copyright © 2021/2023 by Kein & Aber AG Zürich – Berlin
Coverbild: Maremagnum
Satz: Dörlemann Satz, Lemförde
Druck und Bindung: CPI books GmbH, Leck
ISBN 978-3-0369-6158-3
Auch als eBook erhältlich

www.keinundaber.ch

*Ich verabscheue Leute, die Hunde halten. Das sind
Feiglinge, die nicht genug Schneid haben, selbst zu beißen.*
AUGUST STRINDBERG

ENDE AUGUST

I

1.

Wenige Tage nach dem Umzug kam ihr der Gedanke zum ersten Mal: Er guckt sich das nicht nur an, weil er muss, weil das Teil seiner Arbeit ist. Er genießt es. Sie hätte es wissen müssen.

Sie rief ihn, er solle ihr doch bitte helfen, irgendetwas anzubringen. Weil er damit dann länger beschäftigt war, ging sie ins Wohnzimmer. Im ersten Moment bemerkte sie sie gar nicht: Der Computer in der provisorischen Arbeitsecke war auf stumm gestellt, und die Vulva, die in Großeinstellung den Bildschirm ausfüllte, schien ihr aus der Entfernung zunächst etwas ganz anderes zu sein, vielleicht ein Bildschirmschoner mit Tropenmotiv. Aber als sie erneut am Monitor vorbeikam, sah sie sie plötzlich ganz: Eine nackte Frau, eine Pornodarstellerin, die lautlos vor sich hin stöhnte.

Sie hatte so was schon mal gesehen, natürlich, hatte sich das irgendwann mal angeschaut, bei Gelegenheit, immerhin war sie eine Frau von einundvierzig Jahren. Und es war jetzt sein Job, die Arbeit ihres Mannes: sich Pornos anzusehen, oder vielmehr »eine Schnittstelle zu entwickeln, die jungen Internetusern den Zugang zu Livestreams mit sexuellen Inhalten verwehrt, mittels einer hoch entwickelten, bildgestützten Erkennung pornografischer Komponenten«, wie es in der Broschüre für Investoren hieß. Aber in der Wohnung in der Rosenbaumstraße hatte er das in seinem Arbeitszimmer gemacht, verborgen vor den Augen der Mädchen. Und wenn er das Zimmer verließ, und sei es nur für einen kurzen Moment, hatte er den Laptop vorsichtshalber immer zugeklappt. War sie hereingekommen, wenn er arbeitete, war stets auch sein langer Körper in ihrem Blickfeld gewesen, wie ein Fortsatz des Laptops. Und sein unverstellter, vertrauter Blick hatte das Treiben auf dem Bildschirm neutralisiert.

Hier aber stand das Arbeitszimmer noch voller Umzugskartons, und das neue Haus hatte den Boden der alten Gewohnheiten ins Wanken gebracht. Schon ließ Dror seine Frauen im Stich, war nachlässig. Mit einem Mal wusste sie nicht, ob es die Pornodarstellerinnen waren, die er einfach ihrem Schicksal überließ wie ein trotteliger Zuhälter, oder doch eher sie, sie und die Mädchen.

Die Frau im Film wälzte sich auf den Bauch. Osnat schloss die Augen und öffnete sie wieder unter einiger Anstrengung: Diese Frauen sind Opfer einer ausbeuterischen und chauvinistischen Industrie. Weder die Frau hat dabei Spaß noch der Mann, den man nun auch sah, schlank und groß gewachsen. Das Paar auf dem Bildschirm kam jetzt zum Ende, Dror war nicht in Sicht, und vor dem Hintergrund des noch fremden Hauses schien der Film wie losgelöst im Raum zu schweben, ohne Bezug, bloß zwei Menschen, die Sex hatten. Und Dror turnte das nicht an? Von wegen. Auch sie war kurz davor, erregt zu werden, gegen ihren Willen.

Ein weiterer Mann erschien im Bild. Osnat wollte auf Escape drücken, hatte aber Angst, damit etwas zu verraten. Was genau, wusste sie nicht. Vielleicht, dass es ihr nicht egal war. So wurde es einem doch immer in Filmen geraten: Geh klug vor und sag erst mal nichts, du hast jetzt alle Karten in der Hand. Sammle noch mehr Informationen, oder so ähnlich. Aber was für Informationen genau sollte sie sammeln? Und was, könnte man fragen, hatte sie überhaupt entdeckt?

Es nervte sie, dass vielleicht doch alle seine Freunde recht gehabt hatten. Mit ihren abgeschmackten Witzchen, den immer gleichen Kommentaren, Alter, du hast alles richtig gemacht, guckst den ganzen Tag Pornos und kriegst auch noch Geld dafür, worauf Dror stets mit einem Lächeln, aber ohne Witz – Witz und gleichberechtigter Sex vertrugen sich nicht – zu antworten pflegte, erstens gucke ich überhaupt nicht den ganzen Tag Pornos, ich extrahiere lediglich *images*, um das Programm damit zu füttern, bis es versteht, was es filtern soll, und zweitens, glaubt mir, wenn ihr über diese Industrie wüsstet, was ich weiß, um dann den Satz mit drei imaginären Pünktchen zu beenden. Woraufhin die meisten verstummten und sagten, klar, schon klar, und andere sich ein »na ja, trotzdem« nicht verkneifen konnten. Und Osnat fügte dann immer hinzu, er bekomme gar kein Geld dafür. Was Dror wiederum mit einem »im Moment noch nicht« kommentierte.

Frauen hingegen – so die Unterteilung, peinlich in ihrer altmodischen Eindeutigkeit – schalteten in der Regel automatisch auf Bewunderung. Das ist ja eine super Sache, und längst überfällig, ihre Tochter ist soundsoalt und ihr Sohn soundsoalt, und es gibt wirklich nichts, worüber sie sich zurzeit mehr sorgen. Ob man die App denn schon runterladen kann? Und Dror erwiderte, das ist keine App, sondern eine Browsererweiterung, und nein, noch nicht, worauf alle sagten, schick mir sofort den Link, wenn es geht, ich bin deine erste Kundin. Osnat aber bedachten sie mit neidischen Blicken, so jedenfalls kam es ihr vor, oder auch mit anerkennenden, dass sie solch einen Partner – nicht Mann – hatte, der sein Leben dem Schutz von Kindern widmete.

Auch Osnat war in solchen Momenten ein bisschen neidisch auf sich selbst, denn alles, was sie sich insgeheim dachten, traf ja zu: Er war sensibel, und er war verständig, sie teilten sich alle Lasten des Elterndaseins und des Haushalts, ja im Grunde genommen machte er sogar mehr als sie, vor allem in letzter Zeit, und erwies sich als rücksichtsvoll und umsichtig im Bett, wenn sie denn mal Sex hatten. Er war der Mann, der eine Schnittstelle entwickelte, die jungen Internetusern den Zugang zu Livestreams mit sexuellen Inhalten verwehren sollte. Ein besonderes, einmaliges Exemplar, ein Mann, wie er sein sollte.

Dennoch schaut die Frau auf dem Bildschirm sie jetzt an, als wollte sie sagen, dein Mann ist wie alle anderen. Und schließt sogleich wieder die Augen, als habe man sie zur Ordnung gerufen, drückt den Rücken durch und stöhnt vermutlich laut, bevor sie die Augen nochmals kurz öffnet, ein Wimpernschlag der Nichtgeilheit, der Schicksalsverbundenheit.

SEPTEMBER

II

1.

Am Tag nach dem Umzug war sie bereits wieder zurück in ihrem Job in der Geschäftsleitung von Food Deal. Dror, den sie umgeben von Umzugskartonbarrikaden und der Nachhut der Handwerker zurückließ, hatte ihr vorwurfsvoll nachgesehen.

Aber sie hatte keine andere Wahl gehabt. Das heißt, hatte sie schon: Sie hätte auch zu Hause bleiben und gemeinsam mit ihm Kartons auspacken können. Vielleicht hätte sie es tun sollen. Ihn im Blick behalten in diesen Tagen, den ersten, in denen alles entschieden wurde. Formbare, konturlose Tage, in denen man einen Menschen nicht allein lassen durfte, denn dann fiel das Los gern auf die falsche Seite. Und ganz sicher bei Dror, der von Anfang an der ganzen Idee skeptisch gegenübergestanden war. Sie hätte bei ihm bleiben müssen, ihn an der Hand mit zum Minimarkt nehmen sollen, mit ihm aus dem Fenster schauen und ihm erklären müssen, was er sah, auch wenn sie es selbst nicht wusste.

Aber sie hatte keine Lust. Verspürte den Drang, mal nichts zu tun, hatte außerdem das Gefühl, das stünde ihr zu, nach dem endlos langen Sommer des Renovierens, Kistenpackens und der Kinderbetreuung in den großen Ferien. Also hatte sie sich selbst und Dror vertraut, dass es funktionieren würde, vielleicht so, wie man Menschen vertraute, dass sie am Ende ihr Baby lieben würden. Denn weder sie noch Dror konnten jetzt noch zurück. Sie hatten das Haus gekauft. Hatten ein Haus in Drei-Fünf gekauft. Oder wie Dror gestern Abend gesagt hatte, in einem Anflug guter Laune: Im *fucking* Drei-Fünf-Viertel. Verstehst du?

2.

In der Schule und im Kindergarten lief alles wie immer, Dror hatte ihr schon auf WhatsApp geschrieben, aber sie hatte sich ohnehin keine Sorgen gemacht. Sie hatten entschieden, Hamutal weiter in ihrer Schule und Hannah im alten Kindergarten zu lassen. Michal, von Michal und Jorge, das Paar, das sie hier im Viertel eingeführt hatte, hatte gemeint, sie machten einen Fehler. Dass die Mädchen niemals Anschluss finden würden, wenn sie weiterhin jeden Tag zwanzig Minuten pro Strecke führen, eine halbe Stunde mit Staus und allem, und wenn die Mädchen keinen Anschluss fänden, würden auch Osnat und Dror keinen finden. Jorge fragte, was denn angeschlossen werden sollte, und Michal erwiderte irgendwas auf Spanisch.

Mal davon abgesehen, dass die Schule hier einen Wahnsinnsschwenk hingelegt habe, dank der neuen, jungen Direktorin, die die Stadtverwaltung richtig auf Trab halte und Etatmittel lockermache, wie keine Schule im Norden von Tel Aviv sie habe, sei hier wirklich nichts mehr so wie früher, mit Vergewaltigungsecke und so, ich weiß ja nicht, was du so alles gehört hast. Osnat fragte, Vergewaltigungsecke? Und Michal sagte, aber du verstehst schon, wenn es irgendwo in der Schule eine Ecke gibt, die Vergewaltigungsecke heißt, bedeutet das noch lange nicht, dass dort wirklich jemand vergewaltigt wird, oder? Niemand gehe in die Vergewaltigungsecke, um dort ein bisschen zu vergewaltigen, und Osnat fragte, aber warum heißt es dann Vergewaltigungsecke? Und Michal sagte, ich sag doch, es heißt schon nicht mehr Vergewaltigungsecke, außerdem bezweifle ich, dass man das überhaupt je gesagt hat, das ist bloß eine von diesen üblichen Horrorgeschichten, die Leute erzählen, um vor sich selbst zu rechtfertigen, warum sie ihre Kinder nicht in eine normale staatliche Schule in städtischer Trägerschaft gleich um die Ecke schicken, anstatt Unsummen für allen möglichen anthroposophischen Unsinn auszugeben oder was weiß ich, für dreitausendfünfhundert Schekel im Monat, nur damit ihre lieben Kleinen um Gottes willen nicht mit Kindern zusammen lernen, deren Eltern nicht so gebildet sind wie sie oder nicht so viel verdienen wie sie oder nicht dieselbe Hautfarbe haben. Damit sie sich bloß nicht versehentlich anstecken, verstehst du? Nicht, dass du deinen königlichen Spross morgens in die Schule schickst und nachmittags ein kleines Analphabetenkind zurückbekommst.

In der einen Ecke des Raums knurrte ein Labrador. Michal hatte die beiden Gäste bei ihrer Ankunft gewarnt, ihn zu streicheln. Er tut keiner Seele was zuleide, hatte sie gleich darauf beschwichtigt, vielleicht, weil Osnat zurückgeschreckt war, denn Michals Ton war entschieden resolut gewesen, er tut sich nur einfach schrecklich schwer mit Fremden, und Fremde – jetzt lachte sie ein bisschen, grinste –, das sind alle, außer uns.

Der Hund schlief auf einem schönen Teppich, einem wunderschönen, wenn man ehrlich war, wenn auch voller Hundehaare und Sabber. Aber alles in diesem Haus war schön, alles, was Osnats Augen zu erhaschen vermochten, als hätten diese Leute nichts zu verbergen. Selbst die Spielsachen und das gewisse Chaos, das die Kinder dem Haus aufzwangen, konnten ihm nichts anhaben, im Gegenteil. Osnat malte sich aus, wie sie in diesem Wohnzimmer mit den Kindern tobten, mit ihnen tanzten, bestimmt, sich auf dem Teppich niederließen, ohne je ein Anzeichen von Überdruss an den Tag zu legen. So sah offenbar die Liebe von Eltern aus, die Geduld hatten. Geduld und einen guten Geschmack, zwei Dinge, die ihr fehlten.

Aber Osnat war überhaupt nicht neidisch, diesmal nicht: Diese Menschen mussten ja außergewöhnlich sein, denn nur ihretwegen waren sie in dieses Viertel gezogen. Michal und Jorge waren der Beweis, den sie im Garten gefunden und vorsichtig in eine Klarsichthülle gepackt hatten, den sie präsentierten, einander und auch ihren Eltern, den Freunden, immer mehr junge Familien ziehen dahin, immer mehr, ist ja klar, es gibt keine andere Option, bei den absurden Preisen überall, in zehn Jahren ist das Viertel das neue Neve Tzedek. In fünfzehn, maximal. Es ist schließlich nur eine Viertelstunde vom Rothschild Boulevard weg. Na gut, zwanzig Minuten.

Kennt ihr das Stecknadel-Theater? Einige kannten es, die meisten nicht, ein winzig kleines Theater, aber mit irrem Anspruch, die spielen hauptsächlich in Museen, nein, nein, nur für Kinder, ganz ohne Musik, ohne Trara, so einfühlsame Stücke, *Der Spatz*? In der *Haaretz* hatte was darüber gestanden. Nein? Egal, die haben jede Menge Preise bekommen. Und das Paar, das das Theater gegründet hat, die wohnen dort. Mit ihren Kindern. Und manchmal fügte sie noch hinzu, ein Paar absolut wie wir, obwohl das nicht unbedingt stimmte. Die einzige Aufführung etwa, zu der Hamutal je bereit gewesen war zu gehen, war das *Festigal*, und Osnat hatte keine Kraft für Diskussionen gehabt, sollte sie doch zu dieser durchkommerzialisierten Kindergesangsshow gehen. Und wenn schon.

Sie fragte, besteht denn nicht die Chance, dass die Stadt hier noch eine Schule aufmacht? Immerhin werden doch noch mehr ... Sie zögerte, fuhr aber schließlich fort, Familien aus dem Stadtzentrum oder dem Norden herziehen, und die müssen irgendeine Lösung finden, worauf Michal sagte, es gibt schon eine staatliche Schule direkt vor der Haustür, melde du deine Kinder dort an, dann werden alle Familien aus dem Zentrum und dem Norden nachziehen, und bitte sehr, schon hast du eine Topschule. Oder wozu willst du eine eigene Schule? Für Kinder nicht von ausländischen Arbeitskräften? Für Kinder aus reichen Familien? Und Osnat sagte, wieso reich, wer ist schon reich. Wer hier herzieht, ist nicht reich. Doch Michal sagte, das ist alles relativ, und Osnat wusste, sie hatte recht und dass sie trotzdem ihre Töchter nicht dort anmelden würde.

Was sie dennoch tat, war, Hamutal zum Kunstturnen zu schicken, im Kultur- und Jugendzentrum gleich um die Ecke. Das schon. Im bisherigen Turnverein hatte die Kursleiterin Hamutal gegenüber Bemerkungen über ihr Gewicht gemacht, du musst weniger Kohlenhydrate zu dir nehmen, hatte sie gesagt, einfach so, es einem elfjährigen Mädchen an den Kopf geworfen, als hätte die Welt in den letzten dreißig Jahren stillgestanden. Natürlich hatte Osnat umgehend um ein Gespräch mit dieser Julia ersucht, der Kursleiterin. Sie können einem Mädchen so etwas nicht sagen, und Julia fragte, warum nicht? Osnat blaffte, darum nicht, weil das total verletzend ist, weil das ein ganz heikles Thema ist, denn sie ist sich ihres Körpers ohnehin schrecklich bewusst, und Julia sagte, na und, also lieber warten, bis sie fünfzehn ist und noch dreißig Kilo mehr wiegt? Osnat war erschüttert, aber auch fasziniert von dieser unmöglichen Ehrlichkeit, und sie sagte, ich will, dass sie weiterturnt und nicht damit aufhört, weil sie sich solche Bemerkungen anhören muss, und Julia sagte, ich will auch, dass sie weitermacht, weshalb ich möchte, dass sie Diät hält, damit sie die Übungen weiterhin schafft, und auch, damit ich ein passendes Kostüm für sie habe, denn ich kann ihr keins von den älteren Mädchen geben, weil sie nicht groß genug ist, und Osnat hatte diese Frau angeschaut, die nur wenig jünger war als sie selbst und vielleicht eigene Kinder hatte, und sie hatte gedacht, wenn Julias Kinder dick wären, würde sie wissen, was zu tun ist.

Eigentlich wollte Osnat, dass Hamutal das Kunstturnen endlich aufgäbe, für das sie sich seit der zweiten Klasse begeistert hatte, von allen Nachmittagskursen ausgerechnet diesen, von allen Mädchen ausgerechnet sie. Aber Hamutal wollte nicht damit aufhören, sie liebte es, und Osnat wusste nicht, ob sie gern dabei war, obwohl Bemerkungen fielen, und sie einfach darüber hinwegging, ihnen keine Beachtung schenkte, wie ein starkes Mädchen es ja tun sollte, oder ob im Gegenteil jedes Wort in sie hineinfloss und ihre Gedanken düngte.

Sie hatte versucht, mit ihr darüber zu reden, ihr zu sagen, Menschen kämen in allen möglichen Ausführungen daher, aber ausgerechnet in diesen Momenten hatte Hamutal das kleine Mädchen abgestreift, das sie zumeist war, hatte ihre Mutter mit einer Ernsthaftigkeit abgewiesen, die Osnat verstörte, einer Ungehaltenheit, als wollte sie sagen, ich bin elf, ich weiß sehr wohl, dass Menschen nicht in allen möglichen Ausführungen daherkommen, genauso wie ich weiß, dass es keine Feen gibt.

Insgeheim hoffte Osnat, im neuen Viertel würde der Turnverein weniger gut sein, weniger anspruchsvoll, und dass Hamutal dort auch niemanden kennenlernen und einfach von alleine würde aufhören wollen. Auf jeden Fall sah sie dem ersten Training sorgenvoll entgegen. Hatte Dror gebeten, er solle sie über WhatsApp auf dem Laufenden halten, nach Möglichkeit schon während der Stunde, und falls nicht, dann gleich danach, aber er hatte sich nicht gemeldet.

3.

Als sie in die Straße einbog, sah sie Dror und die Mädchen vor dem Haus auf der Fahrbahn stehen. Sie rollte mit dem Wagen langsam heran und hielt an der grauen, unmarkierten Bürgersteigkante. Jetzt sah sie, dass Dror mit jemandem redete. Das alles wirkte unnatürlich auf sie, sogar ihre eigene Familie: eine Vorzeigefamilie, minus die Mutter. Abermals bereute sie, Dror heute alleine im Haus gelassen zu haben. Sie traute ihm nicht und traute diesem Viertel nicht.

Sie stieg aus, umarmte kurz die Mädchen, die nicht reagierten, denn Hamutal spielte mit ihrem Telefon und Hannah mit dem Tablet. Dror drehte sich halb zu ihr um, nur um sich zu vergewissern, dass sie es war. Und hier kann sie parken?, fragte er in einem Ton, den Osnat noch nicht einordnen konnte, und der Mann sagte, sie kann parken, wo sie Lust hat, nur nicht auf meinem Parkplatz.

Jetzt erkannte sie ihn: Das war der Nachbar aus dem Haus neben ihnen, Israel Venezia, sie hatten noch gelacht, das wäre ein guter Name für eine Billigflugagentur. Er war ungefähr sechzig, vielleicht auch etwas jünger, hager und schmächtig. Während der Renovierungsarbeiten hatten sie ihn gebeten, auf sein Grundstück zu dürfen, der Klempner hatte gefragt, wollte sehen, wo sich die Abwasserrohre verbanden. Sie hatten sich nett und freundlich vorgestellt, wir haben das Haus nebenan gekauft und renovieren gerade, wie Sie bestimmt mitbekommen haben, wir hoffen natürlich, der Lärm hält sich in Grenzen, wenn es irgendein Problem gibt, sagen Sie uns Bescheid, leierte sie ihren Text herunter. Aber Israel hatte keinerlei positive Regung gezeigt, weder angesichts der neuen Nachbarn noch angesichts der Tatsache, dass sie im Sommer einziehen würden. Er stand in der Tür und bat sie nicht herein. Fragte, haben Sie das Haus von den Kablis gekauft? Und Dror sagte, ja, ja, plötzlich munter, als hätten sie ein gemeinsames Hobby gefunden, und Israel fragte, aber warum muss der Klempner auf mein Grundstück?

Dror sagte, er will sehen, wo die Abwasserrohre verbunden sind, und Israel sagte, was soll das heißen, wo die verbunden sind, die sind mit der Kanalisation verbunden, weshalb muss er mir dazu ins Haus, und Dror sagte, nicht ins Haus, nur aufs Grundstück, an den Zaun auf Höhe unserer Seite, von uns aus kommt er da nicht ran. Israel schwieg einen Moment und sagte schließlich, dann soll er kommen, ich bin immer zu Hause.

Danach waren sie zurück in die Wohnung in der Rosenbaum. Dror hatte nichts gesagt, aber sie wusste, was er dachte: Das ist kein Ort, wo man hinziehen sollte. Er hatte recht gehabt und sie sich getäuscht. In Rechovot öffneten die Nachbarn einem die Tür, ließen den Klempner rein, wenn es sein musste, und freuten sich, wenn Leute wie sie dorthin zogen. In Rechovot gab es hervorragende Schulen, und seine Schwester und seine Eltern wohnten gleich um die Ecke. Und sie hätten das Geld gehabt dafür, genauer gesagt, hätten sie natürlich nicht, sie hätten einen Kredit aufnehmen müssen, genauso wie für das hier. Aber wenn sie nach Rechovot gezogen wären, hätten seine Eltern bestimmt mehr Geld lockergemacht.

Sie sagte, okay, was erwarten wir? Für ihn sind wir die geleckten Schnösel aus dem Norden, die sich in seiner Gegend breitmachen, und Dror sagte, klar, die Frage ist nur, ob wir irgendwohin ziehen wollen, wo wir die gelecktem Schnösel aus dem Norden sind, die sich breitmachen. Ob wir irgendwo wohnen wollen, wo uns alle hassen, und Osnat sagte, niemand hasst uns, er kennt uns ja noch nicht mal. Aber du erwartest von ihm, dass er überglücklich ist, weil wir neben ihm einziehen, ja dass wir überhaupt in dieses Viertel ziehen, ich kenne dich, denn wir sind ja so bezaubernde, kultivierte Menschen und treiben bestimmt auch die Immobilienpreise in die Höhe, denn bald werden alle dorthin ziehen, und Dror sagte, ich erwarte gar nichts in der Art, ich erwarte nur, dass wir ein normales Zuhause bekommen und dass Hannah und Hamutal dort eine schöne Kindheit haben, das ist alles.

Als sie am nächsten Tag mit dem Klempner angerückt waren, war Israel nicht zu Hause gewesen. Dror sagte, vielleicht macht er einfach nicht auf, und Osnat sagte, du übertreibst. Erst zehn Tage später war es ihnen schließlich gelungen, Zugang zu seinem Grundstück zu erhalten. Was sie achthundert Schekel plus Mehrwertsteuer gekostet hatte, für die zweimalige, umsonst erfolgte Anreise des Klempners, aber Osnat beschwor Dror, kein Wort darüber zu verlieren, denn Israel hat nicht ein Mal was gesagt wegen der Renovierung. Und er ist uns gegenüber zu gar nichts verpflichtet. Das ist von jetzt an und fürs ganze Leben unser Nachbar, und wir wollen es uns nicht gleich zu Anfang mit ihm verderben.

Jetzt stand Israel neben dem Wagen ihres Vaters, den sie sich für ein paar Tage ausgeliehen hatten, wegen all der Besorgungen für den Umzug. Das Grau der Bordsteinkante, an der das Auto geparkt war, bedeutete, dass es dort kein Halteverbot gab. Überleg doch mal, hatte sie zu Dror gesagt, als sie noch unschlüssig gewesen waren, und auch später immer mal wieder, als hätte das Ringen um eine Entscheidung nie aufgehört und sei stärker noch als das Tabu, wieder davon anzufangen, immer freie Parkplätze, Kilometer über Kilometer nur Grau.

Dror sagte, aber das ist nicht Ihr Parkplatz, der gehört allen, und Israel senkte leicht den Kopf und neigte das Ohr zur Schulter, wie jemand, der nicht glauben wollte, was er da hörte, sagte – wobei er mit dem Finger in der Luft das Stück Straße einzäunte, auf dem der Opel Astra parkte –, das ist mein Parkplatz, seit dreißig Jahren parke ich hier, also nehmen Sie Ihr Auto und stellen es woandershin, und Osnat berührte Dror am Arm und sagte, okay, das war uns nicht bewusst, wir sind ja gestern erst eingezogen, doch Israel zeigte sich unbeeindruckt, und Osnat fragte sich plötzlich, ob sie sich nicht am meisten über diese Gleichgültigkeit empörte, diese Weigerung, Verständnis zu zeigen, und Dror sagte, Verzeihung, der Bordstein hier, der ist grau, wobei er mit der Hand auf die endlosen, nicht genutzten grauen Weiten wies, die sie umgaben und die sich bestimmt über die Diskussion wunderten, das ist öffentlicher Parkraum für alle Bewohner der Straße, so ist das Gesetz, hier gibt es keine Privatparkplätze, nur weil jemand schon immer hier geparkt hat, ich würde mich auch freuen, wenn das Stückchen Grau vor meiner Haustür immer frei wäre, aber was soll ich machen, ist es nicht frei, parke ich einen halben Meter weiter.

Israel sagte, wenn Sie hier parken, parke ich Sie zu, und wandte sich zu seinem Haus um, und Dror schrie ihm nach, ich ruf die Polizei, die werden Sie abschleppen, von wegen, Sie parken mich zu, und Israel blickte für einen Moment zurück und war im nächsten Haus verschwunden.

III

1.

Sie saß draußen und wartete, dass Hamutal vom Kunstturnen käme. Das Kultur- und Jugendzentrum war frisch renoviert und viel schöner als das in der Ba'alej-Melacha-Straße, als versuchte jemand, etwas zu verbergen, und nur ein riesiger, massiger Süßigkeitenautomat gab den Haken an der Sache preis, präsentierte sein verlockendes Angebot wie ein Stinkefinger. Sie war gleich alarmiert: Was sollte sie sagen, wenn Hamutal etwas daraus haben wollte? Sie näherte sich der Glasscheibe, die nur mit Mühe die ganze verführerische Buntheit zurückhielt, sie schützte vor Ameisen und Kindern ohne Geld. Sie sah sich um, wie am Geldautomaten, dass niemand ihre Geheimzahl ausspionierte, überschlug, ob noch Zeit blieb, sich schnell etwas zu gönnen. Aber was für ein Vorbild wäre sie für Hamutal?

Gestern Abend hatte Dror versucht, mit ihr zu reden. Im Fernsehen lief gerade ein Werbespot für *Survivor*, und Hamutal blickte auf von irgendwas, in das sie nur halb vertieft war, während ihre andere Hälfte weiter still dagegen protestierte, dass man ihr nicht erlaubte, das Smartphone mit in ihr Zimmer zu nehmen, denn Drors Regeln besagten, mit dem Handy wird nur im Wohnzimmer und unter Aufsicht online gegangen. Er sagte zu Hamutal, was hältst du von den Frauen, und Hamutal sagte, was halte ich, und Osnat sagte, könntest du dir ein bisschen Mühe geben, vielleicht? Ganze Sätze, hm? Was soll das sein, was halte ich, aber Dror bedeutete ihr mit den Augen, lass gut sein. Er sagte, was meinst du, sind die deiner Meinung nach schön oder nicht, sind sie interessant, und Hamutal schaute zum Fernseher, die Frauen hingen jetzt an einem riesigen Floß, senkrecht zum Wasser, wandten sich mit dem Rücken zur Kamera, als warteten sie auf ein Erschießungskommando. Hamutal sagte, sehr schön, und Dror fragte, was, was ist schön an ihnen, und Hamutal sagte, alles. Osnat wusste, so soll man es machen, das stand in allen Foren, und so wurde es einem bei allen Vorträgen erklärt, mit ihnen wie nebenbei darüber reden, apropos, über schön und nicht schön, darüber, was der Körper ist, darüber, eine Frau zu sein, ein Mädchen, und wenn es sich ergäbe, dass es der Vater war, der es anspreche, das sei sehr empfehlenswert, aber dennoch klang es für sie mehr wie ein Übergriff und nicht wie ein natürliches Vater-Tochter-Gespräch, stimmt doch, dass sie schön sind, sag, dass sie schön sind, und jetzt sag auch, warum.

Hamutal fragte, findest du denn nicht, dass sie schön sind? Und Dror sagte, ich denke, sie sehen nett aus, aber ich kenne sie ja nicht, und es fällt mir schwer, jemanden zu mögen, den ich nicht kenne, und Hamutal sagte, aber du hast nicht gefragt, ob ich sie mag, du hast gefragt, ob sie schön sind, und Osnat dachte, oh, jetzt wirds spannend, und Dror sagte, da hast du recht. Also, okay, ob ich denke, dass sie schön sind? Einige finde ich schöner und andere weniger, wie bei allen Menschen auf der Welt, jeder Mensch hat schöne und weniger schöne Dinge an sich, nimm mal Mama, guck mal, was für schöne Haare sie hat, und Hamutal warf einen schnellen Blick zu ihrer Mutter, wie um sich zu vergewissern, dass ihre

Erinnerung sie nicht trog und das schlicht Unsinn war, und Dror sagte, ich hab einfach festgestellt, wenn man jemanden liebt, seinen Charakter, dann liebt man auch sein Aussehen, das geht oft Hand in Hand, und Hamutal sagte, *sie* ist schön, mit Betonung auf »sie«, und Dror richtete den Blick wieder zum Fernseher, wo anstelle der *Survivor*-Kandidatinnen jetzt eine Frau mit Schwanenhals zu bewundern war, der ein dunkelhäutiger Mann winzige Parfümtröpfchen vom Hals leckte. Dror resignierte offenbar, und Osnat sagte, ja, die ist schön, finde ich auch. Und zu Dror sagte sie, *it's okay, we don't have to pretend that there are no beautiful people in the world, otherwise she will never believe what you are saying*, und Dror ließ ihre Worte sacken und sagte schließlich, ja, die sieht nett aus, er aber auch, und Hamutal sagte, igitt, und Dror sagte, warum igitt, was ist hier igitt, und Hamutal sagte, er ist schwarz.

Osnat holte eine Fünfschekelmünze aus der Tasche und kaufte ein Twist, riss es auf und verschlang es mit drei Bissen. Schaute sich um, aber niemand nahm Notiz von ihr, also ließ sie sich wieder auf die Bank sinken und wartete weiter. Musterte die Mütter auf dem Vorplatz. Mütter in allen Größen, allen Formen, Menschen kamen in allen möglichen Ausführungen daher, aber keine von ihnen glich den Müttern in der Ba'alej-Melacha, die immer ätherisch über so profanen Dingen wie Jugendzentrum und Nachmittagsbetreuung geschwebt waren, manchmal mit einem Baby im Arm, ihr aber immer wie diese Schwangerschaftsporträts in Schwarz-Weiß vorgekommen waren, die manche sich ins Schlafzimmer hängten, jedoch nicht wie echte Frauen. Auf jeden Fall nicht wie hier, wo auch die kleinsten Babys Raum einnahmen, viel Raum, Kinderwagen und Taschen und ältere Geschwister, die sich lautstark langweilten, und keine Mutter, die so tat, als hätte sie mehr Geduld, als sie wirklich hatte.

Die schwere Hallentür öffnete sich, und Hamutal kam herausgestürzt. Sie fragte, kann ich noch mit zu Tevel? Und Osnat fragte, zu wem? Wohin? Aber hinter Hamutal tauchte jetzt plötzlich tatsächlich ein Mädchen auf, und Osnat fragte, turnt ihr zusammen? Tevel nickte, und Hamutal fragte, darf ich, Mama? Und Osnat sagte, ich weiß nicht, wir müssen erst ihre Mama fragen, wo wohnt ihr denn? Und Tevel sagte, die ist bestimmt einverstanden, Moment, und lief zu einer groß gewachsenen, kräftigen Frau, die ein Kleinkind auf dem Arm hielt. Tevel sagte etwas zu ihr, worauf die Frau zu Osnat hinüberkam. Sie fragte, bist du die Mama von Hamutal? Und Osnat sagte, dann bist du die Mama von Tevel, und die Frau sagte, Shani, freut mich, und streckte ihr ungelenk die Hand hin, ehe sie damit wieder das Gewicht des Kleinkinds stützte. Osnat sagte, Osnat. Shani sagte, Tevel hat mir schon erzählt, sie hat eine neue Freundin, und Osnat sagte, toll, das freut mich total, wir sind gerade erst hergezogen, und Shani fragte, von wo? Und Osnat sagte, Stadtzentrum, plus minus, in der Nähe vom London Ministore, und Shani sagte, wow, Wahnsinn, wann seid ihr umgezogen? Aber Tevel fragte, kann sie mitkommen, Mama? Und Shani fragte, ist das in Ordnung, wenn sie noch mit zu uns kommt? Osnat sagte, wenn das für euch in Ordnung ist, und Shani sagte, sicher ist das in Ordnung, hier, ruf mich kurz an, damit wir die Nummern haben, und dann kommst du sie abholen, wann es dir passt. Osnat tippte die Nummer ein, die Shani ihr diktierte, und dann sah sie, wie ihre Tochter zusammen mit Tevel und dem Kleinkind entschwand, als wäre sie ein weiteres Kind von Shani, die Hamutal über den Kopf strich und sagte, ich hoffe, du hast keine Angst vor Hunden.

2.

Sie verließ das Kultur- und Jugendzentrum mit leeren Händen. Wie immer, wenn sie unverhofft in den Genuss freier Zeit kam, empfand sie die Versuchung, etwas Verbotenes zu tun. Sie versuchte, die Erinnerung an ihre letzte Auslandsreise zu verdrängen, eine Tagung zu Usererfahrungen in irgendeinem Kaff bei Rom, insgesamt fünf Nächte. Und dennoch hatte sie in der fünften Nacht, als sie auf ihrem Hotelzimmer in einem Minimarkt erstandenes fettiges Knabberzeug verspeiste und das Palmöl mit Zwiebelgeschmack wie zum Zeichen ihrer Schande an ihren Fingern klebte, während sie bis fast zwei Uhr morgens drei oder vier Folgen von *Project Runway* hintereinander guckte, plötzlich das Gefühl gehabt, zu weit gegangen zu sein, den Bogen deutlich überspannt zu haben, noch so eine Nacht, und sie wäre geliefert, denn dann würde sie nicht mehr zurückkönnen. Würde in ein schwarzes Loch abdriften, an einen Ort, an dem sich Leute, die schon nichts mehr kümmerte, einfach gehen ließen, so eine Art kleine Privathölle oder Paradies für schwache, fahnenflüchtige Mütter. Sie hatte Dror anrufen wollen, aber es war schon zu spät. Also holte sie ihr Flugticket heraus und studierte es ausgiebig wie die Bibel, als wollte sie sich reumütig bekehren lassen.

Dror hatte Abendessen gemacht, und Hannah guckte im Wohnzimmer *Operation Autsch*. Er hatte gute Laune, das sah sie gleich an seinen Bewegungen, hörte es an der Art, wie er »Schalom« sagte. Er drehte sich zu ihr um, sagte, was ist los, wo ist Hamutal, und Osnat sagte, sie ist noch mit zu einer Freundin, und Dror fragte, zu wem, und Osnat sagte, zu Tevel, eine neue Freundin vom Turnen. Er stutzte. Die *hier* wohnt? Und Osnat sagte, ja, sie wohnen hier, zwei Straßen weiter, und Dror fragte, was denn, ist sie Jüdin? Also, Israelin? Und Osnat sagte, ich hab doch gesagt, Tevel, und Dror sagte, was weiß ich, vielleicht ist das auch irgendwas auf Nigerianisch, und Osnat sagte, sie ist hundert Prozent jüdisch. Und sie ist ganz allein zu ihr gegangen?, fragte Dror.

Was hättest du denn gewollt? Dass ich mitgehe? Und Dror sagte, ich weiß nicht, wir kennen das Mädchen doch gar nicht, kennen die Eltern nicht, oder weißt du, wer die Eltern sind? Ich hab ihre Mutter beim Turnen getroffen, sagte Osnat, und sie wirkte sehr nett, worauf Dror fragte, dann bist du beruhigt, und Osnat sagte, ganz und gar, und Dror sagte, gut.

Sie sagte, und, wie wars? Bist du schon so weit, es mir zu erzählen? Doch Dror schnitt noch einen Moment lang weiter das Gemüse und sagte dann, ich möchte nicht, dass sie zu Leuten, die wir nicht kennen, mit nach Hause geht, und Osnat sagte, du möchtest nicht, dass sie zu Leuten, die wir in diesem Viertel nicht kennen, mit nach Hause geht, und Dror sagte, weil wir in diesem Viertel eben niemanden kennen, und Osnat sagte, ich erinnere mich nicht, dass du ein Problem damit gehabt hättest, dass sie zu Leuten, die wir nicht kennen, mitgeht, und sofort fügte sie hinzu, in der Rosenbaum, sie ist tausendmal zu Freundinnen mitgegangen, die wir vorher noch nie gesehen hatten, direkt von der Schule, und Dror sagte, das waren Mädchen aus ihrer Klasse, das ist nicht dasselbe, und Osnat fragte, was genau ändert es, wenn ein Mädchen in ihrer Klasse ist? Heißt das, dass die Eltern normal sind? Also die hier ist mit ihr im Turnverein, und Dror sagte, das heißt, dass es eine Adresse gibt, dass wir wissen, wer die Leute sind, dass es irgendeine … Jetzt trat Osnat zu ihm und meinte, auf die Arbeitsplatte gestützt, Dordo, du musst dich wirklich entspannen, das geht so nicht, wir sind hierher gezogen, lass ihr den Spaß, lass sie Freundinnen kennenlernen, vertrau ihr, dass sie weiß, wie sie klarkommt, sie ist nicht auf den Kopf gefallen. Er fragte, und wo geht sie zur Schule, diese Tevel, hier in der Nähe? Und sie sagte, ich weiß es nicht. Ich werd fragen, wenn ich sie abhole.

Sie wartete noch einen Moment. Er bereitete weiter das Essen zu, mit dem Rücken zu ihr gewandt. Das kleine Strafmaß. Sie sagte, und? Und er sagte, sie haben das ganze Material genommen, wir werden sehen, und sie fragte, und was meinst du? Weiß nicht, sagte er, die Präsentation funktioniert immer, das lässt sich schwer einschätzen danach, und Osnat sagte, aber du wirkst ganz euphorisch, als ob es gut gelaufen wäre, und er sagte, nur so, sie haben mir einen Job angeboten, und das hat mich amüsiert, das macht Spaß, Nein zu sagen, und Osnat fragte, was, was denn für ein Job? Und Dror sagte, als Programmierer, wahrscheinlich, und Osnat fragte, was, in Vollzeit? Und Dror sagte, zu Einzelheiten sind wir gar nicht gekommen, und Osnat sagte, warum, hättest es dir doch einfach mal anhören können, und Dror sagte, was, soll ich jetzt etwa in Vollzeit für irgendeine Lernsoftwarefirma in Kiryat Arye arbeiten? Worauf Osnat nur mit Mühe ein »Ja« verschluckte.

Fünfundsechzig Prozent aller Kinder bis zur sechsten Klasse sind heute pornografischen Inhalten ausgesetzt, ja, ja, das weiß sie, weiß sie sehr gut. Sie war es, die Dror mit zu dem Vortrag geschleppt hatte, mit dem alles angefangen hatte. Aber dort waren bestimmt einhundert Eltern gewesen, und keinem von ihnen wäre in den Sinn gekommen, deswegen seinen Job aufzugeben. Nur Dror hatte diese Idee, die er schon auf dem Nachhauseweg zu entwickeln begann: etwas, das Eltern benachrichtigen würde, in dem Augenblick, in dem ihre Kinder auf einer solchen Seite landeten, und gleichzeitig die Kinder ablenkte, ihnen was Alternatives zeigte, irgendwas mit

Tieren oder Ballons, zum Beispiel, keine Ahnung, was. Darüber müsse er noch nachdenken. Und Osnat hatte gesagt, wenn du überlegst, ihnen Ballons zu zeigen, musst du noch ganz schön viel nachdenken.

Dann aber hatte er schnell herausgefunden, dass es bereits jede Menge solcher Programme gab und der Markt dafür vollkommen übersättigt war. Außerdem war klassische Pornografie, wenn man das so sagen konnte, ein altes, kaum noch wirklich bedrohliches Problem. Das kommende Unheil lauerte in den sogenannten Livestreams, den Übertragungen in Echtzeit, die sich nicht stoppen ließen, von Mädchen in BH und Slip, die Liedchen sangen, bis hin zu realen, genau in diesem Moment stattfindenden Vergewaltigungen.

Dror war schockiert, sie sah es ihm an. Die Zufriedenheit, mit der er sich an die Sache gemacht hatte, war wie weggeblasen, die Selbstgewissheit des Retters vollkommen erloschen. Stattdessen wurde er von Grauen übermannt. Nicht unbedingt angesichts der wirklich schrecklichen Sachen, die trotz allem weit weg wirkten, quasi in Amerika. Sondern wegen des offensichtlich weit Verbreiteten, Normalen: Seine Welt füllte sich auf einen Schlag mit blutjungen, fast nackten Mädchen; mit teilweise expliziten, vielleicht auch nur eingebildeten Angeboten zu Praktiken, die er sich kaum vorstellen konnte; mit Spielen, die ununterbrochen am Bildschirm kratzten und drohten, sich daraus zu ergießen.

Er reduzierte bei InVein erst auf eine halbe Stelle und verließ die Firma am Ende ganz, auch weil er ohnehin weggewollt hatte. Denn inzwischen hatte er begonnen, an einer neuen Idee zu arbeiten: einem Programm, das »pornografische Komponenten« identifizieren sollte, sprich: Titten und Ärsche, Schwänze und Muschis, und den Stream automatisch in dem Moment abbrach, wenn etwas davon auftauchte. Zu

Osnat hatte er gesagt, sie solle sich keine Sorgen machen, er würde private Beratung anbieten, Auftragsjobs machen, aber seitdem waren drei Jahre vergangen, und er hatte nicht einen solchen Job angenommen. Stattdessen war er stundenlang auf Pornoseiten unterwegs, sammelte »Muster«, unzählige »Muster« in allen Größen, Formen und Farben und schaufelte sie in das Programm wie in eine Grube, die niemals voll wurde.

Er konzipierte Kontrollgruppen, ermittelte Nutzungs- und Sehgewohnheiten. Doch die Kinder blieben in aller Regel unerschütterlich: Mädchen mit dick überschminkten Milchgesichtern, die mit koitalen Bewegungen tanzten, zu Kinderliedern, die von Obszönitäten, Beleidigungen und Hass entstellt waren – alles kam ihnen normal vor. Offenbar waren diese Kinder aus einem besonderen Material gemacht, waren vollkommen immun. Wie alternde, verdorbene Kerle, die mit einer »normalen« Frau schon nichts mehr anfangen können, weil sie sich so sehr an Pornos gewöhnt haben. Genau so, nur eben schon mit elf, nichts beeindruckt sie, nur wissen sie einfach noch nicht, was sie beeindrucken könnte. Aber Osnat wusste bereits, was Kinder in der sechsten Klasse wissen, wusste es durch Hamutals Blick, der abweisend war wie der eines selbstbewussten Menschen mit Behinderung, der weder Hilfe noch Gefallen braucht. Vielleicht deshalb war sie im Grunde genommen nicht schockiert: weil sie schon vor Langem erschrocken war und sich inzwischen daran gewöhnt hatte.

Sie wusste, sie sollte stolz auf Dror sein, war es aber nicht, nicht besonders. Die Gefahren in seiner Welt wurden mehr und mehr, nahmen ständig zu. Aber in ihrer nicht, mitnichten, egal, wie viele junge Mädchen aus Raanana, aus Rishon und Beer Tuvya er ihr zum Beweis präsentierte, die versuchten, sie in seine Welt zu locken. Sie hatte weiterhin Angst,

Hamutal und Hannah könnten durch einen Autounfall sterben oder an Krebs, eine klassische, unmoderne Angst. Drors Angst dagegen absorbierte sie mit einer Geduld, die Mühe machte, und das in wachsendem Maße, bis sie ihr zuweilen wie Wut vorkam.

3.

In der Zwischenzeit machte ihr etwas ganz anderes zu schaffen. Je mehr Dror in dieser Sache versank, desto mehr verstärkte sich bei Osnat das Gefühl, ihr Sex sei minderwertig. Dass er nicht genügte. Dabei hatten sie Sex, der absolut in Ordnung war. Aber ringsum regte sich etwas, Frauen taten Dinge, in Pornos, auf Facebook, in *Für die Frau*, bei *Ynet*. Möglich war weibliches Ejakulieren, möglich war, drei Stunden ununterbrochen zu kommen, möglich waren sechs verschiedene Formen von Orgasmen, und das nicht nur gemäß einer Studie der University of Michigan. Man konnte mehr anstreben, ja musste es. Zufrieden sein hieß phlegmatisch sein, hieß sich versündigen, hieß gleichgültig sein für die Möglichkeit, Erfüllung zu finden.

Jetzt, da ihr Vater mit Ofra verheiratet war, erst recht. Denn was machten die dort wohl, bei all diesen Workshops für intuitives Schreiben auf Zypern oder ihren Psychodrama-Wochenenden, wenn nicht pausenlos vögeln? Die vögelten da, wie auf Zypern und bei Psychodrama-Wochenenden nun mal vögelt wurde, ohne Rücksicht auf Verluste. War es zu viel verlangt, dass wenigstens ihr Vater und seine Frau lustlos vögelten wie normale Menschen auch? Wenn ihre Mutter noch leben würde, sähe das Ganze anders aus, hätten sie nach fünfzig Ehejahren bestimmt nicht mehr so viel Spaß miteinander. Aber das war ein Gedanke, den sie dann doch lieber wieder fallen ließ, das versäumte Sexleben ihrer verstorbenen Mutter.

Sie sprach auch mit Dror darüber, vielleicht, um jedes Körnchen Wahrheit zu entkräften, das sich in diesem Gefühlswust verbergen mochte. An etwas, das ausgesprochen wurde, konnte man nicht mehr ersticken. Er sagte, willst du drei Stunden am Stück kommen? Und Osnat sagte, nein. Das heißt ... nicht unbedingt, und Dror sagte, also doch, und Osnat sagte, ich weiß nicht. Liebst du mich? Und Dror sagte, ich bin krank nach dir.

4.

Am Haus war keine Nummer, und Osnat marschierte zurück zu dem davor und machte dann wieder kehrt. Aber als sie sich dem Hoftor näherte und angestrengt in Richtung Haustür schaute, brach mit einem Mal ohrenbetäubendes, aggressives Hundegebell los, plötzlich und unerwartet wie ein Schuss. Sie schreckte zurück und sah durch die Ritzen des Bambus, wie sich die Hunde mit den Vorderpfoten am Zaun abstützten und einfach nicht aufhörten zu bellen.

Die Stimme einer Frau drang zu ihr durch: Aus! Aus! Und im nächsten Augenblick öffnete sich das Tor. Shani lächelte sie an, das Kleinkind auf dem Arm und mit ihrem imposanten Körper die Hunde zurückdrängend, Ruhe jetzt! Aus! Sitz! Keine Angst, meinte sie zu ihr, die tun nichts, und Osnat trat vorsichtig ein, gab sich alle Mühe, angesichts dieses Rudels großer, hässlicher Hunde nicht gleich wieder Reißaus zu nehmen, die an ihrer Hose schnüffelten und sich mit der Schnauze zwischen ihre Beine drängten. Shani versuchte, sie von ihr wegzuhalten, aus! Aus!, und Osnat tastete sich mit kleinen Schritten auf dem gepflasterten Weg voran, streichelte die Hunde flüchtig, um vorzutäuschen, dass sie keine Angst hatte.

Endlich war sie im Haus angelangt. Draußen vor der Tür ging das wütende Gebell weiter. So viele Hunde, sagte sie, und Shani sagte, ja, Leute sind das nicht gewohnt, magst du? Osnat hatte Mühe, den Satz zu entschlüsseln, das Bellen der Hunde klang ihr noch in den Ohren, und plötzlich war sie nicht mehr sicher, ob sie hier heile rauskäme, ob ich Hunde mag?, fragte sie, worauf Shani nicht antwortete, und Osnat sagte, sehr, wir hatten auch einen, als ich klein war, und Shani wies auf einen Stuhl, und Osnat setzte sich. Und jetzt habt ihr keinen?, fragte Shani, und Osnat sagte, nein, fast bedauernd oder entschuldigend, und Shani sagte, holt euch doch einen, was denn, gibt nichts Schöneres, und Osnat sagte, gut möglich demnächst, wir sind ja gerade erst umgezogen, und Shani sagte, kannst mich jederzeit um Rat fragen, ich bin Expertin, und Osnat sagte, ja, das sehe ich.

Shani fragte, Kaffee? Und Osnat sagte, ja gern. Danke. Sie schaute sich um: An der Wand standen große Säcke mit Hundefutter und daneben Futter- und Trinknäpfe übereinandergestapelt wie im Laden. Auf dem Fußboden lagen zerfetzte Stricke, ein Springseil mit abgebissenem Griff und noch ein paar undefinierbare Gegenstände. Aber Hunde waren nicht da, nicht im Haus. Trotzdem blieb ihr Körper angespannt, bereit für den nächsten Angriff.

Wo war Hamutal? Sie schämte sich, dass ihr diese Frage erst jetzt in den Sinn kam, als hätte der Schrecken jeden anderen Instinkt verschluckt. Sicher in Tevels Zimmer, antwortete sie sich selbst, setzte sich aber dennoch auf ihrem Stuhl auf und kämpfte gegen den Impuls an, möglichst gleichmütig in Richtung Küche zu rufen, wo stecken denn die Mädels, damit nicht am Ende ein Fitzelchen Besorgtheit mit herausrutschte.

Ein übergewichtiger, groß gewachsener Mann kam ins Wohnzimmer, massiv, sagte man heute vielleicht. Schalom, meinte er, und Osnat erwiderte, Schalom, ich bin die Mama von Hamutal, wobei sie in Richtung Hausinneres deutete, hoffte, er würde vielleicht bestätigen, ah, ja. Er fragte, habt ihr das Haus von Kablis gekauft? Und Osnat sagte, ebenfalls erleichtert, ja – Kablis war die Losung, sie musste das in Erinnerung behalten –, wir sind erst vor ein paar Tagen eingezogen, und der Mann sagte laut, haben sich Venezia eingehandelt, und Osnat verstand abermals nicht, was man ihr sagen wollte, zum zweiten Mal an diesem Tag oder vielleicht gar zum dritten, was sollte das jetzt bedeuten, haben sich Venezia eingehandelt?

Shani kam mit einem Becher Kaffee und einer Eineinhalbliterflasche Cola zurück ins Wohnzimmer. Ach was, sie haben ja nichts mit ihm zu tun, was stresst du sie, und der Mann sagte, ein Mensch, der keine Hunde mag, hast du so was schon mal gehört? Und Osnat sagte, vielleicht ist er ein Katzenmensch, und der Mann sagte, er ist überhaupt kein Mensch, das ist das Problem bei ihm, und Shani sagte, er ist ein Mensch, ist er, warum auch nicht, dass jemand ein Mensch ist, heißt noch lange nicht, dass er ein Mensch ist, wobei sie Osnat einen Ist-es-nicht-so-Blick zuwarf. Osnat sagte, wenn ich richtig verstehe, mögt ihr ihn nicht, und Shani sagte, nicht wirklich, nein. Er macht uns Probleme mit den Hunden.

In Shanis Händen tauchten jetzt wie aus dem Nichts zwei Tüten Klik auf, in der einen Klik-Schokobiskuits und in der anderen Klik-Schokokissen, hatten sich vielleicht hinter der Cola versteckt. Shani sagte, sie haben auch Reisnudeln und

Schnitzel gegessen, die ganze Frau eine einzige, große Entschuldigung, und Osnat war mehr als peinlich berührt, wie sah sie ihr das an, Unsinn, sagte sie, wieso denn, sollen sie doch nach Herzenslust essen, und der Mann sagte, vertrau ihnen einfach.

Jetzt, da beide neben dem Esstisch standen, sah Osnat plötzlich, wie sehr sie sich ähnelten: zwei Gnome, die aufgrund einer genetischen Störung in die Höhe geschossen waren und jetzt aussahen wie zwei hünenhafte Gnome. Wie zwei Teddybären, die für einen besonderen Zweck hergestellt worden waren, aber nicht für Kinder.

Er steckte sich eine Zigarette an und ließ sich vor dem Fernseher nieder, in dem ein Film auf Englisch lief. Auf dem Fußboden im Wohnzimmer saß das Kleinkind, doch Osnat hatte gar nicht mitgekriegt, wie es aus den Armen seiner Mutter dorthin gelangt war.

Osnat fragte, wieso, was für Probleme macht er euch denn? Und Shani sagte, er ruft beim Veterinäramt an, bei der Polizei, macht uns jede Menge Scherereien, und Osnat fragte, was, er ruft beim Veterinäramt an und dann? Was hat er denen denn zu sagen? Und Shani sagte, gar nichts, was sollte er schon zu sagen haben? Du hast die Hunde ja gesehen, sind das Hunde, die irgendjemandem was tun könnten? Soll das ein Hund sein, der ein Kind beißt, sags mir, und Osnat fragte, sie würden wirklich niemals beißen? Entschuldigung, wenn ich ein bisschen hysterisch bin, Hamutal ist Hunde einfach nicht so gewohnt, und dann noch große, weißt du, und Shani sagte, das sind Schmusehunde, sie könnte sie auch am Schwanz ziehen, und die würden nichts tun, und Osnat sagte, gut, sie müsse sich wohl keine Sorgen machen, und Shani sagte, sei unbesorgt. Sie kommen sowieso gar nicht ins Haus. Kurz gesagt, das wird ihm nichts nützen, und Osnat fragte, wem?

Na, Israel, sagte Shani, das bringt ihm nichts, Tatsache ist, wir haben die Hunde noch, es sind jetzt sogar noch mehr, und niemand wird die Hunde von hier wegbringen. Tja ... und Shani reckte den Hals in die Höhe, als wollte sie sagen, nichts zu machen.

Osnat fragte, warum setzt du dich nicht? Trinke nur ich was? Und Shani sagte, Sekunde, ich bring das hier schnell zu den Mädels, und Osnat verfolgte, wie sie sich durch den Flur entfernte und die beiden Klik-Tüten jeden ihrer Schritte wie Pompons optisch untermalen.

IV

1.

Ein Blick in den Spiegel: Sie sah furchtbar aus. War so beschäftigt damit gewesen, das Haus für diesen Besuch herzurichten, es wie die richtige Antwort aussehen zu lassen, wie ein gutes Zuhause, ein Zuhause in Rechovot, dass sie sich überhaupt nicht darum gekümmert hatte, einigermaßen normal auszusehen. Aber nicht einmal wenn sie Zeit gehabt hätte, hätte sie das gerettet. Keine Zeit der Welt hätte ihr geholfen.

Hannah öffnete die Badezimmertür. Osnat sagte, schläfst du noch nicht? Wieso schläfst du nicht? Und Hannah sagte, ich will dich was fragen. Osnat fragte, was Dringendes? Dringend ist, wenn jemand sich verbrannt hat. Hat sich jemand verbrannt? Und Hannah sagte, Mensch, Mama, lass mich kurz ausreden, und Osnat sagte, also?, und Hannah fragte, weißt du, bei welcher Ader man nicht weiterleben kann, wenn die reißt? Und Osnat sagte, Hannah, also wirklich, was hab ich gesagt? Du musst schlafen, und Hannah sagte, sag nur, welche Ader, und Osnat sagte, die Hauptschlagader, und Hannah sagte, nein, die Oberschenkelartiere! Und Osnat verbesserte, die Oberschenkelarterie, und Hannah wiederholte, die Oberschenkelarterie, das haben Papa und ich in *Operation Autsch* gesehen.

Sofort befielen sie schreckliche Schuldgefühle. Hannah, sie war so ein liebes Mädchen, und sie selbst immer so ungeduldig. Schön wärs, wenn alle Kinder auf der Welt nur dieses eine läppische Problem hätten, süchtig nach *Operation Autsch* und der Sendung von Rafi Carasso zu sein. Und schön auch für alle Eltern. Dabei war sie nicht mal Hypochonderin, Hannah: ein kerngesundes, freundliches und sportliches Kind, vielleicht ein bisschen wählerisch, was Essen anging, aber überhaupt nicht dramatisch, das wie einen Buckel dieses obsessive Interesse für Krankheiten und den menschlichen Körper mit sich herumschleppte und zu Pipi Urin sagte. Bestimmt zweitausend Mal hatte sie sich schon alle Folgen von *Operation Autsch* angeguckt, mit diesen Zwillingsbrüdern, britischen Ärzten, die sich selbst Sonden einführten, und sogar Osnat wusste inzwischen, wohl oder übel, was man machte, wenn etwas in der Luftröhre stecken blieb (der Fall mit Jennifer) und wie man einen Hundebiss behandelte, bis Hannah eines Tages zufällig die Sendung von Professor Rafi Carasso gehört hatte, aus irgendeinem Grund lief ausgerechnet das im Radio, wahrscheinlich nach einem Sendersuchlauf, der hängen geblieben war. Hannah hatte ihr Glück damals nicht fassen können, neue, frische Fälle, jede Woche und noch dazu auf Hebräisch, nicht mehr Jennifer, Marc und Robert, die zum eine millionsten Mal in Bristol und Manchester unters Messer kamen, aber Dror und Osnat hatten erst nicht eingewilligt, alles hat eine Grenze, ein sechsjähriges Mädchen muss nicht jede Woche zweistündige Gespräche hören über die richtige Dosierung des Schlafmittels Bondormin oder die Nebenwirkungen des Blutdrucksenkers Cardiloc, aber Hannah flehte, und plötzlich hatte Dror, ohne sie zu fragen oder sich mit ihr abzusprechen, gesagt, einfach so, im Wohnzimmer, weißt du was? Für jedes neue Gericht, das du probierst, darfst du eine Folge von Rafi Carasso hören, und Osnat hatte zu ihm gemeint, *are you out of your mind?* Und Dror fragte, *what? Why not?* Und Osnat sagte, *you can't make deals over food, it's a very bad message*, und Dror sagte, *it's not a deal, you're the one that is making a big deal out of it*, und Osnat hatte zu Hannah gesagt, Papa und ich reden darüber und sagen dir dann Bescheid, in Ordnung? Aber natürlich hatten sie nicht darüber geredet, und Hannah hatte einfach angefangen, sich die Sendung von Rafi Carasso anzuhören, ohne jemals irgendetwas Neues zu probieren.

Dror erschien in der Tür. Er sagte, dein Vater und Ofra sind da.

2.

Aber als sie herunterkam, stellte sich heraus, dass nicht nur ihr Vater und Ofra gekommen waren, sondern auch Gilad, Ofras erwachsener Sohn. Es sah aus, als stütze sich sein Bart auf dem Treppengeländer ab.

Sogleich bereute sie, übereilt nach unten gekommen zu sein. Sie würde später zwar wieder für ein paar Minuten ins Bad verschwinden können, aber der erste Eindruck ließ sich kaum wettmachen. Zumal sie ihn wirklich schon lange nicht mehr gesehen hatte. Sie versuchte sich zu entsinnen, wie sie aussah, schaute an sich herunter, ihre Bluse, orange, Gott bewahre.

Ofra gab ihr ein freundschaftliches Küsschen, entschuldigend, während Gilad geduldig wartete. Sie sagte, Gilad wollte unbedingt das Haus sehen, er war gerade zufällig bei uns, und Osnat sagte, *welcome, welcome*, das war das Einzige, was aus ihrem Mund kam. Sie küsste ihn auf die Wange und er sie. Er sagte, ich bleib auch nicht lange, mich hat bloß irre interessiert, das hier zu sehen, und Osnat sagte, dann bist du in zehn Minuten wieder verschwunden, in Ordnung? Und ihr Vater sagte, Osnat! Was soll das? Doch Ofra sagte, sie macht nur Spaß, Chagai, du kennst sie doch, oder kennst du etwa deine Tochter nicht? Und Gilad sagte, abgemacht.

Wieder fragte sie sich, ob es tatsächlich passiert war, Gilad benahm sich immer, als wenn nicht. Jetzt wirkten sie wie die Repräsentanten zweier vollkommen verschiedener Welten – sie mit ihren Kindern, dem Haus und dem Schutzraum im Keller, er mit seinem Leben in Jaffa, mit all den Seminaren auf Arabisch und den Workshops –, dass zweifelhaft erschien, ob sie sich überhaupt hatten paaren können, ob ihre Fortpflanzungsorgane überhaupt kompatibel gewesen waren.

Sie gaben sich begeistert von dem Haus, vor allem von dem, was sie aus dem Obergeschoss gemacht hatten. Sie zeigte ihnen das En-suite-Bad im Elternschlafzimmer und das Spielzimmer. Ihr Vater sagte, das ist aber mal reichlich Platz, was? Enkel könnt ihr auch noch unterbringen, und Osnat sagte, warum nicht gleich Urenkel, Papa, und ihr Vater sagte, Amen und noch mal Amen.

Als sie wieder ins Erdgeschoss hinabstiegen, sagte Gilad, sehr schön, aber Osnat überzeugte das nicht. Durch seine Augen erschien ihr das Haus mit einem Mal armselig: neu, sauber, alles cremefarben, cremefarbene Fensterrahmen, die Küche cremefarben, spießiger gings nicht. Nur die Sitzecke in Schmutzigocker, so hieß die Farbe, sie war natürlich darauf reingefallen, Schmutzigocker, als ob sie selbst das auch ein bisschen verwegener machte. Hatte gehofft, das Viertel würde etwas in ihr verändern, etwas auslösen; sie wohnte jetzt immerhin in Drei-Fünf, und nicht bloß in einem x-beliebigen Haus in der überteuerten Retortenstadt Modi'in. Aber im

Haus selbst schien sich das Viertel aufzulösen, zu verpuffen. Sie hätte nicht übel Lust gehabt, Gilad mit auf einen Rundgang zu nehmen, ihm das Viertel unter die Nase zu reiben: ihm die furchtbaren Häuser zu zeigen, die zugemüllten, ungepflegten Vorgärten, das ganze Nichts, das es hier gab. Das ist nicht Jaffa hier, mit seinen Attraktionen, den Stränden und dem Andromeda-Felsen. In Jaffa zu wohnen war keine Kunst mehr heute. Auch hätte sie Lust, unterwegs kurz mit ihm zu vögeln. Na bitte, ein »vögeln«, das sie wohl nie mehr laut aussprechen würde.

Plötzlich stand ihre Schwester neben ihr. Sie fragte, wann bist du reingekommen? Und Shimrit flüsterte ihr ins Ohr, sag nichts davon, dass wir zum Elterncoaching gehen, und Osnat flüsterte zurück, wart ihr jetzt da? Und Shimrit sagte, das ist in Tel Aviv, also wollten wir gleich mal reinschauen, und Osnat fragte, und wie wars? Der erste Termin? Und Shimrit sagte, der dritte, und Osnat meinte, echt jetzt? Und Shimrit sagte, es war okay, und gut, dass wir ohne Yasmine gegangen sind, Roi hatte recht, und Osnat fragte, Roi aus dem Labor? Und Shimrit sagte, egal jetzt, das ist eine ganz andere Geschichte, sie trennen sich vielleicht, fahren im Augenblick die Schiene, du weißt schon, nicht vor den Kindern streiten und das alles. Osnat hörte Nirs Stimme näher kommen und schubste ihre Schwester so rabiat ins Arbeitszimmer, wie es nur unter Schwestern erlaubt ist, und Shimrit sagte, hör auf, ich erzähls dir später, und Osnat protestierte, nein, nein, also, erzähl schon, und Shimrit sagte, es war okay, immerhin war er nicht schockiert, der Therapeut, der Psychologe oder whatever, alle sind immer schockiert, ich hab dieses Schockiertsein echt satt, ich meine, wofür seid ihr denn Elterncoachs, ich verstehs nicht, und Osnat sagte, hör mal, ich glaub nicht, dass viele zu ihnen kommen mit zwölfjährigen Mädchen, die meinen, strenggläubig werden zu müssen, das ist bestimmt nicht das am häufigsten auftretende Elternproblem im Großraum Gush Dan, und Shimrit sagte, in Ordnung, aber ein bisschen Professionalität kann man schon erwarten.

Dror tauchte in der Tür auf und hinter ihm Nir. Er sagte, hier seid ihr, und Osnat küsste Nir auf die Wange und fragte, möchtest du eine Führung? Und Shimrit sagte, ich hab schon alles gesehen, ich bin entlassen, und Nir sagte, na klar, deshalb bin ich doch hier.

3.

Zum zweiten Mal innerhalb von zehn Minuten stieg sie mit einem Mann die Treppe rauf, dem sie keine Lust hatte, das Haus zu zeigen. Seine Gesellschaft verursachte ihr immer prompte Schuldgefühle: Er fuhr häufig in den Nordirak, das heißt, generell in von Katastrophen heimgesuchte Regionen, aber in den letzten Jahren eben vor allem in den Nordirak, in die Flüchtlingslager der Jesiden, um dort als Augenarzt kranke Kinder zu behandeln. Und auch, wenn er über andere Dinge sprach, wirkte er immer etwas abwesend auf sie, gepeinigt, selbst ein bisschen jesidisch.

Sie überlegte, wie er das Haus wohl finden würde, mit all den glänzenden Gegenständen, alles neu und im hohen Bogen auf seine Jesiden pinkelnd. Dann rief sie sich in Erinnerung, dass auch Shimrit und Nir ja ein Haus bewohnten, ein Schmuckkästchen von Haus, auf dem Gelände des Weizmann-Instituts. Aber deren Haus war auf dem Fundament harter Forschungsarbeit gebaut, während ihr Haus von Food Deal finanziert worden war.

Flüchtig führte sie ihn durch das Haus, hier die Gästetoilette, nicht so interessant, aber Nir zeigte sich richtiggehend begeistert, mehr als Gilad und ihr Vater, als interessierte es ihn wirklich, und schließlich ließ sie sich von seiner Schmeichelei umgarnen.

Als sie wieder herunterkamen, saßen ihr Vater, Ofra, Shimrit und Dror schon im Wohnzimmer. Ofra fragte, und, wie findest du's?

4.

Sie hatten sich Zeit mit der Suche gelassen. Im Umkreis von Gedera gebe es jetzt wunderbare Angebote. In Mazkeret Batya würde man in einem Gemeinschaftsprojekt wohnen, und Cholon sei gleich um die Ecke. Vielleicht an der Grenze zu Givatayim? An der zu Bat Yam? Tzur Yitzhak? Kochav Yair? Oder in der Nähe von Rosh Ha'ayin? Sie mussten entscheiden, wer sie waren, welche Art von Menschen, weshalb sie überall gesucht hatten: in Ness Ziona und Modi'in, im Süden von Tel Aviv und im nördlichen Stadtteil Bavli, in Cholon und Rosh Ha'ayin, alles kam infrage.

Die Eltern saßen ihnen im Nacken. Kinder sollten die eigenen Eltern überflügeln, größer werden, es weiter bringen. Aber die Orte, an denen ihre Eltern wohnten, waren utopisch geworden, zu Objekten der Begierde, auch wenn Dror und Osnat dort überhaupt nicht wohnen wollten, wer wollte schon in Kfar Saba wohnen? Doch jetzt wollten das plötzlich alle, reflexhaft, ganz einfach, weil sie es im Traum nicht konnten. So ändert man sich, dachte sie, so wird man in die Welt der Erwachsenen eingeführt, mit reichlich Verspätung, und so wohnt man am Ende in Tzur Yigal und ist äußerst zufrieden damit.

Ihre Eltern hätten sie gern in Rechovot gehabt. Drors Eltern natürlich auch, denn sie wohnten in Rechovot, aber auch ihr Vater und Ofra aus Kfar Saba wollten das. Vielleicht, weil Shimrit und Nir, ihre Schwester und ihr Schwager, dort auf dem Gelände des Weizmann-Instituts wohnten und so ein erfolgreiches Paar waren, sah man mal davon ab, dass ihre Tochter mit zwölf Jahren gemeint hatte, fromm werden zu müssen, mit ihren fantastischen Kindern, zwei Genies und einer Normalsterblichen, also einer Zweidrittelquote. Zuweilen schien es Osnat, dass sie nicht nur im Weizmann-Institut wohnten, sondern dort auch niemals wirklich herauskamen. Als würde man in einem Teilchenbeschleuniger wohnen, dachte Osnat, auch wenn sie nicht genau wusste, was das war. Die Feiertage verbrachte man zusammen, ging zu den vom Institut angebotenen Nachmittagskursen und in den institutseigenen Kindergarten. Ja, sie vermehrten sich wohl auch untereinander, mehr oder weniger.

Zu ihrem Vater hatte sie gesagt, aber du verstehst schon, dass wir nicht auf dem Gelände des Weizmann-Instituts wohnen könnten, ich hab leider keinen Doktor in Gentechnik, ich hab für gar nichts einen Doktor, und ihr Vater sagte, egal, Rechovot ist ein fantastischer Ort, guck dir mal das Haus von Herzliya und Arye an, und Osnat sagte, Drors Eltern haben ein Grundstück mit fünftausend Quadratmetern, wie kannst du das vergleichen? Und Chagai sagte, das sind nie im Leben fünftausend Quadratmeter, und Osnat sagte, sie haben ein Haus, Papa, ein Wahnsinnshaus, wieso ist das überhaupt relevant für uns, und ihr Vater sagte, es gibt dort exzellente Bildungseinrichtungen, alles für Wissenschaftler, Projekte für Wissenschaftler, es gibt das Institut, und du hast dort eine fantastische Bewohnerschaft, und Osnat sagte, dieser Idiot Eyal Golan ist aus Rechovot, und Ofra sagte, ich hab ihn mal getroffen, ich sag das nicht gerne, aber er ist supernett, und Osnat fragte, wo hast du denn Eyal Golan getroffen? Und Ofra sagte, er hat was mit uns im Rathaus gemacht, wirklich ein Schatz, glaubs mir.

Sie sagte, ich verstehe es nicht, wenn wir genug Geld für Rechovot hätten, hätten wir auch das Geld für ich weiß nicht was, für alle möglichen anderen Orte, Rechovot ist teuer, und Chagai sagte, wenn ihr in Rechovot wohnen wollt, dann werdet ihr auch in Rechovot wohnen, und erneut hatte Osnat einsehen müssen, Geld war etwas, über das sich diskutieren ließ, ein bisschen wie über Geisteswissenschaften, auf jeden Fall keine exakte Wissenschaft.

5.

Osnat warf Dror einen Blick zu, hätte es vorgezogen, dass er als Erster antwortete, aber Dror schaute sie nur an, als sei er einer der anderen Verwandten und warte auf eine Antwort. Sie sagte, alles bestens, mit dem Haus sind wir sehr zufrieden, und Ofra sagte, das Haus ist ein Traum, und Osnat sagte, weißt du, nach und nach lernt man auch die Umgebung kennen. Das kommt erst mit der Zeit.

Gilad sagte, das dauert immer irre lang, er warf die Stirn in Falten, als überlegte er angestrengt, ich bin jetzt fast siebzehn Jahre in Jaffa, und noch immer kommt es mir manchmal vor, als hätte ich keinen Schimmer, was da abgeht, und Ofra fragte, wart ihr mal bei Gilad? Und Osnat fragte, was? Und Ofra fragte erneut, wart ihr schon mal in Gilads Wohnung in Jaffa? Habt ihr das Haus gesehen? Ich erinnere mich schon nicht mehr, und Dror sagte, ich glaub nicht, dass wir da waren, während Osnat einen schnellen Blick mit Shimrit wechselte und Gilad sagte, komm, und sich gleich verbesserte, kommt doch mal vorbei, jetzt, wo ihr hier wohnt, das sind nur fünf Minuten mit dem Wagen.

Was für ein Albtraum, dachte Osnat. Diese Ofra, auch das noch. Weiß sie denn nicht, dass sie bei ihm zu Hause gewesen ist? Na klar weiß sie das. Hat wohl einfach nicht nachgedacht oder kann es zeitlich nicht mehr einordnen, egal. Es ist wirklich schon lange her, noch vor Dror, kurz und lange her.

Wie oft war sie bei Gilad gewesen? Drei Mal vielleicht. Nein, genau drei Mal, nicht vielleicht. Sie erinnerte sich noch an seinen sonderbaren Balkon, auf dem sie geraucht hatten, sie auf einem dreckigen Stuhl sitzend, ohne Slip, was sie nicht kümmerte. Und an den arabischen Nachbarn, von dem sie nur wollte, dass er endlich verschwände und sie beide allein ließe. Sie wusste noch, dass sie einen endlos langen Film geschaut hatten und sie wollte, dass er zu Ende ging, damit sie wieder vögeln konnten.

Sie sah sich um, nicht, dass ihre Gedanken nach draußen drangen. In den Arsch ficken, nicht einfach bloß vögeln. Das erste Mal in ihrem Leben, dass sie so was gemacht hatte. Spontan, nach wenigen Tagen, als sie sich kaum kannten, und Osnat schloss die Augen, als wollte sie sich verstecken, schlug sie dann wieder auf, um zu entfliehen, um das Bild zu verscheuchen, das sie zappelig machte, ja fast Erregung empfinden ließ, und dann Wut, von der sie nicht wusste, wem sie gelten sollte, Gilad, der ihr diese – überflüssige – Erinnerung hinterlassen hatte, ohne die es ihr besser gehen würde, wozu geben, wenn du nur nehmen willst; oder Dror, der nicht wusste, wie man so was machte, und auch nicht bereit dazu war, weil es ihm erniedrigend erschien; oder vielleicht ihr selbst, weil sie all dies zugelassen hatte, Gilad hatte sie zugelassen und Dror, ihr ganzes Leben hatte sie zugelassen.

Sie schaute zu Gilad, der jetzt in ihrem Haus saß mit seinem schönen, nervigen Bart, auf dem gestreiften Sofa, auf das sie stolz war, oder stolz gewesen war, bis Gilad das Haus betreten und in ihrer Vorstellung dessen Interieur zerschlagen hatte, Stück für Stück, wie ein durchgeknallter Wertgutachter. Dann sah sie Dror an: Er war größer. Wen liebte sie mehr? Was für eine dämliche Frage. In Gilad war sie maximal noch ein bisschen verschossen, was Kleines, Schlummerndes, das ohne Weiteres unter einem Dach mit Dror und ihrer Liebe zu ihm wohnen konnte, sogar, wenn man das strengste Gesetzbuch zugrunde legte.

Plötzlich musste sie an ihre Mutter denken – die Einzige, die wusste, dass Osnat noch immer ein kleines Mädchen war, dass nichts sich verändert hatte. Aber ihre Mutter war schon lange tot, und sie hatte keinen Beweis mehr für das Kind in ihr, hatte die Quittung verloren, hatte kein Recht mehr, das einzufordern.

6.

Dror hatte von jemandem im Büro gehört, sie hätten vor zehn Jahren was in Jaffa gekauft, und jetzt sei die Wohnung zweieinhalbmal so viel wert. Also hatten sie angefangen, Jaffa unter die Lupe zu nehmen, aber in Jaffa war alles teuer, ließ sich schon kein Schnäppchen mehr machen, sie mussten nicht mal das Haus verlassen, um das herauszufinden. Und dennoch gefiel ihnen der Ansatz, klug investieren, ein Vermögen machen, und sie begannen zu recherchieren, wo das noch ging. Amüsierten sich sogar mit der Idee, für das Geld – mal angenommen – fünf Wohnungen in Nahariya zu kaufen, bis sich herausstellte, dass es nicht fünf Wohnungen in Nahariya wären, sondern maximal zwei, und dass sein Vater gar kein Geld springen lassen würde, für eine Wohnung in Nahariya.

Dann las sie einen Artikel auf *Ynet*: Locations in Tel Aviv, wo sich noch für unter eineinhalb Millionen eine Wohnung kaufen lässt. Von all den genannten Orten war das Viertel Drei-Fünf der einzige gewesen, von dem sie noch nie oder höchstens vage gehört hatte. Unter »was dagegen spricht« hieß es: Weil es in der Gegend, wo sich in den ersten Tagen nach der Staatsgründung ein großes Durchgangslager für Einwanderer befunden hatte, eine hohe Konzentration an sozial schwachen Einwohnern gebe, Arbeitsmigranten, vor allem aus Afrika, orientalische Alteinwanderer und Einwanderer aus der Sowjetunion, die ökonomisch und immobilientechnisch auf keinen grünen Zweig gekommen seien; weil dies nach dem Viertel Neve Sha'anan und dem Gebiet um den Zentralen Busbahnhof die am stärksten vernachlässigte Gegend überhaupt sei; weil das Viertel unter einem geringen Prozentsatz von Bildungseinrichtungen und dem Fehlen kultureller Einrichtungen leide; und weil die dort übliche Häufung von Erbschaftsansprüchen und bürokratische Unregelmäßigkeiten im Zusammenspiel mit einer Vernachlässigung durch die städtischen Behörden das Geschäftswesen sehr erschweren. Unter »was dafür spricht« hatte es lapidar geheißen: weil es eben Tel Aviv sei.

Sie wollte das Ganze schon abhaken, war ohnehin mehr zufällig da gestrandet, ungefähr so, wie man auf der Gesundheitsseite von *Ynet* über zwölf Wege liest, Fenchel in den täglichen Speiseplan einzubauen. Aber Dror meinte, warte eine Sekunde, geh noch mal auf die Seite davor, denn sie hatte das Fenster schon geschlossen, und sie fragte, meinst du das ernst? Und er sagte, warum gehen wir uns das nicht mal angucken? Nur so, als Gag.

Ihr fiel wieder ein, dass sie ja aus besonderem Holz geschnitzt waren, sie beide, und für einen langen Moment war sie glücklich. Die beiden einzigen Menschen bei jenem Abendessen, die nicht *The Wire* gesehen hatten, so hatten sie sich kennengelernt. Danach hatten sie die Serie aus Prinzip nicht geschaut, als sei es das, was sie zusammenhielt. Und als sie die erste Staffel dann schließlich doch irgendwann sahen, stellten sie enttäuscht fest, dass sie ihnen gefiel, wie allen anderen auch.

7.

Gerne hätte sie den Aufstand geprobt: sich mitten im Wohnzimmer hingestellt und einen Skandal verursacht. Es vielleicht Dror erzählen, ihn von der Unwissenheit erlösen, die sie ihm auferlegt hatte. Sie würde ihm alles erzählen, würde ehrlich sein, aber was sollte sie ihm sagen? Sie hatte mit anderen geschlafen und ihm nicht davon erzählt, aber das war unwichtig, das war vor ihm gewesen. Auch von Gilad sollte sie erzählen, ihr Vater und Ofra hatten sich damals gerade erst kennengelernt, waren noch nicht einmal ein Paar. Ofra hatte vorgeschlagen, sie mit ihrem Sohn bekannt zu machen, denn Osnat war zu dem Zeitpunkt gerade Single und er auch. Er hätte bloß ein weiterer Typ sein sollen, der Sohn einer Frau, die ihr Vater gerade ab und zu traf. Aber natürlich, bei ihrem Glück mussten ihr Vater und diese Frau dann irgendwann heiraten.

Das passiert nicht oft, dass dein Vater die Mutter eines Kerls heiratet, der dich nach anderthalb Ficks abgeschossen hat. Und jetzt haderte sie mit diesem Gilad ihr ganzes Leben lang wie mit einer unfairen Prüfung: Nicht nur, dass sie wie alle das Elend der Monogamie ertragen musste, dieses Leben auf mehr oder weniger normale Weise schultern sollte, keiner Versuchung erliegen und nicht ein bisschen außer der Reihe vögeln durfte, dabei hoffen musste, dass Dror es auch nicht tat, und lieben, was sie hatte – sie musste all dies auch noch vor Gilads Augen leisten. Nicht einmal bei Familienessen im Beisein ihrer Töchter, großer Gott, nicht einmal dort war sie geschützt – sie stellte sich vor, er würde als Stripper aus der Pute gehüpft kommen.

8.

Sie hatten einige Zeit gebraucht, um zu verstehen, wo das sein sollte und ob sie überhaupt richtig waren. Waren orientierungslos durch Straßen gekurvt, galt das hier schon als Drei-Fünf oder noch nicht, waren in eine Gegend mit Autowerkstätten gekommen, allesamt verrammelt, und wussten nicht weiter. Aber es war niemand da, den sie hätten fragen können. Und bei all dem hatten sie sich sehr schuldig gefühlt, da ihre unlauteren Absichten sie wie ein Gefolge begleiteten.

Am Ende waren sie in einer Schnitzelbude gelandet. Doch, doch, das ist hier. Ja, hier, genau hier, und alles drum herum, alles bis zu dem kleinen Wäldchen dahinten, und Osnat und Dror hatten sich überschwänglich bedankt, erleichtert, Dror hatte sogar ein Mineralwasser gekauft, die Gewissheit, am richtigen Ort zu sein, machte sie ausgelassen, gab ihnen das Gefühl, alles sei möglich.

Aber als sie wieder auf die Straße traten, überkam sie Niedergeschlagenheit. Sie waren aus Spaß gekommen, aber es gab nichts zu lachen. Es gab keinen Clou. Andere Leute vor euch sind schon auf dieselbe Idee gekommen, aber es gibt keine Wunder, nicht einmal als Preis für rational denkende Menschen. Man kann hier wohnen, zwischen den für immer zugesperrten Läden und den Handyshops, jeder kann das: Man verpasst einfach den richtigen Zeitpunkt, steigt nicht an der Frishman aus und fährt stattdessen mit dem Bus bis zum Ende.

Auch im Stadtzentrum ist Tel Aviv ziemlich hässlich, sagte sie, einem etwaigen Einwand vorgreifend, der noch gar nicht geäußert worden war, etwas, was ihr in den kommenden Monaten noch öfter behilflich sein sollte, und Dror fragte, willst du noch mehr sehen, oder sind wir hier durch? Und Osnat sagte, komm, lass uns noch bis zu dem Wäldchen gehen, von dem er gesprochen hat.

Sie liefen durch kleinere Straßen, und sie zählte vier Synagogen. Vor einem WIZO-Kindergarten blieb sie stehen, versuchte hineinzuspähen. Aber hinter den Gittern war eine graue Plane befestigt, die verhinderte, dass man etwas sehen konnte. Sie betrachtete die Häuser, ein- oder zweigeschossig. Einige mit Dachterrasse oder Balkon. Auf dem Fußweg liefen Hühner umher. Hier sollte sie wohnen? Wo sollte sie hier wohnen? Im ersten Stock eines solchen Hauses? Sich den Garten teilen? Mit wem würde sie sich den Garten teilen?

Sie betraten einen unbeschilderten Spielplatz, einfach eine Ansammlung von Spielgeräten mitten im Nirgendwo. Sie setzte sich auf eine Bank, Dror folgte ihr. Sie fragte, gibt es noch Wasser?, und Dror reichte ihr die Flasche, von der sich schon die Papiermanschette löste, ebenfalls bereit, aufzugeben.

So sah sie sie zum ersten Mal, verzerrt durch die blaue Plastiklinse, verschwommen, wie in einem Traum, vier Schemen, die aus dem Nichts auftauchten. Sie stellte die Flasche neben sich auf der Bank ab. Jetzt sah sie, dass es ein Mann und eine Frau waren, ein Paar, der Mann hatte ein Kleinkind in einem Tragetuch umgebunden, dessen Enden wie eine Schleppe hinter ihm herschwenkten. Die Frau trug eine Bluse mit aufgedruckten Wassermelonenscheiben und eine grüne Stoffhose. Neben ihnen gingen zwei Mädchen, eines in Hannahs Alter und das andere jünger.

Sie setzten die Kinder ab, die Mädchen auf dem Klettergerüst und das Kleinkind auf der Asphaltfläche. Die Mutter holte eine Dose mit Obst heraus. Sie rief, wollt ihr Sharonfrucht?, und die ältere der beiden Töchter kam angelaufen. Die Mutter gab ihr zwei Schnitze in die Hand und sagte, gib Romy auch einen.

Sie schaute zu Dror, sah er das auch? Aber noch ehe sie seinen Blick deuten konnte, bemerkte sie, dass die Frau auf sie zukam. Osnat nahm Haltung an auf der Bank. Die Frau blieb vor ihnen stehen und hielt ihnen die Dose mit dem Obst hin. Sie fragte, kann ich euch auch was anbieten?

Osnat sagte, nein, danke, heb das lieber für die Kinder auf, und die Frau sagte, nehmt, greift zu, wenn sie das alles essen würden, wäre ich der glücklichste Mensch auf Erden, und Dror sagte, weißt du was, warum nicht, nahm sich eine kleine Weintraube und sagte, danke.

Osnat fragte, wohnt ihr hier? Seid ihr von hier? Und die Frau sagte, jep, und deutete mit dem Messer in Richtung der Bäume, gleich da hinten, und Osnat sagte, abgefahren, und die Frau sagte, ihr seid nicht von hier, und Osnat sagte, nein, nein, auch wenn …, und warf Dror einen unschlüssigen Blick zu, und Dror sagte, du kannst es ruhig sagen, und Osnat sagte, nein, wir suchen was zum Kaufen, also sind wir hergekommen, um ein bisschen zu gucken, wie das Viertel so ist.

Die Frau drehte sich zu dem Mann um, der am Klettergerüst lehnte und dem krabbelnden Kleinkind einen

Ball zurollte. Sie suchen hier was zum Kaufen, rief sie ihm zu, und der Mann sagte, macht das, mit einem Akzent, den Osnat nicht einzuordnen vermochte, vielleicht russisch. Aber sprecht vorher mit uns, man muss sich hier auskennen, rief er dann, vielleicht ein bisschen zu laut, und die Frau fragte, wollt ihr kurz mit rüberkommen?, wobei sie zu einem Picknicktisch deutete, und Osnat sah Dror an, und beide signalisierten, klar, erhoben sich von der Bank und näherten sich dem Tisch, auf dem Kindersachen verstreut lagen, deren Anblick bei Osnat ein Phantomschuldgefühl weckte.

Das ist sonderbar, um die Uhrzeit ohne die Kinder auf einem Spielplatz zu sein, sagte sie, obwohl nichts daran sonderbar war, nur damit sie wussten, sie sind normal, haben auch Kinder. Aber das war überflüssig, die Luft dort auf dem Spielplatz stank schon vor Erleichterung, die Art von Erleichterung, die Menschen verströmten, die Ihresgleichen erkannten.

Die Frau stellte ihnen Jorge vor und deutete auf Romy, Nadja und Assa, das Baby. Sie selbst hieß Michal. Und, wie siehts aus, fragte Jorge – jetzt schämte sich Osnat, dass sie seinen Akzent vorhin nicht erkannt hatte – habt ihr euch schon was angeguckt? Und Dror sagte, ehrlich gesagt noch nicht, wir wollten uns bloß ein bisschen umgucken, sehen, wie das Viertel so ist, wir sind noch ein bisschen unschlüssig, und Jorge sagte, blast die Jagd ab, so was wie hier gibts nicht noch mal, und Osnat sagte, tatsächlich? Was, was ist denn … Und Michal sagte, einfach zauberhafte Menschen, eine ganz besondere Atmosphäre, und für die Mädchen ist es ohnehin das Paradies hier. Siehst du das, schau mal, wie viel Himmel du hier hast. Wo in Tel Aviv hast du denn noch Himmel? Niedrige Häuser, und hier wird auch nicht gebaut werden, nicht in die Höhe, das wird sich hier nicht ändern. Das ist, wie in einem Dorf aufzuwachsen, aber nur einen Meter vom Ayyalon Highway und zwei vom Rothschild Boulevard weg. Wo willst du denn sonst wohnen, etwa in Yavne?

Dror fragte, und, können die Kinder denn hier alleine los? Macht ihr euch keine Sorgen? Und Jorge sagte, wir haben vorher im alten Norden gewohnt, unsere Nachbarn hatten eine Tochter, zehn Jahre alt, die ist nicht mal zum Laden um die Ecke alleine gegangen. Und hier? Wir sehen Romy aus dem Fenster, wenn sie zum Minimarkt geht, sagen ihr nur, wann sie über die Straße darf. Wir kennen alle Nachbarn.

Sie wollte fragen, und wer sind diese Nachbarn? Wer ist das? Aber was erwartete sie, dass sie sagen würden? Bezaubernde Leute, genau vor der Antwort hatte sie Angst. Über ihre Nachbarn in der Rosenbaum würde niemand sagen, sie seien bezaubernd, das waren bloß Antipathen und Orthopäden. Und dennoch fühlte sich Osnat dort sicher, als sei Antipathie der perfekte Nährboden für Kinder.

Michal sagte, hör zu, wir waren genau wie ihr, und verbesserte sich, ich war genau wie du, ich weiß, wovor du Angst hast, ob du hier jemanden haben wirst, mit dem du reden kannst. Stimmts, oder hab ich recht? Osnat lächelte erleichtert. Michal sagte, also erst mal, ja, wirst du haben. Meiner Meinung nach ist das eine Sache von fünf Jahren, und das explodiert hier von jungen Familien. Kinder werden geboren, die Preise sind astronomisch, alle ziehen Richtung Süden. Ich hab mir das nicht ausgedacht. Wie ist das mit Bitzaron losgegangen? Wie in Neve Tzedek? Am Anfang sind das zwei, drei Familien mit ein bisschen Cojones, und fünf Jahre später ist das Trend, und dann hat schon keiner mehr das Geld, dort noch was zu kaufen. Die Frage ist, ob du warten willst, bis alle deine Freundinnen hergezogen sind und du dir dann nur noch was in Yavne kaufen kannst. Verstehst du, worauf ich hinauswill? Und Jorge sagte, wir haben vor zwei Jahren gekauft, und das Haus ist jetzt das Doppelte wert, und Michal sagte, nicht, dass das was ändert, das ist rein auf dem Papier, wir denken nicht im Traum daran, hier noch mal wegzuziehen, guckt euch das Haus an, und ihr werdet es verstehen.

Nadja kam zu ihrer Mutter gelaufen. Kann ich einen Regenschirm?, fragte sie, und Michal kramte in der Tasche und beförderte einen kleinen, in Goldfolie verpackten Schokoladenregenschirm zutage. Ihre Tochter entfernte sich wieder, und Michal sagte, sie ist noch in dem Alter, in dem man ihr Johannisbrotlutscher als Schokolade verkaufen kann, und Osnat sagte verschwörerisch, kenne ich, obwohl sie das überhaupt nicht kannte.

9.

Ihr Vater fragte, wird hier denn nicht eingebrochen? Es hat doch Einbrüche gegeben, das weißt du? Und Ofra sagte, sicher wird eingebrochen, wie überall, auch bei uns waren sie schon, du Witzbold, und Nir sagte, im Weizmann-Institut wird nicht eingebrochen, und ihr Vater sagte, ich hätte es wahnsinnig gut gefunden, wenn sie nach Rechovot gezogen wären, und Shimrit sagte, das hatten wir schon, sie sind aber nicht nach Rechovot gezogen, und ihr Vater sagte, gut, als betrauerte er einen frischen, weiteren Verlust, und Gilad sagte, es wird wirklich überall eingebrochen, bei mir sind sie auch schon eingestiegen, und ihr Vater sagte, überall wird eingebrochen, aber nicht überall brechen sie dir das Auto auf, es gibt schon noch Orte, da kannst du den Wagen für zehn Minuten abstellen, ohne gleich das Bedienteil vom Radio mitzunehmen, und Osnat fragte, redest du jetzt über Drei-Fünf oder über Jaffa? Und Chagai sagte, in Jaffa ist es auf jeden Fall so, und ich nehme mal an, hier ist es auch nicht viel besser, und Ofra sagte, du redest über Jaffa von vor zwanzig Jahren, Chagai, ach was, dreißig Jahren, jetzt ist in Jaffa alles voll von Familien, das sind Leute wie du und ich, und Chagai sagte, übertreib mal nicht, und Gilad sagte, es sind nicht alles Familien, aber schon viele, wirklich irre, wie sich das in den Jahren, die ich weg war, verändert hat, und Osnat sagte, auch hier gibt es viele Familien, und ihr Vater sagte, die Frage ist nur, was für Familien, und Osnat blaffte, Familien! Was soll das, was für Familien? Vater, Mutter, Kinder! Familien eben! Und Chagai sagte, Fremdarbeiter, und Osnat sagte, erstens, man sagt Arbeitsmigranten, und Chagai gab zurück, in der *Haaretz* sagt man vielleicht Arbeitsmigranten, aber nicht, wenn ich bei meiner Tochter im Wohnzimmer sitze, und Osnat sagte, sie sind nicht fremd, Papa, was soll das, fremd? Fremd im Verhältnis zu was, und Chagai sagte, fremd im Verhältnis zu mir! Und Ofra sagte, okay, es gibt viele fremde Menschen im Verhältnis zu dir, Chagai, und du nennst sie nicht alle Fremde, oder? Und Chagai sagte, du sagst doch auch Fremdarbeiter, was spielst du dich jetzt hier so auf, und Ofra sagte, in Ordnung, man lernt halt dazu, und Chagai sagte, wenn nicht sogar Neger, und Ofra sagte, ich sage nicht Neger, hör auf, so ein dummes Zeug zu reden, und Chagai sagte, du sagst vielleicht nicht Neger, aber du sagst Schwarze, und das darf man doch auch nicht mehr, oder? Er warf Osnat einen fragenden Unschuldsblick zu, und sie rollte mit den Augen.

Ich bin bei Chagai, sagte Nir, und Shimrit sagte, hör auf, lass sie, und Nir sagte, nein, das hat überhaupt nichts mit dem Haus zu tun, und Osnat sagte, sondern? Und Nir sagte, weißt du was? Im Gegenteil! Wenn man immer alles »korrekt« bezeichnet, verschafft einem das nur das trügerische Gefühl, man tue etwas für diese Menschen. Ihr Vater nickte demonstrativ. Osnat sagte, was freut dich so?

Nir sagte, nimm etwa den Nordirak, okay? Und Verzeihung, dass ich immer wieder dabei lande, aber das ist das Beispiel, das ich im Kopf habe, er lächelte ohne zu lächeln, und Dror sagte, warum Verzeihung, und Nir riss die Augen auf und sagte, du siehst da Frauen, die entscheiden mussten, ob sie mit ihren nach einer Vergewaltigung geborenen Kindern in der Gefangenschaft bleiben oder fliehen und die Kinder zurücklassen. Du siehst sieben-, achtjährige Kinder, die sie drogenabhängig gemacht und verstümmelt haben, wenn sie es nicht geschafft hatten, genügend Sprengstoffgürtel zu basteln. Kinder, die selbst schon Kinder umgebracht haben. Kümmert es die etwa noch, ob man sie so bezeichnet oder so? Das ist denen so was von egal, glaub mir. Die wollen nur, dass jemand kommt und ihnen hilft.

Alle schwiegen. Gilad fragte, bist du oft da? Und Nir sagte, so oft ich kann. Nicht oft genug, sagen wir es so. Wieder schwiegen alle.

Shimrit sagte, also, was wolltest du vorhin noch sagen?, und Osnat antwortete, weiß ich schon nicht mehr, und Shimrit sagte, irgendwas dazu, dass hier nicht eingebrochen wird, und Osnat ruderte zurück, nein, nicht dass hier nicht eingebrochen wird, aber ich habe gesagt, apropos Familien, das hier ist nicht der Zentrale Busbahnhof, es gibt hier genauso Arbeitsmigranten wie im gesamten Tel Aviver Süden, und Chagai sagte, also viele, und Osnat sagte, ob es hier viele gibt? Weißt du was, mal angenommen, es gibt hier viele, und? Und Chagai sagte, und nichts weiter. Dann wohnst du eben im südlichen Tel Aviv mit Arbeitsmigranten zusammen, na und, was möchtest du denn, dass ich dir sage?

Sie schnaubte. Dror bedeutete ihr mit den Augen, lass es

gut sein. Ofra sagte, ich wäre total happy, wenn ich hier in der Gegend eine Wohnung hätte. Vielleicht ein, zwei Schritte weiter Richtung Stadtzentrum, aber hier in der Gegend. Jetzt? In unserem Alter? Ich würde die Stadt feiern bis zum Gehtnichtmehr.

Chagai fragte, kennt ihr noch mehr Leute, die hergezogen sind? Und Osnat sagte, haben wir euch doch erzählt, Michal und Jorge, das Paar mit dem Kindertheater. Chagai fragte, was, die Schauspieler? Und Osnat sagte, sie haben ein Theater, haben schon jede Menge Preise gewonnen, in der *Haaretz* war auch was über sie.

10.

Im Verlauf der Renovierungsarbeiten hatten sie ihre Entscheidung ohne Ende bereut, die ganze Zeit, zumal sich alles so in die Länge zog. Und je länger es gedauert hatte, desto lächerlicher schien das Ganze.

Ihre Eltern waren dagegen gewesen, alle, bis auf Ofra, die allerdings kein echter Elternteil war. Sie hatten ihnen erzählt, sie würden etwas im »Süden von Tel Aviv« kaufen, aber die Eltern hatten darauf bestanden, zu kommen und es sich anzusehen, hatten hinterher das Viertel Drei-Fünf auch gegoogelt. Drors Eltern hatten postwendend ihr Veto eingelegt, sodass sie sich zunächst mit dem Geld von Osnats Vater begnügen mussten. Aber gegen Ende der Renovierungsarbeiten waren sie eingeknickt, Herzliya und Arye, weil es ihnen vor Osnats Eltern unangenehm war. Und so hatten sie plötzlich jede Menge Geld gehabt, auf einen Schlag, fast schon überflüssig viel Geld, das komplett ins Arbeitszimmer und das Gäste-WC gepumpt wurde, die einzigen Räume, die zu diesem Zeitpunkt noch nicht renoviert waren und die jetzt unverhältnismäßig schön und perfekt wirkten.

Handwerker fragten immer wieder: Sind Sie das, die hier einziehen wollen? Und wenn Dror und Osnat sagten, ja, warum?, schon auf Betriebstemperatur, gesprächsgeschult, kampfbereit, kamen schreckliche Antworten, ein ganzer Schwall von beinahe immer gleichen ungläubigen Bedenken, auf die sie selbst nicht mal hätten kommen dürfen. Und Osnat und Dror mussten sich beherrschen, um nichts zu sagen, schließlich bauten ihnen diese Leute ihr Haus.

Und Osnat musste immer denken, wo wohnen denn diese Typen, dass die sich so was rausnehmen. Oder war es tatsächlich möglich, dass sie am schlimmsten Ort auf der Welt wohnen würde, so schlimm, dass sogar Parkettverleger meinten, etwas sagen zu müssen, bedenken Sie, ich mein ja nur, so wie man warnte, bevor man eine tragende Wand wegnahm, wenn's blöd läuft, stürzt Ihnen das Haus überm Kopf zusammen.

Aber sie dachte auch, wo liegt eigentlich der Unterschied zwischen dem, was ihnen so gesagt wurde, ungefiltert, und dem, was sie selbst sich dachten, ständig, einander sogar sagten, die ganze Zeit, wobei die Worte die kurze Distanz zwischen ihren Mündern im Sprint zurücklegten und sogleich verschluckt wurden, denn dann galt vielleicht, dass sie nie gesagt worden waren. Was also verbarg sich hinter dieser groben Erschütterung, die sie beide empfanden, wenn ein Elektriker oder ein Maler ihre eigenen Gedanken aussprach?

Sie hatte mit Dror darüber gesprochen. Er sagte, das ist ein sehr netter Gedanke, aber nicht dasselbe. Und ich werd dir sagen, warum.

Sie spürte, dass er überlegte. Sie fragte, also, warum, und er sagte wieder, ich sage dir, warum. Weil das, was sich in deinem

Kopf abspielt, das ist das eine. Alle möglichen Sachen gehen uns durch den Kopf, furchtbare Sachen, ich kann mir vorstellen, dass ich ... ich weiß nicht, was, und Osnat sagte, du hast Angst, ein Beispiel zu geben, erwischt, und Dror sagte, weißt du was, sagen wir, du siehst einen Mann und verguckst dich in ihn, in Ordnung? Und Osnat sagte, absolut in Ordnung! Und Dror sagte, hallo, hallo, und Osnat sagte, ich vergucke mich also in einen anderen Mann, und weiter? Dann denkst du, fuhr Dror fort, ich werde Dror im Leben nicht betrügen, aber wallah, wenn er morgen stirbt, und Osnat fragte, wer stirbt, du oder der Mann? Und Dror sagte, wenn *ich* sterbe. Wenn Dror stirbt – und ich will überhaupt nicht, dass er stirbt, das wäre eine furchtbare Katastrophe und mein Leben damit vorbei –, aber wenn er stirbt, wenn er wirklich sterben muss, dann werde ich irgendwann vielleicht losgehen und mit diesem Typen vögeln.

Sie sagte, kurze Zusammenfassung, wenn du Frauen siehst, die dir gefallen, stellst du dir vor, wie ihr vögelt, nachdem ich gestorben bin, und Dror sagte, tu mal nicht so, auch du hast Sachen im Kopf, Gott bewahre, alle haben welche, ich steh jetzt bloß am Pranger, weil ich mich um Kopf und Kragen geredet habe, um dir ein Beispiel zu nennen, und Osnat fragte, stellst du dir wirklich solche Sachen vor? Nicht, dass mich das was angeht, und Dror sagte, tut es nicht, und Osnat sagte, irgendwie tut es das schon.

Er wirkte einen Moment lang unschlüssig und sagte dann, in die Ecke gehe ich nicht, und Osnat sagte, dann geh nicht, weiter jetzt, und er sagte, gut, etwas denken ist eine Sache, denken darf man alles. Aber woran wird ein Mensch gemessen? Daran, was er von sich gibt! Im Kopf sprießen bei uns alle möglichen Sachen, darüber haben wir keine Kontrolle. Aber darüber, was wir aussprechen, schon. Also, dass du einen evolutionär entstandenen Instinkt hast, vor Menschen zurückzuschrecken, die sich in allen Belangen von dir unterscheiden, das ist das eine, das ist natürlich. Die Frage ist aber, welche Form von Selbstkritik du dabei zulässt und wie du damit in der realen Welt umgehst.

Sie drehte die offene Hand hin und her, wie um zu sagen, überzeugt mich nicht. Und Dror fragte, was, warum, und Osnat sagte, erstens, weil wir das nicht nur denken, sondern auch sagen, unter uns, und Dror gab zurück, du sagst das, als wäre das unerheblich, aber das ist absolut entscheidend, denn so was auszusprechen unter uns, das ist wie mit der Klagemauer zu reden oder mit einem Tagebuch, du würdest solche Sachen ja nie – ich weiß nicht, wo – in der Zeitung oder so sagen, weil du dich dafür schämen würdest, weil dir bewusst wäre, dass so was peinlich ist, dass so was als Charakterschwäche aufgefasst würde, also nicht unbedingt in deinem eigenen, sondern in unserem Charakter als Menschen, die Frage ist nur, was machst du damit, was denkst du darüber. Wenn du denkst, das ist so, und du posaunst das auch überall raus, dann ist das etwas vollkommen anderes, als solche Gedanken insgeheim zu haben, sie aber für dich zu behalten und auch dagegen anzukämpfen, weil du begreifst, wie problematisch sie sind.

Sie fragte, und was ist mit deinen Eltern? Dror sagte, na ja, mit meinen Eltern ist das genau dasselbe, und Osnat sagte, deine Eltern, die meiner Meinung nach auf gefühlt fünftausend Demonstrationen waren für den Frieden und gegen Ausweisungen und all das, deine Eltern wären schier entsetzt, wenn ihre Enkelinnen in eine Klasse mit, wie Ofra sagt, »schwarzen« Kindern gingen. Weißt du, was deine Mutter mich beim Abendessen gefragt hat? »Was sind das für Kinder, die mit ihr beim Turnen sind?« Was soll dieses, »was sind das für Kinder«? Was möchte sie denn deiner Meinung nach wissen? Ob die alle ein Rad schlagen können? Und Dror sagte, ich habe nicht eine Sekunde behauptet, meine Eltern seien keine Rassisten, das ist doch exakt, was ich gesagt habe, dass alle Rassisten sind, und wenn etwas wirklich gefährlich ist, dann jemand, der denkt, er ist es nicht, und Osnat sagte, oho, da bin ich bei dir. Nur erklär mir, inwiefern deine Eltern sich von dem Elektriker unterscheiden, einmal abgesehen davon, dass er Archäologieprofessor und sie Schriftstellerin und der Elektriker bloß Elektriker ist. Warum ist er Rassist, unterentwickelt und beschränkt und sie sind großartige Menschen? Weil sie sich bewusst sind, dass sie Rassisten sind? Einen Scheiß sind sie sich, und Dror sagte, denkst du wirklich, meine Mutter würde so was sagen, was er heute zu uns gesagt hat, ich meine, laut. Also, nicht zu uns, lass uns aus dem Spiel, denkst du, sie würde so was jemals öffentlich sagen? Und Osnat sagte, so was nennt man Heuchelei, mein Süßer, nicht Eigenwahrnehmung, und Dror sagte, da stimme ich dir nicht zu, und Osnat sagte, deine Mutter würde so was bestimmt nicht in einem Interview in der *Haaretz* sagen, weil sie genau weiß, das wäre ein böser Fauxpas, wäre nicht politically correct, und dass man sie dafür lynchen würde. Deine Mutter ist feige. Der Elektriker dagegen, den zitiert niemand, niemand kümmert, was er sagt, niemand teilt das auf Facebook oder Twitter, also sagt er, was er denkt. Was juckt ihn das. Aber davon abgesehen gibt es nicht den geringsten Unterschied.

Er schwieg einen Moment lang und sagte dann, na gut. Vielleicht ist da ja was dran. Sie sagte, ehrlich? Und er sagte, vielleicht. Ich muss noch weiter darüber nachdenken. Aber auch an dem, was ich sage, ist was dran, gib es zu. Sie sagte, nein, ist es nicht. Er sagte, yallah, yallah. Willst du vögeln? So ein Rassistenstelldichein ist doch immer noch das beste.

11.

Ihr Vater sagte, gut, wir werden es erleben und sehen, und Osnat sagte, was werden wir erleben und sehen, was, und ihr Vater sagte, lass uns hoffen, dass ihr es nett haben werdet. Gilad sagte, warum sollten sie es nicht nett haben, sie haben es doch schon nett.

Ofra fragte, darf man das sagen? Und Gilad fragte, was? Und Ofra zuckte mit dem Kopf in alle möglichen Richtungen, deutete Sachen an, die offenbar nur Gilad verstand, denn er sagte, sags ruhig, kein Problem, das ist kein Geheimnis, und Osnat dachte, er heiratet, er heiratet so was von, dabei hatte sie gedacht, wer so vögelt, heiratet einfach nicht, aber sie hatte sich geirrt, wer so vögelt, heiratet einfach nicht sie, und Ofra sagte, Gilad ist für ein superrenommiertes Programm der Europäischen Union ausgewählt worden, in Straßburg, und Gilad sagte, das ist nicht »superrenommiert«, und Ofra sagte, zu ihnen gewandt, sechsundzwanzig Unternehmer aus der ganzen Welt, und zu ihm gewandt, vorwurfsvoll, von wegen nicht superrenommiert, und Osnat fragte, und was, für wie lange ist das, und Gilad sagte abtuend, nur ein paar Wochen, in einem halben Jahr, und Osnat sagte, Glückwunsch, *mabruk*, und Dror sagte, Hammer. Was genau ist das, wie kommt man da ran, und Gilad sagte, ich schick dir den Link. Ofra sagte, sechsundzwanzig Unternehmer! Und Gilad sagte, ist gut, Mama, und Dror sagte, lass doch deine Mutter auf dich abfliegen!

Gilad fragte, habt ihr ohne Weiteres hier kaufen können? Das heißt, genehmigungstechnisch, hattet ihr keine Probleme mit den Eigentumsverhältnissen, chaotische Grundbucheinträge und so? Und Dror sagte, überhaupt nicht, wir haben direkt von einer Familie gekauft, die hier vorher gewohnt hat, und Gilad sagte, weil das eine echt spannende Gegend ist, und Osnat sagte, spannend würde ich nicht unbedingt sagen, und Gilad sagte, nein, ich meine einfach, das scheint mir eine Topgegend zu sein, um jetzt was zu kaufen, und Osnat fragte, was soll das heißen, kaufen? Willst du was kaufen? Ernsthaft, für dich? Und Gilad sagte, weiß nicht. Ich hab nur gerade laut nachgedacht.

V

1.

Er sagte, vielleicht räumen wir morgen früh auf?

Sie warf einen Blick auf den Massivholztisch, dessen Ritzen voller Kuchenkrümel waren. Sie sagte, aber ist doch gut gelaufen, oder? Und Dror sagte, ich hatte den Eindruck, total. Sie fragte, meinst du, das Haus hat ihnen gefallen? Und Dror sagte, wie soll einem das Haus nicht gefallen? Dass einem das Viertel nicht gefällt, kann ich verstehen, aber das Haus? Und Osnat sagte, ja, oder? Ist doch schön geworden.

Er sagte, yallah, stand auf und stapelte die Tellerchen, wischte mit der Hand Krümel darauf. Sie dachte, er liebt das Haus.

Ihr Telefon klingelte. Dror fand es und reichte es ihr, er stand ja ohnehin schon. Er sagte, Ofra.

Sie wischte über das Display und fragte, habt ihr was vergessen? Und Ofra sagte, jemand hat uns zugeparkt, und Osnat sagte, fuck, schlüpfte wieder in die Schuhe, die sie gerade erst ausgezogen hatte und sagte zu Dror, er hat sie zugeparkt, und Ofra fragte, wer ist *er*? Und Dror sagte, die Tellerchen in der Hand, wir lassen ihn abschleppen, und Osnat sagte, komm, lass uns erst mal bei ihm klopfen, und Ofra sagte, wir können auch dort anklopfen, sagt uns nur, wer das ist, und Osnat sagte schnell, wir kommen raus, wartet eine Sekunde.

Draußen stand ihre ganze Familie: ihr Vater und Ofra und Gilad und Shimrit und Nir, die alle auf den blauen Mazda blickten, der hinter dem Opel Astra stand, als würde er sich daran festsaugen.

Sie trat zu dem Mazda, als könnte das etwas helfen. Sagte, aber ich hab euch doch gesagt, ihr sollt hier nicht parken, und Dror sagte, Verzeihung, warum können sie hier nicht parken, und ihr Vater sagte, aber es war sonst alles voll, Osnat, wir sind drei Autos, mit eurem vier, und guck mal, wie viel Platz nach vorne ist, wir dachten, das ist kein Problem, warum sollte das auch ein Problem sein, und Gilad fragte, wisst ihr, wer das ist? Und Dror fragte, willst du mal eben bei ihm klopfen gehen? Und Osnat fragte, ich? Und Dror sagte, auf dich reagiert er besser. Wenn ich bei ihm klopfe ... Er ließ den Satz unvollendet, und Shimrit fragte, was soll das, was ist das für eine Geschichte, und Osnat sagte, nichts, vergiss es, wartet kurz.

Sie wandte sich zu Israels Haus. Am Tor blieb sie stehen, vermaß den Weg über das Grundstück. Schließlich öffnete sie das Tor vorsichtig. Schritt über den gepflasterten Weg und klopfte an die Tür. Wartete einen Augenblick und klopfte erneut. Sie wusste, dass alle sie beobachteten, Zeugen ihrer Niederlage wurden. Sie drückte auf den Klingelknopf, aber nichts rührte sich. Sie klopfte abermals, fester jetzt.

Am Ende gab sie auf, kehrte über den Weg zu ihrer Familie zurück. Okay, sagte Dror, ich ruf jetzt die Polizei.

2.

Er sagte leise, oh, na herzlich willkommen, und Osnat schaute in die Richtung, in die er gezischt hatte, und sah Israel, der aus dem Haus trat und über den Plattenweg auf sie zumarschiert kam. Chagai sagte, wir stehen hier schon zwanzig Minuten, mein Herr, und Osnat sagte, ist gut, Papa, und Israel sagte, Sie stehen hier nicht seit zwanzig Minuten, Sie stehen hier seit drei Stunden, auf meinem Parkplatz, und Dror sagte, wieso Ihr Parkplatz? Das ist genauso wenig Ihr Parkplatz, wie es meiner ist, bloß weil Sie sagen, er gehört Ihnen, und Israel sagte, Sie haben die ganze Straße, all das, er deutete mit dem Kinn die Straße entlang, aber hier, jetzt reckte er den Hals zu dem Opel Astra, ich habs Ihnen gesagt, und Ofra sagte, könnten Sie bitte so freundlich sein, und unseren Wagen rauslassen? Sie streckte den Arm nach dem zum Stillstand verdammten Opel Astra aus, wir haben halb eins, und Osnat sagte, es ist einfach so, meine Eltern waren bei uns zu Besuch, und sie wussten nichts davon, und Dror sagte, ich verstehe nicht, warum du dich entschuldigst, und Osnat sagte, willst du, dass meine Eltern jetzt nach Hause fahren, ja oder nein, und Israel sagte, haben Sie bei der Polizei angerufen? Und Osnat sagte, nein, wir haben bloß mehrfach bei Ihnen geklopft, und Israel sagte, was nein? Warum sagen Sie, nein? Die haben gerade bei mir angerufen, haben mich mitten in der Nacht geweckt, warum erzählen Sie was anderes, und Chagai sagte, also, mein Herr, bei allem Respekt, aber es gibt noch Gesetze in diesem Staat, wir leben in einem Rechtsstaat, und Shimrit sagte, und es gibt auch so etwas wie grundlegende menschliche Anstandsregeln, wenn Sie sich also bitte um eine Ausdrucksweise bemühen könnten, die … Israel blaffte, Sie werden mich nicht erziehen und mir sagen, wie ich reden soll und wie nicht. Wenn Sie jemandem Manieren beibringen wollen, dann Ihrem Freund hier, verächtlich deutete er mit dem Kopf zu Dror, erklären Sie ihm mal, was Respekt ist, um eine einzige Sache hab ich ihn gebeten, eine einzige, er fuchtelte mit dem Zeigefinger durch die Luft, ich parke seit dreißig Jahren hier, und Dror sagte, Sie können mich auch um zweihundert Sachen bitten, die Frage ist und bleibt, ob sie Sinn machen, und Ofra sagte, nun gut, und Dror sagte, wenn Sie Leute nicht zuparken, weckt man Sie auch nicht mitten in der Nacht, also ehrlich, beschwert sich auch noch, und Israel sagte, stellen Sie sich nicht auf meinen Parkplatz, dann park ich Sie auch nicht zu, verstanden? Und Osnat sagte, Sekunde, Sekunde, bitte … Und Dror sagte, ich parke, wo es mir gefällt und wo Platz ist, und Israel sagte, wenn Sie bei mir vor der Haustür parken, parke ich Sie zu, und wenn Sie das tausend Mal machen, werd ich Sie tausend Mal zuparken, und damit wandte er sich zum Tor und stapfte über den Weg auf sein Haus zu, und Chagai sagte, ruf die Polizei an, ruf da noch mal an, und Shimrit sagte, nein, was ist das denn für ein Kerl, so was hab ich ja noch nie erlebt, und Ofra rief, Verzeihung! Verzeihung! Israel drehte sich um, und Dror deutete auf die beiden Fahrzeuge und sagte, wo verdammt noch mal gehen Sie hin, und Israel sagte, die Schlüssel holen.

OKTOBER

VI

1.

Sie schauten weiter, aber es langweilte sie zunehmend. Und wenn es sie langweilte, langweilte es ihn auch, davon konnte sie ausgehen.

Noch nicht mal zehn. Sie könnte ihm Sex vorschlagen, Zeit genug war ja. Die Frage war allerdings, ob ihr nicht ein bisschen die Lust vergangen war. Das interessierte sie nicht, all diese Intrigen und Machenschaften in der dänischen Politik. Sie hätte auf Shimrit hören sollen, die ihr voher schon davon abgeraten hatte. Auf jeden Fall wäre das nur ein Ablenkungsmanöver. Was sollte Sex jetzt bringen?

Heute hatte sie in Hannahs Kindergarten irgendeinen Vater kennengelernt, die Familie war erst dieses Jahr zugezogen, war zwei Jahre in England gewesen. Wegen seines Jobs, sie wusste nicht mal, was genau, es war bloß ein Gespräch von ein, zwei Minuten am noch verschlossenen Tor gewesen. Dennoch war Osnat sofort neidisch auf ihn gewesen, auf seine Frau, auf ihr Leben, ohne etwas über sie zu wissen. Auch Dror hätte nach England gehen können, mit ihr, mit ihnen, sie hätten irgendwohin ins Ausland gehen können. Nicht, dass sie gar nicht rumkam, für die Arbeit reiste sie schon, ziemlich viel sogar. Aber bei Food Deal würden sie sie im Leben nicht ins Ausland versetzen, bei Drors vorherigem Job dagegen schon, vielleicht.

Hätte sie das denn überhaupt gewollt? Mit ihren Töchtern irgendwo anders leben? Zu gern würde sie denken, das hätte auch nichts geholfen. Aber doch, sie hätte das gewollt. Zumindest die Option.

Und sie würde gern in dem Wissen leben, dass sein Tag mit irgendwas ausgefüllt war, dass Dror etwas tat. Ja, er machte den Mädchen Essen, war zu Hause, wenn sie nicht da war. Das schon. Aber sein Gutmenschentum schwebte irgendwo in lichten Höhen und warf einen schmalen Schatten der Bedrohung. Denn er arbeitete ja und war daher zu nichts verpflichtet. Vielleicht kam ja irgendwann der Tag, an dem es mit seinem selbst gewählten Auftrag vorbei war, doch auch dann durfte sie sich nicht beschweren. Denn niemand war verpflichtet, gut zu sein, und schon gar nicht immerzu.

Wenn sie nach Hause kam, fragte sie nicht einmal mehr, woran er gearbeitet habe, wie er vorangekommen sei. Was gab es zu fragen? Sie verstand ohnehin nichts davon, also ergab es keinen Sinn, ihr das zu erklären, außerdem war das wenig interessant, so etwas zu programmieren brauchte nun mal Zeit. Und trotzdem lebte sie mit dem Gefühl, er täte rein gar nichts.

Deshalb gab sie ihm insgeheim auch die Schuld. Daran, dass Hamutal nicht las und Hannah nichts aß, daran, dass Hamutal so ungesund aß, oder zu viel, obwohl sie zu Hause wirklich gut aß, auch Gemüse und alles. Aber in der Schule anscheinend nicht, oder vielleicht bei Freundinnen, wer konnte das wissen. Ein komplexes Kind, ein kompletter Mensch, ihren Blicken entzogen.

Heute hatte eine Freundin sie in einem Post markiert, Osnat Roth, ihr Name prangte dort wie ein Kainsmal: »Ess-

Kurs«, eine neue Gruppe für Eltern von Kindern, die gern aßen. So war das immer bei diesen Gruppen: besonders harmlose, unschuldige Namen. Aber in den Gruppen kam es zum Vorschein: die ganze fette, hässliche Wahrheit, fresssüchtige Klagen, ein oder zwei Posts, und du wusstest Bescheid, mein Sohn leidet unter Übergewicht, vierundvierzig Kilo in der vierten Klasse, und ein trauriger Smiley, auch wenn es sich eigentlich verbot, wegen solcher Dinge traurig zu sein.

Er fragte, willst du noch eine Folge sehen? Und Osnat sagte, nein, ich kann nicht mehr. Er fragte, was willst du dann machen? Und Osnat dachte, was will sie tun.

Er sagte, was ist denn los, weinst du? Sie nickte. Er setzte sich vor sie auf den Teppich, und sie erzählte ihm alles, mehr oder weniger, auch wenn es nicht viel zu erzählen gab.

VII

1.

Sie sagte, Tevel ist so schrecklich höflich. Und Shani sagte, damit du's weißt, bei *dir* ist sie höflich, und Osnat sagte, ich weiß nicht, Hamutals Freundinnen aus der Schule verhalten sich nicht so. Zumindest die meisten. Die ganze Zeit nur, mach uns, kauf uns. Und das sind Mädchen, weißt du – »aus gutem Hause« sagte sie im letzten Augenblick dann doch nicht –, mitten aus Tel Aviv.

Shani lachte. Auch Tevel weiß sehr gut, wie man etwas verlangt und einfordert, glaub mir, und Osnat sagte, als sie bei uns war, wollte sie überhaupt nichts, so viel wir ihr auch angeboten haben, nichts. Sie waren einfach zauberhaft, die Mädchen, beide.

Sie spürte, wie sie sich einzuschmeicheln versuchte, auch wenn sie nicht wusste, bei wem genau. Auf jeden Fall aber stimmte das, entsprach jedes Wort der Wahrheit. Sie hatte zwei Zöpfe, Tevel, und nichts gewollt, nicht einmal Süßigkeiten. Dror sagte, na ja, nach dem, was du erzählt hast, kommt sie, was das angeht, wohl nicht zu kurz und kriegt genug davon zu Hause. So ist das eben, wenn man was im Haus hat, siehst du?

Aber Osnat dachte, da ist noch etwas anderes, etwas, das

sogar Dror unangenehm war zu sagen: dass dieses Mädchen ihnen das Gefühl vermittelte, es dürfe nichts verlangen. Als wäre sie auf Bewährung da. Nicht wie die anderen Mädchen, Hamutals Freundinnen aus der Schule, die mit dem Anrecht auf eine solche Freundschaft geboren schienen, auf eine angemessene Bewirtung. Wenn jemand sich dabei gut zu benehmen hatte, um das Privileg eines weiteren Besuchs zu erwerben, dann waren es die gastgebenden Eltern. Und nicht sie.

Dennoch sagte sie es Dror, um es nicht unerwähnt zu lassen, und er sagte, oder sie ist einfach ein nettes Mädchen, du hast doch erzählt, ihr Bruder wäre so ein Mathegenie, oder? Und Osnat sagte, ich weiß nicht, ob er ein Genie ist, seine Mutter behauptet das, Saraf, was ein Name, ich kanns immer noch nicht fassen, und Dror sagte, klingt wie ein Geständnis bei der Polizei, nicht wie ein Name, und Osnat sagte, diesen Witz hast du schon mal gemacht, und Dror sagte, echt? Ich dachte, ich hätte das bloß gedacht. Aber bitte, siehst du, vielleicht sind das einfach erfolgreiche Eltern mit zwei netten und klugen Kindern, man muss wirklich nicht alles hinterfragen.

Dror hatte recht. Nicht alles musste man hinterfragen. Man konnte auch eine Probe von der Wahrheit nehmen und sie scheibchenweise präsentieren, eine Gewebeentnahme gewissermaßen. Von daher sprach sie sich vorübergehend frei von der heiligen Pflicht, ihm immer die ganze Wahrheit zu sagen, besonders, was ihre ungepflegten, hässlichen Randbezirke betraf. Zum Beispiel, dass sie mitunter tatsächlich gemeint hatte, Tevel liege richtig, dass sie tatsächlich nur auf Bewährung da war; und dass Osnat keine Angst vor Tevel hatte, weil dieses Mädchen keinerlei Macht besaß. Sie musste daran denken, was Dror ihr mal gesagt hatte, als sie noch geschwankt hatten, ob sie das Haus kaufen sollten: An solch einem Ort wirst du immer wieder Gedanken haben, für die du dich schämst.

Sie schaute zu Tevels Vater, der im Wohnzimmer saß und fernsah. Zu seinen Füßen spielte Shoval, der jüngste Sohn, spielte mit dem Handy, aß Käsecracker aus der Tüte und wirkte trotzdem nicht mit ihm verbunden, sondern wie das Kind eines anderen Mannes. Was macht er überhaupt, dieser Mann, dass er um diese Uhrzeit zu Hause ist? Und sofort dachte sie, und was macht Dror? Die Nachbarn denken bestimmt, er ist arbeitslos.

Jetzt weinte Shoval, wedelte mit dem Smartphone. Shani ging zu ihm, brachte irgendetwas an dem Gerät in Ordnung und gab es ihm zurück. Er ist wo draufgekommen, meinte sie entschuldigend zu Osnat, und Osnat sagte, meine sind auch süchtig, und Shani sagte, dann kannst du dir denken, was bei uns los ist, du weißt ja, wir haben einen Telefonshop, und Osnat sagte, nein! Und Shani sagte, da hinten, und deutete vage in eine Richtung, wenn ihr was braucht, egal was, und Osnat sagte, gut zu wissen.

Sie fragte, arbeitet ihr beide dort? Ich meine, gehört der Laden euch beiden? Und Shani sagte, Lior hat damit nichts zu tun, der Laden gehört meinem Schwager, und Osnat sagte, ah, und Lior, was …, ohne die Frage zu beenden. Shani sagte, er war bei der Armee, ist im Ruhestand, und Osnat sagte, im Ruhestand?! Er sieht aus wie dreißig! Und Shani sagte, er hat sich bloß gut gehalten, das haben die in den Genen, er ist neununddreißig, und Osnat sagte, wie beneidenswert, und Shani sagte, jetzt hat er einen Krankenwagen, und Osnat fragte, was soll das heißen, er hat einen Krankenwagen? Shani sagte, er hat seinen eigenen Krankenwagen, private Krankentransporte, und Osnat sagte, Wahnsinn, meine Tochter wird ausflippen, also nicht Hamutal, die Kleine, sie hat so ein Faible für Krankheiten und medizinische Ausrüstung, frag nicht, und Shani sagte, na dann, er kann sie ja mal ne Runde mitnehmen, und Osnat sagte, ja.

Lior fragte aus dem Wohnzimmer, was macht dein Mann? Und Osnat sagte, er ist IT-ler, kann man sagen, und im selben Moment klingelte ihr Smartphone. Sie sagte, und da ist er ja schon, als sei sie aufgefordert worden, einen Beweis vorzulegen. Sie sagte in das Gerät, ich hole gerade Hamutal ab, und Dror sagte, du musst kommen, komm schnell, und Osnat fragte, oh Gott, was ist denn los, und Dror sagte, komm und guck es dir an, aber komm ohne Hamutal, sie soll noch ein bisschen dableiben, und Osnat sagte, was ist passiert, sags mir, und Dror sagte, das musst du dir ansehen.

Sie klopfte an die Tür von Tevels Zimmer und trat beim »Ja, was denn« ein. Auf dem Boden lag ein großer Hund auf der Seite, die Ohren mit bunten Ketten geschmückt, und die beiden Mädchen beugten sich über seinen Rücken. Er sah aus wie tot. Aber die fröhliche Ausgelassenheit der Mädchen widersprach dem Eindruck, und jetzt sah Osnat auch den Sabber, der ihm aus der Schnauze auf den Fußboden triefte, und seinen Schwanz, der sich unmerklich bewegte. Sie sagte, ich muss noch mal kurz los, in Ordnung? Und Hamutal fragte, Mama, können wir auch so einen Hund? Osnat sagte, jetzt sicher nicht, und Hamutal fragte, wann denn, und Osnat sagte, ich bin dann weg, okay? Papa wartet auf mich.

Hastig verabschiedete sie sich von Shani und Lior, ehe ihr im letzten Augenblick noch einfiel, sich auch von dem Kleinen zu verabschieden. Lior sagte, nächstes Mal kommst du mit deinem Mann, und Osnat rief sich in Erinnerung, dass er ja pensionierter Berufssoldat war und das sicher nur *geklungen* hatte wie ein Befehl.

2.

Dror stand vor dem Haus. Sie breitete, noch in einiger Entfernung zu ihm, fragend die Arme aus und formte mit den Lippen ein »Was«. Er wandte den Kopf nach links, nur den Kopf, wie ein Stabsfeldwebel, der eine schlampig ausgeführte Arbeit missbilligte. Er sagte, guck dir das an.

Sie guckte, aber das Bild war zu groß, ihr Haus, Israels Haus, der Himmel, das Viertel, sie wusste nicht, wonach sie suchen sollte.

Schließlich schlug er auf den Briefkasten. Der schöne, grüne Briefkasten, den sie für dreihundertneunzig Schekel erworben hatten, obwohl ihnen da eigentlich kaum noch Geld geblieben war, und der jetzt in der Mitte eingeknickt war, als krümmte er sich nach einem Tritt in den Bauch.

Sie sagte, ich hatte fast einen Herzinfarkt, tickst du noch richtig, ich dachte schon, es ist was passiert, und Dror deutete mit beiden Händen auf den Briefkasten, als hätte sie nicht verstanden, und Osnat sagte, in Ordnung, ätzend, aber bloß ein Briefkasten, ich dachte schon, jemandem wäre was passiert, und Dror sagte, dass man uns terrorisiert, bedeutet für dich nicht, dass was passiert ist? Und Osnat fragte, denkst du wirklich, Israel hat dir den Briefkasten demoliert? Und Dror fragte zurück, wer denn sonst, und Osnat sagte, ich weiß nicht, vielleicht Kinder, die hier gespielt haben, vielleicht, keine Ahnung, wer, und Dror sagte, also ehrlich, und Osnat sagte, was denkst du denn, ich verstehs nicht, dass er losmarschiert und sich eine Eisenstange oder einen Besenstiel oder was weiß ich sucht, wartet, bis wir nicht zu Hause sind, und sich dann rausschleicht, um unserem Briefkasten eine zu verpassen, hört sich das logisch für dich an? Und Dror sagte, das hört sich sehr logisch für mich an, ja, obwohl du das in einem Ton sagst, als wäre es komplett hirnrissig, und Osnat sagte, und außerdem, wofür? Ich meine, warum? Und Dror sagte, weil wir uns mit ihm um den Parkplatz gestritten haben, vielleicht? Und Osnat sagte, wir hatten vor drei Wochen Streit wegen des Parkplatzes und haben seitdem nicht mehr da geparkt, und sofort sah sie, wie Dror sich empörte, ein winziger Aufstand nur, im Augenwinkel, er würde im Leben nicht zugeben, dass er dort nicht mehr parkte, weil er Angst hatte, sondern immer so tun, als sei das Zufall.

Er sagte, wir passen ihm nicht, Osnat, Parkplatz hin oder her, vom ersten Augenblick an nicht, und das wird sich auch nicht ändern, und Osnat sagte, also ist er losgegangen und hat uns den Briefkasten eingehauen? Und Dror sagte, was soll er denn noch machen, bevor du verstehst, uns das Haus abfackeln? Osnat sagte, du bist ja nicht normal, und Dror sagte, ich bin nicht normal? Du bist total paranoid, sagte Osnat, und Dror fragte, und wie ist dann der Briefkasten zerstört worden, erklärs mir, hat er etwa Harakiri begangen? Und Osnat sagte, keine Ahnung, das ist offenes Gelände hier, wer weiß, wer hier alles vorbeikommt, den ganzen Tag über kommen hier Leute durch, alle möglichen Typen, und Dror sagte, was denn für Typen, wieso plötzlich Typen, tu mir einen Gefallen, Os, ich versteh ja, dass das ätzend ist, aber freunde dich mit der Tatsache an, dass du neben jemandem eingezogen bist, der dich aus deinem Haus vertreiben will.

Sie fragte, glaubst du wirklich, wir sind derart interessant, dass uns jemand vertreiben will? Und Dror sagte, offenbar schon.

VIII

1.

Sie sagte, ich kann mir einfach nicht vorstellen, dass er so was macht. Lior sagte, und ob er so was macht, warum nicht? Und Shani fragte, wie jetzt, habt ihr echt mit ihm um den Parkplatz gestritten, oder was? Und Osnat sagte, nicht wirklich gestritten, und Dror sagte, doch, haben wir, zwei Mal, und Osnat deutete mit den Augen auf Dror und sagte, Dror hat sich gestritten, und Dror sagte, weil er uns zugeparkt hat, und Osnat korrigierte, er hat uns nicht einfach so zugeparkt, und Dror sagte, und wie er uns einfach so zugeparkt hat, und Osnat sagte, er hatte uns gebeten, nicht vor seinem Haus zu parken, und meine Eltern haben da geparkt, und Dror sagte, also haben wir bei der Polizei angerufen. Und Osnat sagte, aber seitdem parken wir da nicht mehr.

Shani sagte, ich weiß nicht, das scheint mir ein bisschen viel Aufwand für ihn, und Lior fragte, wo ist der Aufwand dabei? Einen Briefkasten einhauen ist Aufwand? Und Shani sagte, das ist einer, der nie aus dem Haus geht, der den ganzen Tag im Garten sitzt und sich die Eier krault, willst du mir etwa sagen, der geht raus, wartet, dass ihn niemand sieht, und schleicht sich zu ihrem Briefkasten? Erscheint mir unwahrscheinlich. Und Lior sagte, sicher hat er eins von seinen Blagen losgeschickt, und Dror fragte erstaunt, er hat Kinder? Und Lior sagte, Kinder aus dem Viertel, kleine Möchtegerngangster. Shani fragte, meinst du denn, er schickt die los, um ihnen den Briefkasten einzuhauen? Und Lior sagte, schwer zu sagen.

Jetzt, da auch Dror mit von der Partie war, war Lior zum Leben erwacht. Er war umgänglich und redete viel, sodass es Osnat leichtfiel, einen vagen Groll gegen ihn zu verdrängen.

Sie saßen im Garten hinter dem Haus. Die Hunde waren vorne angebunden, weil sie beim Essen gestört hatten, angelockt vom Duft des gebratenen Fischs. Sie hoffte, sie würden sie so schnell nicht wieder losmachen. Dror fragte, ist euch das mal passiert? Und Shani fragte, was ist uns mal passiert? Und Dror sagte, so was in der Art, dass sie euch was zerstört haben oder euch irgendwas getan haben, und Shani sagte, oho, und Osnat fragte, was denn zum Beispiel? Lior sagte, frag lieber, was sie uns nicht getan haben, und Shani zählte auf, die Spiegel am Auto abgetreten, wie oft, kann ich schon gar nicht mehr sagen, bestimmt zweihundert Mal, Reifen zerstochen, Radio weg. Ja, das ganze Auto haben sie uns auch mal geklaut!, rief sie fröhlich, als hätte sie gerade einen Schatz gefunden, und Osnat sagte, *Jesus*, und Dror fragte, aber im Haus, haben sie da auch was gemacht, und Lior sagte, sie haben uns den Zaun vollgesprayt, haben uns die Bambusmatten zerschnitten, und Shani sagte, alles, was du nicht willst, haben sie gemacht, sagen wir es mal so. Das ist das Viertel, hier gibts niemanden, dem nicht schon mal was geklaut, beschädigt, aufgeschlitzt oder was weiß ich worden ist. Und Dror fragte, und wisst ihr, wer? Lior fragte, wer was? Und Shani sagte, wer schon, Kinder, Gesocks, alle möglichen gelangweilten Halbstarken, die hier rumlaufen, und Osnat sagte, aber nicht die Nachbarn, nicht Leute von hier, und Shani sagte, hör mal, die Nachbarn, das sind Leute, die kennen wir seit fünfzig

Jahren, meine Mutter hat die schon gekannt. Aber was soll ich dir sagen, deren Kinder, Enkel, was weiß ich wer, das sind nicht die, die hier um die Häuser ziehen und Abwechslung suchen. Und Lior fügte hinzu, viel ist vermietet, und Shani sagte, total, und Lior fuhr fort, das ist schon nicht mehr dieselbe Nachbarschaft wie früher, es gibt hier jede Menge Leute, die vermieten, nachdem die Eltern gestorben sind, du weißt schon gar nicht mehr, wer hier alles wohnt. Haufenweise Fremde. Und Shani sagte, ausgerechnet die merkt man kaum, und Lior sagte, da gibts solche und solche.

Osnat sagte, Israel aber nicht, und Shani sagte, das ist nicht sein Ding, er geht nicht los und sticht dir die Reifen kaputt. Ich wünschte, er hätte mir die Reifen kaputt gestochen, glaub mir, das würde ich jetzt auf der Stelle unterschreiben, und Osnat sagte, aber ihr habt doch gesagt, die Veterinäraufsicht macht ohnehin nichts, und Lior sagte, na ja, nichts machen ist gut, die kommen und kontrollieren alles. Und jedes Mal eine andere Gesandtschaft, und bis die kommen, bis die kapieren, dass es wirklich Hunde sind, die, du weißt schon ... also, das ist immer ein Chaos. Und manchmal auch Strafgelder. Chaos eben.

Lior bot Dror eine Zigarette an. Dror nahm sie. Sie sah ihn erstaunt an. Er sagte, nur die eine, und sie sagte, okay. Shani sagte, bietest du ihr vielleicht auch mal eine an, und wies auf Osnat, und Osnat sagte, obwohl sie ganz gerne eine geraucht hätte, nein, nein, danke, nur, um die Oberhand zu behalten.

Er fragte, also was, was ist das Ding bei ihm? Und Lior fragte, bei Israel? Und Dror erwiderte nichts. Lior sagte, was soll das heißen, was ist das Ding bei ihm, und Dror sagte, arbeitet er? Hat er Familie? Und Shani sagte, der und arbeiten, und Lior sagte, der ist kriminell, und Osnat fragte, kriminell?! Lior sagte, was denn sonst, wovon lebt er denn, ist doch den ganzen Tag zu Hause, und Osnat fragte, aber was soll das heißen, kriminell? Welche Sorte von Krimineller denn? Und Lior sagte, weiß nicht, von der erbärmlichsten Sorte, und Dror fragte, was, klaut er? Oder ist er ... na ... Osnat sah, wie Dror sich anstrengte, und Lior sagte, weiß ich nicht und will ich auch nicht wissen, und Shani sagte, vielleicht geklaute Motorräder, und Lior sagte, er hat mal bei der Stadtverwaltung gearbeitet, da hat er auch seine Geschäftchen gemacht, und Osnat fragte, bei der Stadtverwaltung? Was hat er da gemacht? Und Lior sagte, weiß nicht genau, und Osnat fragte, bei der Stadtverwaltung Tel Aviv? Irgendwie ermutigte sie das, und Lior sagte, nein, bei der in Bat Yam. Deshalb kennt er da auch Hinz und Kunz. Ruft seine Freunde von der Veterinäraufsicht an, und die machen, was er sagt.

Osnat fragte, was soll das heißen, er hat seine Geschäftchen gemacht? Und Shani fragte, was? Osnat sagte, ihr habt vorhin gesagt, er hat dort auch schon seine Geschäftchen gemacht, und Shani sagte, na, dasselbe halt, hat seine Freunde angerufen, hat anderen was besorgt, Baugenehmigungen und so, was es eben so braucht, und Dror fragte, Nachbarn? Und Lior sagte, wer was wollte, und Osnat fragte, und ist das schlimm? Und Shani sagte, gegen Bezahlung, verstehst du? Und Dror schaute Osnat an, als wollte er sagen, siehst du, und Osnat sagte, man zahlt ihm was, und er geht los und regelt das für einen bei der Stadtverwaltung? Und Shani sagte, genau. Dror fragte, und all die Jahre ist niemand dahintergekommen? Und Lior sagte, wer hätte denn dahinterkommen sollen? Bei der Stadtverwaltung arbeiten ist wie Immunität.

Dror fragte, und was, wenn ihr euch über ihn beschwert? Und Lior sagte, bei wem sollten wir uns denn beschweren, und Dror sagte, weiß nicht, bei der Polizei, und Lior winkte ab, ach was, die würden gar nichts unternehmen. So was interessiert die nicht. Und Shani sagte, außerdem würde er ihnen von den Hunden erzählen, und am Ende hätten wir noch mehr Schererei.

Dror fragte, das sind wirklich alles eure? Und Lior fragte, wer, die Hunde? Wem sollen sie denn sonst gehören? Dror sagte, nein, ich meine, ich weiß nicht, vielleicht eine Pension, und Lior sagte, nein, alles unsere, alle. Sie werfen einfach oft, deshalb wirkt das so viel, und Osnat fragte, wie, behaltet ihr etwa alle Welpen? Und Shani sagte, Gott behüte, die geben wir ab. Aber das macht ganz schön Arbeit. Osnat stellte fest, dass Shani immer ihr antwortete und Lior Dror.

Dror fragte, welche Rasse ist denn das, und Lior sagte, Dogo Argentino, und Dror sagte, noch nie gehört, und Lior sagte, die sind ziemlich selten hier, aber unglaubliche Hunde, die meisten Leute haben bloß Angst vor ihnen, weil sie sie nicht kennen, das sind Hunde mit einem Riesenherz, wenn man sie richtig erzieht, und Dror fing an, etwas auf seinem Handy zu suchen, und Lior sagte, als wollte er möglichen Suchergebnissen vorweggreifen, diese ganzen Geschichten von wegen gefährliche Hunde, das ist alles Blödsinn, was da steht, kannst du dir sparen, das ist nur die Rasseliste des Landwirtschaftsministerium, und Osnat fragte, was, was ist das? Und Shani sagte, die haben so eine Liste mit angeblich gefährlichen Hunden zusammengestellt, für die man eine Zulassung braucht, und Lior sagte, es gibt keine gefährlichen Hunde, es gibt nur gefährliche Menschen. Und gefährliche Menschen ziehen gefährliche Hunde groß, ein Hund nimmt den Charakter seines Herrchens an. Punkt.

Dror fragte, und, ich meine, ist das erlaubt, die so zu halten? In der Stadt? Und Lior sagte, man muss wissen, wie man solche Hunde aufzieht, dafür braucht man ganz schön Erfahrung, wir haben ja schon wer weiß wie viele Jahre Dogos, und Osnat fragte, habt ihr keine Angst wegen der Kinder?

Und Shani sagte, Angst? Weißt du, wie diese Hunde an ihnen hängen? Weißt du, was die machen, wenn jemand versucht, ihnen zu nahe zu kommen? Das sind die treuesten Hunde, die es gibt. Lior sagte, weißt du, dass sie in England eine Studie gemacht haben? Die meisten Hundebisse stammen von Labradoren! Und angesichts ihres Erstaunens sagte er, genau, ganz genau, diese süßen Hunde vom Toilettenpapier. Labradore und Deutsche Schäferhunde, an zweiter Stelle, meine ich. Aber wenn sie über irgendeinen Hund was schreiben, der ein Kind angefallen hat, meinst du, dann drucken sie ein Bild von einem Labrador ab? Denkste! Die nehmen natürlich einen Pitbull mit Stachelhalsband. So impfen sie den Leuten Schwachsinn ein, verstehst du?

Shani stand auf und sammelte die Teller ein. Sie sagte, aber es funktioniert, Leute haben Angst. Und die meisten Leute mögen auch keine Menschen, die Tiere halten, da kann man nichts machen, so ist das eben. Verstehst du jetzt, warum wir ihn nicht bei der Polizei anschwärzen? Wir müssen uns schön bedeckt halten.

Sie verschwand im Haus. Lior sagte, ich hab gehört, du bist IT-ler, und Dror sagte, ja, ich arbeite jetzt von zu Hause, entwickle was, und Lior sagte, klasse. Unser Sohn ist an der Gretz in der Hochbegabtenklasse, und Lior sagte, wow, und Osnat sagte, ich wusste gar nicht, das Saraf in der Hochbegabten ist, und Lior sagte, seit diesem Schuljahr. Sie sagte, aber Tevel geht hier zur Schule, und Lior sagte, ja. Aber sie ist auch eine sehr gute Schülerin. Sie schwiegen einen Moment lang, und Osnat hatte den Eindruck, als bereuten alle, unversehens bei dem Thema gelandet zu sein. Sie sagte, Tevel ist zauberhaft.

Shani trat aus dem Haus, ein Tablett mit Kuchen vor sich hertragend. Sie stellte es auf dem Gartentisch ab und legte ein Buch daneben, das sie unter den Arm geklemmt hatte. Osnat nahm es in die Hand: *Der Spitzendolch* von Jessica Hunter. Osnat drehte das Buch um, aber ehe sie dazu kam, etwas zu lesen, fragte Shani, ob sie lese. Osnat sagte, prinzipiell schon, aber ich hab leider nicht so die Zeit, und Shani sagte, ich leite einen Lesekreis für erotische Literatur auf Facebook, und Osnat sagte, was du nicht sagst, und Shani sagte, ja. Wenn du willst, lade ich dich ein.

Für einen Moment geriet sie aus dem Gleichgewicht: Es war elf Uhr abends und sie saßen zu viert im Garten, schweigend, und die grünen Augen der Frau auf dem Cover funkelten hinter der Dolchspitze wie glühende Kohlen. Sollte das ein Angebot sein? Zum Partnertausch? Lief das so ab? Sie fühlte sich wie jemand, der fern der Heimat auf einer exotischen Insel gestrandet war, ohne Karte oder Kompass.

Shani fragte, möchtest du? Und Osnat fragte, was? Und Shani sagte, Kuchen, soll ich dir welchen auftun?

2.

Lustlos trottete sie neben ihm her, wie ein gescholtenes Kind, das auf seine Strafe wartete. Denn sie hatte es verbockt: Ihretwegen waren sie neben einen Kriminellen gezogen, hatten das Haus gekauft. Jetzt würde er die Mädchen beäugen, den Garten, würde mit gestohlenen Motorrädern handeln und vielleicht Schlimmeres noch.

Er sagte, weißt du, was das für Hunde sind, und Osnat fragte, was, deren Hunde? Und Dror sagte, das sind Kampfhunde, und Osnat fragte, wie, Kampfhunde? Und Dror sagte, Kampfhunde eben, warum, meinst du wohl, züchten sie solche Viecher, und Osnat sagte, denkst du, die veranstalten Hundekämpfe? Du verarschst mich, und Dror sagte, vielleicht nicht sie selber, aber bestimmt verkaufen sie die Hunde weiter, und Osnat fragte, wie kommst du darauf? Dror fragte, warum ziehen sie sonst solche Biester auf? Und Osnat sagte, warum ziehen wir die Mädchen auf? Und Dror sagte, okay, und Osnat sagte, nein, ehrlich, Leute halten sich nun mal Hunde, Leute sind verrückt nach Hunden, du hast doch gehört, wie sie von ihnen reden, und Dror sagte, Leute halten sich einen Hund, vielleicht zwei, aber nicht sieben, und Osnat sagte, vielleicht im Stadtzentrum nicht, aber hier hast du eben Platz, hier haben Leute auch Hühner, und Dror sagte, und warum dann nicht im Haus? Und Osnat sagte, weil sie einen Garten haben, dafür hat man den doch, außerdem dürfen sie auch rein, ich hab einen in Tevels Zimmer gesehen, sie hängen ihm alle möglichen Ketten und Ringe an die Ohren, ich hatte nicht unbedingt den Eindruck, der Hund würde gleich Pinscher zerfleischen, und Dror sagte, weißt du, wie viel so ein Welpe kostet, und Osnat sagte, wie viel, und Dror sagte, fünftausend Schekel, und Osnat sagte, fünftausend Schekel für so einen hässlichen Köter?! Und Dror sagte, das ist eine seltene Rasse, das haben sie selbst gesagt, warum also meinst du, züchten sie ausgerechnet die, wovon leben sie wohl, und Osnat sagte, er war bei der Armee und ist im Ruhestand, hab ich dir schon gesagt, er kriegt bestimmt eine nette Pension bis ans Lebensende, und Dror sagte, ach hör auf, der soll pensionierter Berufssoldat sein? Der ist gerade mal dreißig, und Osnat sagte, er ist neununddreißig, und Dror sagte, der war höchstens Unteroffizier, und Osnat sagte, er hat auch einen eigenen Krankenwagen, oder mehrere davon, das hab ich nicht so genau verstanden, und Dror sagte, na gut, sicher hat er irgendeinen Job, aber ich sage dir, das Geld machen sie mit den Hunden, dafür lege ich meine Hand ins Feuer.

Sie sagte, weißt du was, du bist ein Rassist, und er sagte,

ich? Wir haben in diesem Viertel noch keinen getroffen, der deiner Meinung nach kein Verbrecher ist, sagte sie, und er sagte, wir haben genau zwei Leute getroffen, und sie, also einhundert Prozent von allen, die wir getroffen haben, und Dror sagte, das hat nichts mit Rassismus zu tun, ich hab doch gar keine Ahnung, woher Shani und Lior stammen. Ich kenne ja nicht mal ihren Familiennamen, und Osnat sagte, Ravy, und Dror wiederholte, Ravy, kann ich nicht zuordnen, und Osnat sagte, na bitte, also was hat das damit zu tun, und Dror sagte, weiß nicht, Menschen tun sich nun mal mit Menschen zusammen, die ihnen ähnlich sind, was die Wertvorstellungen angeht, Kultur, Lebensstil, das ist auf der ganzen Welt so, das erscheint mir jetzt nicht unbedingt … irgendwie sensationell neu, und Osnat sagte, aber es gibt einen Unterschied zwischen der Entscheidung, sich mit jemandem zusammenzutun oder nicht, und zu denken, jeder, der nicht so ist wie du, sei kriminell, und Dror sagte, aber was willst du denn von mir, ist das etwa meine Schuld, ich hab sie doch nicht zu Kriminellen gemacht, ich verweise höchstens auf Fakten, und Osnat sagte, was für Fakten denn? Und Dror gab zurück, warum hat man sie wohl deiner Meinung nach bei der Veterinäraufsicht angeschwärzt? Und sie sagte, hat er dir doch gesagt, das war Israel, der sie gemeldet hat, sie sind halt zerstritten, und Dror sagte, sie haben jedes Mal was anderes gesagt: mal Bußgeld, mal kein Bußgeld, ja, sie machen ihnen Probleme, nein, sie machen ihnen überhaupt keine Probleme. Das war alles ziemlich nebulös. Entweder da ist was, weshalb sie dir die Veterinäraufsicht auf den Hals jagen können, oder da ist nichts, so kompliziert ist das nicht. Ganz offensichtlich halten sie verbotene Hunde, und wer weiß, was noch. Züchten die Biester allem Anschein nach. Weißt du, was das für arme Kreaturen sind, diese Hunde? Das ist eigentlich was für den Tierschutz.

Er sagte, auf jeden Fall ist es besser, wenn diese Tevel zu uns kommt, und Osnat sagte, *diese* Tevel? Und Dror sagte, Tevel, Tevel, dass Tevel zu uns kommt, ich hab keine Lust, dass Hamutal dort mit den Hunden herumtobt, und Osnat sagte, ich hab mit ihr darüber geredet, mit Shani, hab ihr die hysterische Mama vorgespielt, und Dror sagte, du musst ihr nichts vorspielen, das ist absolut legitim, bei solchen Hunden hysterisch zu werden, und Osnat sagte, sie sind fast immer im Garten angebunden, Dordo, und Dror sagte, eben hast du noch gesagt, sie kommen ins Haus, dass sie ihnen die Ohren schmücken! Und Osnat sagte, vergiss es, was das angeht, mache ich mir echt keine Sorgen, außerdem, überleg doch mal, da krabbelt doch sogar ein Kleinkind herum, und sie würden nie … kannst du dir ja denken. Er sagte, nein, keine Ahnung, was ich denken soll.

Sie fragte, aber fandest du's nicht nett? Und er sagte, ich fands sehr nett, das hat damit nichts zu tun, und Osnat sagte, wie kann das nichts damit zu tun haben, wenn du denkst, sie quälen Hunde und verkaufen sie für Kämpfe oder ich weiß nicht, was noch, wie kannst du dann da sitzen, was für ein Mensch bist du denn, und er sagte, ich kenne die Lebensumstände dieser Leute ja nicht, was weiß ich, ich denke mal, niemand entscheidet sich aus freien Stücken dafür, illegal Hunde zu züchten.

Sie sagte, na gut, wenigstens kommt Israel bei dieser ganzen Theorie gut weg, und Dror sagte, wieso, was meinst du, wie jetzt genau, und Osnat sagte, er ist doch der Gute, der die Bösen angezeigt hat, oder? Und Dror sagte, kann doch sein, dass es mehr als nur einen Bösen hier gibt, das ist kein Disney-Film, und Osnat sagte, Rassist, hab ich doch gesagt, und insgeheim dachte sie, Feigling.

Sie überquerten den Spielplatz. Sie wandte sich nach rechts, aber Dror fasste ihre Hand, da gehts lang, du Witzbold, und zog sie nach links, und Osnat sagte, oh, richtig. Siehst du, ich weiß nicht mal, wo mein Haus ist.

Dror ließ ihre Hand nicht los, obwohl sie jetzt in die richtige Richtung gingen, kostete die Gelegenheit aus wie bei einem ersten Date. Osnat jedoch wurde von einer Traurigkeit erfasst, als sei diese durch den Händedruck erst erwacht. Nachts wirkten die Straßen noch fremder als tagsüber. Alles kam ihr vor wie ein schlechter Scherz. Was machte sie hier?

Sie gingen schweigend. Sie hatte erstaunlich schnell klein beigegeben. Vor ein paar Tagen war sie noch sauer auf ihn gewesen, auf Dror, weshalb, wusste sie schon nicht mehr genau. Und jetzt plötzlich verzieh sie ihm alles, verscheuchte panisch den Groll, verschwinde, kusch, damit kein Beweis ihrer Überheblichkeit, ihrer Lächerlichkeit zurückbliebe und Dror ihn zu sehen bekäme. Weil er nett ist und anständig und sie nicht ständig daran erinnert, aber ihre momentane Situation ist ihre Schuld, sie beide wissen das. Es lohnt sich nicht, das eigene Blatt zu überreizen.

Ausgerechnet jetzt war er plötzlich guter Laune, sie spürte das an der Art, wie er ging, wie er schwieg. Sie musste ihm etwas anbieten, ein Zeichen ihrer Buße. Um ihm zu zeigen, dass sie reumütig war. Aber was?

Sie dachte an Shani und Lior. Sie wusste genau, dass sie, sobald Osnat und Dror sich verabschiedet hatten, vögeln gegangen waren. Ein Forum für erotische Literatur auf Facebook. Sie konnte darüber die Nase rümpfen so viel sie wollte, am Ende rümpfte die eine halt die Nase und die andere vögelte.

Sie fragte, und was sagst du zu Shani? Dror sagte, was ist das, machte einen Satz zurück und zog sie mit sich, Richtung Straße. Erst da sah sie die Kakerlaken, Scharen von Kakerlaken, die unter dem Zaun hervorlugten und dann wieder wegflitzten, sich für ihr Haus entschieden.

IX

1.

Er kam aus dem Haus und zog die Tür hinter sich zu, nicht schnell genug, für ihren Geschmack. Überquerte die Straße zu ihr. Sagte, es waren vier, ich hab sie getötet. Sie sagte, vier, die du gesehen hast, und er sagte, ich hab wirklich alles abgesucht. Was macht es schon, wenn noch eine da ist? Und Osnat sagte, wenn noch eine da ist, werde ich nicht schlafen, das sag ich dir gleich, ich kann so nicht schlafen, und er fragte, seit wann hast du solche Angst vor Kakerlaken, und Osnat sagte, ich muss keine Angst vor Kakerlaken haben, damit es mich stört, wenn sie bei mir im Haus rumflitzen, und Dror sagte, du wolltest ein Haus, und Osnat sagte, du auch, und Dror sagte, okay, wollte ich, also nehme ich auch die Kakerlaken in Kauf, und außerdem habe ich heute Morgen auch schon eine gesehen, tot, und Osnat fragte, noch eine? Und Dror sagte, tot, die Biester sollten ja auch sterben, immerhin haben wir Gift gespritzt, die restlichen werden auch noch draufgehen, und Osnat sagte, aber was kommen sie überhaupt ins Haus, und Dror sagte, das Problem ist nicht, dass sie reinkommen, das Problem ist, dass da irgendwo ein Nest im Garten ist, es ist eine richtige Kakerlakenplage.

Sie machte einen Schritt rückwärts, wie vor den Kopf gestoßen von diesem Wort. Sagte, ich schlafe nicht im Haus, wenn ich weiß, da könnten Kakerlaken auf mir herumkrabbeln, und Dror sagte, ich hab alles zugemacht, hermetisch abgeriegelt, hab auch was unter die Haustür gestopft, wie im Golfkrieg, die können nicht mehr rein, fertig und aus, und Osnat fragte, hast du gesehen, was hier los ist? Der ganze Garten ist voller Kakerlaken, und Dror sagte, also gut, in Ordnung, wir lassen den Kammerjäger noch mal kommen, und Osnat sagte, damit er wieder alles vollsprüht? Und Dror sagte, ich weiß nicht, ja, er soll halt gucken, woher die kommen, und Osnat sagte, das dauert, bis die sterben, ich werd so nicht schlafen können, und Dror sagte, dann schläfst du eben nicht zu Hause, was soll ich dir sagen, und Osnat sagte, was, soll ich jetzt zu Shimrit fahren? Und Dror sagte, du fährst mir nicht mitten in der Nacht nach Rechovot, und Osnat fragte, und was mach ich dann, und Dror sagte, geh zurück zu Shani und Lior, die sind bestimmt noch auf, schlaf bei denen, wenn das so ein Problem für dich ist, und Osnat sagte, nein, das ist mir unangenehm, und Dror sagte, anstatt mit anderthalb Kakerlaken zu schlafen, schläfst du eben mit fünfzehn argentinischen Doggen, ein Witz, den er sich nicht hatte verkneifen können.

Sie kontrollierte ihre Schuhsohlen, meinte plötzlich, vielleicht auf eine getreten zu sein. Sie sagte, ich schreib kurz Shimrit.

Er sagte, hör zu, es ist alles fest verschlossen, alles zu, und selbst wenn noch eine drin ist, weißt du was, es könnte sogar eine im Haus sein, selbst wenn wir nicht diese Plage im Garten hätten, und sie sagte, und wenn Hannah jetzt aufwacht, und eine Kakerlake sitzt auf ihr drauf, und Dror sagte, dann hockt eben eine Kakerlake auf ihr, und Osnat fragte, vielleicht nehme ich die Mädchen mit nach Rechovot, und du bleibst hier und wartest auf den Kammerjäger? Und Dror sagte, was, sollen wir sie jetzt etwa wecken? Und Osnat fragte, was ist mit dem letzten Typ, der uns garantiert hat, das Gift würde wirken? Und Dror sagte, der schläft bestimmt, der Ärmste, ich glaub nicht, dass das eine Branche ist mit vielen Notfällen, und Osnat sagte, das denke ich schon.

2.

Sie stand auf der Kiesfläche hinter dem Haus, in einiger Entfernung zu ihnen, und hob abwechselnd einen Fuß in die Luft, als tanzte sie auf glühend heißem Boden. Er rief nach ihr, jetzt komm schon, hier ist überhaupt nichts Ekeliges, und sie rief zurück, hier ist alles voller Kakerlaken, und der Schädlingsbekämpfer antwortete, jetzt nicht mehr, die haben hier nichts mehr verloren, die suchen Essen, deshalb laufen sie in Richtung der Häuser, und Osnat sagte, nein, ich sterbe, und Dror sagte, nun komm schon, es ist alles zu, wir haben alles zugemacht, sie können nicht mehr ins Haus, komm, hör dir eine Sekunde an, was er zu sagen hat. Sie fragte, wohin gehen sie denn, wenn alles zu ist? Und Dror sagte, sie sterben an dem Gift, und Osnat sagte, noch sehe ich keine, die sterben, und Dror sagte, jetzt komm schon.

Vorsichtig kam sie näher, die Augen auf den Boden gerichtet, ihre Zehen in den Schuhen in Alarmbereitschaft, dem Lichtstrahl folgend, der aus der Stirnlampe des Schädlingsbekämpfers auf den Boden fiel. Er sagte, das ist Ihr Abwassersiel, da kommen die raus. Wie ein Zauberer deutete er mit beiden Händen auf die runde Abdeckung. Er sagte, jemand hat die geöffnet, und Dror sah sie vorwurfsvoll an, als sei sie das gewesen.

Sie fragte, sind Sie sicher, dass die alle von hier kommen?

Ich meine, können sie nicht auch von woanders kommen? Und der Schädlingsbekämpfer sagte, sie müssen von hier kommen, wenn das nicht offen gewesen wäre, okay, aber es war offen, wissen Sie, wie viele Kakerlaken hier in diesem Loch sind, und Osnat sagte, aber hier sind überhaupt keine mehr, ich sehe nicht eine, und der Schädlingsbekämpfer sagte, weil sie alle schon raus sind, und Osnat fragte, und jetzt, wo Sie es zugemacht haben, können die nicht mehr raus? Dror sagte, natürlich nicht, und der Schädlingsbekämpfer sagte, das heißt nicht, dass Ihnen nicht noch ein paar über den Weg laufen werden, die krabbeln hier bestimmt noch herum. Aber ein, zwei Tage, und ich hoffe, dann ist Ruhe. Sie fragte, aber die sollten doch sterben, oder? Wir haben vor, ich weiß nicht, zwei Monaten hier alles behandeln lassen, den Garten, das Haus, wissen Sie, das ist alles neu gemacht, und der Schädlingsbekämpfer sagte, dann sollten die Biester auch sterben. Aber ich dreh für Sie gerne jetzt noch eine Runde mit dem Mittel, sicherheitshalber.

Sie sah ihn an, wie er da mit seiner Stirnlampe stand, wie ein Scharlatan. Wer arbeitet denn rund um die Uhr? Nur verzweifelte Menschen. So würde sie von jetzt an leben, mit Kakerlaken, mit Kakerlaken oder dem Grauen vor ihnen, das machte keinen großen Unterschied.

Der Schädlingsbekämpfer sagte, auf jeden Fall wissen Sie nächstes Mal Bescheid und sparen sich die siebenhundertfünfzig Schekel. Osnat sagte, siebenhundertfünfzig Schekel?! Und der Schädlingsbekämpfer sagte, wissen Sie, wie spät es ist, gute Frau?

3.

Sie blieben allein in der Dunkelheit zurück, zwischen dem Unkraut, wie zwei Gestalten in einem Western. Sie sagte, was, und Dror sagte, nichts. Was soll ich noch sagen.

X

1.

Sie stand draußen vor dem Kindergarten, allein. Viertel vor vier, wer kommt sein Kind auch um Viertel vor vier abholen, wenn der Kindergarten noch eine Dreiviertelstunde geöffnet hat?

An der Ecke tauchte ein Mann auf und lächelte ihr von der anderen Straßenseite aus zu. Sie wandte den Blick ab, hielt nach weiteren Eltern Ausschau, um aus dieser Situation erlöst zu werden. Was mag das für ein Mann sein, der einfach so fremde Frauen anlächelt? Aber die kleine, schmale Straße war ansonsten menschenleer. Sie verkrampfte, der Mann kam auf sie zu. Und jetzt erst sah sie, dass es der Vater aus dem Kindergarten war, der, der aus England zurückgekehrt war, sie erinnerte sich gar nicht mehr, dass er etwas kahl war.

Sie sagte, hey, und er sagte, hey hey. Schalom. Sie sagte, gut, dass mich jemand sieht, wie ich zu früh komme, und er sagte, verstehe ich nicht, und Osnat sagte, nein, ich mein einfach nur, wenn ich schon mal früher komme, will ich wenigstens als Übermama dastehen, und er fragte, warum, wann kommst du denn sonst? Und Osnat sagte, vier, Viertel nach vier, und er fragte, und, was ist heute anders? Und Osnat sagte, ich schwänze ein Meeting, das ist die Kurzversion. Er sagte, aha, du gehörst also zu den Leuten, die ständig Meetings haben, und Osnat sagte, zu meinem großen Leidwesen, ja. Er fragte, was denn, Hightech? Und sie sagte, falsch! Das klingt ja fröhlich, sagte er. Also hast du offenbar einen Traumjob, und sie sagte, ich leite das Visual Merchandising bei Food Deal, und er sagte, wie bitte? Und sie sagte, also, wenn du in einen Supermarkt gehst, dann sind da die Sachen doch in einer bestimmten Weise angeordnet, damit man mehr kauft? Er sagte, o-kay, und sie schwenkte die hoch erhobene Hand, wie um zu sagen, das mache ich.

Erneut sagte er, okay, und gefällt dir der Job? Ziemlich, sagte sie, doch, er gefällt mir ziemlich gut. Er fragte, und was gefällt dir daran? Und sie wiederholte, was mir daran gefällt? Und er sagte, ja, oder was sollte das »ziemlich« bedeuten?

Sie überlegte einen Augenblick lang. Fragte, willst du das wirklich wissen? Er nickte. Sie sagte, na ja, letztendlich arbeite ich ja doch für einen Konzern. Überzeuge Menschen, mehr Geld auszugeben, damit der Konzern mehr Geld bekommt. Das gefällt mir weniger gut. Das heißt, gar nicht.

Und was gefällt dir dann an dem Job?, fragte er. Und Osnat sagte, alles andere, und er sagte, das klingt jetzt nicht so, als ob es da noch viel anderes gäbe, und Osnat sagte, doch, doch, gibt es, und dachte, gibt es das wirklich?

Er sagte, ist dir schon mal aufgefallen, dass keiner mehr einen normalen Beruf hat? Und Osnat fragte, warum, was machst du denn? Und er sagte, ich bin Lehrer, und sie wiederholte, Lehrer?! Er sagte, ja, und sie fragte, Lehrer für was? Und er sagte, Geografie, und sie fragte, echt jetzt? Und er sagte, das überrascht dich wohl total, und sie sagte, erzählst du die Wahrheit? Ja. Und was habt ihr dann in England gemacht, und er sagte, ich hab in Geografie promoviert, und sie sagte, dann bist du ja gar kein Lehrer, du hast einen Doktor in

Geografie, und er sagte, nein, ich bin bloß Lehrer, Mittwoch ist mein freier Tag, und Osnat spürte, wie sich von hinten zwei Arme um sie schlangen, während der Mann vor ihr weiter lächelte, bis sie meinte, er probiere einen Trick bei ihr aus. Aber dann sagte eine Frauenstimme, was geht ab, Süße, und Osnat begriff, dass es nur die Mama von Amalia war, Hannahs Freundin aus dem Kindergarten.

2.

Als sie mit Hannah aus dem Auto stieg, sah sie, dass sie bereits im Park waren. Abermals war sie fassungslos angesichts dieses Wunders, mit dem Wagen ganz in der Nähe des gewünschten Ziels zu halten, sich keine Sorgen um das Parken machen zu müssen. Ihr kam der Gedanke, das Viertel sei vielleicht jedem Zugezogenen so dankbar, dass es verschwenderisch alle seine Straßen anbot.

Aber je weiter sie in die heruntergekommene Grünanlage vorstieß, regte sich eine kleine Empörung bei ihr. Sie dachte an das letzte Mal, als sie sich hier getroffen hatten, sich zum ersten Mal überhaupt begegnet waren. Jetzt meinte sie, betrogen worden zu sein.

Jorge saß auf dem Asphalt, die Beine von sich gestreckt, mit dem Rücken an ein kleines Klettergerüst gelehnt. Als er sie erkannte, winkte er ihr zu. Hannah sagte, ich will hier nicht hin, Mama, den letzten Moment nutzend, bevor sie nicht mehr unter sich sein würden. Osnat sagte, aber sie ist genau in deinem Alter, und ihr wohnt keine zwei Schritte voneinander entfernt, und Hannah sagte, na und.

Hannah hatte recht. Auch ihr ging sie auf die Nerven, diese Romy: ein altkluges Mädchen, das bevorzugt mit Erwachsenen redete. Als sie sich das letzte Mal getroffen hatten, in Michals und Jorges Garten, hatte sie lang und breit erklärt, warum es in ihrem Land keinen Frieden gebe. Michal und Jorge hatten fasziniert dagesessen. Auch Osnat und Dror hatten ihr Bestes gegeben, waren vor staunender Bewunderung dahingeschmolzen, so wie es sich gehörte, bis zu dem Moment, als Dror nebenher eine SMS beantwortete und Osnat ihn dafür fast erschossen hätte. Als Romy fertig war, sagte Osnat, beeindruckend, so erwachsen, und Dror sagte, Wahnsinn, und Osnat sagte, woher weiß sie das alles, so was hab ich noch nie erlebt, und Michal sagte, aufgeschnappt, sie schnappt alles auf, aus der Luft, ich weiß nicht, woher, alles, was sie hört, speichert sie ab, von uns nicht, das ist mal sicher, und Osnat sagte, unglaublich, und überlegte zum wiederholten Mal, wie viel man wohl heucheln müsste, dass Eltern die Echtheit von Lobhudeleien infrage stellten.

Sie sagte, dann spiel doch mit Nadja, sie ist auch fast so alt wie du, und Hannah sagte nichts, beäugte nur die Kleine, die neben ihrer Schwester schaukelte. Sie fasste Hannahs Hand ein bisschen fester, drückte sie ein wenig, als wollte sie ihr etwas Geheimes mitteilen. Sie fragte, möchtest du, dass ich mitkomme? Und Hannah sagte, ist schon in Ordnung.

3.

Zu dritt saßen sie auf dem schmutzigen Spielplatzboden. Der Labrador stand neben ihnen, bellte ohne Grund. Michal sagte, Kinder sind tricky, was? Und Osnat sagte, absolut. Verstohlen schaute sie sie an. Michal sah nicht danach aus, als wären Kinder tricky. War sie schön? Nein, schön war sie eigentlich nicht, sah aber trotzdem gut aus. Das Schlimmste, was es gab.

Auf der staubigen Lichtung, nicht weit von ihnen entfernt, spielten Nadja und Hannah miteinander, banden mit ernster Miene Zweige zusammen. Sie war ziemlich schweigsam, Nadja, und die wenigen Male, da sie sich getroffen hatten, hatte sie immer etwas feindselig gewirkt, fast pubertär. Osnat ertappte sich dabei, wie sie sich vorstellte, Nadja brächte eines Tages ihre große Schwester um, und wie sie, Osnat, ihr erfreut dabei helfen würde. Blödsinn, Schluss damit, was soll das, nur Spaß, natürlich nicht ernst gemeint. Osnat warf abermals einen verstohlenen Blick erst zu Michal und dann zu Jorge, nicht, dass einer von ihnen ihre Gedanken gehört hatte.

Er sagte, guckt euch nur an, was für eine himmlische Ruhe sie uns gönnen, und Michal sagte, schsch, forder das Glück nicht heraus.

Sie sah zu Romy, die schaukelte, auf und ab wie eine tickende Zeitbombe. Jeden Augenblick würde sie von der Schaukel springen, und Osnats Zeit wäre abgelaufen. Sie sagte, man hat bei uns die Sielabdeckung geöffnet, und Michal sagte, wie bitte, und Osnat sagte, jemand hat bei uns die Abdeckplatte vom Gully zur Seite geschoben, und die ganzen Kakerlaken sind in unseren Garten. Michal sagte, igitt, und Osnat sagte, das war das Widerlichste, was ich in meinem Leben gesehen habe, und Jorge fragte, aber welche Sielabdeckung denn, ich versteh nicht, meinst du im Haus? Und Osnat sagte, die hinterm Haus, da, wo noch kein Rasen ist, und Jorge fragte, wie, dann hat die jemand angehoben? Was, einfach so? Und Osnat sagte, offensichtlich, und Jorge sagte, was ein Mist, und Michal sagte, das ist Vandalismus, richtiger Vandalismus, und Osnat sagte, geschickter Vandalismus, würde ich sagen, und Michal sagte, nichts zu machen, das ist eben das Viertel, und Osnat sagte, ich dachte, hier sind alle bezaubernd, aber Michal verstand den Seitenhieb nicht, sagte, na ja, alle, weißt du, und Jorge sagte, sympathischer auf jeden Fall als da, wo wir vorher gewohnt haben, so viel ist sicher.

Es kam ihr so vor, als übte sie Verrat an Dror, weil sie ihre Zweifel nur bekundete, wenn er nicht dabei war. In seiner Gegenwart erschienen ihr seine Ängste wie die eines verwöhnten Nörglers, nichts, was man respektieren müsste. Dennoch hatte sie ein Scheibchen davon immer dabei, eine DNA-Probe, heimlich entwendet, nur zur Sicherheit, um sie später einmal überprüfen zu lassen, vor Fremden.

Michal fragte, was, seid ihr etwa angefressen, und Osnat sagte, na klar sind wir angefressen, frisch renoviertes Haus, trotz allem, und dann so eine echt miese Begrüßung, und Michal sagte, okay, hier zu wohnen ist nicht wie in, ich weiß nicht wo, Givatayim. Wir habens euch gesagt, nichts zu machen, und Osnat dachte, nein, habt ihr uns nicht gesagt, aber mit einem Mal war sie sich nicht mehr sicher.

Sie fragte, kennt ihr Israel? Unseren Nachbarn? Und Michal sagte, bestimmt vom Sehen, und Jorge fragte, wie sieht er aus? Osnat sagte, klein, unscheinbar, was weiß ich, schwer zu beschreiben. Er sitzt die ganze Zeit im Hof, im Hof neben uns. Aber ihr wart ja so gut wie noch nie bei uns. Jorge fragte, und was ist mit ihm? Und Osnat sagte, nichts, nur dass Dror meint, er würde uns schikanieren.

Michal kniff die Augen zusammen und legte den Kopf weit in den Nacken. In ihrem Rücken hatte Romy aufgehört, mit den Beinen Schwung zu holen, und wartete darauf, dass die Schaukel zum Stillstand kam. Jorge fragte, er schigarniert euch? Was bedeutet das? Und Osnat sagte, Dror denkt, dass er es war, der den Deckel geöffnet hat, und dass er das mit dem Briefkasten war. Und Michal sagte, und? Und Osnat sagte, er denkt, das war Israel, und Michal kniff die Augen noch mehr zu, als spitzte sie die Ohren und ihre Skepsis. Jorge fragte, und alles wegen dieser Sache mit dem Auto? Als ihr euch um den Parkplatz gestritten habt? Was Osnat überraschte, sie hatte geglaubt, das sei bloß in Drors Kopf. Sie sagte, das ist zumindest, was er denkt, und Jorge sagte nichts. Sie fragte, warum, meinst du denn, das stimmt? Und Jorge sagte, was meine ich, das stimmt? Plötzlich, so von Nahem, wirkte er auf sie wie ein Idiot, ein Idiot und Schwerenöter, der alles hinter seinem südamerikanischen Akzent versteckte, und sie fragte, glaubst du wirklich, er hat all das gemacht, nur weil wir mit ihm wegen des Parkplatzes gestritten haben? Und Jorge sagte, ich kenne ihn ja nicht, und Michal verzog das Gesicht, und Osnat fragte, was? Romy war in der Zwischenzeit von der Schaukel geklettert, und Michal sagte, das ist Unsinn, ihr Gesicht ein einziger Ausdruck von Missbilligung und Geringschätzung, die Osnat zu gern übernommen hätte. Sie sagte, denke ich auch, und Michal sagte, er hat einfach noch nicht gecheckt, wie es hier läuft, und fügte hinzu, Dror, und Osnat sagte, ich ehrlich gesagt auch noch nicht, ich bin ziemlich durcheinander, und ich sag dir die Wahrheit, sie sah Romy näher kommen und damit das Ende der Unterhaltung, und Michal sagte, schon gut, dafür habt ihr ja uns.

Der Hund fing wieder an zu bellen. Er stand jetzt dicht neben ihr, die Lefzen schwarz und die Augen stechend. Vielleicht sahen ja alle Hunde von Nahem so aus. Es verlangte sie danach, dass sie ihn maßregelten, dass sie ihn zur Ordnung riefen wie man ein Kind zurechtwies.

Plötzlich fiel ihr etwas ein, ja, der Impuls war so stark, dass sie meinte, nur deshalb bellte er, und dass er Ruhe geben würde, sobald sie die Frage stellte. Sie fragte, kennt ihr eigentlich Shani und Lior? Die mit den Dogo Argentinos? Und Michal fragte, was soll das sein, Dogo Argentino? Und Osnat sagte, so riesige weiße Hunde, doch Jorge hatte bereits auf seinem Telefon gesucht und sagte, die hier, und Michal sagte, ach, die, und Osnat fragte, was? Die Hunde oder die Leute? Jorge sagte, ich sehe sie manchmal mit denen Gassi gehen, und Michal sagte, aber solche Hunde gibts hier im Viertel jede Menge, und Osnat fragte, solche? Und Michal sagte, diese Art halt, Pitbulls, Amstaffs und so weiter, und Osnat fragte, was soll das heißen? Warum? Und Michal fragte, warum was? Warum es hier solche Hunde gibt? Und Jorge sagte, weil es hier keine Polizei gibt, und Michal sagte, das ist an echt vielen Orten so, auch in Cholon an bestimmten Ecken, in Jaffa, so kannst du sicher sein, dich für eine Dreckgegend entschieden zu haben, sie lächelte, und Osnat fragte, was, warum, wofür hält man solche Hunde? Für Hundekämpfe etwa? Und Michal sagte, darüber denke ich lieber nicht nach, sagen wir es mal so, und Jorge sagte, aber das stimmt nicht, es gibt auch Leute, die halten sich die bloß so, und Michal sagte, was bloß so, bloß um Eindruck zu schinden, um mit den Biestern über die Straße zu laufen wie irgendein Abu Ali, und Jorge sagte, es gibt auch Leute, die lieben solche Hunde einfach, deine Freundin zum Beispiel, wie heißt die noch mal, und Michal rief, Elinor, aber Elinor wohnt in Herzliya, und ihr Pitbull ist kastriert, und Jorge fragte, er ist kastriert? Und Michal sagte, na ja, vielleicht nicht richtig kastriert, aber total gut dressiert, so ein Süßer, nicht so was, worüber wir hier reden, und Jorge meinte zu Osnat, das hängt immer von den Besitzern ab, kurz gesagt davon, wie du den Hund erziehst, das ist alles, gute Menschen ziehen gute Hunde auf, und Michal sagte, und gute Kinder, wobei sie den nackten Arm von Romy streichelte, die mit einer geradezu unnatürlichen Geduld neben ihrer Mutter ausharrte, was Osnat verzweifeln ließ. Jorge sagte, wobei das nicht immer stimmt, und Osnat dachte, vielleicht ist er doch nicht so ein Idiot. Sie sagte, das ist genau, was Shani und Lior gesagt haben, über die Hunde, und Michal fragte, wer ist das, Shani und Lior?

Romy sagte, Mama, und Michal sagte, was. Die Kleine sagte, kann ich eine Birne haben, und Michal hielt ihr eine geöffnete Tupperdose mit Obst hin. Sie nahm zwei Birnenschnitze und trollte sich wieder zur Schaukel.

XI

1.

Der Bildschirm war ein einziges Schneegestöber. Sie linste verstohlen zu Dror: Er fläzte sich in den großen Sitzsack. Sie versuchte, sich auf den Film zu konzentrieren: Warum kommt der Polizist zu ihr? Er weiß doch gar nicht, dass er tot ist. Oder genau genommen weiß er es doch.

Als sie Dror von den Hunden erzählte, was Michal und Jorge gesagt hatten, sagte er, kurzum, sie haben keine Ahnung, und Osnat sagte, kann man sagen. Er fragte, wovon leben die überhaupt, die beiden, von diesem Kasperletheater? Und Osnat sagte, was denn für ein Kasperletheater? Und Dror fragte, wie heißt das noch mal, was sie da machen? Und Osnat sagte, was, ihr Stück? *Der Spatz*, und Dror sagte, und davon sollen sie leben? Ich hab keine Ahnung, erwiderte Osnat, ich glaub schon, sie bekommen andauernd Preise, und Dror sagte, andauernd Preise? Sie haben gerade mal einen Preis bekommen, und davon leben sie? Das Cameri in Tel Aviv kommt kaum über die Runden, wie soll ihr Stecknadel-Dings da erst laufen? Osnat sagte, er war in Uruguay Krankenpfleger, hat aber hier keine Zulassung bekommen, wegen seines Hebräisch, also glaub ich nicht, dass er sonst noch was arbeitet, und Dror sagte, sicher bekommen sie was von den Eltern.

Über den Bildschirm wurde ein Leichnam geschleift, ein Mann mit eisgrauem Bart. Sie warf einen Blick zur Uhr am Backofen. Noch ungefähr zehn Minuten. Was würden sie dann machen? Nicht noch eine Folge gucken, so viel stand fest. Vielleicht Sex? Eigentlich eine gute Zeit für Sex, es war noch früh, und Dror hatte auch schon geduscht, als sie nach Hause gekommen war, hatte sie, obwohl er das Fenster aufgemacht hatte, die im Badezimmer hängenden Dunstschwaden gerochen.

Abermals linste sie zu ihm hinüber, um zu prüfen, ob sie Lust hätte. Er wirkte ziemlich gelangweilt. Für einen Moment kam ihr der Gedanke, die ganze Welt reichte nicht aus, vermochte nicht, Dror aufzuwecken. Aber egal, ja, sie hatte ziemlich Lust.

Die Folge war zu Ende. Mit schnellen Drückern auf der Fernbedienung unterband sie die Abspannmusik und kehrte ins Hauptmenü zurück, häufte schon vernichtende Kommentare im Mund an.

Er sagte, sensationell, oder?

Sie starrte ihn entgeistert an, alles floss aus ihr heraus. Sie fragte, ernsthaft jetzt? Und er fragte, was, nicht? Sie fragte, das fandest du gut? Und er fragte, was, du etwa nicht? Sie sagte, weiß nicht, das war supernervig, hat dich das nicht genervt? Und er sagte, weiß nicht, nein, ich fands interessant. Und auch sauschön gemacht, oder nicht? Sie sagte, was soll daran schön sein, dass da Blut im Schnee ist und das einen Kontrast erzeugt? Er sagte, nicht nur das, auch die Einstellungen, die Landschaften, die … Sie fragte, seit wann interessieren dich Landschaften? Und er sagte, weiß nicht, seitdem sie schön sind, und sie sagte, aber da waren doch gar keine Landschaften, da war Schnee, nichts als Schnee, und er sagte, wow, du hast es ja richtig gehasst, und sie fragte, was, ist dir das überhaupt nicht auf die Nerven gegangen? Und er sagte, nein, und sie sagte, dir gefallen wirklich diese ganzen Weirdos, die sich irgendwo im Mittleren Westen abknallen? Und er sagte, aber das basiert auf dem Streifen von den Coen Brothers, und sie sagte, so what, und er sagte, so nothing, und sie sagte, erstens, es ist nicht von ihnen, und zweitens, selbst wenn es von ihnen wäre, so what, und er sagte, weiß nicht, ich fands gut. Vielleicht muss man noch eine Folge sehen, vielleicht hasse ich es dann.

Sie saßen im Wohnzimmer, auf dem Teppich. Sie wusste nicht, was sie machen sollte, schaute hilflos auf den Bildschirm, das Fernsehen hielt immer Ideen parat.

Dror sagte, yallah, Glückwunsch, wir haben unsere Feuertaufe hinter uns, nach dreizehn Jahren wurds langsam aber auch Zeit, und Osnat sagte, ich versteh nicht, und Dror sagte, das erste Mal, dass wir eine Serie nicht beide mögen, das ist wie ein erster Streit, das muss gefeiert werden, und Osnat sagte, absolut.

NOVEMBER

XII

1.

Auf dem Weg nach draußen bemerkte sie zufällig ihr Spiegelbild in der Tür zum Kindergarten. Und plötzlich sah sie für sich selbst absolut okay aus, absolut okay plus sogar, halbwegs schön. Vielleicht, weil bei solchen Spiegelungen die Gesichtszüge nicht so rüberkommen.

Sie hatte überhaupt nicht das Gefühl gehabt, ihr Körper altere, die Falten, das Haar, nichts davon. Bis sie eines Tages bei der Arbeit mit diesem neuen Burschen zusammensaßen, Niv, der für Food Deal den gesamten Internetauftritt machen sollte, und sie sagte, letztendlich will ich nicht, dass die Leute dort hängen bleiben, ich will, dass sie ihr Schokobömbchen aus dem Regal nehmen und fertig, fuck off. Sie sagte das durchaus hin und wieder mal, fuck off, nahm dabei vielleicht sogar insgeheim den Impuls wahr, Eindruck zu schinden, das unwillkürliche Bestreben, sich von ihren Altersgenossinnen abzuheben, davon, wie sie vielleicht aussah. Und tatsächlich registrierte sie in den Augen dieses Niv, der ja noch neu war, ein winziges Aufblitzen, eine kaum wahrnehmbare Bewegung, er peilte neu, okay, die ist in Ordnung, die ist nicht so eine Ü-40. Und im selben Moment wusste Osnat, dass sie exakt so eine Ü-40 war.

Von da an sah sie es auch im Spiegel. Auf einen Schlag fiel ihr das Alter auf den Kopf. Plötzlich verstand sie nicht mehr alle Witze in der Satiresendung *Eretz Nehederet*. Besonders diesen beleidigenden nicht. Fast alle Witze verstand sie, aber diesen einen nicht, eine Imitation. Wer soll das sein?, fragte sie. Ihre Töchter wussten es.

Sie warf einen Blick auf den Weg, auf das Rondell vor dem Eingang. Sah ihn nicht. Wenn sie wüsste, wer sein Sohn war, oder die Tochter, könnte sie jetzt herausfinden, ob er schon da gewesen und bereits wieder weg war. Auf jeden Fall aber war es ein guter Zeitpunkt, um mit der Kindergärtnerin zu reden.

Die Kindergärtnerin sagte, das ist wirklich nur eine Kleinigkeit, wie ich dir schon am Telefon gesagt habe, geht einfach mit ihr zur Ergotherapie, das kann in ein, zwei Sitzungen behoben sein, einfach nur, damit sie später keine Probleme hat, einen Stift zu halten, sollte das auf jeden Fall vor der Einschulung behoben sein, und Osnat sagte, aber kann das denn ein Indiz für irgendwas sein, irgendein Problem oder so, und die Kindergärtnerin sagte, ach was, kein Indiz für gar nichts. Davon abgesehen ist alles wunderbar.

Sie suchte mit den Augen nach Hannah, die riesige Bauklötze um ein Mädchen auftürmte, das jünger war als sie. Die beiden älteren Kinder ihrer Schwester, Yasmine und Orian, waren hochbegabt, ja, nicht bloß normal hochbegabt, sondern irgendeine besondere Art von hochbegabt, Osnat kannte sich damit nicht aus, sie selbst war nicht hochbegabt und Dror auch nicht, der war einfach immer nur Außenseiter gewesen. Auch Hamutal war nicht hochbegabt, das stand wohl schon fest. Blieb nur noch Hannah. Über Hannah sagten alle, sie sei schrecklich vernünftig, und sie war tatsächlich sehr vernünftig. Aber Osnat hegte den leisen Verdacht, das käme nur daher, dass sie erklären konnte, wie eine Dialyse ablief; Erwachsenen war, was das anging, leicht etwas vorzumachen.

Auch ihr Name half, da war Osnat sicher. Als sie sie Hannah genannt hatten, wegen *Hannah und ihre Schwestern*, hatte es einige gegeben, die es sich nicht verkneifen konnten, die ihren Senf unbedingt dazugeben mussten, anstatt, wie üblich, einfach zu sagen, schöner Name, wirklich. Nein, sie hatten gesagt, tut mir leid, aber wenn ich ehrlich bin, sie wird es schwer haben mit einem solchen Namen, das ist ein schwieriger Name, gebt ihr noch einen zweiten, wenn euch der so wichtig ist.

Osnat hatte damals immer einen kleinen Witz in petto gehabt, Hannah Weiler, klingt das nicht nach Neurochirurgieprofessorin? Und Leute hatten gesagt, o-kay. Bis irgendwann, als sie mit Shimrit bestimmt zum tausendsten Mal darüber sprach und ihrer Schwester erzählte, was irgendjemand dazu gesagt und was sie entgegnet hatte, Shimrit fragte, du, darf ich ehrlich sein? Und Osnat sagte, was ist denn, und Shimrit sagte, Hannah Weiler klingt nicht nach Neurochirurgieprofessorin, sondern nach Holocaustüberlebender, und Osnat sagte, was?! Und Shimrit sagte, Verzeihung, das klingt doch nicht nach Holocaustüberlebender, sondern eher nach einem Namen für jemanden, der im Holocaust ermordet wurde, und Osnat fragte, meinst du das im Ernst? Und Shimrit sagte, es ist ein schöner Name, ich liebe ihn, du weißt, dass ich ihn liebe. Aber denk darüber nach.

Sie hatte gefragt, warum hast du mir das nicht vorher gesagt? Und Shimrit sagte, hättest du gewollt, dass ich dir so was auf der Entbindungsstation sage, dass dein Baby den Namen einer Frau hat, die im Holocaust umgebracht worden ist? Ich wollte dir damals den Augenblick nicht vermiesen, und Osnat fragte, und jetzt willst du es mir vermiesen? Und

Shimrit sagte, du lässt einem ja keine andere Wahl mit deiner Professorin für Neurochirurgie, ich wollte nur, dass du Bescheid weißt, wie sich das anhört, wenn du mit Leuten redest, und Osnat sagte, für mich klingt das total wie der Name einer Professorin für Neurochirurgie, und Shimrit sagte, eine Professorin für Neurochirurgie, die im Holocaust umgebracht wurde.

Inzwischen hatte sie sich daran gewöhnt, ehrlich, das Ganze war zwischen ihr und Dror schon zu einem Witz geworden. Aber auch an ihrem Gedanken war etwas dran: Hannah Weiler, der Name einer klugen Frau, vielleicht ja wegen Hannah Arendt. Wie auch immer, im Augenblick hatte ihre Hannah Arendt noch ein Problem damit, eine Schere zu halten.

Ein Jahr nach Hannah war Renana geboren, die jüngste Tochter von Shimrit und Nir, ein aufgewecktes, süßes Mädchen, das vom Augenblick seiner Geburt an im Verdacht stand, ein bisschen langsam zu sein, nicht der Norm entsprechend, zumindest im Vergleich mit ihren beiden älteren Geschwistern. Nir und Shimrit erkundigten sich andauernd, wollten von Dror und Osnat hören, in welchem Alter hat Hamutal dies gemacht, wann hat Hannah das zum ersten Mal geschafft, und wenn sie die Antwort hörten, entspannten sie sich. Osnat hatte die Kränkung wegstecken und sich mit ihrer Schwester freuen müssen, die vor Erleichterung ganz erschlagen war.

Trotzdem waren sie noch zur Beratung gegangen: Wie ließ sich Renana zu einem fröhlichen, selbstbewussten Menschen erziehen, in einem solchen Elternhaus, mit solchen Geschwistern. Beide, Shimrit und Nir, waren klug genug und sich des Ganzen bewusst genug, um zu verstehen, dass es hier vielleicht tatsächlich ein Problem gab. Dennoch war Osnat zuweilen versucht, sie zu adoptieren, die kleine Renana, um dieses ganz normale Mädchen vor seinem Schicksal zu bewahren. Ja, manchmal meinte sie, Renana hätte eigentlich als *ihre* dritte Tochter geboren werden müssen.

All das hatte sich jetzt ein bisschen geändert, als Yasmine, die älteste Tochter ihrer Schwester, strenggläubig geworden war. Und das ganz unvermittelt: Sie hat irgendwas in Physik gelesen, oder gelernt, sie kann das wirklich total schön erklären, sagte Shimrit, die aber die Erklärung ihrer Tochter nicht wiederzugeben vermochte, vielleicht vor lauter Hysterie. Sie war da zwölfeinhalb gewesen, Yasmine, und kurz davor, ihren Bachelor in Mathematik zu machen. Hatte sich Französisch und Arabisch selbst beigebracht und galt selbst im Weizmann-Institut als eine Ausnahmeerscheinung. Und jetzt marschiert sie dort in ihren neuen, knöchellangen Röcken über die Rasenflächen und wirkt, so berichtete ihre Mutter, wie eine Außerirdische.

Osnat verfolgte die ganze Entwicklung wie eine besorgte Angehörige vor der Tür zur Intensivstation. Schaute ihre Schwester bekümmert an, wusste aber nicht, was sie ihr raten sollte. Sagte, das gibt sich wieder, lasst sie in Ruhe, sie ist gerade mal zwölf, ihr drängt sie bloß in eine Ecke, bringt sie dazu, sich noch tiefer einzugraben, aber Shimrit war nicht in der Lage, die Sache laufen zu lassen, und Nir erst recht nicht. Und auch Osnat wusste, sie selbst sagte das nur der Form halber.

Am Ende waren sie gezwungen, es ihrem Vater zu erzählen, das heißt, dem stolzen Opa, der aber zunächst eher amüsiert reagierte. Bis er seine Enkelin beim Abendessen zum Schabbat traf. Es war das erste Familienabendessen seit einem halben Jahr, bei dem das Viertel Drei-Fünf nicht Gesprächsthema war. Als Osnat versuchte, ein bisschen von den Renovierungsarbeiten zu erzählen, über das Haus, um Shimrit zu helfen, ging niemand darauf ein. Sie fühlte mit ihrer Schwester, so leicht und unvoreingenommen wie schon lange nicht mehr: Drors und ihr Unglück wirkte plötzlich unbedeutend, ja archaisch, wie sich über einen schwulen Sohn zu beklagen. Sie waren eben in ein etwas weniger spaßiges Viertel gezogen, so fucking what?

Jetzt jedenfalls waren Yasmines Erfolge jäh verblasst, schien ihre Vernunft abgestumpft, verflüchtigte sich alles angesichts ihrer neuen Frömmigkeit. Wenn sie Drogen genommen hätte, nicht der Rede wert. Aber den Kiddusch zu sprechen? Zuweilen kam es Osnat vor, als wollte Gott ihre Familie auf die Probe stellen, eine säkulare Version der Hiobsgeschichte: Kommt, sehen wir mal, wie liberal ihr noch seid, nachdem ich ein solches Viertel auf euch niedergehen lasse. Und dann lasse ich ein solches Mädchen über euch kommen. Danach wollen wir mal sehen.

2.

Als sie neben ihrem Wagen stand, sah sie ihn aus dem Kindergarten kommen. Wann war er reingegangen? Osnat kam ein dummer Gedanke: Sie hatte ihn noch nie mit einem kleinen Mädchen gesehen, oder einem Jungen.

Sie rief ihm zu, ich wollte dir noch etwas sagen, und er hob die Augen, bemerkte sie. Sie sagte, ich hab eine Familie gefunden, in der alle normale Berufe haben, und er sagte, was?

Er kam nicht näher. Sie rief, weißt du noch, worüber wir geredet haben, dass niemand mehr einen normalen Beruf hat? Und er sagte, ich höre nichts, sodass sie wohl oder übel zu ihm ging. Er stand mit der Hand an der offenen Autotür. Sie fragte, erinnerst du dich, du hast mir gesagt, niemand habe mehr einen normalen Beruf? Und er sagte, okay, und sie sagte, ich hab den Beweis gefunden, dass du dich irrst, und er sagte, schön, und sie sagte, die drei Söhne der Frau meines Vaters, bereit? Und er fragte, also, was machen die? Einer ist Physiotherapeut, sagte sie, aber nicht einfach nur Physiotherapeut, er war mal als Schwimmer bei Olympia, hat eine Bronzemedaille aus Athen, normaler als das geht ja wohl nicht, stimmst du mir zu? Und er fragte, und der zweite? Dem gehört eine Apotheke, verkündete Osnat. Zusammen mit seiner Frau. Und er rudert. Beide rudern sie. Alle ihre Kinder sind nach Flüssen benannt. Gibts was Normaleres als das? Und er sagte, Geografielehrer, und sie sagte, na gut, du legst die Latte unerreichbar hoch. Aber ich gebe nicht kampflos auf: denn der dritte ..., und er sagte, ach ja, da ist ja noch der dritte, und sie sagte, der dritte hat eine Firma, und er sagte, sehr schön. Ich muss los? Und sie sagte, auf die Plätze, fertig, los, ich auch, bye, und ging die fünf längsten Meter ihres Lebens zu ihrem Wagen zurück.

3.

Auf dem Weg zur Arbeit spielte sie im Kopf das Gespräch ab, wie es hätte sein müssen, als begründete sie vor einem aufgebrachten Publikum ihr Versagen. Der dritte hat eine Firma, sagt sie; und er sagt, Sekunde, Sekunde, das heißt noch gar nichts, die Frage ist, was für eine Firma, und sie sagt, willst du die Wahrheit? Und er sagt, schieß los, und sie sagt, okay, ich hab versucht zu schummeln, aber du hast mich erwischt, und er sagt, raus damit, spuck es aus, und sie sagt, sie veranstalten Workshops und Teambuilding-Tage für Organisationen und Hightech-Unternehmen, palästinensische Stickerei, traditionelles Webehandwerk der Beduinen, die Weberinnen kommen alle aus Lakiya, all solche Sachen, und er sagt, du veralberst mich, und sie sagt, leider nicht, und er sagt, das ist für dich ein normaler Beruf? Das wolltest du mir als »er hat eine Firma« weismachen? Denkst du, ich bin komplett auf den Kopf gefallen? Und sie sagt, ich hoffte, du würdest vielleicht nicht nachfragen, und er sagt, du spielst schmutzig, nimm dich in Acht.

XIII

1.

Hamutal saß auf der breiten Fensterbank und las ein Buch, Hannah spielte in ihrem Zimmer mit einer Freundin aus dem Kindergarten. Sie selbst versuchte, auch etwas zu lesen, schaffte es aber nicht. Ihre Augen wanderten immer wieder zu Hamutal. Hätte sie bemerkt, dass ihre Mutter sie beobachtete, hätte sie ihr mit Sicherheit den Rücken zugewandt. Aber sie merkte nichts.

Hamutal las genau zwei Bücher im Jahr: die beiden Bücher, die ihre Großmutter schrieb, Drors Mutter, jedes halbe Jahr ein neues Buch. Davon abgesehen las sie nichts. Jetzt gerade las sie *Lias Geheimnis*. Dem Einband nach vermutete Osnat, dass Lias Eltern dabei waren, sich scheiden zu lassen. Osnat betrachtete Hamutal immer, wenn mit ihrer Großmutter ein neues Buch eintraf, wie ihre Augen dann erwachten und die ersten elf Jahre, die Milchzahnjahre, plötzlich wieder in ihrem Gesicht aufschienen, das eigentlich schon weiter war. Später las Osnat die Bücher selbst, Wort für Wort, war den lesenden Augen ihrer Tochter auf der Spur, erahnte, was durch diese seinen Weg in Hamutals Innenleben gefunden hatte.

Als *Almas Geheimnis* erschien, hatte die Literaturbeilage der *Haaretz* der Serie einen Leitartikel gewidmet. Unter der

Überschrift »Alma kommt auf den Scheiterhaufen« wurde dort behauptet, die Bücher der *Geheimnis*-Reihe würden Kindern konservative Botschaften vermitteln, verpackt als Anleitung zur Selbstkompetenz. Die häufige Verwendung eines sehr zeitgemäßen, ja feministischen Jargons in diesen Büchern sei nur ein Hilfsmittel, um dem Konformismus, der dort als Wahrheit, als richtige Antwort präsentiert werde, Glaubwürdigkeit zu verleihen. Herzliya hatte sich zutiefst beleidigt gegeben, wieder und wieder, auch in Interviews: Die Mädchen in ihren Büchern seien stark und selbstbewusst, und möglicherweise gebe es Leute, die sich dadurch einfach bedroht fühlten.

Später dann hatte sie *Shirleys Geheimnis* geschrieben: Ein äthiopisches Mädchen, ein Mathegenie, möchte bei einem renommierten Jugendprojekt mitwirken und betrügt bei der Aufnahmeprüfung. Osnat hatte das Buch gelesen und zum ersten Mal in ihrem Leben nicht gewusst, was sie Herzliya sagen sollte. Sie fragte, aber wenn sie so gut in Mathe ist, warum muss sie dann bei der Prüfung schummeln? Und Herzliya sagte, weil sie unter Druck steht, Itamar könnte genommen werden und sie nicht. Am Ende verkauften sich von dem Buch gerade mal fünftausend Stück – *Ayas Geheimnis* hatte noch locker die sechzigtausender Marke genommen –, und Herzliya verlor ihre Ratgeberkolumne in der Jugendzeitschrift *Kopf 1*.

Aber Osnat kümmerte das nicht. Mit Leichtigkeit mimte sie zwar Erschütterung, wenn sie mit den Müttern aus Hamutals Klasse sprach – ja, ja, ich weiß, das ist entsetzlich, aber was soll ich machen, man kann ihr ja nichts sagen, was möchtest du denn, dass ich ihr sage, weißt du, wie oft ich sie schon darauf angesprochen habe, das ist halt eine andere Generation –, aber insgeheim störte sie das alles gar nicht so sehr. Sie hatte auch solche Bücher gelesen, ja noch weitaus schlimmere, und was war ihr passiert? Nichts. Das heißt, ihr war viel passiert, aber nichts davon deswegen, das konnte sie mit Sicherheit sagen. Diese Mütter taten doch nichts anderes, als erschüttert zu sein und andere zu erschüttern, als wäre Erschüttern eine gute Tat.

Aber die Erschütterung ließ immer mehr nach, zerfiel, in letzter Zeit spürte sie das. Denn die Jahre vergingen, und schwups waren diese Mädchen jetzt elf, und elfjährigen Mädchen konnte man schon nichts mehr vorschreiben, die weigerten sich einfach, die Hände in die Ärmel zu stecken, waren nicht mehr bereit zu so was. Als Michal und Jorge die Mädchen zur Generalprobe von *Der Spatz* einluden, hieß es, sie könnten auch Freunde mitbringen, liebend gern, so viele Kinder, wie sie nur wollten, worauf Osnat eine Nachricht in die WhatsApp-Gruppe der Klasse stellte und auch einen Link zu der Kritik in der *Haaretz* beifügte und die Mütter sich beinahe überschlugen, was ein toller Vorschlag, ich! Ich, ich auch, wir auch! Und wer nicht konnte, da sie gerade dann in der Wüste seien, jammerte, als wäre es unmöglich, die Aufführung für vierzig Schekel am nächsten Schabbat zu sehen oder auch ganz darauf zu verzichten.

Am Ende saßen sie zu viert dort: sie und Hamutal und Hannah – und das auch nur, weil sie ihre Töchter gezwungen hatte, sie hätte sie so lange hungern lassen, bis sie mitgekommen wären, denn Michal und Jorge würde sie nicht verlieren – und Ja'ara, eine Schulfreundin von Hamutal, die das Theaterstück nicht ganz verstand. Der Spatz war klein und aus Holz und hüpfte mit winzigen Sprüngen durch die Gegend, ohne musikalische Begleitung. Osnat wusste, sie würde hinterher gezwungen sein, mit den Mädchen zu McDonald's zu gehen.

Aber auf die anderen Mütter, die gesagt hatten, sie würden kommen, und am Ende nicht gekommen waren, war sie überhaupt nicht sauer, denn sie selbst hockte ja dort und fantasierte sich etwas über Großvater Tuvja zusammen, der ihr ein bisschen was von der Moral der Geschichte ins Ohr brüllte. Im Gegenteil, sie freute sich. Ihre Töchter hatten keine Lust auf solche Vorstellungen, schön, aber deren Töchter auch nicht. Die waren komplett aus der Art geschlagen, hatten leider nichts mitbekommen von den Genen dieser besonderen Menschen, waren ganz normale Mädchen geworden. Womit auch ihre Mütter, bedauerlicherweise, offenbar stinknormale Frauen waren, zumindest keine Töchter hatten, die liebend gern zu solchen Aufführungen gingen oder viel lieber Datteln als Schokolade aßen, die Fernsehen hassten und stattdessen Bücher verschlangen. Nein, sie gingen nicht *mehr* liebend gern, hassten nicht *mehr* und verschlangen stattdessen ganz andere Sachen.

Alles war gut, einmal abgesehen davon, dass Hamutal diese Bücher wirklich las. Sie tat nicht nur so oder blätterte nur darin herum, um zu wissen, was denn das Geheimnis der jeweiligen Heldin war, wie Dror es tat, der die Story nur überflog, oder wie sein Vater, der die Werke seiner Frau erst gar nicht las. Das erste hatte er gelesen und das wars, das genügte ihm. Osnat sagte zu Dror, wenn ich ein Buch schreiben würde und du würdest es nicht lesen, und Dror sagte, was, wenn du *Ayas Geheimnis* und *Mikas Geheimnis* geschrieben hättest, und Osnat sagte, hundertzwanzig Seiten im Großdruck, was denn, wo ist das Problem, das zu lesen und ihr eine Freude zu machen? Soll er wenigstens so tun, als läse er die Dinger und wüsste, was das Geheimnis ist.

Von draußen war eine Frau zu hören, so deutlich, als stünde sie bei ihnen im Vorgarten. Aber sie stand nicht bei ihnen im Vorgarten, das konnte nicht sein. Osnat war schon versucht, aufzustehen und nachzuschauen, hatte aber Angst, das ganze Haus aufzuschrecken, denn die Stille war fragil.

Die Stimme wurde lauter. Jetzt war auch ein Mann zu hören. Hamutal sagte, das stört mich beim Lesen, Mama, mit der Frömmigkeit einer Heiligen, um gleich darauf in einer Bewegung das Buch zuzuschlagen und es wie eine Taschenspielerin gegen ihr Handy auszutauschen. Osnat stand auf und trat zum Fenster. Auf dem Nachbargrundstück, dicht am Zaun zur Straße, stand Israel, und auf der anderen Seite Shani, mit dem Kleinkind auf dem Arm. Osnat kam der Gedanke, dieses Kind sei vielleicht gar nicht echt, denn es weinte nie. Sie kniff die Augen zusammen, aber das half ihr nicht, besser zu hören. Also öffnete sie das Fenster einen Spaltbreit, ganz vorsichtig.

Israel sagte, will ich nicht hören, sagen Sie mir nicht, was ich hören soll, ich will nichts mehr hören, und Shani sagte, was haben sie Ihnen denn getan, sagen Sie mir das mal? Welcher Mensch führt sich denn so auf, und Israel trat noch dichter an den Zaun und sagte, aufwachen, junge Dame, aufwachen, alle hier beten, dass ihr verduftet, verschwindet und nehmt eure ekelhaften Bestien mit, die uns das ganze Viertel versauen, und Shani bewegte die Lippen, als sei sie um eine Antwort verlegen, sodass Osnat für einen Moment Angst bekam, sie würde sich provozieren lassen, sie kannte sie ja eigentlich gar nicht. Pah, stieß Shani schließlich hervor, gucken Sie sich doch selbst mal an, wie Sie aussehen, gucken Sie mal, wie Ihr Haus aussieht, gut, dass Ihre Mutter nicht mehr lebt und das sehen muss, schämen würde sie sich, und Israel sagte, sprechen Sie über meine Mutter nicht mit Ihrer widerlichen Schnauze, mit der Sie Ihre Biester abknutschen, und Shani fauchte, Psychopath! Ein Psychopath sind

Sie! Und Israel wandte sich ab, blaffte, verschwinden Sie, und wedelte mit der Hand in einer Fahr-zur-Hölle-Bewegung, ehe er zurück zu seinem Haus stapfte, und Shani brüllte, verziehen Sie sich aus unserem Leben! Verpissen Sie sich aus unserem Viertel! Sie zerstören das Viertel! Aber Israel drehte sich nicht noch einmal um, worauf Shani demonstrativ ihren Sohn an sich drückte und abmarschierte.

Osnat lief zur Tür, überlegte es sich im letzten Moment aber anders: Das brauchte sie nun wirklich nicht auch noch, dass Israel Shani bei ihnen hereinspazieren sah. Stattdessen ging sie ins Arbeitszimmer. Sie sagte, hast du gehört, was gerade draußen los war? Und Dror fragte, was? Und Osnat sagte, Shani und Israel haben sich gestritten, verziehen Sie sich aus unserem Leben, verpissen Sie sich aus unserem Viertel, und Dror hob den Kopf vom Bildschirm und fragte, worüber? Und Osnat sagte, ich weiß nicht, hab den Anfang nicht mitbekommen, vielleicht irgendwas wegen der Hunde, und Dror sagte, ganz sicher wegen der Hunde, und Osnat sagte, ich ruf sie gleich an, und Dror sagte, lass es, was musst du dich da einmischen, und Osnat fragte, was, warum nicht? Dror sagte, was drängst du dich bei dieser ganzen Sache auf, und Osnat sagte, wer drängt sich denn auf, ich werd sie nur fragen, was los war, und Dror sagte, lass es, ich sag dir was, es gibt hier Konflikte, da willst du nicht reingezogen werden, das sind Leute, bei denen weißt du nicht ... ach was, lass es einfach. Du hast keine Ahnung, hast keine Meinung dazu, das interessiert dich alles nicht. Ist besser so. Und Osnat fragte, und wenn sie's mir von sich aus erzählt? Sie wirds mir ohnehin erzählen, und Dror sagte, wenn sie es dir erzählt, dann erzählt sie es dir eben, du kannst ihr ja schlecht sagen, sie soll es dir nicht erzählen.

Sie stand dort im Zimmer. Und mit einem Mal ärgerte

sie das. Wie eine gescholtene Sekretärin im Büro des Chefs. Warum war das überhaupt *sein* Arbeitszimmer? Warum nicht auch ihres? Auch wenn sie nicht zu Hause arbeitete, na und? Sie brauchte auch einen Raum, brauchte einen Computer und Ruhe und eine Tür, die sie hinter sich zumachen konnte. Hätte sie all das, würde sie schon etwas damit anzufangen wissen. Plötzlich erschienen ihr die Möglichkeiten beinahe unbegrenzt, schwindelerregend.

Sie ging ins Wohnzimmer. Hamutal spielte auf ihrem Handy. Osnat sagte, dieser Lärm macht mich wahnsinnig, und Hamutal sagte, wenn Papa mich damit in mein Zimmer gehen lässt, hast du hier keinen Lärm mehr, also was willst du von mir? Sie sagte, vielleicht machst du mal was anderes? Den ganzen Tag hängst du an diesem Ding, und Hamutal fragte, was denn zum Beispiel? Aber nicht Lesen und keine Brettspiele, fügte sie hinzu, als wollte sie ihrer Mutter auf einen Schlag alle Munition nehmen. Osnat fragte, und was ist mit Tevel? Sollen wir gucken, ob Tevel zu Hause ist?

2.

Sie sagte, er hat sie schon wieder bei der Veterinäraufsicht gemeldet. Er hob die Augen vom Laptop. Sagte, wie zu erwarten, und Osnat sagte, Shani meinte, zehn Monate oder so sei nichts gewesen, er hat nicht mit ihnen geredet und sie nicht mit ihm, und Dror sagte, und, und Osnat sagte, nichts, sie ist halt total angefressen, dachte, er hätte vielleicht das Interesse an ihnen verloren, und Dror fragte, haben sie ihnen die Hunde weggenommen? Und Osnat sagte, von wegen, ich hatte eher den Eindruck, es sind noch mehr geworden. Aber ein Bußgeld hat man ihnen aufgebrummt, achttausend

Schekel, glaub ich, und Dror fragte, weswegen? Und Osnat sagte, weiß ich nicht genau, und Dror sagte, ich habs dir gesagt, und Osnat fragte, was hast du gesagt? Und Dror sagte, dass sie keine Genehmigung haben, dass die illegal sind, dass, ich weiß nicht, was. Irgendwas ist da nicht koscher, das sind keine Schmusehunde, und Osnat sagte, jedes Mal, wenn ich da bin, sind die aber so was von schmusig, Tevel schmust den ganzen Tag mit diesen Hunden herum, und ach ja, ganz nebenbei, deine Tochter möchte jetzt auch einen Hund, und Dror sagte, ja, ich habs gehört.

Er sagte, frag sie doch, und Osnat fragte, wen soll ich fragen? Und Dror sagte, frag sie, warum sie ein Bußgeld bekommen haben, und Osnat sagte, was, ich soll anfangen … Und Dror fragte, was? Was sollst du anfangen? Und Osnat sagte, ich will nicht, dass sie das Gefühl haben, ich würde ihnen hinterherspionieren, das wäre mir unangenehm, und Dror sagte, das ist doch eine ziemlich elementare Frage, immerhin ist deine Tochter da so ungefähr jeden Tag, und da ist es nur logisch, wenn du wissen willst, ob die geimpft sind oder ordentlich registriert oder ich weiß nicht, was, und Osnat sagte, geimpft sind die mit Sicherheit, da mache ich mir keine Sorgen, immerhin haben sie ein knapp anderthalbjähriges Kind, und Dror sagte, ich würde fragen.

Sie sagte, denkst du nicht, das ist wegen uns, und Dror fragte, was ist wegen uns, und Osnat sagte, na, wie soll ich sagen, dass unser Umzug hierher ihn irgendwie aufgebracht hat, und Dror sagte, unser Umzug hierher hat ihn ganz sicher irgendwie aufgebracht, er hat uns die Sielabdeckung geöffnet und uns den Briefkasten eingehauen, und Osnat sagte, apropos, apropos, jetzt fällts mir wieder ein, hab ich ganz vergessen dir zu sagen, ich war heute in der Straße hinter dem Minimarkt und wollte gucken, wo man Altpapier loswerden kann, und da waren alle Briefkästen verbeult, und Shani hat mir auch gesagt, die laufen rum und demolieren alles, was draußen vor den Häusern steht, und Dror fragte, wer genau soll das sein, *die*? Und Osnat sagte, Kinder, Jugendliche, gelangweilte Fünfzehnjährige, was weiß ich, und Dror sagte, was sind das eigentlich für Kinder, von denen alle ständig reden, ich hab hier noch kein einziges Kind gelangweilt rumlaufen sehen, und Osnat sagte, okay, du wohnst hier gerade mal zwei Monate, und Dror sagte, weiß nicht, stimmt schon, aber auf jeden Fall ist das bei uns was Persönliches, und Osnat fragte, warum, warum denkst du, wir sind so besonders? Und Dror sagte, wir sind zwei Stunden weg, kommen wieder und hoppla – hat uns einer den Briefkasten eingehauen? Wer demoliert denn am helllichten Tag Briefkästen? Wenn alle wach und alle zu Hause sind, was das für einen Lärm macht, und Osnat sagte, also hat er uns am Fenster nachspioniert, und sobald wir zur Tür raus sind, hat er seine Bande losgeschickt? Und Dror sagte, er hat keine Bande losgeschickt, sondern selbst eine Eisenstange in die Hand genommen, und Osnat sagte, gut, ich hab keine Kraft, noch mal davon anzufangen.

Sie schwieg, stellte den Zähler zurück auf null. Fragte, denkst du, er rächt sich unseretwegen an ihnen? Und Dror fragte, weshalb sollte er sich an ihnen rächen? Und Osnat sagte, weiß nicht, weil er weiß, dass wir Freunde oder so was geworden sind, und Dror sagte, wenn überhaupt, wäre es logischer, wenn er sich an uns rächen würde, weil wir jetzt mit *ihnen* befreundet sind, was, nebenbei gesagt, absolut sein kann, vielleicht passieren deshalb all diese Sachen, und Osnat sagte, na, und jetzt dürfen wir nicht mehr mit ihnen befreundet sein? Und Dror sagte, ich weiß nicht, was ich dir sagen soll. Mir behagt die ganze Sache nicht, das sage ich dir. Ich fühl mich hier nicht wohl.

Sie fragte, was willst du dann, nach Rechovot ziehen? Und er sagte, ich weiß nicht. Sie sagte, und wenn du dann in Rechovot eine Nachbarin hast, die dich komisch anlächelt? Oder wenn du mit irgendjemandem Streit wegen eines Abstellraums hast? Wenn du jetzt das Haus verkaufst, eine Anzeige aufgibst, Interessenten kommen lässt, einen Käufer findest, all das, und mal angenommen am Ende das Haus verkaufst, und dann zwei Jahre nach was Neuem suchst, etwas kaufst, einen neuen Kredit aufnimmst, verhandelst, dir einen Gutachter nimmst, renovierst und irgendwann dein ganzes Leben nach Rechovot verlegst, dann hast du vielleicht am Ende in der Nachbarschaft fünfundzwanzig Professoren für Biochemie und einen Psychopathen. Er sagte, vielleicht ist der Psychopath ja eher einer von den Chemieprofessoren, und Osnat sagte, lach du nur, Chemieprofessoren sind keine Garantie für gar nichts, und Dror sagte, was du nicht sagst, mir sagst du, dass Professoren keine Garantie für nichts sind? Ergebensten Dank, wirklich, dass du mir die Augen geöffnet hast, und Osnat sagte, dein Vater ist kein Psychopath, Dordo, höchstens eine Nervensäge, und sie spürte, wie das Gespräch an Schärfe verlor. Sie sagte, wenn überhaupt, dann deine Mutter, mit diesen ganzen Inzesten und den Kotzereien auf der Toilette, und Dror sagte, na ja, das ist aber auch nicht so einfach, siebzehn unterschiedliche Geheimnisse zu finden, da musst du mir zustimmen, und Osnat sagte, auf dem Klo spucken gabs zweimal. Er lachte.

Sie sagte, komm schon, Dordo, du weißt, dass ich recht habe, und Dror sagte, wenn man in Rechovot einen problematischen Nachbarn hat, sind da dreißig Eigentümer, die sich mobilisieren lassen und sich darum kümmern. Hier sind wir allein. Fühlst du dich nicht auch allein? Und Osnat sagte, ich fühle mich allein, weil du enttäuscht bist, weil es dir nicht gut geht hier, jemand anderes kümmert mich nicht, und Dror sagte, was möchtest du denn? Dass ich dir was vorspiele? Und Osnat sagte, nein, überhaupt nicht, aber dass du dem hier wenigstens eine Chance gibst, und Dror sagte, tue ich doch. Und es wäre wirklich schön, wenn ich falschliege, das kannst du mir glauben.

Er schwieg einen Moment lang und sagte dann, Sekunde, ich dachte, er beschwert sich ständig über sie, und Osnat sagte, ich versteh nicht, und Dror sagte, so wie sie geredet haben, dachte ich, sie sind in so einer Art Verleumdungskrieg, dass er ihnen die ganze Zeit die Veterinäraufsicht auf den Hals hetzt, und Osnat sagte, und? Dror sagte, du meintest aber, seit zehn Monaten hätte er sie nicht mehr angezeigt, und Osnat sagte, das ist zumindest, was sie mir erzählt hat, und Dror sagte, okay.

Er richtete den Blick wieder auf den Bildschirm des Laptops, seine Augen wanderten darüber, bereit, sofort zu ihr zurückzukehren. Sein Finger bewegte das kleine Rädchen der Maus, zu schnell, ziellos rauf und runter.

Sie sah ihn an. Sagte, du hast die Veterinäraufsicht nicht angerufen. Dror hob den Kopf. Er fragte, was? Sie sagte, du warst das nicht, der sie angeschwärzt hat, und Dror sagte, das meinst du jetzt nicht im Ernst, und Osnat sagte, du warst doch so erschüttert darüber, wie sie die Hunde halten, und Dror sagte, und dann greife ich zum Telefon und zeige sie an? Und Osnat sagte, was weiß ich, vielleicht, warum nicht? Und Dror sagte, ja glaubst du etwa, das ist, was ich jetzt will, mich in all diese kranken Streitigkeiten einmischen, über Hunde, die Stadtverwaltung in Bat Yam und was weiß ich nicht noch? Dass es das ist, was mir im Leben fehlt, weitere Sorgen? Und Osnat sagte, wenn du sicher sein kannst, dass sie nicht herausfinden, dass du das warst, und Dror sagte, Wahnsinn, du bist echt überzeugt davon, ich hätte sie angeschwärzt, und Osnat sagte, überhaupt nicht, der Gedanke kam mir nur plötzlich, in bester Absicht, übrigens, nämlich dass du mich schützen willst und mir deshalb nichts davon gesagt hast, damit ich nichts weiß und nicht lügen muss, falls sie mich fragen, und Dror sagte, nein, du bist ja nicht normal, und Osnat sagte, aber du würdest es mir sagen, wenn du angerufen hättest, und Dror sagte aufbrausend, ich weiß es nicht! Weil ich niemals angerufen hätte! Und Osnat sagte, okay, okay, und Dror fragte, denkst du etwa, ich hätte das alles so geplant, damit es auf Israel zurückfällt? Und Osnat sagte, nicht unbedingt geplant, einfach, ich meine, er hat das ohnehin schon zehn Mal gemacht, du hängst ihm damit ja nicht irgendwas Neues an, und Dror sagte, wirklich sehr rücksichtsvoll von mir, und Osnat fuhr fort, und das würde sowohl den Hunden helfen, moralisch gesehen, als auch Israel eins auswischen oder vielleicht den Streit zwischen ihnen noch ein bisschen anheizen, was sich auf irgendeine Weise am Ende für uns auszahlen könnte, und Dror sagte, vielleicht hast du ja angerufen, das klingt auf jeden Fall alles, als hättest du dir das ganz nett zurechtgelegt im Kopf, und Osnat sagte, ist gut.

Er sagte, auch wenn ich hätte anrufen wollen, ich hätte keinen Schimmer, wie man bei der Veterinäraufsicht landet. Das nur nebenbei. Und Osnat sagte, na gut, das scheint mir das geringste Problem.

Sie schwiegen. Sie sagte, sei nicht böse auf mich, und er sagte, ist gut. Sie sagte, was denn, hätte ich nicht fragen sollen? Ich kann doch alles fragen, oder? Und Dror sagte, ja.

XIV

1.

Sie stand an der Ecke Amal Kapaiym und Noss'ei Hadegel, »Der Hände Arbeit« und »Die Fahnenträger«, sehr bildhafte Straßennamen, wie Osnat fand. So viele Richtungen, und aus allen konnte er kommen; ihr schien, als gäbe es hier vierzig Himmelsrichtungen, vierhundert, aber ganz sicher nicht nur vier.

Sie suchte nach einer Mauer zum Anlehnen, um sich zumindest den Rücken freizuhalten, aber die Hausmauer an der Ecke gehörte zu dem Lebensmittelladen, in dem sie noch nie etwas gekauft hatte. Sie näherte sich der Scheibe, sah drei Frauen und ein Mädchen, alle schwarz, und kleine Schilder, nicht auf Hebräisch. Durfte sie hier überhaupt etwas kaufen? Einfach eintreten, Sachen in den grünen Korb packen, sich an der Kasse anstellen? Vielleicht war es ja ein ganz gewöhnlicher Laden, ja noch nicht einmal besonders günstig, und sie konnte hier einkaufen. Aber sobald sie herauskäme, würden sich alle das Maul zerreißen: Tut so, als wär sie eine von uns, erbärmliche Frau. Wie diese Juden, die einem *»Ramadan karim«* wünschen, im Ton von Hebräischlehrerinnen.

Sie wohnte jetzt zwei Monate hier und wusste eines: Das war ihre Strafe. Sie hatte entschieden, hier zu wohnen, aus einer Laune heraus, und sie hatte bekommen, was sie wollte: Sie hatten ein schönes Haus und vielleicht sogar das Geschäft ihres Lebens gemacht. Aber im Gegenzug war sie gezwungen gewesen, ihre Handreichung für diese Welt abzugeben, die, mit der sie geboren war wie mit einer genetischen Determination; hatte auf diese Eigenschaft verzichten müssen, die Welt ohne größere Anstrengung zu dechiffrieren, die das eigentliche Privileg, das größte Geschenk darstellte: nicht das Geld oder irgendeine Anstellung in der Wissenschaft, sondern die Gleichgültigkeit, der Luxus, darüber nicht nachdenken zu müssen.

Aber jetzt gehörte sie einer Minderheit an, war nackt und vollkommen durchsichtig; verstand nicht, was passierte, während alle um sie herum es verstanden. Und deshalb bewegte sie sich tastend vorwärts wie eine Blinde: Wer war gut? Wer böse? Und wie böse? Welche Möglichkeiten gab es? Sie hatte Angst, danebenzuliegen und sich zum Gespött zu machen.

Dror hatte ihr, vor einiger Zeit schon, gestanden, er habe sich noch nie geprügelt. Was ihr nicht sonderbar vorgekommen war. Sonderbar erschien ihr im Gegenteil, wenn jemand sich prügelte, aber sie hatte gemerkt, dass ihn das offenbar belastete, dass er einen persönlichen Makel darin sah, den zu beheben inzwischen zu spät war. Jetzt musste sie daran denken, ein hässlicher Gedanke. Wieder fiel ihr seine Warnung ein: An solch einem Ort wirst du Gedanken haben, für die du dich schämst. Gewöhn dich dran.

Sie musterte die Läden auf der anderen Straßenseite: Im Schaufenster des Malerbedarfgeschäfts stand ein einfacher Blechbriefkasten ausgestellt; von Weitem schien er in der Luft zu hängen, beinahe zu schweben. Shimrit hatte sich erboten, ihnen einen Briefkasten zu kaufen, einen neuen, schönen, als Ersatz für den demolierten. Als verspätetes Geschenk zum

Einzug, quasi. Aber Dror wollte nicht, hatte gesagt, vergiss es, der kann so bleiben, eine Sache weniger, die sie zerstören können.

Sie schaute weiter die Straße hinunter: ein Laden mit Knabberzeug, ein Möbelgeschäft, ein Handyshop, sie ging einen nach dem anderen durch, im Takt ihrer Atemzüge, als wollte sie die Gedanken mit vertrautem Material füttern.

Der Handyshop war bestimmt der von Shanis Schwager, Shani arbeitete dort, das musste der Laden sein; erleichtert überquerte sie die Straße, aber gerade als sie die Tür aufstoßen wollte, mit Elan, sah sie, dass alles dunkel war, dass sich drinnen niemand aufhielt und der Laden geschlossen war.

Sie schaute auf ihre Uhr: fünf nach elf. Welcher Laden hatte vormittags um fünf nach elf noch zu? Dieser hier, antwortete sie sich selbst, und im selben Moment sah sie ihn an der Straßenecke, bei der Hände Arbeit und den Fahnenträgern, Gilad.

2.

Sie überquerte die Straße, ihre Erleichterung trug sie mit auf die gegenüberliegende Seite, er sah sie, lächelte, und sie umarmten sich. Er sagte, danke noch mal, und sie sagte, noch habe ich nichts getan, und er sagte, allein dafür, dass du mitkommst.

Er sagte, hier sollte es sein, oder? Ich glaub schon, sagte Osnat, ja, die Ungeraden sind auf dieser Seite. Er fragte, ist das weit zu euch? Und Osnat sagte, fünf Minuten vielleicht, weit weg gibts hier nicht, das Weiteste innerhalb des Viertels sind vielleicht zehn Minuten, und plötzlich meinte sie, dass sie unter falscher Flagge segelte, eigene Interessen verfolgte, überhaupt nicht auf seiner Seite war, und dass es in ihren Händen lag, ob er hier wohnen würde oder nicht.

Sie blieben vor einem zweigeschossigen Haus stehen. Gilad blickte zum zweiten Stock hoch und betrat dann das Haus, worauf Osnat ihm folgte. Genauso war sie mit Dror durch die Gegend gelaufen, war alte Treppen hochgestiegen, sinnlose Kraxeleien, immer die Versuchung, aufzugeben, welche Chance bestand denn, dass er so etwas kaufen würde, sie machten sich etwas vor.

Er wartete an der Tür auf sie, und als sie auf dem Treppenabsatz zu ihm aufgeschlossen hatte, klopfte er. Ein älterer Mann öffnete und sagte, herzlich willkommen, treten Sie ein, ich bin Chaim, Osnat sagte, Osnat, und Gilad sagte, Gilad, und gemeinsam traten sie in einen schmalen Korridor, der in ein kleines Wohnzimmer führte. Der Mann sagte, all das macht meine Frau, womit er auf die Wände deutete, und Osnat schaute sich um, besah sich die Wände, die Sofas und verstand dennoch nicht, was sie machte, seine Frau, was dieses *all das* sein sollte.

Er zeigte ihnen die Küche, führte sie zu den beiden Schlafzimmern: Das da, das ist eine Kleinigkeit, das kann man einfach verputzen, und hier haben wir einen Durchbruch gemacht, aber das lässt sich auch wieder rückgängig machen. Als sie mit Dror auf Besichtigungstour gewesen war, hatte sie so etwas gelangweilt, ja, ja, nein, nein, man weiß es sofort, und trotzdem wird man durch alle Räume geschleppt, spielt Theater, pflichtschuldig. Jetzt beobachtete sie, wie Gilad jeden Raum in Augenschein nahm, jede Ecke begutachtete. Gefiel ihm das? Ja? Nein? Ein bisschen vielleicht? Plötzlich erschien er ihr wie ein Wildfremder.

Sie erinnerte sich an das eine Mal, als sie, ihre ehernen Prinzipien, keine Hausaufgaben mit den Kindern zu machen, über Bord geworfen und mit Hamutal für die Orientierungstests gelernt hatte. Osnat hatte ihre Tochter angeschaut, darauf wartend, dass sie antwortete oder nicht antwortete, dass sie laut überlegte. Es war fesselnd gewesen wie ein Krimi: Weiß sie, was »fahl« bedeutet? Wo der Libanon liegt? Wie viel ein Drittel von neun ist? Osnat hatte wirklich nicht gewusst, ob Hamutal die Lösungen kannte. Sie hatte gemeint, eine letzte Gelegenheit gewährt zu bekommen, im Kopf ihrer Tochter zu stöbern, staunend Dinge aufzuheben, die dort verstreut lagen, und das alles mit Erlaubnis und ohne eine Grenze zu übertreten, denn trotz allem war sie ja noch klein, ein letzter Moment des Kleinseins, in dem sie vertrauensselig die Tür öffnete.

Er war wirklich ein Fremder. Vielleicht nicht wild, aber fremd. Was sie getan hatten, hatte den Rahmen gesprengt, alles durcheinandergebracht; genau genommen kannten sie sich nicht. Wie viele Male hatte sie ihn in ihrem Leben denn gesehen? Vielleicht zehn Mal, einschließlich der besagten Treffen. Hier ein Familienessen, dort eine Hochzeit. Ofras andere Söhne hatten bereits eigene Familien, Schwager, Schwiegereltern, auch sie und ihre Schwester waren versorgt. Keiner von ihnen beiden hatte es besonders eilig gehabt.

Und dann hatte er ohnehin acht Jahre in Utrecht gewohnt. In den ersten Jahren, bevor er gefahren war, als sich herausstellte, dass ihr Vater und seine Mutter plötzlich ein Paar waren, war sie ganz damit beschäftigt gewesen, ihm auf die Nase zu binden, wie glücklich verliebt sie in Dror war. Im vergangenen Jahr war er zurückgekehrt. Bei einer Bar-Mitzwa sah sie ihn wieder. Wusste nicht, dass er kommen würde, und war erschienen, wie man zu einer Bar-Mitzwa kam, sie hatte dann alles darangesetzt, sich vor ihm zu verstecken, ihr neues Leben vor ihm zu verbergen, das ein Doppelkinn aus Ehemann und Kindern angesetzt hatte.

Chaim fragte, haben Sie Kinder? Und Gilad sagte, nein. Sie sah ihn an. Er lächelte ihr zu, zwinkerte vielleicht auch, sie war sich nicht sicher, sein Vollbart schien das ganze Gesicht zu verschlingen. Plötzlich fühlte sie sich, als hätten sie beide unter einem gemeinsamen Geheimnis Zuflucht gefunden, drängten sich unter diesem Nein, wie zwei, die Schutz vor dem Regen suchten. Gilad sagte, es soll auf jeden Fall auch nur ein Anlageobjekt sein und nichts, um hier zu wohnen.

3.

Als sie die Treppe hinunterlief, schaute sie auf seinen Rücken. Sie schwitzte, es war heiß. Eine ekelhafte Wohnung, das ganze Haus war ekelhaft. Klar, dass das nur ein Anlageobjekt sein sollte. Er würde ja nicht hier wohnen. Würde nicht hier wohnen, nicht heiraten und keine Kinder haben. So dumm war er nicht.

Er wartete unten auf sie. Fragte, na, was sagst du, und sie unterdrückte nur mit Mühe ihr Schnaufen und ihre getrübte Laune. Ich weiß nicht, sagte sie, die Frage ist, was du suchst. Ich dachte, du suchst was zum Wohnen, das hatte ich wohl falsch verstanden, und Gilad sagte, nein, nein, mir gehts gut da, wo ich jetzt bin. Gibts hier was, wo man sitzen kann? Und Osnat fragte, sitzen? Cafés oder was? Und Gilad sagte, ja, Cafés, oder auch was essen, egal, und Osnat fragte, was, jetzt? Oder so generell? Und Gilad sagte, was interessiert mich so generell? Und Osnat sagte, oh, schon wieder falsch verstanden, ich dachte, du willst wissen, ob es hier in der Gegend Cafés gibt, wie die Ecke hier so unter Investitionsgesichtspunkten ist, und Gilad sagte, nein.

Sie sagte, es gibt hier was, aber ich weiß nicht, wie es ist, war dort noch nicht, und Gilad fragte, hast du Zeit? Passt jetzt? Und Osnat schaute auf ihr Handy, wusste, dass sie keine Zeit hatte, und sagte trotzdem, yallah.

4.

Sie sagte, also was ist, man verdient wohl ganz gut mit palästinensischer Stickerei, doch kaum war ihr das über die Lippen gekommen, wollte sie es wieder zurücknehmen, in ihrem Kopf hatte das noch so herrlich abgefeimt geklungen, man durfte sie wirklich nichts sagen lassen, nur mit Dror konnte sie reden, sie liebte nur Dror.

Und wenn er doch die Veterinäraufsicht angerufen hatte? Mal angenommen, er hatte dort angerufen? Na und. Sie versuchte, die Welle von Zuneigung, die in ihr aufbrandete, zu nutzen, um auch diese Gedanken zu löschen, aber bevor sie Gelegenheit fand zu überprüfen, ob es ihr gelungen war, fragte Gilad, was? Und Osnat fragte, was was? Und Gilad sagte, du machst so ein Gesicht, er machte sie nach, aber sein Bart verdarb den Ausdruck, und sie wusste nicht, was sie antworten sollte. Sie sagte, das kam jetzt schrecklich rüber, ich klinge wie die letzte Schnüfflerin und Glucke, und er sagte, aber wir sind doch Familie, oder? Und Osnat sagte, na ja, geht so, und Gilad fragt, was, etwa nicht? Und Osnat sagte, keine Blutsverwandtschaft.

Er biss von seinem Avocadosandwich ab, sagte, also los, gib mal ein paar Tipps, und Osnat fragte, Tipps wozu? Wo hier die besseren Ecken sind, sagte er, worauf man achten sollte, und Osnat sagte, weiß nicht. Kommt immer darauf an, wenn du ein Haus siehst, das dir von innen gefällt, dann musst du einfach anfangen, dich in der Nähe umzuschauen, mit den Nachbarn reden, herausfinden, was da läuft. Feste Regeln gibt es eigentlich nicht, so kategorisch bessere oder schlechtere Gegenden. Es ist ja ein ziemlich kleines Viertel.

Er fragte, habt ihr mit einem Makler zusammengearbeitet? Und Osnat sagte, ja, aber dieses Haus hat er nicht für uns gefunden, wir sind quasi zufällig drauf gestoßen, zufälliger gehts gar nicht, und Gilad fragte, was, wie denn? Und Osnat dachte, was soll dieses Gespräch, sagte, wir hatten eine Telefonnummer aufgehoben, wo wir nicht mehr wussten, zu welchem Haus, hatten sie irgendwo notiert, und als wir endlich da angerufen haben, stellte sich heraus, dass ihnen die Verkaufsverhandlungen geplatzt waren, und Gilad sagte, großartig, und Osnat sagte, total.

Er fragte, und wer hat bei euch renoviert? Osnat bereute die eine Stunde Babysitter bereits sehr, die sie in aller Eile organisiert hatte, fünfzig Schekel würde sie das jetzt kosten. Eine Empfehlung von Freunden. Insgesamt war er super, wenn du willst, kann ich dir seine Nummer geben, und Gilad sagte, aber ihr habt nicht alles rausgerissen und neu gebaut, oder doch? Und Osnat sagte, nein, aber wir haben das Haus schon komplett umgestaltet, das ist jetzt ein anderes Haus, doch, das meiste haben wir rausgerissen, kann man schon sagen, und Gilad sagte, eben, und das ist genau, was ich nicht machen will, verstehst du? Ich möchte etwas in akzeptablem Zustand kaufen, maximal einmal durchstreichen und dann vermieten. Das hab ich auch in Ramat Israel so gemacht, und Osnat fragte, was, hast du in Ramat Israel auch was gekauft? Und Gilad sagte, das ist aber schon lange her, und Osnat begriff mit einem Mal, dass er reich war, er war ein reicher Mann, dieser Gilad, der Sohn von Ofra, der Frau ihres Vaters, da konnte sie in imaginären Gesprächen mit Vätern aus dem Kindergarten über palästinensische Stickerei spotten, solange sie wollte. Sie sagte, wir haben uns auch ein paar Sachen in Ramat Israel angeguckt, aber Dror war aus irgendwelchen Gründen nicht begeistert von dem Viertel, irgendwas passte ihm da nicht.

Er fragte, sicher, dass du nicht willst? Und hielt ihr schwungvoll den letzten Bissen seines Avocadosandwichs hin, und Osnat sagte, nein, nein, danke. Er warf sich den verbliebenen Happen mit einer affektierten Bewegung in den Mund und kaute genüsslich darauf rum. In seinem Bart war ein Stückchen Avocado hängen geblieben, an dem nun Osnats Blick hing. Bis er es mit der Zungenspitze aufnahm und sagte, ich mag ihn, um sogleich hinzuzufügen, Dror. Jetzt schaute er sie an. Sie sagte, ich auch, und er sagte, das ist doch schön.

5.

Sie ging ums Haus nach hinten, kontrollierte die Kiesfläche, vergewisserte sich, dass die Sielabdeckung geschlossen war, und kehrte zurück zur Straße.

Lilach traf sie vor dem Tor. Sie fragte, ist Dror schon da? Und Lilach sagte, ja, aber er hat mich noch nicht bezahlt, er hatte kein Bargeld, und Osnat zückte mit wachsendem Groll ihr Portemonnaie, auch so war sie schon sauer auf Dror, wegen Gilad, und würde ihre Wut jetzt bei dem abladen, der verfügbar war. Sie fragte, wie viel? Und Lilach sagte, einhundertfünfundvierzig, und Osnat schaute auf, fragte aber nicht, nach welcher Berechnung um alles in der Welt denn einhundertfünfundvierzig dabei herauskommen könnten, sondern hasste stattdessen nur Dror noch mehr, der sich immer gern bei den Babysitterinnen anbiederte, obwohl sie ihm schon tausendmal gesagt hatte, sie nennt komische Beträge, weil das gleich glaubwürdig klingt, also rechne immer erst mal nach. Sie gab Lilach einhundertundfünfzig und fragte, hast du Wechselgeld? Und Lilach wühlte lustlos im Münzfach und beförderte viereinhalb zutage, doch Osnat stand da und wartete geduldig, bis sie noch einen Schekel gefunden hatte. Sie fragte, und wie wars? Um gut Wetter zu machen, aber Lilach sagte nur, alles in Ordnung.

Sie trat ins Haus, aber noch ehe sie dazu kam, ihre Wut abzuladen, sagte Dror zu ihr, sie haben bei uns eingebrochen, und Osnat sagte, was?! Und streifte in einer Bewegung sowohl ihre Tasche als auch ihren Groll ab, und Dror sagte, sie haben tausend Schekel und Hannahs Tablet mitgenommen. Osnat schaute sich um, alles sah ordentlich aus und wie immer, sie fragte, wann? Und Dror sagte, weiß ich nicht. Sieh nach, ob du irgendwas vermisst.

Sie überlegte schnell, was besaß sie schon groß. Ging ins Schlafzimmer und zog die Schmuckschublade auf, doch sie hatten ihr nichts gestohlen, und für einen kurzen Moment war sie, anstatt erleichtert zu sein, gekränkt. Sie kehrte zurück in die Küche. Dror stand dort, zog Schubladen auf und wieder zu. Sie fragte, was ist passiert, wärst du so nett, mir das mal zu erzählen? Und Dror sagte, ich wollte Lilach bezahlen, wusste ja gar nicht, dass sie kommt, aber ich hatte kein Bargeld, also hab ich die tausend Schekel aus der Schublade gesucht, und Osnat fragte, was für tausend Schekel aus der Schublade? Dror sagte, die tausend Schekel in bar, die wir in die Schublade mit den Dichtungen, den Schrauben und all dem gelegt haben, und Osnat fragte, was, das, was wir während der Renovierung dort liegen hatten? Und Dror sagte, vor dem Umzug, damit wir was für kleinere Reparaturen und als Trinkgeld für die Umzugsleute haben? Und Osnat fragte, und das ist noch da? Und Dror sagte, nein! Aber wie weißt du, dass sie uns das gestohlen haben?, fragte Osnat, und Dror sagte, weil es nicht mehr in der Schublade ist, und Osnat sagte, ich verstehe nicht, das verstehe ich nicht. Wie sind sie denn reingekommen? Wie weißt du, dass jemand reingekommen ist? Und Dror sagte, weil eintausend Schekel und Hannahs Tablet fehlen, Osnat! Und Osnat sagte, aber es ist nichts eingeschlagen oder so, und Dror sagte, eingeschlagen ist nichts, aber das Fenster war offen, und Osnat sagte, vielleicht hast du es offen gelassen, und Dror sagte, ich habe es nicht offen gelassen! Glaub mir, ich würde im Leben hier kein Fenster aufmachen, wenn ich hinten im Arbeitszimmer sitze, das wäre ja wie eine Einladung an Diebe, und Osnat fragte, denkst du etwa, sie sind eingestiegen, als wir zu Hause waren?! Und Dror sagte, wenn wir nicht da sind, kommt man nicht rein, ohne was aufzubrechen, es ist alles zu, und außerdem haben wir die Rollläden, und Osnat sagte, aber auch wenn wir zu Hause sind, kann man nicht einfach so einbrechen, wir laufen ja die ganze Zeit im Haus herum, und Dror sagte, wenn ich im Arbeitszimmer bin, schließe ich vorher nicht immer alle Fenster ab, das heißt, prinzipiell schon, aber es kommt bestimmt mal vor, dass ich denke, alles ist abgeschlossen, und ich habs doch nicht gemacht.

Osnat ging zu dem offenen Fenster. Ein Bild kam ihr in den Sinn, das Dror immer bemühte, wenn er von seiner Arbeit erzählte: Ihr macht alle Fenster zu, schließt die Tür ab und meint, euer Kind ist geschützt und sicher. Aber das Handy ist das Fenster, ein Fenster, das immer offen steht.

Israel saß in seinem Garten und rauchte. Er sagte, er sitzt die ganze Zeit da, das macht mich wahnsinnig, und Osnat sagte, das ist sein Haus, was willst du von ihm, und Dror sagte, das ist nicht lustig, und Osnat sagte, ich mach mich nicht lustig, wer macht sich denn hier lustig, das ist nun mal tatsächlich sein Haus, und er darf in seinem Garten sitzen, so viel er will, und Dror sagte, aber er guckt uns ins Haus, und Osnat sagte, er liest Zeitung! Jetzt liest er Zeitung, aber der Tag hat noch dreiundzwanzigeinhalb Stunden, Osnat, sagte Dror, und er sitzt ständig da, alles, was bei uns zu Hause passiert, weiß er, wer kommt, wer geht, und Osnat fragte, also was denkst du, dass er durch das Fenster rein ist, während du in deinem Arbeitszimmer sitzt, die Schubladen in der Küche durchwühlt, tausend Schekel findet, sie mitnimmt und sich wieder aus dem Staub macht? Und das Tablet, sagte Dror. Ich weiß nicht, ob er bei uns eingestiegen ist oder vielleicht auch diese Blagen, die laut Lior für ihn arbeiten, aber Tatsache ist, jemand war im Haus, und Osnat fragte, und warum haben sie dann nicht mehr mitgenommen? Und Dror sagte, was genau hätten sie denn deiner Meinung nach mitnehmen sollen? Das sind nicht die Achtziger, niemand klaut mehr Fernseher, die nehmen mit, was sie sehen, was schnell geht, die halten sich nicht lange auf. Außerdem, warte mal ab, vielleicht fehlt ja noch mehr, auch das mit dem Geld hab ich ja jetzt erst rein zufällig entdeckt, und Osnat fragte, und warum haben sie dann nicht auch dein Portemonnaie mitgenommen? Und Dror sagte, weil das bei mir im Arbeitszimmer lag.

Er sagte, ich sag dir was, ich hab schon keine Lust mehr, überhaupt noch in die Küche zu gehen, hab keinen Bock, dass er mich beglotzt, ganz ehrlich. Aller Spaß am Kochen ist mir vergangen.

Sie schaute ihn an, wie er da an der Tür zur Speisekammer lehnte, die Körperhaltung betont entspannt, doch die Kränkung saß wie eine Maske auf seinem Gesicht. Zu gern hätte sie sich überzeugen lassen und bei Dror Schutz gefunden, hätte sich mit Dror zusammentun und gemeinsam mit ihm kämpfen wollen. Doch es gelang ihr nicht. Sie dachte, das ist ja die Natur von Angst, man kann sich damit nicht anstecken. Angst hat jeder auf seine eigene Art, wie eine Bestimmung ist das.

Sie fragte, bist du tausendprozentig sicher, dass hier noch tausend Schekel waren? Und Dror sagte, ja. Sie fragte, weißt du, wie viele Handwerker im September hier waren? Wie haben wir den Schädlingsbekämpfer bezahlt, der wegen der Kakerlaken da war? Und Dror sagte, per Scheck, er hat Mehrwertsteuer berechnet, also hab ich ihm einen Scheck gegeben. Sie fragte, hattest du das Geld nicht aus der Schublade genommen, bevor du wusstest, dass du ihm einen Scheck gibst? Das war mitten in der Nacht, hast du vielleicht das Geld eingesteckt, damit er nicht sieht, woher du es holst? Aber Dror sagte, ich hab überhaupt nicht mehr dran gedacht, dass hier noch Geld lag, das war für den Notfall gedacht, also nehme ich das ja nicht, und Osnat sagte, siehst du, genau, und Dror fragte, was genau, und Osnat sagte, du hast das Geld ganz sicher genommen, Dordo, für irgendwas, du weißt bloß nicht mehr, wofür, vielleicht für die Umzugstouren oder den Maler, wir haben das Geld für irgendwas ausgegeben, und Dror fragte, wusstest du überhaupt, dass hier noch Geld war? Und Osnat sagte, nein, und Dror sagte, dann hast du es nicht ausgegeben, und Osnat sagte, nein, und Dror sagte, also, dann müssten wir's noch haben. Weil ich habs auch nicht ausgegeben, das kann ich dir mit Bestimmtheit sagen. Außerdem hab ich jedes Mal, wenn wir jemandem was gezahlt haben, wieder was dazugelegt, und Osnat sagte, dann hast du es eben ein Mal vergessen, und Dror sagte, ausgeschlossen, so was vergesse ich nicht, und Osnat sagte, du hattest einfach kein Bargeld zur Hand, genau wie jetzt für Lilach, und da hast du dir gesagt, ich legs hinterher wieder zurück, und hast es einfach vergessen.

Er sagte, und was ist mit dem Tablet? Und Osnat sagte, das

ist bestimmt irgendwo, irgendwo hier im Haus, und Dror sagte, es war auf dem Tisch in der Küche, Osnat, sie hat da heute Morgen noch mit gespielt, und Osnat sagte, dann war es eben nicht auf dem Küchentisch, und Dror sagte, wann hat sie das letzte Mal beim Frühstück nicht auf dem Tablet gespielt, sags mir, und Osnat sagte, also wirklich, sie verlegt es doch ständig! Sie rief laut vom Fuß der Treppe, Hannah, Hannah! Lief dann die Treppe hoch und klopfte an die Tür. Hannah brüllte von innen, was, und Osnat öffnete die Tür und fragte, wo ist dein Tablet, und Hannah sagte, haben sie mir geklaut! Und Osnat fragte, hast du es gesucht? Klar, schmollte Hannah. Und Osnat fragte, wo hast du gesucht, hast du gründlich gesucht? Du hast nicht gründlich gesucht, und nach unten, zu Dror, brüllte sie, hat sie ernsthaft gesucht? Und Dror brüllte zurück, sie hat gesucht, ich weiß, dass sie gesucht hat, und Hannah sagte, ich brauch ohnehin ein neues, und Osnat sagte, du brauchst kein neues und kein gar nichts, du findest es wieder, und Hannah rief, ich habs aber gesucht! Und Osnat befahl, komm, komm, steh auf, und Hannah maulte, gleich, und Osnat bellte, jetzt sofort! Und Hannah sagte, schon gut! Dror brüllte von unten, *don't take it out on her, it is not her fault that we brought her to live in this shit hole.*

6.

Nachdem er fertig geworden und eingeschlafen war, schlüpfte sie leise aus dem Bett. Stand im Schlafzimmer und sah sich flüchtig um. Sie würde unten anfangen, entschied sie, und hier weitermachen, wenn es hell wäre.

Noch nie war sie im Dunkeln durch dieses Haus gelaufen, während alle anderen schliefen. Sie ging in die Küche, zog die

Schubladen auf, schob die Hände in ihre verborgenen Tiefen, überwand den Widerwillen, aber die Hände kamen sauber wieder zum Vorschein, schließlich war das Haus ja so gut wie neu, plötzlich kam es ihr vor wie ein Hotel, das sich nur deswegen ausgesucht höflich gab, weil sie in Kürze wieder von hier verschwunden sein würden.

Durch das geschlossene Fenster spähte sie zu Israel hinüber, der Garten war leer, und das Haus lag im Dunkeln. In einer anderen Geschichte wäre auch er jetzt draußen, würde rauchen. Ihre Augen würden sich begegnen; sie würde raus zu ihm gehen, rüber auf seine Seite, oder genau genommen vielleicht doch auf ihrer bleiben, würde sich einen Stuhl und eine Zigarette nehmen, auch wenn sie schon lange aufgehört hatte zu rauchen. Sie würde zu ihm sagen, bei uns wurde eingebrochen, vielleicht wurde bei uns eingebrochen, jemand hat uns den Briefkasten eingehauen und Kakerlaken ins Haus geholt. Und er würde auch etwas sagen, die Nacht um sie herum würde alle Belanglosigkeiten des Tages entkräften, und am Ende würde sie die Zigarette ausdrücken, zurück ins Haus gehen und zu Dror sagen, ich hab mit ihm geredet, und Dror würde fragen, mit wem? Und Osnat würde antworten, mit Israel, die Sache ist erledigt.

Ein Streifenwagen fuhr durch die Nebenstraße und warf sein Blaulicht gegen den verhangenen Himmel. Osnat war versucht, ihm etwas nachzurufen, zu winken; grüßend zu winken, für den Augenblick zumindest. Sie gehörte zu ihrer Seite, die Polizei, gehörte zur Seite des Bräutigams und der Braut, gehörte zur Mitgift. Osnat empfand flüchtigen Trost, der nach der Wohnung in der Rosenbaum schmeckte, nach ihren bisherigen einundvierzig Jahren auf dieser Welt: Wenn sie sie rufen würden, würde sie ihnen zur Seite stehen, ohne Fragen zu stellen.

Aber je mehr sie versuchte, ins Dickicht ihrer Fantasie vorzudringen, umso tiefer wurden Dunkelheit und Nacht, die sie verspotteten. Soll sie doch zur Polizei gehen! In ihrer Welt hat der Körper vielleicht Repräsentanten, die seine Unversehrtheit garantieren, die ihn vor Schmerz oder Gefahr schützen: Polizisten, Rechtsanwälte, Papiere, Instanzen, alle werden sie sich vor ihn stellen und ihn hinter ihrem Rücken verstecken. Hier aber ist der Körper alles, was zählt, der Körper eines Menschen oder auch der eines Hundes, und man muss nicht ganz so ängstlich deswegen sein.

Sie schaute unter ein paar Kissen im Wohnzimmer nach, aber das Tablet war nicht dort. Es musste hier irgendwo sein, sie wusste, dass es hier war. Sie würden nach Rechovot ziehen und das Ding finden, wenn sie wieder Kartons packten. Aber dann wäre es zu spät, und niemand würde sich mehr dafür interessieren, dass sie recht gehabt hatte.

Drors Telefon lag auf dem Tischchen mit den Mosaiksteinchen. Sie drückte auf den runden Knopf: ein Uhr zwölf. Sie ließ sich aufs Sofa sinken und zog das Telefon zu sich heran, aber es schien sich zu wehren. Jetzt erst bemerkte sie, dass das Gerät am Ladegerät hing, Dror und seine heiligen Prinzipien, Schlafen und Aufladen nie im selben Raum.

Behutsam trennte sie es vom Ladegerät und warf einen Blick nach oben, zur Treppe. Sie waren ständig auf dem Telefon des anderen zugange, lasen sich gegenseitig neue Nachrichten vor. Sie musste sich nur ganz natürlich verhalten, sollte vielleicht das Licht anmachen. Aber sie machte es nicht an.

Sie checkte die Liste mit den ausgehenden Anrufen: die meisten waren an sie gegangen, was ihr ein schlechtes Gewissen verursachte. Sie scrollte weiter zurück, bis sie bei einer nicht gespeicherten Nummer landete. Sie tippte darauf, ohne nachzudenken, ihr klopfte das Herz, Toshiba, Schalom, unsere

Büros sind zurueit leider geschlossen, und Osnat brach die Verbindung ab, zu langsam, sie musste auf das Datum achten, erst jetzt ging ihr das auf, und sie durfte nicht von seinem Telefon aus anrufen wie der letzte Depp, ja überhaupt nicht anrufen, nicht um halb zwei nachts. Osnat rechnete nach, das war, nachdem wir bei ihnen waren, das musste danach gewesen sein, und bevor sie sich dann hier gestritten hatten, das war der Zeitraum, in dem er angerufen haben könnte, sechs Tage.

Sie ging alle Nummern einzeln durch, notierte sich sieben, die sie nicht zuordnen konnte, überprüfte sie auf Google, bis auf eine, die sie nicht herausfand und trotz allem anrief, auch wenn es halb zwei Uhr nachts war, das Risiko ging sie ein, aber es war nicht die Nummer der Veterinäraufsicht.

Sie sah sich um, enttäuscht, dann hängte sie das Telefon wieder ans Ladegerät und legte es zurück an seinen Platz. Vielleicht hatte er ja vom Festnetz aus angerufen. Vielleicht von außerhalb. Aber von wo? Von einer Telefonzelle etwa? Sie versuchte, sich das vorzustellen, versuchte, sich damit zu belustigen. Vielleicht hatte er überhaupt nicht angerufen.

Sie musste schlafen. Musste sich abkühlen. Aber Osnat war jetzt hellwach und ohnehin schon von der Sünde gezeichnet. Das jetzt zu vergeuden wäre schade. Sie horchte hinein in das schlafende Haus, wusste aber nicht, was sie noch tun konnte.

DEZEMBER

XV

1.

Sie betrachtete das Gesicht ihrer Schwester von Nahem. Sie hatte nichts gegen die Sonne aufgetragen, ihre Oberlippe war spröde. Ihre Wangen erinnerten Osnat an die, die ihre Schwester einmal gehabt hatte, pausbäckig und gesund wie die einer kleinen Bayerin, aber niemand außer Osnat konnte das wissen, denn jetzt sah Shimrit bloß noch aus wie eine vierundvierzigjährige Frau mit zu viel Haut. Wut stieg in Osnat auf, eine Wut, die sie in letzter Zeit oft empfand: Erneut schien ihr, sie sei hilflos, schutzbedürftig, aber nicht, weil sie eine Frau war, sondern wie ein kleines Mädchen, auf das jemand achtgeben sollte. Aber sie war kein kleines Mädchen mehr, sondern einundvierzig, und niemand auf der ganzen Welt würde auf sie achtgeben.

Shimrit sagte, was, was denkst du, und Osnat sagte, du siehst gut aus. Shimrit stieß verächtlich Luft aus, brummte, klar, und Osnat sagte, du siehst wirklich gut aus, und Shimrit sagte, gut, danke. Du siehst auch gut aus, und Osnat sagte, komm, erst mal beruhigen wir uns, und als Shimrit grinste, fragte Osnat, was ist los?

Shimrit sagte, was weiß ich. Osnat fragte, was? Und Shimrit sagte, nein, ich weiß nicht, ob ich die Kraft hab, mir das jetzt anzutun. Und Osnat sagte, los, ich schaffe es schließlich nicht alle Tage nach Rechovot, und Shimrit sagte, Nir stresst sich total wegen Orian, er hat Angst, Yasmine könnte auch ihn dazu bringen, fromm zu werden, und Osnat verzog offenbar das Gesicht, denn Shimrit sagte, das hab ich auch gesagt, aber Nir ist ohnehin schon … Und Osnat fragte, was ohnehin schon? Und Shimrit sagte, ohnehin schon mit den Nerven am Ende, und Osnat dachte an Nir, Nir, der in den Nordirak reiste, um jesidischen Kindern die Augen zu operieren, Nir, der die freitäglichen Familienessen mit seinen Geschichten über augenkranke jesidische Kinder verdarb und jetzt nicht wusste, was er tun sollte, und sie versuchte sich schnell zu erinnern, wie seine Eltern waren, wie eine selbst ernannte Sozialarbeiterin, die nach einer Adresse suchte, hat er Eltern, der Junge? Hat er Familie, zum wem gehört er, weiß das jemand, aber nein, seine Eltern waren schon gestorben, seinen Vater hatte sie noch kennengelernt, ein Onkologe.

Sie sagte, ich hab ihm gesagt, verhalte dich normal, das ist unser einziger Weg, das zu überstehen, verhalte dich einfach so wie immer, aber er merkt gar nicht, dass er sich nicht normal verhält, verstehst du? Wir fahren mit dem Auto, und er macht diesen Podcast an, »Die Geschichte der Menschheit für Kinder« oder »Große Geschichte für kleine Kinder«, ich weiß nicht mehr, wie das hieß, wie die Erde entstanden ist und so. Mal davon abgesehen, dass das für Siebenjährige ist, ja? Also für Dreijährige nach den Maßstäben von Yasmine und Orian, das sind Sachen, die wussten sie, als sie noch auf Babybrei waren, aber egal, lassen wir das mal außen vor. Weißt du, wie beleidigt Yasmine war? Zu Recht, und Osnat fragte, warum, weil das sozusagen nicht ihr Niveau war? Oder was? Und Shimrit sagte, nicht nur, weil das nicht ihr Niveau war! Weil er denkt, er müsse ihr jetzt das mit dem Urknall und so erklären, denn weil sie jetzt fromm ist, denkt sie bestimmt, die Welt wurde ich weiß nicht wie erschaffen, am sechsten Tag, und Osnat sagte, ich glaube, an allen Tagen, jeden Tag hat er doch irgendwas erschaffen, und Shimrit sagte, in Ordnung, sie denkt aber gar nicht, dass irgendwas an einem der sieben Tage passiert ist, glaub mir, dieses Mädchen kann besser erklären, wie die Erde entstanden ist, als jeder von uns, und Osnat sagte, klar, und Shimrit sagte, verstehst du, das ist mein Schicksal, nicht nur, dass ich eine dreizehnjährige Tochter habe, die strenggläubig geworden ist, nein, sie muss das Ganze auch noch von einem rationalen Standpunkt aus machen und weiter an die Wissenschaft glauben, so einen kleinen Jeschajahu Leibowitz habe ich jetzt zu Hause, und Osnat sagte, was wäre dir denn lieber, dass sie sich plötzlich Vorträge von dieser neu bekehrten Schauspielerin Eden Harel anhört, und Shimrit sagte, ich weiß schon nicht mehr, was mir lieber wäre.

Ein hochgeschossener Kellner mit pickligem Gesicht trat an ihren Tisch. Und Osnat erfasste ein schmutziger Neid. Sie war neidisch auf diesen Kellner, war neidisch auf Shimrit und auf alle, die im Café Wissenschaft speisten, ja auf alle Menschen auf dieser Welt, die ganz ohne Sorgenpäckchen nach Hause gingen, in ihre Häuser zurückkehrten, die Tür hinter sich zumachten und sich höchstens um Dinge sorgten, auf die sie Lust hatten, ohne dass jemand um ihr Haus schlich, oder dass sie meinten, jemand schliche ums Haus, weshalb sie auch niemanden im Haus davon überzeugen mussten, alles Menschen, die keine solche Verantwortung schultern mussten, denn was wussten die schon, ja woher sollten sie das auch wissen. Sie hatte nicht übel Lust, den Kellner anzusprechen, ihm zu sagen, mach dir keine Sorgen, die Pickel gehen wieder weg, sie verschwinden, und alles wird gut sein, du wirst Liebe finden, und dir wird es gut gehen.

Shimrit fragte, was ist mit den Mädchen? Und Osnat sagte, alles bestens. Sie überlegte, ihr von Lior und Shani zu erzählen, von der Veterinäraufsicht, von allen möglichen Sachen, aber ihr fehlte die Kraft. Am liebsten hätte sie dort im Café Wissenschaft den Kopf auf den Tisch gelegt und sich ausgeruht. Einfach geschlafen.

Schließlich sagte sie, Dror denkt, bei uns wurde eingebrochen. Und Shimrit fragte, bei euch wurde eingebrochen?! Und Osnat sagte, er denkt, bei uns wurde eingebrochen, seiner Meinung nach sind tausend Schekel und Hannahs Tablet verschwunden, er denkt, sie sind durchs Fenster eingestiegen, und Shimrit fragte, was soll das heißen, er denkt? Und Osnat sagte, wenn du mich fragst – es war niemand im Haus, die tausend Schekel hat er für irgendwas ausgegeben und es vergessen, und das Tablet liegt bestimmt irgendwo rum, aber er ist schon komplett paranoid wegen der Sache mit den Kakerlaken und mit dem Briefkasten, was ich dir erzählt hab, all das mit dem Nachbarn, und Shimrit fragte, der, der uns zugeparkt hat? Und Osnat sagte, ja, und Shimrit sagte, ich weiß nicht, warum ihr nicht mal bei der Polizei anruft, ich mein ja nur, und Osnat fragte, bei der Polizei anrufen und dann? Und Shimrit sagte, bei der Polizei anrufen und melden! Und Osnat fragte, was sollen wir denn melden, das Tablet? Und Shimrit sagte, na alles, ihr seid in ein neues Haus gezogen, eins mit Neidfaktor, und Osnat protestierte, von wegen Neidfaktor! Und Shimrit sagte, du weißt, was ich mit Neidfaktor meine, es reicht schon, dass ihr elektrische Rollläden habt, man sieht von außen sofort, wer Geld hat und wer nicht. Ruft da an und meldet das, damit es aktenkundig ist, diese ... Verkettung von Vorfällen, und Osnat schaute ihre Schwester an, die das Kinn reckte, mit diesem ihr eigenen rechthaberischen Ausdruck.

Shimrit sagte, oder weißt du was? Und Osnat sagte, was, und Shimrit sagte, geht andersrum vor, und Osnat fragte, wie andersrum? Und Shimrit fragte, habt ihr schon versucht, mit ihm zu reden? Und Osnat sagte, was sollen wir denn mit ihm reden? Sollen wir ihn fragen, ob er uns den Briefkasten eingehauen hat? Und Shimrit sagte, nein, aber ich weiß nicht, neue Nachbarn, neu im Viertel, könntet ihr nicht einfach mit einem Kuchen aufkreuzen? Nur mal nett Hallo sagen? Ein bisschen reden, sich kennenlernen, und Osnat sagte, das wäre komisch, du hast ja gesehen, wie er ist, und Shimrit sagte, warum komisch, ihr müsst ja nicht gleich beste Freunde werden, aber was spricht dagegen, einen Kuchen vorbeizubringen? Und Osnat fragte, drei Monate nachdem wir eingezogen sind? Und Shimrit sagte, dann sagt, der ist von irgendeinem Geburtstag übrig geblieben. Egal. Macht irgendwas Nettes.

Sie sagte, Dror wird nie im Leben einverstanden sein, und Shimrit sagte, wer fragt denn ihn? Und Osnat sagte, nein, er würde echt sauer auf mich sein, würde sagen, das sieht wie Bestechung aus, dass wir uns einschmeicheln, damit er aufhört, weil wir Angst vor ihm haben, und Shimrit sagte, aber ihr habt ja wirklich Angst vor ihm, und Osnat atmete laut hörbar aus und sagte, ich hab schon jetzt keine Kraft mehr.

Shimrit fragte, was, bereust du es etwa schon? Dass ihr dahin gezogen seid? Und Osnat sagte, weiß nicht. Vergiss es. Komm, lass uns über was anderes reden. Und Shimrit sagte, Roi lässt sich scheiden, und Osnat fragte, Roi aus dem Labor? Und Shimrit nickte mit den Augen, und Osnat sagte, nicht wahr! Und Shimrit sagte, sie lassen sich scheiden, endgültig, er sucht sich gerade ne Wohnung, und Osnat sagte, wow, und Shimrit sagte, aber ihm gehts gut, er schaffts zu arbeiten und das alles, er kommt klar, und Osnat sagte, gut, dann werdet ihr endlich ein bisschen Ruhe im Labor haben, und du kannst arbeiten, und Shimrit sagte, nein, im Labor weiß kaum einer davon, das heißt, jetzt wissen sie's, dass er sich scheiden lässt, aber alles, was ich dir erzählt habe, das hat er nur mir erzählt, andere Leute haben davon nichts gewusst.

Osnat sagt, oh Mann, unglaublich, dass wir jetzt vierzig sind, irgendwie deprimierend, und Shimrit fragte, warum sagst du das plötzlich? Das heißt, es stimmt ja, aber warum jetzt, und Osnat sagte, weiß nicht, Leute lassen sich scheiden, Leute gehen fremd, das Leben ist irgendwie … plötzlich so echt geworden. Wie in den Kolumnen von Zwi Lidski in *Für die Frau*.

Shimrit fragte, warum, wer geht fremd? Und Osnat sagte, ich weiß nicht, wer? Und Shimrit sagte, nein, du hast gesagt, Leute lassen sich scheiden, und Leute gehen fremd, und Osnat sagte, weiß nicht, ich nehme mal an, dass Leute fremdgehen, das passiert doch in echt, oder? Und Shimrit sagte, sicher, und Osnat sagte, ich leb so was von hinterm Mond, und Shimrit sagte, stimmt, und Osnat sagte, du hättest sagen müssen, ich auch, und Shimrit sagte, ich auch. Osnat sagte, entweder ich krieg nichts mit, oder mir erzählt keiner was, ich weiß nicht, und Shimrit fragte, was erzählt dir keiner? Und Osnat sagte, ich weiß auch nicht, alles überrascht mich immer total, ich bin überrascht, wenn schlimme Sachen passieren, wenn Leute sich scheiden lassen, verstehst du, ich weiß nicht, warum. Als wäre ich fünf Jahre alt.

Shimrit sagte, ich hab den Eindruck, du bist ein bisschen down, und Osnat sagte, und ich hab den Eindruck, alle außer mir lassen es krachen. Und Shimrit fragte, warum, lässt du es nicht auch manchmal krachen? Und Osnat sagte, nicht wirklich, ich weiß auch nicht. Warum, du etwa? Und Shimrit sagte, was weiß ich.

Sie schwiegen. Fast meinte sie, zurück nach Kfar Saba versetzt zu sein, in das Haus, in dem sie aufgewachsen waren, zwei kleine Mädchen. Und dennoch hatte sie Angst. Hatte Angst, Shimrit Dinge zu sagen, die sie Dror bislang verschwiegen hatte, Angst, ihr Leben echter werden zu lassen.

Sie sagte, vielleicht hat Dror ja doch recht, verstehst du. Vielleicht tyrannisieren sie uns, seit wir hergezogen sind. Tyrannisieren uns einfach, *what you see is what you get*, und nur ich immer mit meinen Spitzfindigkeiten, verstehst du.

Shimrit sagte, kommt einfach nach Rechovot. Und Osnat sagte, ich hab gerade zwei Millionen Schekel in ein Haus investiert, und Shimrit sagte, na und? Dann hast du eben zwei Millionen Schekel. Kommt zu uns, ehrlich, was brauchst du das alles. Mal ernsthaft.

Osnat sagte, und wenn Dror sich irrt, was dann, soll ich jetzt umziehen, nur weil er paranoid ist? Und Shimrit sagte, wieso paranoid? Hat euch jemand den Briefkasten eingehauen? Hat euch jemand den Gully geöffnet? Das denkt er sich doch nicht aus. Sagen wir mal, es war nicht dieser Israel. Mal angenommen, es war irgendwer anders. Brauchst du das im Leben? Und Osnat sagte, aber überall kann einem so was passieren. Wird in Rechovot etwa nicht eingebrochen? Treten sie dir da nicht auch den Seitenspiegel vom Auto ab? Und Shimrit sagte, nein, im Leben hat mir noch keiner den Seitenspiegel abgetreten. Und Osnat sagte, okay, uns haben sie in der Rosenbaum mal einen abgetreten, glaube ich.

Sie sagte, vergiss das. Es wird euch gefallen in Rechovot. Den Mädchen wird es gefallen. Yasmine und Hamutal könnten zusammen in die Synagoge gehen, und Osnat hob den Kopf und sah, dass Shimrit lächelte. Sie sagte, siehst du? Du ziehst nach Rechovot, und am Ende wird deine Tochter ultrafromm. Man kann nie wissen, was einem wo passiert. Shimrit senkte das Kinn, wie um zu sagen, verschone mich mit deinen

Plattitüden. Sie sagte, sei nicht so stur, du musst niemandem was beweisen. Und Osnat sagte, gut, wir werden sehen.

Sie fragte, wie gehts Renana? Und Shimrit sagte, klasse, Renana gehts klasse. Sie fragte, meldet ihr sie auf derselben Schule an? Auf der die Großen waren? Und Shimrit sagte, an der Bechor Levi, ja. Was macht ihr mit Hannah, wisst ihr das schon? Und Osnat sagte, wir melden sie an der Teva an, aber die Plätze dort werden ausgelost, die Wahrscheinlichkeit ist also gleich null. Am Ende schicken wir sie wohl auf Hamutals Schule, ich muss nur eine Sondergenehmigung von der Stadt bekommen, weil wir nicht mehr in der Nähe wohnen. Auf der staatlichen Schule melde ich sie auf jeden Fall nicht an. Und Shimrit fragte, was, die mit der Vergewaltigungsecke? Und Osnat sagte, ich weiß gar nicht, ob das überhaupt stimmt, diese Sache mit der Vergewaltigungsecke, Michal sagt, das ist alles Quatsch, sie meldet ihre Tochter auf jeden Fall dort an, aus Idealismus, gleichberechtigte Schulbildung und so, und sie hat recht, Tacheles, aber ich kann das nicht, was soll ich machen, ich sag dir ganz ehrlich, so ein großartiger Mensch bin ich nicht, und außerdem würde Dror im Leben nicht einwilligen.

Sie sagte, also meldest du sie an der Gabrieli an, und Osnat sagte, ja.

Shimrit sagte, ich muss dir was sagen. Osnat fragte, was, und Shimrit sagte, ich schlafe mit Roi. Osnat sagte, was?! Aber Shimrit sagte nichts, sah sie nur an. Sie fragte, Roi aus dem Labor? Shimrit nickte. Roi, der sich scheiden lässt? Shimrit nickte abermals. Osnat sagte, wow.

Sie fragte, schläfst du nur mit ihm, oder liebst du ihn auch, und Shimrit schwieg einen Moment lang und sagte dann, ich liebe ihn auch.

Shimrit fragte, aber warum weinst du denn? Und Osnat sagte, ich weiß nicht.

XVI

1.

Er sagte, du wirst nicht glauben, was ich heute gemacht habe. Er stand im Wohnzimmer, die Hände in die Hüften gestemmt wie ein Schüler der Jazz-AG, frisch geduscht, das Haar glänzend, in kurzen Hosen und ohne Hemd. Sie sagte, frierst du nicht? Und Dror sagte, warte, bis du hörst, was ich heute gemacht habe.

Sie sagte, ich höre. Er sagte, rate mal. Sie sagte, woher soll ich das wissen, und er sagte, du darfst zwanzig Fragen stellen, und ich antworte nur mit Ja oder Nein. Du kommst im Leben nicht drauf. Sie sagte, wenn ich im Leben nicht draufkomme, was lässt du mich dann raten, und er sagte, nein, nein, vielleicht kommst du ja doch drauf. Rate mal, los, das macht mehr Spaß.

Sie fragte, hat es was mit der Arbeit zu tun? Und er sagte, nein. Sie dachte, klar, hat es nicht. Fragte, mit den Mädchen? Und er sagte, nein, das heißt … nicht direkt. Ganz, ganz indirekt vielleicht. Nein, weißt du was, hat es nicht. Sie sagte, es hat nichts mit den Mädchen zu tun, und er sagte, nein. Sie sagte, sicher? Und er sagte, sicher.

Sie fragte, irgendwas mit dem Haus? Und er sagte, prinzipiell nicht. Nein. Sie sagte, es reicht, ich spiel nicht mehr mit, das macht keinen Spaß so, und er fragte, was? Ich hab doch gesagt, nein, und sie sagte, du hast gesagt, prinzipiell nicht, und so kann man nicht spielen, das Spiel heißt ja nicht, »Ja-nein-indirekt-prinzipiell«, und er sagte, okay, ich versuch so genau zu antworten, wie es geht. Ich habe mir das Spiel extra für dich ausgedacht, und sie sagte, wenn du was für mich tun willst, dann sags mir einfach, und er sagte, ein bisschen noch, nur noch ein bisschen. Noch zehn Fragen. Wenn du nicht draufkommst, verrat ich's dir. Also los, weiter. Es hat nichts mit dem Haus zu tun. Nächste Frage.

Sie versuchte zu überlegen. Es konnte nichts Schlechtes sein, dazu war er zu fröhlich. Sie freute sich, dass er ausgelassen und guter Laune war, so brauchte sie ihn, es musste ihm gut gehen, er musste sich wohlfühlen zu Hause. Dennoch zupfte seine Fröhlichkeit ein bisschen an ihren Nerven, kitzelte ihre Geduld. Sie meinte, zwei Tonnen zu wiegen und er null, zwei Menschen, die unmöglich ein Gleichgewicht finden konnten.

Er sagte, weiter! Und sie sagte, ich überlege ja. Hat es was mit deiner Familie zu tun? Und er sagte, nein. Sie fragte, und mit meiner? Er sagte, es hat nichts mit unseren Familien zu tun. Ganz kalt.

Sie fragte, hängt es mit deiner Vergangenheit zusammen? Und er sagte, nein. Sie sagte, dann weiß ich es nicht. Er sagte, denk nach, streng dein Gehirn an, und sie fragte, hat es was mit Sex zu tun? Denkst du etwa, ich wollte dir erzählen, dass ich mir einen runtergeholt habe?, fragte er. Und sie sagte, weiß nicht, du hast gesagt, ich soll das Gehirn anstrengen, und er sagte, nein, es hat nichts mit Sex zu tun. Sie fragte, hat es was mit Essen zu tun? Und er sagte, nein.

Sie fragte, ist es etwas, das du alleine gemacht hast? Und er rief erleichtert, nein! Okay, sagte sie, und er sagte, endlich bist du auf der richtigen Fährte, und sie fragte, ist es etwas, das du mit jemandem aus der Familie gemacht hast? Und er sagte, ich hab doch gesagt, es hat nichts mit der Familie zu tun, und sie fragte, mit einem Freund? Er schüttelte bedächtig den Kopf, als sei er unschlüssig, und sie sagte, ich verstehe nicht, weißt du nicht, mit wem du das gemacht hast? Und er sagte, mit einem Freund, okay, ja. Mit einem Freund.

Sie fragte, mit Nathi? Und er sagte, Nathi ist in Kanada, und sie sagte, was weiß ich, vielleicht hat er Urlaub, und er sagte, nicht mit Nathi. Du bist komplett auf dem Holzweg, und sie sagte, es reicht, ich hab keine Lust mehr. Er fragte, soll ich's dir verraten? Und sie sagte, ja.

In seinen Augen sah sie jetzt eine gehörige Portion Schalk aufblitzen, und er sagte, ich war mit Lior am Meer. Sie fragte, welcher Lior? Und er sagte, mit Lior, Shanis Lior, von Tevel, und sie sagte, was?! Und er sagte, du hast richtig gehört. Er ist heute Morgen hier vorbeigekommen, hat gesagt, er geht mit den Hunden an den Strand, und ob ich mitkommen will. Ich hab zugestimmt. Wir sind mit ihrem Krankenwagen gefahren. Total absurd. Aber es hat super Spaß gemacht.

Sie sagte, ich versteh kein Wort. Er ist hier mit den Hunden vorbeigekommen? Und er sagte, er hatte meine Telefonnummer nicht, und sie fragte, wann, um wie viel Uhr war er hier? Und er sagte, was weiß ich, so um halb zehn, zehn vielleicht, und sie fragte, und was hat er gesagt? Dror sagte, er hat gesagt, dass sie an den Strand gehen, und ob ich mitkommen will, sie sind anscheinend ziemlich oft dort, er lässt die Hunde rennen, sich auspowern, und sie fragte, was, so mit Badehose? Ihr wart im Wasser? Und er sagte, ach was, wir sind bloß gelaufen, ganz normal, und sie fragte, war Shani auch mit? Und er sagte, nein, Shani ist bei Toval geblieben, und Osnat sagte, Shoval, und Dror sagte, richtig, Shoval.

Sie sagte, okay, also, erzähl schon, und er sagte, hör zu, ich nehm alles zurück, was ich gesagt habe. Und sie fragte, was soll das heißen, und er sagte, erstens, er ist ein toller Mensch, einfach ein toller Kerl, so toll, dass ich ihn überall auf der Welt aus freien Stücken als Freund wählen würde, ja? Und Osnat sagte, ernsthaft, und Dror sagte, er ist lustig, meganett, und er ist großzügig. Irgendwann ist er mit den Hunden verschwunden, hat gemeint, er sucht eben kurz nach Wasser für die Hunde, ist dann mit einem kompletten Mittagessen für uns beide wiedergekommen und hat mich ums Verrecken nicht zahlen lassen. Sie fragte, aber worüber habt ihr geredet, und er sagte, über alles Mögliche, halt über alles, er ist ein superinteressanter Typ, und sie fragte, was soll das sein, alles? Habt ihr etwa auch über mich geredet? Und er sagte, wir haben nicht über dich geredet, nein, aber wir haben, sagen wir mal, über die Hunde geredet, und sie fragte, und, was hat er über die Hunde gesagt, und er sagte, er hat mir die ganze Geschichte mit diesen so called »gefährlichen Hunden« erklärt, die ganze Politik dahinter, die verschiedenen Interessen, und Osnat fragte, eine Politik zu gefährlichen Hunderassen? Und Dror sagte, hör zu, das ist eine Welt für sich, ein superinteressantes Thema, wenn du willst, erzähl ich dir das. Auf jeden Fall veranstalten sie keine Hundekämpfe und kein gar nichts, dafür lege ich meine Hand ins Feuer. Ich nehm alles zurück und schäme mich, das war echt daneben, was ich gesagt habe, und Osnat fragte, hast du ihn danach gefragt? Und Dror sagte, klar, wir haben über dieses ganze Thema geredet, er hat mir von der Szene, in der Hundekämpfe veranstaltet werden, erzählt, die gibt es wirklich, vor allem in gewissen Gegenden, viel in den arabischen Dörfern, aber auch in Jaffa und in bestimmten Vierteln im Süden von Tel Aviv, bei uns auch, aber auch in Be'er Sheva und an allen möglichen Orten, er kennt sich richtig aus in der ganzen Szene, und Osnat fragte, woher kennt er sich denn so gut aus, wenn er selbst keine Kämpfe veranstaltet? Und Dror sagte, weil sie Hunde züchten und die Welpen abgeben, also müssen sie wissen, an wen, müssen höllisch aufpassen, sie nicht an Leute abzugeben, die Hunde aus Gründen wollen, die … Na, du weißt schon. Und Osnat sagte, für welche Zwecke züchtet er denn dann, das hab ich noch nicht so ganz verstanden, und Dror sagte, zum Vergnügen, genauso, wie sie ihre Hunde halten, und Osnat sagte, ihre Hunde halten sie, um mehr Hunde zu bekommen und die dann zu verkaufen, dafür lege *ich* meine Hand ins Feuer, und Dror sagte, dann sag ich dir, das ist nicht so, sie ziehen die Hunde für sich selbst groß, weil sie nämlich Hunde lieben, bloß dass dann Welpen geboren werden und sie hier ja nicht dreihundert Hunde oder so halten können, und Osnat sagte, man könnte sie ja auch kastrieren lassen, und Dror sagte, das ist offenbar nicht ganz so einfach, und Osnat sagte, also mir erscheint das allemal einfacher, einmal zu kastrieren, als die ganze Zeit Welpen wegzugeben, und Dror sagte, das sind Rassehunde, das ist eine ganz andere Geschichte, sie wollen ja auch, dass so viele Leute wie möglich den Dogo Argentino kennenlernen, dass sie keine Angst mehr vor diesem Hund haben und dass es mehr davon gibt. Also wenn ich das richtig verstehe, sagte Osnat, erscheinen dir seine Hunde jetzt nicht mehr bemitleidenswert, als arme Kreaturen und Fall für den Tierschutz, und Dror sagte, weißt du, dass er ihnen Plätzchen backt? Er backt Plätzchen für die Hunde. Er backt *fucking* Plätzchen für seine Dogos, und Osnat sagte, ein bisschen bizarr, finde ich, und Dror sagte, gar nicht bizarr, hör zu, das sind fantastische Hunde, gutmütig, süß, richtig schmusig und ihm so treu ergeben, so was hast du noch nicht gesehen. Er hat mir gesagt, diese Hunde würden ihren Besitzer als einen

Teil von sich selbst sehen, als Teil ihres Körpers. Der einzige Grund, warum sie überhaupt angreifen würden, ist, wenn sie das Gefühl haben, ihr Besitzer wird bedroht. Sie ordnen sich ihrem Besitzer total unter, würden ihr Leben hergeben, um ihn zu verteidigen.

Ich seh schon, sagte sie, du bist richtig verliebt, und er sagte, halb verliebt, ja. Sie fragte, und, arbeitet er nicht? Muss er um die Tageszeit nicht arbeiten? Und Dror sagte, wenn sie angerufen und ihn einbestellt hätten, wäre er sofort losgefahren, das ist ein privater Rettungswagen, er hat keine festen Arbeitszeiten, und Osnat fragte, also habt ihr in dem Krankenwagen gesessen? Und Dror sagte, in dem Krankenwagen, mit allen Hunden, und Osnat sagte, das hört sich für mich ja richtig hygienisch an, und Dror sagte, was möchtest du, dass ich dir sage, und Osnat fragte, aber hat er denn da drin medizinische Ausrüstung und so was alles? Und Dror sagte, ich glaub schon, ja, du weißt schon, ein Krankenwagen eben, sah aus wie ein normaler Krankenwagen, ich hab jetzt keine Überprüfung für das Gesundheitsamt da drin durchgeführt.

Er sagte, du bist reichlich misstrauisch, und sie sagte, ich bin überhaupt nicht misstrauisch, ich frage mich nur, was dieser Sinneswandel zu bedeuten hat, und er sagte, kein Sinneswandel, wieso Sinneswandel, ich hab ihn von Anfang an gemocht, und Osnat sagte, wie bitte? Du hast gedacht, er würde die Hunde misshandeln und Geld mit ihnen machen, würde den Krankenwagen nur als Tarnung und zu Steuerzwecken halten, und Dror sagte, und ich dachte, du würdest dich freuen, du warst es doch, die immer versucht hat, mich davon zu überzeugen, was für gute und reizende Menschen das sind, und Osnat sagte, sie scheinen mir auch wirklich gute Menschen zu sein, ja, ich frage mich nur … Und Dror fragte, was, und Osnat sagte, ich weiß nicht, was diese ganze Aktion zu bedeuten hat.

Er fragte, aber warum? Wo ist das Problem? Ich verstehe nicht, wo das Problem ist, und Osnat sagte, und Shani ist zu Hause geblieben, um sich um den Kleinen zu kümmern, und Dror sagte, ich weiß nicht, was sie gemacht hat, und Osnat sagte, gerade hast du mir gesagt, sie sei mit Shoval zu Hause geblieben, und Dror sagte, ich hab sie mit ihm rausgehen sehen, aber weiß ich, wohin sie mit ihm wollte? Und Osnat fragte, warum hat er sie nicht mit ans Meer genommen? Und Dror sagte, sag mal, was willst du überhaupt von mir? Ich erzähl dir eine Geschichte, erzähl dir, dass ich einen netten Tag hatte, den nettesten überhaupt, seit wir in dieses Viertel gezogen sind, also was ist dein Problem? Und Osnat sagte, ich freue mich ja, dass du Spaß hattest, und Dror sagte, das hört sich aber nicht so an, und Osnat sagte, tut mir leid, wenn es sich nicht so anhört, aber ich freue mich wirklich, dass ihr Spaß hattet, ich bin einfach nur … Dieser Lior, das ist ein ziemlicher Chauvinist. Dror verzog das Gesicht, und Osnat sagte, er ist ein Chauvinist, Dordo, ist dir noch nicht aufgefallen, dass er mit mir überhaupt nicht spricht? Dass er nur mit dir redet? Und er macht überhaupt nichts, sitzt nachmittags um fünf fett im Wohnzimmer und guckt einen Film, und die Kinder und die ganze Welt gehen ihn einen Scheißdreck an. Dieses ganze Haus ist wie eine Sitcom aus den Achtzigern, aber Hauptsache, er backt Plätzchen für seine Hunde, alle Achtung, ehrlich, und Dror sagte, sie macht aber auch nichts, Os, was macht Shani denn, leitet eine Facebook-Gruppe für erotische Literatur? Aber Osnat sagte, erstens ist sie bei dem Kleinen, und Dror sagte, vielleicht kümmert er sich ja auch um den Kleinen, das weißt du gar nicht, und Osnat sagte, er kümmert sich nicht um den Kleinen, glaub mir, verbring eine

Stunde bei ihnen zu Hause, und du kapierst das auch. Die Kinder sind nicht sein Bier. Außer natürlich zu erzählen, dass Saraf in die Hochbegabtenklasse geht.

Er fragte, also willst du, dass ich nicht mit ihm befreundet bin? Und sie sagte, nein, das heißt, von mir aus kannst du mit ihm befreundet sein, oder fangt ihr jetzt an, euch jeden Tag am Meer zu vergnügen? Und er sagte, warum jeden Tag, wieso plötzlich jeden Tag, wir sind ein einziges Mal am Strand gewesen, und Osnat sagte, weil du doch auch arbeiten musst, oder nicht? Und Dror sagte, klar muss ich arbeiten, aber ich muss zwischendurch auch mal ein bisschen Luft schnappen, ich kann unmöglich den ganzen Tag im Haus eingesperrt hocken und aus dem Fenster auf diesen Israel starren, und Osnat sagte, das kommt noch dazu, ich hab keine Lust, dass er dich gegen Israel aufwiegelt, und Dror sagte, wir haben über Israel gar nicht gesprochen, haben ihn nicht mit einem Wort erwähnt. Außerdem, wenn wir über Israel reden, dann reden wir eben über Israel, er kann hier schließlich nicht einfach, was weiß ich, Terror machen, und Osnat sagte, Terror?! Und Dror sagte, manchmal passt es halt, und man redet, worüber man so redet. Freu dich doch, dass ich hier einen Freund habe, dass ich happy bin, und gut. Und Osnat sagte, ich freu mich, ich freu mich. Okay? Ich freu mich für dich. Herzlichen Glückwunsch.

Er fragte, und, wie wars mit Shimrit? Und sie sagte, ganz in Ordnung.

XVII

1.

Zu viert verließen sie das Haus, im Gänsemarsch, Hamutal mit dem Metalltablett vorweg. Auf der anderen Seite des Zauns verfolgte Israel die kleine Prozession. Osnat war sehr aufgeregt, aufgeregter, als sie gedacht hatte. Sie spürte ein erhabenes Gefühl der Überlegenheit in sich aufwallen, sie fühlte sich wie ein guter Mensch.

Über den Zaun hinweg sagte sie zu ihm, wir kommen zu Ihnen rüber, und deutete mit dem Finger in seine Richtung, und Israel runzelte die Stirn, als verstünde oder hörte er sie nicht, und Osnat machte mit dem Finger eine kreisende Bewegung, wir kommen rum, und einen Augenblick später tauchten sie vor dem Tor auf, das zur Straße ging.

Israel erhob sich aus seinem Stuhl und kam zum Tor. Sie sagte, unsere Tochter hat einen Kuchen gebacken, sie wollte Sie damit überraschen, und auch ein bisschen angeben, und Israel beäugte den Kuchen über das Tor, öffnete es dann und fragte, ohne zu lächeln, verkaufst du ihn? Hamutal schaute ihre Mutter verlegen an, und Osnat bedeutete ihr, du kannst antworten, und Hamutal sagte, nein, und Osnat sagte, sag ihm, der ist für ihn, und Hamutal sagte, der ist für Sie, und Israel fragte, wie alt bist du? Hamutal sagte, elf, und Israel fragte, magst du Süßigkeiten? Hamutal schaute erneut zu ihrer Mutter, und Osnat fragte sich, ob sie auch schon hörte, was mit dieser Frage mitschwang, du siehst nämlich so aus, als würdest du welche mögen, und sie sagte, wir sind nur vorbeigekommen, um Ihnen den Kuchen zu bringen, trotz allem, auf gute Nachbarschaft, wir sind einfach noch nicht dazu gekommen, und Israel sagte zu Hamutal, Sekunde, ich hab was für dich. Er drehte sich um und ging ins Haus, und Osnat rief ihm nach, das muss nicht sein, wirklich nicht, aber Israel verschwand, und Hannah fragte, bringt er mir auch was mit? Und Hamutal sagte, ich geb dir meins, ich will überhaupt nichts, und in ihrer Stimme hörte Osnat die Lüge, und Dror sagte, leise, er hat uns nicht mal angeboten reinzukommen, und Osnat sagte, jetzt wartet doch kurz, und einen Moment später trat Israel wieder aus dem Haus, in der Hand eine riesige lilafarbene Tüte Flips mit Barbecuegeschmack. Er trat zum Tor und fragte, könnt ihr auch teilen? Seid ihr artige Mädchen? Hannah schaute ihre Schwester an, ihre Repräsentantin bei dieser Verhandlung, und Hamutal sah erneut zu ihrer Mutter auf, und plötzlich ging ihr, Osnat, das fürchterlich auf die Nerven, diese an ihr hängenden Augen, die Gier, sie sagte, du musst mich nicht die ganze Zeit anschauen, rede einfach, und Hamutal sagte, zu Israel oder zu ihrer Mutter, wir haben unsere Süßigkeiten für heute schon gehabt, und Osnat sagte, ach was, schon in Ordnung, man kann ja mal eine Ausnahme machen, mit welcher Leichtigkeit du deine Prinzipien verkaufst, dachte sie, bei deiner Tochter, und wofür, da reichte Israel Hamutal die monströse Flipstüte und sagte, du teilst aber mit deiner Schwester, und in Zukunft, wenn du noch was möchtest, kommst du zu mir, und Dror stieß aufgebracht hervor, nein, nein, wirklich nicht nötig, das muss nicht sein, das war das Erste, was er zu Israel sagte, seitdem sie dort standen, aber Israel reagierte nicht, als hätte er überhaupt nichts gehört, und Osnat sagte, sie müssen einfach noch zu Abend essen, aber danach passt bestimmt noch was rein, sie essen sie nachher, und Israel sagte, zu Hamutal, das ist für nach dem Essen, die wissen das auch, nur für nach dem Essen, und Osnat sagte, auf jeden Fall, und wenn Sie etwas brauchen, wir sind ja jetzt Nachbarn, und Israel sagte, ich brauche nichts, und Osnat sagte, o-kay, wunderbar, und Dror sagte, wir bemühen uns einfach, dass sie nicht so viel von solchen Sachen essen, als führte er eine zum Erliegen gekommene Unterhaltung fort, und Israel sagte, ab und an, nur ab und an, das macht gar nichts, die Augen auf die Mädchen gerichtet, als seien sie es, die er beruhigen wollte, und Osnat sagte, alles gut.

Dror zischte Osnat ein unhörbares Yallah zu, unterstrichen von einer leichten Bewegung des Kopfes, und Osnat sagte, der Kuchen, der Kuchen, nahm ihn Hamutal aus der Hand und reichte ihn Israel. Sie sagte, das Tablett können Sie uns bei Gelegenheit zurückgeben, das eilt nicht.

XVIII

1.

Die Wohnung war fürchterlich, auf eine absolute Weise hässlich, und Osnat fühlte sich zutiefst glücklich. Sie linste zu Gilad, sicherheitshalber, vielleicht sah er ja etwas anderes. Unter dem Bart zog er offenbar eine Grimasse, und seine Augen verengten sich stellvertretend für das ganze Gesicht. Vereint im gemeinsamen Gefühl der Abscheu setzten sie die Besichtigung fort.

Osnat musterte den Hintern der Frau, die sie durch die Räume führte. Sie trug Jeans, obwohl sie schon über sechzig war, und die Jeans sah absolut in Ordnung an ihr aus. Sie wirkte vollkommen normal, eine gewöhnliche Frau, nicht kriminell und nicht verrückt. Andererseits wollte sie hier ausziehen, wer normal ist, sieht zu, dass er wegkommt, vielleicht.

Es war erst das zweite Mal, und dennoch meinte sie, bereits süchtig zu sein nach dem Ritual: sich mit Gilad die Wohnungen anderer Leute anschauen gehen. Es war so, als sammelte sie Beweise, hortete sie, verglich alles und jeden mit Israel, die Mieter, die Wände und die Räume, waren die Eigentümer kriminell oder nicht, normal oder nicht, und wenn ja, wie normal. Osnat war ein kleines Wunder widerfahren, hatte sie doch eine Chance bekommen, die man sonst nicht hatte: jede Menge Musterwohnungen zu sehen, haufenweise Badezimmer und Kinderzimmer, bei freiem Eintritt, und das, nachdem sie schon in das Viertel gezogen war, für das sie sich entschieden hatte. Wie eine Spionin oder Betrügerin, verkleidet als Wohnungssuchende.

Verkleidet als seine Frau, das auch. Sie reiste zurück in der Zeit, löschte anderthalb Jahre aus ihrem Leben, oder gleich dreizehn: Jetzt suchte sie eine Wohnung mit Gilad, und alle Katastrophen würden vermieden. Vielleicht würden sie hier wohnen, vielleicht aber auch woanders. Eine echte de-la-Schmonzes-Drehtür.

Wie wenig es manchmal brauchte, um komplett in seinen Gespinsten aufzugehen. Anderthalb Runden durch eine zum Verkauf stehende Wohnung. Wie instabil sie sich in diesem Moment fühlte, eine Nomadin im eigenen Leben. Sie dachte: Das ist der Preis eines Hauses, das man nicht auf festem Grund gebaut hat. Und es ist Drors Schuld, nicht, dass er hinterher ankommt und sich beschwert.

Sie kehrten ins Wohnzimmer zurück, wie eine Geisterbahn auf dem Rummel, die wieder zum Startpunkt gerollt kam. Sie fragte, wollen Sie über den Preis sprechen? Und Osnat hatte Mitleid mit ihr, weil sie die Wohnung ja nicht kaufen würden. Fast war sie versucht ihr zu sagen, am Ende werden Leute kommen, die sie kaufen, seien Sie unbesorgt, Leute wie ich, und plötzlich dachte sie, auch ihr eigenes Mitleid brauchte dringend ein Update: Hallo, hallo, Verehrteste, wer muss hier denn mit wem Mitleid haben?

2.

Er sagte, und nun, und sie sagte, das war gerade mal die zweite Wohnung, die du dir angeschaut hast, und er sagte, nein, das war ein allgemeines »Und nun«. Sie sagte, allgemein ist mir zu groß, aber eine Wohnung wirst du finden, das verspreche ich dir, das ist wie mit einem Partner, davon braucht man auch nur einen, nicht dreißig, und noch im selben Moment bereute sie das, sie klang ja wie ein Sorgentelefon, und wer weiß, vielleicht wollte er ja tatsächlich mehr als nur eine Wohnung, wenn er sie als Anlageobjekte kaufte.

Er sagte, auch eine Partnerin hab ich noch nicht gefunden, das ist also keine besonders tröstliche Aussicht, und sie sagte, ich hab nicht den Eindruck, dass du Not leidest, und er fragte, hast du nicht? Und sie sagte, nein, und er fragte, wieso denkst du das? Und sie sagte, ich weiß nicht, das ist einfach nicht in deiner DNA, ihr alle, nebenbei gesagt, auch Er'el und Yiftach, und deine Mutter auch, ihr kennt gar kein Notleiden, und Gilad fragte, was meinst du damit? Ihr seid alle so aufgeweckt, so positiv, beharrte Osnat, ehrlich, ich kenne echt kaum noch Menschen wie euch, und Gilad sagte, ich weiß nicht, mir scheint nicht, dass wir so außergewöhnlich sind, und Osnat sagte, dass ihr für dich nicht außergewöhnlich erscheint, zeigt doch nur, wie normal ihr tatsächlich seid, und damit wiederum außergewöhnlich, das ist es, was ich zu sagen versuche. Gilad runzelte die Stirn, ungläubig, aber doch bemüht zu verstehen, sagte, worüber reden wir überhaupt, ich hab total den Faden verloren, und Osnat überkam plötzlich das Verlangen nachzugeben, diese Unterhaltung, die tatsächlich einigermaßen idiotisch war, ad acta zu legen und stattdessen einfach ganz allgemein abzulegen, ihm ihre Titten ein bisschen ins Gesicht zu halten und zu sagen, kannst du vielleicht endlich damit aufhören, dich aufzuführen, als wären wir Cousin und Cousine?

Er sagte, was? Und sie fragte, also was ist, leidest du Not? Suchst du wirklich nach Liebe? Und er fragte, kennst du jemanden, der nicht nach Liebe sucht? Und sie sagte, ich kenne welche, die Liebe gefunden haben, und er sagte, wie du, zum Beispiel, und sie sagte, ja.

Was will sie überhaupt von ihm? Ja, was? Dass er seinen Irrtum eingesteht? Er hat sie vor vierzehn Jahren nicht gewollt, also soll er sie jetzt wollen? Warum, weil sie inzwischen zwei Töchter hat? Aber vielleicht geht es auch nur darum, es zu sagen, es auszusprechen, nur darum, ihre Kränkung ein bisschen auszulüften, sie vom Dachboden zu holen.

Er fragte, und wie gehts den Mädchen? Sie sagte, alles bestens. Hundertprozentig. Er fragte, wie finden sie's im Viertel? Und sie sagte, klasse, absolut klasse. Sie sind happy. Er fragte, macht Hamutal noch Ballett? Und Osnat sagte, Kunstturnen, und Gilad sagte, ach ja, Kunstturnen, und Osnat sagte, macht sie noch, doch, doch, ist voll dabei. Er sagte, eine Süße ist sie. Und klug. Ein kluges Mädchen. Osnat sagte, sehr. Sie sagte, sie haben nächsten Monat einen Wettbewerb. Mit dem Turnverein. Da, wo wir vorher gewohnt haben, haben sie nie was gewonnen, aber vielleicht ja hier, was weiß ich. Auf jeden Fall hat sie Spaß.

Er sagte, das ist das Allerwichtigste. Sie nickte vielsagend. Und als sie sich seines Blickes bewusst wurde, dachte sie, ich bilde mir das nicht nur ein, überhaupt nichts bilde ich mir ein.

XIX

1.

Ihr Smartphone zeigte mehr als sechzig neue Nachrichten an, die ihr böse entgegenbellten, was sie verpasst hatte: Natürlich? Nichts daran ist natürlich. Verzeihung, meine große Tochter ist in der neunten Klasse, und selbst dort haben die Lehrerinnen noch was zu sagen, so was passiert da nicht, ich hab nicht gesagt, dass man deshalb nichts unternehmen sollte, aber man muss auch nicht gleich in Hysterie verfallen, das sind elfjährige Mädchen, so lernen sie diese Welt kennen, so lernen sie, was erlaubt ist, da kann man nichts machen, wollt ihr euch vor dem Kurs treffen, wir können uns treffen, aber ich sehe nicht, was das bringen soll, ich denke, jede von uns sollte mit ihrer Tochter reden, und Jewgenia muss mit ihnen allen reden, das ist das Wichtigste, ich kann auf jeden Fall heute nicht, es sei denn, das findet vor dem Kurs statt, und Osnat verstand, ihr blieb keine Wahl. Mit dem Finger scrollte sie in dem aufgebrachten Chatverlauf zurück und las von Anfang an.

Ein Klopfen auf dem Rücken riss sie aus der Lektüre, und aufgebracht drehte sie sich um. Aber es war Hamutal. Sie fragte, du, nimmst du mich heute mit? Und Osnat sagte, ich nehme dich mit dem Taxi mit, und Papa holt dich hinterher wieder ab. Hamutal sagte, supi.

Sag mal, fragte sie, war irgendwas beim Kunstturnen? Und Hamutal fragte zurück, wie irgendwas, irgendwas wie was? Und Osnat sagte, ich weiß nicht, ich seh hier auf Whats-App, ihr habt ein Mädchen ausgegrenzt? Und Hamutal sagte, beim Turnen kann man keinen ausgrenzen, und Osnat fragte, was war denn dann los, was habt ihr gemacht? Und Hamutal sagte, ach nichts, bloß ein kleiner Streit zwischen Tevel und Cathy, und Osnat fragte, welche Cathy? Und Hamutal sagte, Cathy? Vom Kunstturnen? Wer, die Schwarze?, fragte Osnat. Und Hamutal verzog das Gesicht wie ein fragendes, verwundertes Emoji, Schwarze? Welche Schwarze? Und Osnat sagte, das schwarze Mädchen, das bei euch im Turnverein ist, ich weiß nicht, wie sie heißt, so eine Große, denn sie wollte nicht sagen, Füllige, und Hamutal sagte, ich glaub, die hat aufgehört.

Sie sagte, okay, also was war mit dieser Cathy, und Hamutal sagte, gar nichts, hab ich doch gesagt, und Osnat fragte, was gar nichts, habt ihr nicht mit ihr geredet? Habt ihr sie nicht mitmachen lassen? So was in der Art? Und Hamutal sagte, wir haben mit ihr geredet, haben wir, nur die Übungen haben wir nicht mit ihr gemacht, und Osnat sagte, ich verstehe nicht, was soll das heißen, ihr habt die Übungen nicht mit ihr gemacht? Sind das nicht die Übungen, die Jewgenia vorgibt? Sagt sie euch nicht, was ihr tun sollt? Und Hamutal sagte, doch schon, aber ... Ich weiß nicht, wie ich das erklären soll, egal, und Osnat sagte, nicht egal, überhaupt nicht egal, diese Cathy war, wenn ich das hier richtig verstehe, sehr traurig, und Hamutal sagte, ja, sie war traurig, das stimmt, und Osnat fragte, also weshalb war sie traurig, und Hamutal sagte, weil sie angeblich nicht ... Und Osnat fragte, angeblich was nicht, und Hamutal sagte, nicht zur Gruppe gehört, und Osnat sagte, weil ihr sie ausgegrenzt habt, und Hamutal sagte, vielleicht denkt sie, wir hätten sie ausgestoßen, und Osnat fragte, aber habt ihr nicht? Und Hamutal sagte, ich hab sie nicht ausgestoßen, und Osnat fragte, und was ist mit Tevel? Und Hamutal sagte, Tevel? Kann sein. Und Osnat fragte, aber du hast auch nicht die Übungen mit ihr gemacht? Du hast dich, sozusagen, mit Tevel verbündet? Und Hamutal sagte, ich mache die Übungen immer mit Tevel, und Osnat fragte, und nicht mit Cathy, und Hamutal sagte, Tevel und ich turnen immer zusammen, wenn man die Übungen zu zweit machen soll. Und auch wenn nicht, turnen wir zusammen.

Sie stiegen in das Taxi. Hamutal fragte, darf ich das iPhone? Und Osnat sagte, Sekunde, sofort. Du weißt, jemanden auszugrenzen ist etwas Schreckliches, und Hamutal sagte, aber ich sag dir doch, wir haben sie nicht ausgegrenzt, und Osnat sagte, es klingt für mich aber doch ein bisschen so, als hätte ihr das gemacht, und Hamutal sagte, haben wir aber nicht.

Osnat schwieg einen Moment lang. Hamutal fragte, darf ich? Und Osnat sagte, wenn du noch mal fragst, kriegst du das iPhone bis morgen nicht. Hamutal rollte mit den Augen und sagte, was denn noch. Osnat sagte, du weißt, du bist überhaupt nicht verpflichtet, alles zu machen, was Tevel sagt, und Hamutal sagte, natürlich nicht! Nein, fuhr Osnat fort, denn wenn du siehst, dass eine Freundin sich einer anderen Freundin gegenüber nicht nett verhält, oder einem anderen Mädchen gegenüber, und Hamutal sagte, Mama, ich weiß, und Osnat sagte, was weißt du, und Hamutal sagte, dann erzähl ich's der Lehrerin, und Osnat sagte, von wegen der Lehrerin erzählen, was soll das, der Lehrerin erzählen, warum sagst du das einfach so, und Hamutal sagte, was regst du dich auf, und Osnat sagte, weil du bloß Sprüche klopfst, »der Lehrerin erzählen«, was willst du denn der Lehrerin erzählen, du hast im Leben der Lehrerin noch nichts erzählt! Wenn schon, dann erzähl es mir, frag mich um Rat, und wir überlegen gemeinsam, ob man das der Lehrerin erzählen soll oder vielleicht doch nicht, was man am besten macht, wie man auf so was reagiert, und Hamutal sagte, in Ordnung, und Osnat sagte, und außerdem, wenn du siehst, dass nicht nett mit einem anderen Mädchen umgegangen wird, gilt immer noch als Erstes: Mach nicht mit. Ich sage nicht, verteidige sie, aber unterstütze zumindest nicht den, der angreift, auch wenn es deine Freundin ist. Denk drüber nach, was es bedeuten würde, wenn du dieses Mädchens wärst, überleg, wie schlimm das wäre.

Hamutal sagte, okay, und Osnat sagte, und heute beim Turnen möchte ich, dass du diese Cathy ganz normal mitmachen lässt, und Hamutal sagte, es geht nicht um mitmachen lassen, aber auch egal, und Osnat sagte, du verstehst sehr gut, was ich meine.

Für einen kurzen Moment fuhren sie schweigend. Osnat wusste, Hamutal hatte Angst, nochmals um das iPhone zu bitten, wusste aber auch, diese Angst würde bald schwinden. Sie fragte, sag mal, ist sie überhaupt nett? Ist sie ein nettes Mädchen? Und Hamutal sagte, ich kenn sie eigentlich gar nicht, nur vom Turnen, und sie kommt auch nicht immer, und Osnat sagte, nicht Cathy, Tevel, ist sie nett? Und Hamutal sagte, komische Frage. Osnat fragte, findest du sie sympathisch? Magst du sie richtig? Und Hamutal sagte, ja, kann man sagen.

2.

Als sie vom Turnen kamen, wartete Dror bereits im Wagen. Osnat sagte, was gibts Neues, und Dror fragte nach hinten, wie wars? Hamutal sagte, setz mich bei Tevel ab, und Dror schaute jetzt zum Beifahrersitz und fragte, sie geht zu Tevel?

Osnat sagte, sie haben sich über WhatsApp verabredet, und Dror fragte, was, war Tevel nicht beim Turnen? Und Osnat sagte, *I'll tell you later.*

3.

Sie sagte, du weißt schon, Tevel? Die süße Kleine mit den Zöpfen, die nichts essen will und mit ihrer Schwester das Bad putzt und alle Zahnpastatuben ordentlich nebeneinander aufstellt? Und Dror sagte, was ist mit ihr? Und sie sagte, die tyrannisiert ihre ganze Klasse in der Schule und den Turnverein genauso.

Er fragte, wie, ich meine, woher weißt du das, und sie sagte, in der WhatsApp-Gruppe vom Turnen war der Teufel los, irgendeine Cathy, weißt du, wer das ist? Und Dror sagte, vom Gesicht her bestimmt, und Osnat sagte, egal, die Kurzversion ist, sie haben sie offensichtlich bei irgendeiner Übung nicht mitmachen lassen, oder haben nicht mehr mit ihr geredet, genau hab ich's nicht verstanden, weshalb sie so beleidigt war, Cathy, und von Hamutal hab ich erfahren, dass das im Wesentlichen Tevel ist, dass Tevel nicht mit Cathy redet und alle anderen deshalb auch nicht, obwohl Hamutal behauptet, sie würde trotzdem mit ihr reden, weshalb ich nicht weiß, was genau stimmt. Und als ich jetzt beim Turnen war und draußen gewartet habe, hab ich ein bisschen mit den anderen Müttern geredet, auch von Mädchen, die mit ihr in einer Klasse sind, mit Tevel, meine ich, und demnach ist sie so ziemlich der Schrecken der Klasse, oder sogar der ganzen Stufe, und Dror fragte, der Schrecken der Klasse in welchem Sinne? Was macht sie denn? Und Osnat sagte, weiß ich nicht genau. Aber anscheinend tyrannisiert sie die anderen.

Er fragte, Tevel? Und sie sagte, Tevel.

Er fragte, und warum ist sie dann jetzt zu ihr gegangen? Und Osnat sagte, darum, weil sie wollte. Tevel war heute nicht beim Turnen, wahrscheinlich deswegen, und Dror fragte, hast du schon mit Shani gesprochen? Und Osnat sagte, hab ich noch nicht geschafft.

Er sagte, das ist nicht gut für Hamutal, und Osnat fragte, was ist nicht gut? Dieser Gruppenzwang, sagte Dror, und Osnat fragte, warum gehst du davon aus, dass sie gezwungen wird? Statt einer Antwort fragte Dror, hat sie auch diese Cathy ausgeschlossen? Und Osnat sagte, ist mir nicht ganz klar geworden, mir scheint, so irgendwas dazwischen, sie hat sie nicht ausgegrenzt, hat sie aber auch nicht nicht ausgegrenzt, und Dror sagte, na, und Osnat sagte, in Ordnung, ich hab mit ihr schon darüber gesprochen, und ich werd auch noch mal mit ihr reden, aber weißt du, sie muss einfach lernen, mit solchen Situationen umzugehen, und Dror sagte, aber unsere Aufgabe ist es, ihr den Rücken zu stärken und nicht Situationen zu fördern, die ausgerechnet, du weißt schon, Schwächen bei ihr zutage fördern, und Osnat sagte, aber warum gehst du ständig davon aus, dass sie schwach ist, du wärst wohl nie auf den Gedanken gekommen, dass die beiden nicht komplett auf Augenhöhe sind, und Dror sagte, okay, aber vor einer Sekunde hast du mir das eben so erzählt, und du selbst gehst ja auch davon aus, dass sie sich von ihr mitziehen lässt, zumindest bis zu einem gewissen Grad, und Osnat sagte, aber das macht sie doch nur zu einem ganz normalen Mädchen, nicht zu einem schwachen, und Dror sagte, ich verstehe nicht, was dich so hochgehen lässt, ist es das Schwachsein, das dir gegen den Strich geht? Und Osnat sagte, ja, denn sie ist nicht schwach, sie ist kein schwaches Mädchen, und Dror sagte, sie ist ein Kind, das leicht zu beeinflussen ist, und Osnat sagte, das bedeutet gar nichts, das ist wie zu sagen, sie ist ein Mädchen, und Dror sagte, das ist nicht wie zu sagen, sie ist ein Mädchen, sondern sie ist ein Mädchen, das sich leicht beeinflussen lässt, und Osnat sagte, kurz gesagt, ein Mädchen mit Übergewicht, und Dror sagte, nein, nicht kurz gesagt ein Mädchen mit Übergewicht, obwohl sie, nebenbei gesagt, tatsächlich ein Mädchen mit Übergewicht ist, und das ist auch in Ordnung, das zu sagen, aber das hat nichts damit zu tun, und Osnat sagte, und ob das etwas damit zu tun hat, und Dror sagte, deine Tochter ist nun mal keine Anführerin, das entspricht nicht ihrem Charakter, war noch nie ihr Charakter, sie fühlt sich zu starken Kindern hingezogen, und wir müssen das im Blick behalten, das ist alles, und Osnat sagte, die meisten Kinder sind keine Anführer, und Dror sagte, die meisten Kinder sind auch nicht meine, weshalb mich die meisten Kinder nicht kümmern, mich kümmert, dass man meine Tochter nicht ausnutzt, und Osnat fragte, warum sollte jemand sie ausnutzen wollen? Was ist das für eine Idee, die du ihr da in den Kopf setzt? Und Dror sagte, ich setze ihr gar nichts in den Kopf, ich rede mit dir, und Osnat sagte, du machst das in ihrer Gegenwart andauernd, vielleicht merkst du das ja nicht, aber du machst das ständig, und Dror fragte, wann mache ich das? Die ganze Sache mit den Süßigkeiten, sagte Osnat, und mit Israel, und Dror fragte, was willst du denn? Dass er anfängt, ihr immerzu Süßigkeiten zuzustecken? Und Osnat sagte, ich will nicht, dass er ihr Süßigkeiten gibt, aber ich will daraus auch keine große Sache machen, und Dror sagte, ich will auch keine große Sache daraus machen, ich will nur nicht, dass er sich meine Tochter schnappt und in irgendeinen Schuppen zerrt, und Osnat sagte, oh, na bitte, ich wusste es, und Dror sagte, was wusstest du, und Osnat sagte, ich wusste es, ich habs die ganze Zeit gewusst, und Dror sagte, na, dann alle Achtung, und Osnat sagte, ich rede jetzt überhaupt nicht von Israel, vergiss es, ich hab keine Kraft mehr, schon wieder über Israel zu reden, und Dror sagte, ich auch nicht, glaub mir, und Osnat sagte, ich rede über Hamutal, einzig und allein über Hamutal, darüber, dass du ihr nicht zutraust, dass sie auf sich selbst aufpassen kann, und Dror sagte, du hast absolut recht, ich traue ihr nicht zu, dass sie auf sich selbst aufpassen kann, sie ist ein elfjähriges Mädchen, und dafür hat sie Eltern, und Osnat sagte, sie hat Eltern, damit die ihr beibringen, was richtig ist und was sich lohnt und was nicht, aber nicht, damit sie ihr einbläuen, vor Erdnussflips auf der Hut zu sein, und Dror sagte, spitze, dann kann sie ja gleich zu Israel nach Hause gehen und bei ihm Junkfood futtern, und Osnat sagte, wer sagt denn, dass sie zu Israel nach Hause soll, hab ich gesagt, sie soll zu Israel nach Hause gehen, meinst du etwa, ich würde meine Tochter allein zu einem älteren Mann nach Hause gehen lassen, glaubst du denn, dass ich den Verstand verloren hab, und Dror sagte, ich weiß nicht, wenn du ihr beibringst, vorsichtig zu sein, und Osnat sagte, verkauf mich nicht für dumm und mach kein hysterisches Weib aus mir, und Dror sagte, wer macht denn ein hysterisches Weib aus dir, und Osnat sagte, und spiel mir hier nicht den redlichen Papa vor, denn so oft, wie du ihr was über Körperverständnis und Körperbild vorquasselst, bist es am Ende doch du, der seine Tochter behandelt, als sei sie behindert, und Dror sagte, ach, fick dich, und Osnat sagte, fick dich doch selbst.

Sie saßen im Auto. Sie verspürte den unbändigen Drang, wieder mit dem Rauchen anzufangen, dieser ganze Ort hier war eine einzige große, verführerische Zigarette.

Sie sagte, ich steig aus. Sie stieg aus dem Auto und warf die Tür hinter sich zu. Aus dem Augenwinkel sah sie, dass Dror sich absichtlich viel Zeit ließ, den Wagen auszumachen.

Sie marschierte den Weg entlang und ging weiter, bis an den Rand des Gartens, spähte hinüber: Die Sielabdeckung war zu. Sie zog den Schlüssel aus der Tasche und kehrte zur Haustür zurück. Aber als sie ihn in das obere Schloss stecken wollte, sah sie, dass es nicht da war, das Schlüsselloch war nicht mehr da, denn das ganze Schloss war zu einem großen, unförmigen Gebilde geworden, war mit der Tür verschmolzen. Fragend sah sie sich um, und Dror war da.

Verblüfft strich er über das Schloss, und die Tür öffnete sich unter seiner Berührung und gab das Hausinnere preis. Die ausgeweideten, mit einem Messer aufgeschlitzten Sofas waren das Erste, was sie sah. Dann sah sie alles andere.

XX

1.

Der Polizeibeamte hob die Augen zur Zimmerdecke, als wollte er die Höhe der Räume abschätzen, um ihnen die Ausmaße des Hauses zur Last zu legen und dem Einbrecher so einen Teil seiner Schuld zu erlassen.

Er untersuchte die Reste des Schlosses. Fragte, und Sie haben nichts gehört? Dror sagte, wir waren nicht zu Hause, und der Beamte fragte, und die Nachbarn, haben die nichts gehört? Osnat sagte, offenbar nicht, und der Polizist sagte, es ist einfach so, ein solches Schloss aufzubrechen, das macht ganz schön Lärm, und noch dazu mitten am Tag, und hier ringsum ist ja alles dicht bebaut. Sie schwiegen, und er fragte, hatten Sie etwas Wertvolles im Briefkasten? Denn ich hab gesehen, man hat auch versucht, Ihnen den Briefkasten aufzubrechen, und Dror sagte, nein, nein, das war schon.

Er ging ins Wohnzimmer. Fragte, was wurde entwendet? Und Osnat sagte, vielleicht Schmuck, ich bin noch nicht dazu gekommen, alles zu überprüfen, wir haben ja gleich bei Ihnen angerufen, und Dror sagte, sogar die Scheckhefte haben sie liegen lassen, haben sie gefunden, aber dagelassen, die waren hier unter dem Tisch, und der Polizist sagte, das interessiert die nicht, die interessiert nur Bargeld. Und Schmuck, wenn er was wert ist. Dror sagte, den Laptop haben sie auch nicht mitgenommen, als wollte er noch nicht von seinem ungläubigen Staunen lassen, und der Beamte sagte, so was interessiert die auch schon nicht mehr, zu kompliziert, das Zeug zu verkaufen, und Dror fragte, aber wozu haben sie dann das Haus auf den Kopf gestellt? Und der Polizeibeamte sagte, für Geld, Bares. Und Dror sagte, aber die haben sämtliche Schränke ausgeräumt, die Tiefkühltruhe, wollen Sie mir sagen, Leute packen ihr Bargeld ins Eisfach? Und in die Sofas! Verstecken manche Leute etwa Geld im Sofa? Und der Polizist sagte, Geld, Schmuck. Und Drogen, fügte er hinzu. Aber ich denke nicht, dass Sie hier welche hatten? Osnat sagte, nicht wirklich, nein, und fügte angesichts des Blicks des Polizeibeamten schnell hinzu, wirklich nicht.

Dror sagte, vor ein paar Wochen ist schon mal jemand hier eingestiegen und hat tausend Schekel und ein Tablet mitgenommen, und der Polizist hob den Kopf von seinem Formular und fragte, vor einigen Wochen ist schon mal bei Ihnen eingebrochen worden? Und Osnat sagte, das ist nicht klar, und Dror sagte, was ist nicht klar? Das ist so klar wie nur irgendwas, und der Polizist fragte, und wie sind sie reingekommen? Dror sagte, durch das Fenster in der Küche, und der Beamte fragte, und haben Sie Anzeige erstattet? Doch als Dror sagte, nein, meinte der Beamte nur, okay.

Er machte sich wieder daran, das Formular auszufüllen. Dror sagte, aber Fakt ist, dass sie das Tablet anscheinend schon interessiert hat, und der Polizeibeamte fragte, Fakt ist was, und Dror sagte, Sie haben gesagt, Computer würden die nicht interessieren, aber bitte sehr, Fakt ist, dass es das offensichtlich doch tut, und der Polizist sagte, was Sie nicht angezeigt haben, hat keine Relevanz, und als Dror mit den Augen rollte, ergriff Osnat seine Hand und drückte sie.

Der Polizist fragte, wie lange haben Sie das Haus schon? Und Osnat sagte, drei Monate, und Dror verbesserte, vier, und Osnat sagte, wir sind gerade erst eingezogen, und der Beamte sagte, weniger als ein Jahr, und Osnat bestätigte, ja, und er hakte etwas auf seinem Formular ab. Er fragte, es gehört Ihnen, ja? Und Osnat sagte, ja. Noch ein Häkchen.

Dror fragte, kann es sein, dass das ein Warneinbruch war? Der davor, meine ich, und der Polizist fragte, was soll das sein, ein Warneinbruch? Und Dror sagte, ich weiß nicht, dass sie uns etwas sagen wollten, und der Polizeibeamte fragte, was arbeiten Sie? Und Dror sagte, ich entwickle Programme, und Osnat sagte, IT, und der Polizist sagte, kann ich mir nicht vorstellen, und Osnat sagte, warum fragen Sie nicht, was ich arbeite? Und der Polizeibeamte fragte, was arbeiten Sie? Osnat sagte, ich bin bei Food Deal, und der Polizist sagte, o-kay, und Osnat sagte, egal, das ist wohl das System, dass Sie nur ihn fragen, aber vielleicht bin ich ja das Oberhaupt einer Mafiasippe? Und der Polizist sagte, o-kay.

Er notierte sich etwas von ihren Personalausweisen und erhob sich dann. Sie sagte, wir möchten Ihnen kurz noch was oben zeigen, und der Polizeibeamte schaute die Treppe hoch, als sei er unschlüssig, ob sich der Einsatz wirklich lohnte, und sagte schließlich, okay, und stieg hinter ihr hinauf. Dror folgte ihnen.

Sie blieb an der Badezimmertür stehen und ließ dem Polizisten den Vortritt. Er musterte flüchtig das Chaos, die offen stehenden Schränke, die Shampooflaschen, die auf den bemalten Fußboden bluteten, und dann erst sah er es und verzog das Gesicht. Dror sagte, verstehen Sie jetzt, warum ich wegen einer möglichen Botschaft gefragt habe, und der Polizist fragte angewidert, was ist das, ohne Fragezeichen, und Osnat sagte, genau das, wonach es aussieht.

Er sagte, schöne Scheiße, da bin ich sprachlos, und Dror fragte, und davon abgesehen, abgesehen von schöne Scheiße, und der Polizeibeamte sagte, also noch mal, Sie haben gesagt, Sie sind mit niemandem verfeindet? Osnat und Dror wechselten einen Blick, und Dror sagte, nein, und der Polizist fragte, niemand, von dem Sie denken, er könnte Ihnen so was antun? Osnat sagte, nein, und der Beamte sagte, na, was wollen Sie dann, dass ich Ihnen sage? Sie hatten einen Einbrecher, der scheißen musste.

2.

Sie ließ sich in einen der Sessel fallen. Sagte, ich könnte heulen, und Dror sagte, dann heul doch. Sie sagte, am liebsten würde ich im Hotel übernachten.

Er sagte, yallah. Ich mach mal oben die Kacke weg, das ist das Erste. Fängst du hier unten an? Und Osnat sagte, okay. Er sagte, leg ein bisschen Musik auf, wir können ohnehin nichts dran ändern, also komm, lass es uns wenigstens mit Musik machen, und Osnat fragte, hast du noch Kraft, mir was anzustellen? Und Dror sagte, ja.

Er trat zur Stereoanlage. Bemerkte erst jetzt, dass sie die CDs nicht angerührt hatten, alle gelassen hatten, wo sie waren. Die Klänge füllten das Haus wie ein übertrieben dramatischer Soundtrack. Sie sagte, Chava Alberstein?! Und Dror fragte, was, nicht gut? Sie sagte, gut, auch egal, und Dror fragte, lieber was anderes? Und Osnat sagte, nein, echt egal.

Sie blieb weiter sitzen. Er sagte, wir sollten so viel schaffen, wie's geht, bevor die Mädchen zurückkommen, nicht, dass sie einen Schock kriegen, und Osnat sagte, ich sammle einfach Kraft.

Er ging nach oben. Sie dachte: Er hat vergessen, Putzsachen aus der Küche mitzunehmen, um die Kacke wegzumachen. Aber vielleicht hat er ja eine andere Lösung. Sie stellte sich vor, wie er auf dem Boden im Badezimmer hockte und irgendwie diesen Haufen anhob, und dann quälte sie sich aus dem Sessel und hastete nach oben.

Dror pinkelte auf dem Gästeklo. Sie sagte, warte eine Sekunde mit der Kacke, mach das nicht weg, ich möchte, dass wir kurz mal überprüfen, was das ist, und Dror sagte, wie, was das ist, das ist Scheiße, und Osnat sagte, ich dachte nur plötzlich, vielleicht ist das von einem Hund, und Dror fragte, von welchem Hund denn? Osnat sagte, ich weiß nicht. Aber vielleicht ist das Hundekacke. In Fernsehserien packen sie Leuten auch manchmal Hundekacke in den Briefkasten. Oder auf den Rasen. Das wäre zumindest ein bisschen logischer als Menschenkacke, und Dror fragte, was ist daran logischer? Ich weiß auch nicht, sagte Osnat, aber dass ein Mensch dir mitten ins Haus scheißt? Und Dror sagte, ja und, soll er etwa Hundekacke in der Tasche mitbringen? Ich weiß auch nicht, sagte Osnat, vielleicht ist er ja mit einem Hund reingekommen, und Dror fragte, wer bricht denn mit einem Hund ein? Und Osnat sagte, wer bricht ohne Hund ein? Was weiß ich, im ganzen Viertel wimmelt es von Hunden, also erscheint es mir zumindest logisch zu überprüfen, ob das nicht Hundekacke ist, das wäre eine relevante Information, und Dror sagte, und wenn das Hundekacke ist, was dann? Was willst du dann machen? Einen Gerichtsbeschluss erwirken, der alle Hunde in diesem Land verpflichtet, eine Kackprobe abzugeben? Osnat sagte, das ist nicht witzig, und Dror sagte, ich weiß.

Er trat auf sie zu, sagte, schon gut, ich bin auch nicht besser, mit meinem Warneinbruch. Wir verhalten uns wie zwei Forensiker, und Osnat lächelte. Dror fasste ihr an den Po, und sie drängte sich an ihn. Er sagte, obwohl, mal ehrlich? Wenn wir in einem normalen Staat leben würden, dann wäre das nicht ganz so abwegig, weder was du gesagt hast noch was ich gesagt habe, und Osnat fragte, was wäre nicht abwegig? Und Dror sagte, das geht denen einfach am Schwanz vorbei, jetzt anzufangen und Einbrüche und so was zu untersuchen, aber würde es ihnen nicht am Schwanz vorbeigehen, dann wäre es genau das, was sie machen müssten, nämlich ein bisschen ernst zu nehmen, was ich ihnen über den ersten Einbruch erzählt habe, und auch die Kacke, er hat sich das nicht mal richtig angesehen.

Sie fragte, denkst du wirklich, das war ein Einbruch? Ich rede über den ersten, meinst du das immer noch? Und Dror fragte, was sonst? Ich weiß nicht, sagte Osnat, jetzt, wo du gesehen hast, wie ein Einbruch aussieht, nämlich so, da weiß man, dass sie bei dir eingebrochen haben, und Dror sagte, warum soll sich das widersprechen, im Gegenteil, man bricht nicht zweimal innerhalb weniger Wochen in ein und dasselbe Haus ein, das macht keinen Sinn, noch dazu in ein neues Haus, das gut gesichert ist, ganz klar, dass es hier einen Zusammenhang gibt, einen Vorsatz, es braucht eine besondere Motivation, um in ein solches Haus zu kommen, er hat dir das selbst gesagt, und Osnat sagte, das genau ist die Motivation, dass es nagelneu ist, mehr Motivation braucht es nicht, denn klar ist, hier wohnen Leute, bei denen vielleicht was zu holen ist, und Dror sagte, in Ordnung, also beim ersten Mal steigen sie ein und greifen in zehn Sekunden mal so tausend Schekel ab, ja? Tausend Schekel und ein Tablet. Klar, dass es da Sinn macht, noch mal zu kommen, und dann aber gründlich. Deshalb wollte ich auch nicht, dass wir was sagen, über Israel und das alles, und Osnat fragte, weswegen wolltest du das nicht? Dror sagte, was hätte das geholfen? Erstens bin ich sicher, dass er nicht blöd ist, sie hätten bei ihm im Haus nichts gefunden. Außerdem, weißt du was? Mir ist auch lieber, dass sie nichts finden, denn was, wenn sie was finden? Er würde festgenommen werden und entweder in den Knast wandern oder vielleicht auch nicht, aber alles wegen uns. Und weiß er, wo wir wohnen? Osnat sagte, ich verstehe, aus deiner Sicht ist die Sache durch, und Dror sagte, ganz abgesehen davon, dass sie ohnehin nichts finden würden, aber diese Schwachköpfe würden auf jeden Fall losgehen und mit ihm reden, stimmts? Sie würden ihm auf die Pelle rücken und sagen, es gab einen Einbruch, und dass wir gesagt haben, wir hätten Streit mit ihm gehabt, und dann wäre erst recht Rambazamba gewesen, und Osnat sagte, nach dem Kuchen, nachdem wir zu ihm gekommen sind und nachdem er die Mädchen gesehen hat, denkst du wirklich, er würde so was machen? Und Dror fragte, wie kann es sein, dass niemand was gehört hat? Wie kann es sein, dass die hier ich weiß nicht wie an dem Schloss rumhantiert haben, es aufgebrochen oder aufgeschweißt oder was weiß ich wie aufgekriegt haben, und er hat nichts gehört? Nichts gesehen? Hört sich das plausibel für dich an? Vielleicht war er gar nicht zu Hause, sagte Osnat, und Dror sagte, ich bitte dich. Er hockt den ganzen Tag zu Hause. Im Garten, um genau zu sein. Beäugt unser Haus twenty-four seven. Der ist wie eine Überwachungskamera, nur eine, die auch bei dir einbricht. Und noch mal, ich glaube nicht, dass er selbst irgendwo einsteigt. Er hat jemanden, der das für ihn macht.

Sie sagte, und wenn sie noch mal wiederkommen, und er sagte, ich glaube, die sind jetzt durch damit, oder? Haben das Haus gründlich auf den Kopf gestellt, und Osnat sagte, und wenn doch? Noch mal stehe ich das Ganze nicht durch, und Dror sagte, schon gut, auch wenn sie noch mal einbrechen sollten, wir werden dann schon nicht mehr hier sein.

Osnat sagte, gut, darüber muss man reden, und Dror sagte, ja, muss man, und dann muss man wegziehen.

3.

Zu viert standen sie im Badezimmer, ihre Füße bahnten sich ihren Weg ans rettende Ufer, zwischen Haarnadeln und Cremetuben hindurch.

Shani sagte, Menschen gibts, Gott behüte, widerlich. Und Lior sagte, klar ist, dass das ein Mensch war, und Dror fragte, das war ein Mensch, oder? Und Lior sagte, ganz eindeutig.

Dror wirkte befriedigt, beinahe selbst wie ein Hündchen. Am liebsten hätte Osnat sich aufgelehnt, hätte gegen Liors Vormachtstellung rebelliert: Du hast dich noch nicht mal gebückt. Das da auf dem Fußboden ist verschmierte Scheiße, vermischt mit Minions-Duschgel. Was weißt du schon? Aber als sie den Blick wieder auf die drei richtete, wurde ihr übel, schwindelig, sie wähnte sich umstellt, ausgeraubt, versenkt.

Shani sagte, komm, ich helfe dir, das wegzumachen.

JANUAR

XXI

1.

Er stellte den Motor ab. Sagte, aber denk positiv.

Sie stiegen aus und drehten die Köpfe nach oben, zu den Penthouses. Ihr Blick kletterte hoch, in den sechsten Stock, wanderte zwischen den Balkonen umher, die einen manierlichen gläsernen Bauch vorstellten, ein Stockwerk nach links, eins nach rechts. Bis ihr einfiel, dass sie nicht wusste, ob dies überhaupt das richtige Gebäude war, es gab hier drei davon, und ihres hatte die Hausnummer 36c.

Sie marschierten auf einen ausladenden Vorplatz zu, ein Rasenrondell, umgeben von Skulpturen. Mit weit aufgerissenen Augen sahen sie sich um wie Touristen. Plötzlich ärgerte sie das alles, dieser Status, in den sie sich hatten drängen lassen, immerhin kamen sie aus Tel Aviv.

Zwischen den Gebäuden, in einiger Entfernung, erstreckte sich noch ein Grünstreifen. Sie sagte, komm, lass uns ein bisschen rumgehen, bis sie da ist.

Vorsichtig schritten sie zwischen den Penthousetürmen hindurch. Der Durchgang war breit, sehr breit, mit Blumenbeeten zu beiden Seiten, wie ein Pfad zur Chuppa. An ihrem Ende lag eine weitere Rasenfläche, um ein Vielfaches größer als die vorherige, auf einem sanften Hügel eine Ansammlung von Spielgeräten. Osnat schaute Dror an. Er sagte, siehst du? Und sie sagte, das sieht aus wie eine Vorstadtparodie, wie etwas, das deine Eltern gebaut haben, um dich fertigzumachen, und Dror sagte, weißt du was? In dieser Phase meines Lebens würde ich mich nicht beschweren, in einer Parodie zu wohnen. Und selbst wenn alles zu schön und zu sauber ist. Wallah, ich glaube, ich könnte damit leben.

Abermals ließ sie die Augen nach oben wandern, zählte, diesmal von unten, bis zum sechsten Stock ab. Sie sagte, die können wirklich die Kinder aus dem Fenster sehen, müssen nicht einmal mit ihnen nach unten, und Dror sagte, überleg dir das mal.

Shimrit rief an, fragte, seid ihr da? Und Osnat sagte, wir sind hier im ... Garten, ich weiß nicht, wie das heißt, und Shimrit sagte, ich warte am Eingang auf euch, an der Rasenfläche vorm Eingang, und Osnat sagte, wir kommen. Zu Dror sagte sie, komm, lass uns andersrum zurückgehen, aber die Passage auf der anderen Seite war genau wie die erste, abgesehen von einem Schild, das auf eine Glastür verwies: Spielraum/Geburtstage.

Shimrit winkte ihnen schon von dem Rasenrondell zu. Sie begrüßte die beiden mit Wangenküsschen und einer flüchtigen Umarmung, sagte, gehen wir hoch? Und als sie ihr zu dem linken der Wohntürme folgten, sagte sie, sie ist bezaubernd, und Osnat fragte, wer, die Wohnung oder die Frau? Shimrit sagte, die Wohnung hab ich noch nicht gesehen, die soll wunderbar sein, aber Yael ist einfach umwerfend, und Dror fragte, sind es Freunde von euch? Osnat sagte, Freunde von Freunden, und Shimrit korrigierte, ihre Tochter ist mit Orian in der Hochbegabtenklasse, und Osnat und Dror tauschten einen Blick. Und für einen Moment war sie versucht zu denken, dass er auf ihrer Seite war, eigentlich.

Sie überquerten die Grünfläche vor dem Gebäude, die genauso unberührt aussah wie das zentrale Rondell, weshalb sich Osnat wie eine Verbrecherin fühlte, als sie beim Überqueren die getrimmten Halme niedertraten. Vor der Eingangstür blieben sie stehen, und Shimrit suchte auf ihrem Smartphone, sagte, sie hat mir den Code geschickt. Osnat drückte trotzdem gegen die Tür, nur so, wünschte, sie würde sich öffnen, würde mit Leichtigkeit nachgeben und so die Niederlage aller vorhandenen Sicherheitsvorrichtungen eingestehen. Aber die Tür ließ sich nicht aufdrücken.

Sie warf einen Blick auf die Liste der Namen neben den Klingelknöpfen: Moreno, Schärfstein, Unger, Ben-Yakar, Zadaka/Kaminer. Und was, wenn es hier auch einen Israel Venezia gäbe? Würde das bei der Entscheidung helfen? Man konnte nie wissen, wo sich das Unglück versteckt hielt.

Sie betraten die marmorne Lobby, in deren Mitte sich zwei Fahrstühle befanden. Osnat ging noch ein paar Schritte weiter, wollte sehen, was hinter den Fahrstühlen war, aber da war nichts, nur noch mehr leere Fläche. Zwischen den Aufzügen hing eine gerahmte Tabelle: Funktion, Name, Wohnung, Telefon. Sie las die erste Spalte: Vorsitzender des Hauskomitees, Stellv. Vors. des Hauskomitees, Gebäudekoordinator, Finanzen und Gebühren, Instandhaltung, Kultur- und Spielraum, Gartengestaltung, Fitnessraum, Haustechnik Notfall, Gebäudevertreterin im Stadtteilausschuss. Unter »Reservierung des Kulturraums für Veranstaltungen« las sie: »Die Reservierung erfordert die Zahlung von 100 Schekel pro Veranstaltung und die Hinterlegung eines Schlüsselpfands. Unmittelbar nach der Veranstaltung ist der Raum zu reinigen (siehe Nutzungssatzung des Kulturraums).« Sie sagte zu Dror, merkst du was? Der Kulturraumobmann? Und Dror nickte langsam und zufrieden, als sei er selbst für den Raum verantwortlich.

Sie fuhren mit dem Aufzug in den sechsten Stock. Shimrit klingelte. Yael öffnete, sie war groß und hatte lange Haare, zu lang für ihr Alter, eine Art Reminiszenz an die Pubertät. Sie umarmte Shimrit und gab erst Dror und danach Osnat herzlich die Hand. Sie folgten ihr in die Wohnung, blieben am Durchgang zum Wohnzimmer stehen. Sie sagte, also, Rechovot? Und Osnat dachte, seit sie in das neue Haus gezogen waren, war es so, aus allen Sätzen um sie herum bröckelten Stückchen heraus, und es blieb nur das Gerippe.

Dror sagte, sagen wir, wir sondieren, wir sind in der Sondierungsphase, und Yael sagte, ich kanns nur empfehlen, aber das muss jeder … Und Osnat sagte, klar, klar, es gibt nichts Persönlicheres als den Erwerb einer Immobilie.

Sie schwiegen, um die Wohnung auf sich wirken zu lassen, sie einzuatmen. Das Wohnzimmer war groß und führte auf einen Balkon, auf dem Osnat von ihrem Standpunkt aus nur eine Katzenstreukiste ausmachen konnte. Im Wohnzimmer waren drei passende Sofas um einen niedrigen Massivholztisch gruppiert und allesamt ausgerichtet auf einen großen Fernseher. Dahinter stand ein Klavier. In der Zimmerecke war ein Zelt aufgebaut, ein Kinderzelt, umringt von ein paar Spielsachen, die vielleicht nicht mehr rechtzeitig weggeräumt worden waren. Das Wohnzimmer war schön, ziemlich schön, nicht geschmacklos oder so. Osnat versuchte vergeblich, sich die Möbel wegzudenken, es sich leer vorzustellen.

Würde sie hier wohnen? Würde sie im sechsten Stock wohnen, über dieser Parklandschaft? Sie wusste nicht, was sie darauf antworten sollte. Ja oder Nein, sie musste antworten. Und mit einem Mal erschien ihr die Entscheidung vollkommen willkürlich, losgelöst von allen Bedeutungen, die sie ihr angehängt hatten, wie sie da nackt im Raum stand: Du kannst hier wohnen, und du kannst nicht hier wohnen. Es ändert nichts.

Jetzt wanderten sie einzeln durch das Wohnzimmer. Dror fragte, und wie sind die Schulen hier so? Yael fragte zurück, wie alt sind eure Kinder? Elf und sechs, sagte Dror, zwei Mädchen, und Yael sagte, oh, ich habe auch eine sechsjährige Tochter. Und Osnat sagte, ja? Wie schön. Yael sagte, hier ganz in der Nähe ist die beste Grundschule in ganz Rechovot, also in der Hinsicht ... Womit sie erneut einen Satz nicht beendete. Shimrit sagte, aber alle Schulen in Rechovot sind gut, und Yael sagte, fast alle.

Am anderen Ende des Wohnzimmers, hinter dem Indianerzelt, stand ein Regal mit nur wenigen, quer liegenden Büchern darin. Osnat spürte eine gewisse mit Erleichterung einhergehende Überheblichkeit: Das war eine dieser Wohnungen, in denen es weniger Bücher als Platz für Bücher gab. Aber sogleich fiel ihr ein, dass ihre eigenen Bücher noch immer in Umzugskartons vergraben lagen und niemand ihr Fehlen bemerkte.

Sie schob das Zelt vorsichtig mit dem Fuß beiseite und stellte sich vor das Regal. Sie musste einfach wissen, welche Bücher sie hier hatten. Sie neigte den Kopf zur Seite: *Die Eleganz des Igels*, *Merck – der komplette medizinische Ratgeber für zu Hause*, *Eine Geschichte von Liebe und Finsternis*, *Ein ganzes halbes Jahr*, *Good Night Stories for Rebel Girls*, *Eine kurze Geschichte der Menschheit*, *Ein begabtes Kind in einer unbegabten Welt erziehen*, *Hekate die Tomate*, wobei sie erst »Hochbegabte Tomate« las, und *Liebesleben*. Sich ganz nach unten zu bücken war ihr unangenehm, außerdem meinte sie, inzwischen das Muster erkannt zu haben.

Sie trat raus auf den Balkon, zu dem Katzenklo. Und plötzlich gefiel ihr das, mehr als alles andere. Plötzlich wollte sie an diesen Ort ziehen, wo man Katzen hielt und keine Hunde, als wäre das eine Wahl, die man irgendwann treffen musste.

Sie beugte sich über die durchsichtige Brüstung und blickte über die Gartenlandschaft. Drehte sich um und lehnte sich mit dem Rücken ans Geländer, blickte in die Wohnung, bis ins Wohnzimmer. Dror sprach mit Yael, und Shimrit telefonierte. Seit sie ihr von Roi erzählt hatte, hatten sie sich nur noch zusammen mit der Familie getroffen, und Shimrit hatte dabei so normal gewirkt, dass Osnat sich schon fragte, ob sie sich das alles nur eingebildet hatte, und wenn nicht, ob so eine Geschichte einfach weniger dramatisch war, als sie dachte. Vielleicht würde sie heute, da Shimrit ohne Nir und ohne die Kinder da war, irgendeine Veränderung an ihr wahrnehmen. Aber Shimrit sah aus wie immer, vielleicht sogar ein bisschen weniger besonders, oder vielmehr überhaupt nicht besonders, so weit man das über seine Schwester sagen konnte.

Sie sah, dass Dror lächelte, Yael zuhörte und über irgendetwas lächelte. Würde es ihm gefallen, in dieser Wohnung zu arbeiten? Aber vielleicht würde er dann gar nicht mehr von hier arbeiten, dachte sie. Die Leute hier arbeiteten nicht von zu Hause. Vielleicht würde er in Rechovot wohnen und woanders arbeiten gehen. Und mit einem Mal wusste sie, dass sie nicht noch ein Haus kaufen, nicht noch einmal denselben Fehler machen würde. Dass sie Beton schon immer wegen der ihm innewohnenden Endgültigkeit misstraut hatte, die vielleicht schlichte Gemüter trösten mochte, sie aber nicht, schon lange nicht mehr. Denn in diesen Wänden hielt sich eine unausweichliche Ungewissheit versteckt, und kein Zuhause vermochte es, sie in die Flucht zu schlagen.

Shimrit trat auf den Balkon. Es war das erste Mal, dass sie allein waren, seit sie ihr von Roi erzählt hatte, und Osnat stellte fest, dass sie aufgeregt war. Sie verspürte den Drang, ihr von Gilad zu erzählen, von dem Vater aus dem Kindergarten, etwas in die offene Hand zu legen und dann die Finger darüber zu schließen, und das alles klammheimlich, hinter dem Rücken von Rechovot, so wie in einer Kirche zu vögeln.

Shimrit fragte, und, was sagst du? Mit leiser Stimme, woraus Osnat schlussfolgerte, dass es in Ordnung wäre, der richtige Zeitpunkt für ein Geheimnis, und sie sagte, vergiss die Wohnung, was ist mit Roi? Shimrit sah sie verständnislos an, als hätte sie vergessen, ihr überhaupt etwas erzählt zu haben. Sie sagte, wie sonderbar, dich seinen Namen sagen zu hören, und Osnat sagte, komm schon, schnell, und Shimrit sagte, das überfordert mich jetzt, ich weiß nicht, was ich schnell sagen soll, und Osnat fragte, läuft das noch? Und Shimrit sagte, was soll das heißen? Und Osnat fragte, seid ihr noch ... zusammen? Und Shimrit sagte, klar, verwundert, als sei das eine überflüssige Frage, und Osnat begriff plötzlich: Was ihre Schwester ihr erzählt hatte, war vielleicht keine Affäre, sondern etwas ganz anderes, war nicht der Vater aus dem Kindergarten, von dem Osnat noch nicht einmal den Namen kannte. Nein, es war echt, und sie meinte es ernst, ihre Schwester Shimrit, deren Leben in Gefahr war und deren Welt einzustürzen drohte. Sie fragte, und was ist mit Nir? Und Shimrit sagte, der Ärmste, und Osnat fragte, weiß er es? Und beantwortete sich die Frage gleich selbst, er weiß es nicht, und Shimrit sagte, bist du verrückt geworden? Sie fragte, wie schaffst du das nur? Also nicht moralisch oder so, rein praktisch, ich kriege eine Beziehung ja schon kaum gemanagt, und Shimrit sagte, wenn die Motivation stimmt, und im selben Augenblick öffnete Dror die Tür und trat gemeinsam mit Yael auf den Balkon.

Er lehnte sich neben Osnat mit dem Rücken gegen das Geländer. Sagte, was für eine Luft.

XXII

1.

Shovals Platz auf dem Arm seiner Mutter hatte vorübergehend ein Hund eingenommen. Shani trug ihn vorsichtig ins Wohnzimmer, wählte eine Zimmerecke ohne Teppich aus und setzte ihn sanft auf dem Fußboden ab. Hamutal hob den Blick vom Smartphone, ungläubig. Sie schnellte vom Sofa hoch und kauerte sich neben ihn, streichelte ihn zögernd. Lior gesellte sich mit langsamen Schritten zu ihr und hielt dem Hund seine Hand zum Abschlecken hin. Aber der Hund schnupperte nur daran und verlor schnell das Interesse.

Sie sagte, mit Verspätung, was ein Süßer, und beugte sich über den Hund, und Shani sagte, oder? Und Osnat sagte, aber so was von, und Lior sagte, gehört euch.

Osnat sah Dror an. Lior sagte, damit ihr lernt, Hundekacki zu erkennen, und Shani sagte, red nicht so'n Quatsch, und Lior sagte, das war das letzte Mal, dass sie bei euch eingebrochen haben. Und Shani sagte, wir wussten außerdem, dass ihr schon lange einen wolltet, und die Kleine ja auch, also yallah.

Hamutal schaute zu ihren Eltern, sagte, wirklich, Mama?

Hannah kam ins Zimmer und zeigte beim Anblick von Shani und Lior unverhohlene Enttäuschung. Dann erst bemerkte sie zwischen den Beinen der Erwachsenen den Hund.

Sie schlüpfte in den kleinen Kreis und kauerte sich hin, fast ungehalten, als hätte man den Hund vor ihr versteckt gehalten. Jetzt waren sie zu dritt, der Hund und die Mädchen, die sich da protestierend am Boden verschanzten, als weigerten sie sich, sich mit ihrer bisherigen Hilflosigkeit abzufinden.

Dror fragte, ihr habt den für uns mitgebracht? Und Lior fragte zurück, für wen denn sonst, für Israel? Und Shani sagte, ich hoffe, das ist okay, ich hab zu Lior gesagt, besser, wir fragen vorher, aber wenn der einen Floh im Ohr hat, und Lior sagte, man fragt ja nicht, ob man ein Geschenk mitbringen soll, man bringt es einfach mit, und Shani sagte, außerdem hatte ich in Erinnerung, dass ihr ohnehin immer einen wolltet, und Osnat machte offenbar eine erstaunte Miene, denn Shani sagte, ich meine, dass du einen Hund hattest, als du klein warst, und dass ihr nicht dazu gekommen seid, euch wieder einen anzuschaffen, obwohl du gerne würdest, und jeden dieser Sätze zog sie in die Länge, sang die letzten Worte, warst, würdest, um Osnat die Gelegenheit zu geben, sich zu entsinnen, bis Osnat schließlich fragte, wie alt ist er denn? Und Shani sagte, fünf Monate, wir haben euch die ganze Chose mit dem Entwöhnen und so erspart. Er macht kein Pipi im Haus und nichts, ist aber immer noch süß wie sonst was, und sie beugte sich über den Hund und streichelte seine Nase, doch der Hund schien es nicht wirklich zu genießen, er war unruhig und wedelte mit dem Schwanz, stand unter Liors Berührung auf und setzte sich wieder hin, auf sein Kommando, sitz, Pony, mach Platz. Sie sagte, er ist jetzt in der süßesten Phase, und Lior sagte, aber auch wenn sie groß sind, sind sie zum Knuddeln, ihr kennt ja unsere Hunde, und Dror fragte, ist der wie eure? Ist das ein Dogo Argentino? Und Shani sagte, wir haben nur Dogos.

Osnat betrachtete den weißen Hund, der zu ihnen aufschaute, als versuchte er zu entschlüsseln, was vor sich ging. Sie versuchte, ihn sich als ausgewachsenen Hund vorzustellen: den nach hinten gezogenen Schädel, die spitzen, aufgestellten Ohren und den massigen Körperbau. Ihr schien, als hätten sie ihn bekommen, unmittelbar bevor die schützende Niedlichkeit verschwinden würde.

Sie sagte, das ist uns wirklich unangenehm, aber hört mal, wir können ein solches Geschenk nicht annehmen, und Hamutal rief, Mama! Lior sagte, könnt ihr wohl, könnt ihr, und Dror sagte, das ist echt nett von euch, ja? Echt nett, und Lior sagte, gern geschehen, und Dror sagte, aber Osnat hat recht, das ist zu viel, wir würden uns unwohl damit fühlen, und Hamutal sagte, wir werden uns um ihn kümmern, ich und Hannah, und Osnat sagte, warte mal eine Sekunde, Süße, lass uns das einen Moment bereden, das ist nicht ganz so einfach, und Lior sagte, wir nehmen nicht einen Schekel von euch, das könnt ihr vergessen, und Dror sagte, ihr seid echt der Hammer, und das ist ein wahnsinnig großzügiges Geschenk, aber verstehst du, das wäre uns einfach schrecklich unangenehm, das ist, als wenn ihr uns fünftausend Schekel geben würdet, und Shani sagte, das ist nicht, als wenn wir euch fünftausend Schekel geben würden, wir geben euch einen Hund, und Osnat sagte, wir haben aber gar keine Ahnung, wie man einen solchen Hund überhaupt hält, wie man ihn erzieht, wir sind nicht ... Und Hamutal sagte, ich weiß, wie, Mama, und Lior sagte, ein Kinderspiel, wir erklären euch alles. Er beugte sich zu dem Hund herab und strich ihm über den Rücken, sagte, stimmts, Pony? Stimmts, du bist ein Süßer? Dann drehte er den Kopf zu ihnen und sagte, ihr müsst ihn natürlich nicht Pony nennen, könnt einen anderen Namen wählen, *feel free*, und Shani sagte, er ist jetzt schon fünf Monate Pony, von daher weiß ich nicht, ob das so gut wäre.

2.

Der Hund stand auf dem Teppich, wedelte mit dem Schwanz hin und her. Hannah und Hamutal versuchten, ihn ins obere Stockwerk zu locken, komm, Pony, komm, komm! Aber der Hund tat, als sei er taub, schnüffelte nur im Erdgeschoss herum, lief unruhig zwischen den Möbeln umher, bis er sich schließlich auf den Boden fallen ließ, mit einer Bewegung wie in einem billig gemachten Zeichentrickfilm.

Sie sagte, wir behalten ihn aber nicht, und Dror sagte, natürlich nicht, die Frage ist nur, wie werden wir ihn los, und das »wie« dehnte er gequält, und Osnat sagte, ich sag dir, was unser Fehler war, und Dror sagte, was, und Osnat sagte, als wir von dem Geld angefangen haben, dass es uns unangenehm ist, weil er einen Haufen Geld kostet. Und jetzt finde mal eine andere Begründung, verstehst du? Was sollen wir denn jetzt sagen, dass wir allergisch sind? Egal, was wir jetzt sagen, wird sich direkt nach einer Ausrede anhören, und Dror sagte, auch die Mädchen würden uns killen, und Osnat sagte, okay, da kann man nichts machen, sie werden drüber hinwegkommen, und Dror sagte, wir müssen es ihnen jetzt gleich sagen, noch heute.

Sie sagte, das Problem ist, dass du zu Hause arbeitest, deshalb können wir auch nicht sagen, er wäre den ganzen Tag zu Hause eingesperrt, was die klassische Ausrede hätte sein können. Aber Lior weiß, dass du zu Hause bist. Dror sagte, wir können immer noch behaupten, dass ich viele Termine habe, viel auf Reisen bin, dass es schwierig wird, eine solche Verantwortung zu übernehmen, und Osnat sagte, vielleicht hätte man so was in der Art sagen können, wenn du nicht jedes Mal zu Hause gewesen wärst, als er hier mittags um zwölf aufkreuzte, und Dror sagte, das waren gerade mal zwei

Mal, und Osnat sagte, vielleicht suchst du dir einfach einen anderen Job, dann wäre es keine Ausrede mehr, und Dror sagte, vielleicht mache ich das wirklich.

Sie schaute den Hund an. Seine Augen waren geöffnet, obwohl sein Körper zu schlafen schien. Er wirkte niedergeschlagen auf sie. Ich bin ein schrecklicher Mensch, dachte Osnat, egal, was ich entscheide.

Dror sagte, es ist auch ein Problem, dass sie gleich um die Ecke wohnen. Bei allem, was wir sagen, werden sie anbieten, uns zu helfen, zum Beispiel, du fährst ins Ausland, und sie bieten an, den Hund für ein paar Tage zu sich zu nehmen. Die könnten auch das Gassigehen übernehmen, sie müssen ja ohnehin mit ungefähr fünfzig Hunden raus, und Osnat sagte, ich versteh das nicht, dürfen wir denn nicht keinen Hund wollen? Dürfen wir nicht sagen, dass das nichts für uns ist? Warum brauchen wir überhaupt eine Ausrede, und Dror sagte, bitte sehr, dann sag du ihnen, dass wir einfach keinen Hund wollen, und Osnat sagte, und noch dazu einen Kampfhund! Keine Ahnung, braucht man nicht eine Lizenz für so was? Muss man nicht wissen, wie man ihn erzieht und so, und Dror sagte, das ist nicht in Ordnung von ihnen, was das angeht, sind sie wirklich nicht in Ordnung, und Osnat sagte, obwohl es für sie kein Kampfhund ist, für sie ist das ein ganz normaler Hund, das muss zu ihrer Verteidigung gesagt sein, ihre Absichten sind gut, das bezweifle ich ja gar nicht, und Dror sagte, okay, gute Absichten, gute Absichten, aber sie haben uns ziemlich auflaufen lassen, ich meine, von dem Moment an, als die Mädchen ihn gesehen haben, und Osnat sagte, ja, wir stehen als die Bösen da, und Dror warf ein, *wenn* wir Nein sagen, und Osnat fragte, was, willst du ihn etwa behalten? Und Dror sagte, Gott bewahre. Ich bin doch der, der sich um ihn kümmern müsste.

Sie sagte, und wenn du Lior sagst, hör zu, das ist im Augenblick kein günstiger Zeitpunkt für uns, wir sind gerade erst eingezogen, haben uns noch nicht eingelebt, die Mädchen, was weiß ich, denk dir was aus, Hamutal muss sich auf die Schule konzentrieren oder so, und Dror sagte, besser, du sagst Shani das, und Osnat sagte, aber sie hat doch nichts zu melden, er ist derjenige, der alles entscheidet, und Dror sagte, sei dir da mal nicht so sicher.

Sie sagte, die Frage ist, ob sie uns das übel nehmen. Und Dror sagte, meiner Meinung nach werden sie es einfach nicht akzeptieren, und auf alles, was du sagst, wird er eine Antwort parat haben, Kleinigkeit, kein Problem, das sind gar keine Kampfhunde, Pony wird für euch auf das Haus aufpassen, guck doch nur mal die Mädchen, und Osnat sagte, in Ordnung, egal, was er meint, wir werden ausgesucht höflich, überaus rücksichtsvoll sagen, dass es im Moment für uns einfach nicht möglich ist, denn letztendlich … er kann schließlich nicht alles entkräften. Die Frage ist, ob sie beleidigt sein werden. Und ich fürchte, die Antwort ist ja, werden sie.

Dror verdrehte dramatisch die Augen wie eine Zeichentrickfigur. Sie fragte, denkst du nicht? Meinst du, sie schlucken das nicht? Und Dror sagte, die Frage ist doch, ob das so eine Riesenkatastrophe wäre, wenn sie beleidigt sind, und Osnat sagte, eine Katastrophe nicht, nein, das wäre keine Riesenkatastrophe, es stirbt ja niemand, die Frage ist nur, ob der Kontakt dann weiter bestehen bleibt, uns wäre das egal, aber den Mädchen, das ist ihre einzige Freundin hier in der Gegend, im Turnverein, diese Tevel, und ich bin nicht sicher, ob sich meine Tochter ausgerechnet mit diesem Mädchen überwerfen sollte, und Dror sagte, jetzt mach mal halblang, es geht doch nur darum, höflich zu sagen, dass uns zurzeit ein Hund nicht gelegen kommt, was hat das mit überwerfen zu tun, und Osnat sagte, weiß nicht, ich glaube, das macht man einfach nicht, ein Geschenk zurückzugeben, und noch dazu einen Hund, aus ihrer Sicht ist das wie ein Kind zurückzugeben, und Dror sagte, und ich finde, man bringt nicht einfach so einen Hund mit, und Osnat sagte, ist offenbar alles eine Frage der Perspektive.

Er fragte, weißt du, woran ich gerade denken musste? Und Osnat fragte, woran? Dror antwortete, meine Oma hat immer gesagt, man bringt kein Geschenk mit, das frisst. Und Osnat sagte, eine goldene Regel. Dror sagte, oder? Und Osnat sagte, das Problem ist nur, dass Liors Oma bestimmt irgendeine andere goldene Regel hatte, das ist das Problem.

Er sagte, was mir Angst macht, ist nicht Tevel, das ist Quatsch, und Osnat fragte, was macht dir denn Angst? Und Dror sagte, mir macht Angst, hier allein im Viertel zu bleiben, das heißt, noch mehr allein, und Osnat sagte, mir macht das keine Angst, allein zu bleiben, das kümmert mich nicht, allein zu sein, aber Angst macht mir, dass man uns nicht mag, und Dror sagte, das ist doch dasselbe, und Osnat sagte, ist es nicht. Mich juckt es nicht, wenn wir hier keine Freunde haben, niemanden kennen, dass wir, was weiß ich, Fremde und Außenseiter bleiben. Aber was mich schon kümmert, wäre, wenn es hier eine Familie gibt, die uns etwas übel nimmt, die immer glauben wird, dass sie das aus ihrer Sicht absolut Grandioseste geleistet haben, was man für irgendjemanden überhaupt tun kann, dass sie uns nämlich nach dem Einbruch so viel geholfen haben wie nur möglich und uns das anvertraut haben, was ihnen am allermeisten auf der Welt bedeutet, und wir haben es ihnen zurückgegeben wie ich weiß nicht, was, wie einen missglückten Auflauf.

Dror sagte, ein missglückter Auflauf? Und Osnat sagte, was mich daran erinnert, dass Israel uns das Tablett noch nicht zurückgegeben hat.

XXIII

1.

Auf der anderen Seite der niedrigen Hecke hielt eine ältere Frau zwei kleine Kinder an der Hand und tobte mit ihnen auf der Wiese herum. Jorge winkte ihr zu. Sie schrie, wir kosten aus, dass es nicht regnet, und Jorge schrie zurück, das muss man auch.

Sie betrachtete ihn, wie er alle viere von sich gestreckt auf dem Stuhl fläzte, der winterlichen Sonne zugewandt. Sie hatten sie in dieses Viertel gelockt, aber das Wesentliche hatten sie unterschlagen: Ein jeder war Herr seines Hauses, ein jeder war seines Glückes Schmied.

Michal sagte, das ist ja richtig traumatisch, und Osnat erwiderte, ich sags dir, das absolute Grauen, vielleicht sollte man einfach dreitausend Schekel auf den Tisch im Wohnzimmer legen, dann können sie die nehmen und wieder gehen, und Dror sagte, wenn du ihnen dreitausend Schekel im Wohnzimmer deponierst, würden sie bloß suchen, wo noch dreitausend sind, und Michal sagte, das absolute Grauen.

Sie sagte, ist bei euch noch nie eingebrochen worden, und Jorge sagte, hier? Nein, und Osnat fragte, warum, haben sie früher schon mal bei euch eingebrochen, als ihr noch woanders wohntet? Jorge sagte, ehrlich gesagt auch nicht, und das

Lächeln auf seinem Gesicht ging ihr mit einem Mal mächtig auf die Nerven, am liebsten hätte sie ihm ihr Glas Wasser ins Gesicht geschüttet wie einem läufigen Hund, um seine scheinbar grenzenlose Selbstzufriedenheit fortzuspülen. Aber Jorge versank nur noch tiefer in seinem Stuhl, winkelte seinen Körper bis zu einer fast unmöglichen Haltung ab und setzte dabei bestimmt irgendein Gesetz der Schwerkraft, der Ausdehnung oder Entfernung außer Kraft.

In ihrer Fantasie entstand ein Bild: Auf der anderen Seite der Hecke taucht ein Hund auf, ein großer, weißer Dogo Argentino, der im vollen Lauf über die Hecke setzt, den dösenden Jorge anfällt und ihm ein Stück aus dem Gesicht reißt. Für einen ganz kurzen Augenblick verspürte sie den Wunsch, ihn zu behalten, den Hund, ihn nach allen Regeln der Kunst abzurichten und niemandem mehr etwas schuldig zu sein, nicht mehr von der Gunst irgendeines Menschen abhängig zu sein.

Dror sagte, sie könnten es auch auf euch abgesehen haben, sie sehen von außen, wer renoviert hat, wer zugezogen ist, wo die schönen Häuser stehen. Euer Schloss ist auch nicht ausreichend, man hat uns erklärt, dass man eins oben und eins unten haben sollte, sonst kriegen die das in einer Sekunde aufgebrochen, und Jorge sagte, ich glaub nicht, dass sie bei uns einbrechen werden, und Osnat sagte, auch zwei kriegt man aufgebrochen, oder? Alles lässt sich aufkriegen, wenn man will, und Dror fragte, würde Prince bellen, wenn jemand versucht, bei euch einzusteigen? Michal sagte, er würde bellen, und außerdem haben wir die Alarmanlage, und Osnat fragte, ihr habt eine Alarmanlage? Und Michal sagte, ja, klar, das schreckt davor ab, einzubrechen, und es lohnt sich auch nicht, weil wir eine Kamera haben, und Dror fragte, ihr habt eine Alarmanlage einbauen lassen? Und eine Kamera? Und Michal sagte, genau aus dem Grund, und Osnat fragte, aus welchem Grund? Michal sagte, allein der Gedanke, jemand würde hier einbrechen, das würde ich einfach nicht ertragen, all das, was du beschrieben hast, und Osnat sagte, wir ja auch nicht, und Michal sagte, klar.

Sie spürte, wie ihr die Wut in die Adern schoss und bis in die Fuß- und Fingerspitzen pulste, sie so angespannt werden ließ, dass sie sich auf ihrem Stuhl nicht einmal mehr anlehnen konnte. Sie sah sich um, schaute ins Haus, bemühte ihre Erinnerung. Dieses Haus war ein einziger Betrug, locker und gelassen wie seine Besitzer, gastfreundlich, sich amüsierend über misstrauische und verkrampfte Zeitgenossen wie sie, aber mit Alarmanlage.

Sie schaute zu Dror, der einen Schluck aus seiner Bierflasche nahm, so fremd in seinem neuen Gebaren, dass sie nicht einmal wusste, ob auch er verärgert war.

Hamutal, Hannah, Romy und Nadja kamen in den Garten gestürmt, der Wunsch nach Aufmerksamkeit ins Gesicht geschrieben. Sie teilten sich auf, zwei Mädchen, zwei Elternpaare. Hamutal sagte, uns ist langweilig. Osnat war versucht zu sagen, dann komm, lass uns nach Hause gehen, und so ihre Tochter zu überraschen, ihr dieses einzige Mal, anstatt ihr etwas vorzupredigen, einfach zu sagen, was sie hören wollte, aber noch ehe sie sich dazu durchringen konnte, war Michal von ihrem Stuhl gerutscht, hatte zwei Zelte im Garten zusammengeschoben und sagte, kommt, wollt ihr ein Harry-Potter-Lager? Romy sagte, okay, und Michal sagte zu Nadja, Liebes, hol mal schnell die Sachen aus dem Zimmer, und Nadja rannte ins Haus, während sich Hamutal und Hannah verloren umschauten, erstaunt, dass man tatsächlich gemeinsam mit ihnen etwas bauen würde, dass es hier wirklich einen Erwachsenen gab, der mit ihnen ausschneiden, basteln und kleben würde, ohne dass sie darum betteln mussten.

Michal türmte Kissen und kleine Hocker vor dem Zelteingang auf. Sie müsste ihr helfen, sie oder Dror. Aber Dror wirkte, als dächte er nicht im Traum daran, wie er dasaß, die Füße auf einen der Hocker gelegt, die für das Lager gedacht waren. Sie dachte, das ist Lior, der ihn angesteckt hat, der ihm beigebracht hat, ein Macho zu sein, aber als sie dann den Blick abwandte, sah sie Jorge neben ihm sitzen und nicht Lior, und sie dachte, natürlich, Jorge, und plötzlich und mit reichlich Verspätung begriff Osnat, dass Jorge viel gefährlicher war als Lior, ganz einfach, weil er normal wirkte.

Michal schnitt jetzt Löcher in große Kartons, die Hannah und Nadja festhielten. Auf den ersten Blick waren sie ganz relaxte Leute, mit denen man gut über Kinder lästern konnte, Leute, die es wirklich draufhatten, die alle Schmähungen aus dem großen Kinderschwarzbuch kannten. Aber ihr Spott hatte keine Konsequenz, war unfruchtbar. Denn nachdem sie geklagt und gelästert hatten, parkten sie das Kind nicht etwa vor dem iPhone, sondern standen auf und spielten mit ihm, holten die Tonne mit den Holzspielsachen. Osnat musste daran denken, was Michal ihr vorhin erzählt hatte: Und was haben wir dann gemacht, na, was haben wir gemacht? Wir haben einen Ausflug mit ihnen gemacht, nur damit sie mit ihrer Nörgelei bei uns abprallen.

Ein sonderbarer Verdruss regte sich in ihr, sie schwankte zwischen einem vagen Schuldgefühl und einer gewissen Befriedigung, die sich im Garten und in ihrem Inneren breitmachte, je länger die Kinder von Michal bespaßt wurden, die ihrerseits ganz fröhlich wirkte, obwohl sie einmal Osnat gegenüber so tat, als würde sie sich erhängen angesichts dieses Spiels.

Jorge fragte, habt ihr Hannah inzwischen an einer Schule angemeldet? Und Dror sagte, ja, und Michal fragte, welche ist es denn geworden am Ende? Osnat hörte in ihrer Stimme den unbedingten Entschluss, jede Antwort zu akzeptieren, und Dror sagte, wir wollten einfach, dass sie mit ihrer Schwester auf die Gabrieli geht, und Osnat sagte, wir haben sie zwar auch hier angemeldet, müssen wir ja, weil es gleich um die Ecke ist, aber wir haben an der Gabrieli einen Antrag gestellt, obwohl überhaupt nicht sicher ist, dass sie uns berücksichtigen, log sie, denn sie hatte sich extra rückversichert. Michal fragte, und wenn ihr doch nicht an die Gabrieli kommt, und Osnat sagte, dann, nehme ich an, werden wir hier landen, du hast ja gesagt, die Schule sei jetzt prima, und Michal sagte, von prima kann schon keine Rede mehr sein, die ist längst weit mehr als prima, hast du den Artikel im *Calcalist* gesehen? Osnat fragte, welcher Artikel? Und Michal sagte, die öffnen da jetzt alle Klassenräume, nehmen alle Wände raus, das ist ein Wahnsinnsprojekt, ich schick dir mal den Link, man kann es nicht beschreiben, und Osnat sagte, schick mal, schick, das wäre schon toll, wenn die Mädchen zusammen auf einer Schule wären. Was sie nicht sagte, war, dass sie Hannah auch zum Auslosungsverfahren an der Naturschule angemeldet hatten, und wenn sie dort genommen würden, konnte sogar die Gabrieli ihnen getrost gestohlen bleiben, und dass, wenn sie weder an der Naturschule noch an der Gabrieli einen Platz bekämen, sie sich aller Voraussicht nach umbringen würde.

Michal sagte, das hängt allein von euch ab, weißt du, und Osnat sagte, das hängt nur zur Hälfte von uns ab, wir haben ja schon eine Tochter an der Gabrieli, und wir werden sie jetzt nicht in der sechsten Klasse da runternehmen, und Jorge fragte, ist das eine gute Schule? Ist sie zufrieden da? Dror machte mit der Zunge ein paar skeptische Schnalzer, bevor er sagte, sie ist ziemlich zufrieden, aber weißt du, am

Ende ist das eben auch nur eine Schule, und Michal sagte, eine städtische Schule, und Dror sagte, das hier ist auch eine städtische, und Michal sagte, ja, auf dem Papier. Es ist eine städtische Schule in dem Sinne, dass du alle Vorteile von der Stadt bekommst, aber de facto ist es eine Enklave, so wie das ganze Viertel, die Stadt mischt sich eigentlich nicht ein, und ganz sicher nicht mehr, seit Reutel da ist, die neue Direktorin. Solange der Laden läuft, sind die bei der Stadt zufrieden, mehr kümmert sie nicht. Und erst recht nicht, wenn man ein paar schwarze Kinder fotografieren kann, die schön auf dem Schulhof toben, und daraus ein paar Artikel zaubert, wie sehr sich die Stadtverwaltung um den Süden der Stadt kümmert. Osnat sagte, gut, wir werden sehen, wie es ausgeht.

Michal schwieg, mit ihren Händen fädelte sie Bänder durch den gelöcherten Karton, was ihrem Schweigen eine geradezu aristokratische, gepeinigte Note gab. Sie sagte, selbstverständlich müsstest du dich dann mit der Tatsache anfreunden, dass deine Tochter mit den Kindern deiner Nachbarn zur Schule geht, und Dror sagte, oh-oh-oh, das ist aber nicht fair, in angriffslustigem Tonfall, und plötzlich wollte Osnat sich auf ihn setzen, sich einfach so auf seinen Schoß setzen, hier im Garten, wie er dasaß, mit dem Bier in der Hand und so gelassen, und einen Scheiß auf Michal und Jorge geben.

Michal sagte, warum, was habe ich denn gesagt?, und Jorge sagte, sie sind doch gerade erst hergezogen, lass sie, und Michal sagte, ich denke eigentlich nicht, dass ich irgendwas Falsches gesagt habe, nichts, was nicht bekannt wäre, und Dror sagte, wir haben nun mal zwei Töchter auf dieser Welt, und wenn wir keine Lust haben, auf ihren Rücken alle möglichen Prinzipien auszuprobieren, dann denke ich, sollte das wenigstens Verständnis wert sein. Angespannt verfolgte Osnat das Geschehen, sie selbst hätte nie den Mut dazu gehabt, aber

Dror war nicht betrunken, in dem Punkt irrte sie wohl, und Michal sagte, erstens, ich sage nicht, ihr sollt sie wegen irgendwelcher Prinzipien herschicken, ich sage, schickt sie her, weil das eine ausgezeichnete Schule ist, und angesichts Drors Skepsis, die durch die Bierflasche hindurchschien, fügte sie hinzu, besser als die, auf die eure große Tochter geht, da bin ich mir sicher, und Dror sagte, aber du kennst die Gabrieli doch überhaupt nicht, und Michal sagte, ich kenne aber das staatliche Schulwesen, glaubs mir, und das genügt. Außerdem, wenn starke Menschen wie ihr nicht ein paar Prinzipien schultern könnt, dann weiß ich nicht, wer sonst. Und ich sage nicht, tut das aus Selbstlosigkeit, ich sage, tut das für eure Töchter, sorgt dafür, dass die Gesellschaft, in der sie leben, ein bisschen gerechter wird. Was ist schlecht daran?

Osnat sagte, in Ordnung, grundsätzlich hast du ja recht, ich sag auch nicht, dass du nicht recht hast. Aber weißt du, du kannst nicht von jemand anderem verlangen, ein Held zu sein, das hat Leibowitz mal gesagt, glaub ich. Michal sagte, Held! Dein Kind an eine hervorragende Schule in der Nähe zu schicken bedeutet, ein Held zu sein? So schlimm, denkst du, sind die Kinder im Viertel? Und Osnat sagte, ich denke überhaupt nicht, dass sie schlimm sind, Hamutals beste Freundin ist hier aus dem Viertel, und Michal sagte, na, also, und Osnat sagte, okay, nenn mich spießig, nenn mich konservativ, nenn mich was weiß ich, das mag alles sein, aber ich schicke meine Tochter trotzdem lieber auf eine etwas etabliertere, bekanntere Schule, die ich schon kenne. Hier ist alles neu, ein Versuch, eine neue Direktorin, weißt du, wie lange die durchhält? Ich nicht.

Michal sagte, okay. Und fügte nach kurzem Schweigen hinzu, entschuldige, wenn ich ein bisschen emotional geworden bin, nicht, dass … nicht, dass ich das nicht verstehen würde. Ich versteh dich total, glaub mir, ich war ja auch in deiner Situation, vor allem, als wir gerade erst hergezogen waren. Nicht, dass du denkst, ich sei … Das ist einfach ein Thema, das mir sehr am Herzen liegt. Und Dror sagte, alles in Ordnung, und Michal sagte, nur so, bloß ein Denkanstoß. Und lest den Artikel im *Calcalist*. Ganz sicher, versprach Osnat.

Jorge sagte, wir haben uns da ganz schön in was reingesteigert, und Michal sagte, ich wars, in Ordnung, ich bin schuld, und Jorge sagte, ich hol mal die Alfajores raus, und Osnat wusste gleich, dass er die Alfajores nicht rausholen würde, dass er meinte, jemand müsse die Alfajores jetzt mal rausholen, wie ein Vorarbeiter, und jetzt konnte sie es kaum erwarten zu sehen, ob sie recht hatte, als wäre, sollte er tatsächlich sitzen bleiben, auf einen Schlag bewiesen, dass sie in allem recht gehabt hatte, aber noch ehe sie den Gedanken zu Ende geführt hatte, streckte Hannah den Kopf aus dem Zelt, sondierte ihr Reich ehrfürchtig und sagte, schade, dass wir Pony nicht mitgenommen haben, und Michal fragte lächelnd, sanft, ist Pony deine Puppe? Und Hannah sagte, unser neuer Hund, wir haben einen Hund bekommen.

Michal fragte, ihr habt euch einen Hund zugelegt? Und Osnat sagte, nicht wirklich, und Jorge fragte, wie meinst du das, nicht wirklich? Und Dror sagte, komplizierte Geschichte.

Michal rief nach Romy, die Steinchen im hinteren Teil des Gartens sammelte. Sie sagte, nimm doch Nadja, Hamutal und Hannah mit und sucht hinten gemeinsam nach schönen Steinchen, weißt du, beim Wasserhahn, und Romy sagte, Hamutal wollte nicht mehr im Zelt spielen, und Michal fragte, wo ist sie denn? Drinnen, sagte Romy, und Osnat fragte, und was macht sie da? Romy sagte, weiß nicht, und Michal zwinkerte Osnat zu, sehr schön, will heißen: Das Problem hätten wir gelöst. Zu Romy sagte sie, dann gehst du mit Nadja und

Hannah Steine suchen. Aber bleibt in der Nähe des Zauns, nur bis dahin, wo der Wasserhahn ist, in Ordnung? Tatsächlich lief Romy los, mit Nadja und Hannah im Schlepptau.

Michal sah sie jetzt auffordernd an. Sie sagte, unsere Nachbarn haben uns einen Dogo-Argentino-Welpen mitgebracht. Michals Augen verengten sich, und sie fügte hinzu, der Hund, den wir euch gezeigt haben? Der große, weiße? Okay, und?, sagte Michal, und Osnat sagte, sie haben uns einen Welpen geschenkt, und Dror fügte hinzu, als Überraschung, ohne dass wir darum gebeten hätten und ohne uns vorher zu fragen, verstehst du? Michal fragte, und warum? Osnat sagte, wegen des Einbruchs, damit bei uns nicht noch mal eingebrochen wird. Also in guter Absicht, ja? Aber wir sind einfach … Und Dror sagte, wir wollen keinen Hund, im Moment nicht, steuerte Osnat bei, und Dror sagte, und ganz sicher nicht so einen Hund, das ist einer, da musst du wissen, wie du den hältst, und Michal sagte, das hat mit Wissen nichts zu tun, das ist wie bei einem Kind, er braucht nur Liebe und ein bisschen was zu fressen, und Dror sagte, ich hab aber keine Lust auf einen Hund, der vielleicht mal einem Mädchen den Fuß abbeißt, weder meiner Tochter noch der Tochter von sonst irgendwem, diese Hunde muss man schon ernst nehmen, und Jorge sagte, kein Hund, der in einem normalen Haushalt bei normalen Leuten und unter normalen Umständen aufgewachsen ist, beißt irgendeinem Kind den Fuß ab, und Dror sagte, in Ordnung, ist im Moment auch egal, ich denke, es ist unser gutes Recht, selbst zu entscheiden, wie und wann wir uns ein Haustier zulegen, auf jeden Fall ist das nicht so angenehm, wenn man so etwas aufgezwungen bekommt, und Michal schüttelte unmerklich mit dem Kopf, und Osnat fragte, was? Michal sagte, manchmal fangen so die allerbesten Sachen an, und Osnat sagte, aber manchmal auch nicht.

Michal sagte, er frisst euch die Kakerlaken weg, wobei sie das Wort »Kakerlaken« wie einen Singsang klingen ließ, aber Osnat sagte, wir haben keine Kakerlaken, seit der Geschichte letztens haben wir keine mehr, und Dror meinte zu Osnat, trotzdem, überleg mal, du müsstest nicht mehr ständig raus und überprüfen, dass die Abdeckung auch zu ist. Osnat starrte ihn bestürzt an, selbst überrascht vom Ausmaß des Verrats, von der Gemeinheit, dass Dror ihr so in den Rücken gefallen war, und Michal fragte, wohin musst du raus? Wieso? Und Dror sagte, seit der Geschichte da? Und Michal sagte, ja? Und Dror sagte, jedes Mal, wenn wir nach Hause kommen, kontrolliert sie die Sielabdeckung. Stimmts? Jetzt hatte er sich ihr zugewandt. Und Osnat sagte, gar nicht jedes Mal, obwohl es tatsächlich jedes Mal so war, und Dror schaute sie noch einen Moment lang an, und sie ihn, und dann sagte er, nein, nicht jedes Mal, das stimmt.

Michal sagte, also, ihr habt den Hund zurückgegeben, und die Mädchen wissen noch nichts davon, ist es das? Dror sah zu Osnat, aber sie antwortete Michal nicht und erwiderte auch seinen Blick nicht. Er sagte, ertappt, und Michal fragte, was, was ist das für eine Geschichte? Sie schaute sie beide abwechselnd an, und Osnat sagte, wir haben ihn noch nicht zurückgegeben, zerbrechen uns noch den Kopf, wie, wir sind nämlich Feiglinge. Und Michal fragte, und wo ist er jetzt? Zu Hause, sagte Dror.

Er nahm ihre Hand in seine und strich mit einem Finger darüber. Michal blickte auf ihre verschränkten Hände, die Augen zusammengekniffen. Dror fragte, was? Als wollte er sagen, sie solle sich aus ihren Angelegenheiten heraushalten. Aber sie fragte, er ist allein zu Hause, der Hund? Ihr habt ihn allein im Haus gelassen? Und Osnat betete innerlich, Dror würde nicht sagen, nein, im Garten, aber er sagte nur, wir wussten ja nicht, wie er mit Prince auskommen würde, wollten euch hier kein Chaos bescheren. Michal sagte, aber der arme Hund, und Dror sagte, wir haben ihm jede Menge Wasser und Futter dagelassen, und Michal sagte, auch mit genug Wasser und Futter sollte man nicht allzu lange wegbleiben.

Jorge fragte, also, was werdet ihr tun? Und Dror sagte, weiß nicht, wenn ihr Ideen habt, immer her damit, und Michal sagte, er wird euch das Haus auseinandernehmen, so ein kleiner Welpe eingesperrt im Haus, und Osnat sagte, okay, wir sind ja nur auf einen Sprung da und wollten ohnehin gleich gehen.

Jorge sagte, die beste Idee, die ich habe, ist ihn zu behalten, einen Hund bereut man ebenso wenig wie ein Kind, und Osnat dachte, sicher, wenn sich jemand anderes drum kümmert, und Michal sagte, aber sie wollen ihn ja nicht behalten, und Dror sagte, wir wollen einfach nicht, dass man uns einen Hund aufzwingt, das ist, bei allem Respekt, nicht so angenehm. Habt ihr euch Prince selbst ausgesucht? Michal nickte, und Osnat wünschte sich sehr, ihr Kopf würde sich endlich vom Hals trennen und über den Fußboden rollen, doch Jorge sagte, man kann wohl eher sagen, er hat sich uns ausgesucht, und Osnat spürte diese Geschichte, wie Prince sie sich ausgesucht hatte, sich auftürmen und heranbrausen, am Horizont aufziehen wie einen Tsunami, vor dem es kein Entrinnen gab, aber da verzog Michal das Gesicht und richtete den Finger auf das Haus, als lauschte sie, bis alle verstummten, und sie sagte, Assa ist aufgewacht, obwohl aus dem Haus nicht der kleinste Mucks zu hören war.

Schnell stand sie auf und sagte, och, ich kann nicht mehr.

2.

Pony stand bellend am Zaun, freute sich entweder, dass sie zurück waren, oder empörte sich, dass sie weg gewesen waren, und einen Augenblick später kam Israel aus dem Haus. Er brüllte, haben Sie jetzt einen Hund, und näherte sich dem Zaun. Osnat sagte, das ist nicht unserer, er ist nur vorübergehend bei uns, und Israel sagte, er ist mir den ganzen Morgen gegen den Zaun gesprungen, und ich konnte hier nicht sitzen, und Osnat sagte, Entschuldigung, wir bringen ihn sofort rein, er ist einfach noch ein Welpe. Israel beäugte den Hund, der jetzt um Hannah und Hamutal herumtobte, denen es nicht gelang, ihn zu fangen. Er sagte, Sie brauchen eine Genehmigung für das da, das ist nicht legal, ihn einfach so zu halten, und Dror sagte, das ist nicht legal? Wobei er das »das« betonte, und Osnat sagte, das wissen wir, ja, wissen wir, aber danke, wir werden darauf achten, dass er im Haus bleibt. Sie packte Pony am Halsband und versuchte, ihn ins Haus zu bugsieren, aber Pony war kräftig, stärker, als sie gedacht hatte. Sie packte das Halsband mit beiden Händen und zerrte daran, bis er nachgab.

XXIV

1.

Er gab ihr eine lange Umarmung, seine Hand streichelte ihren Rücken, als wollte sie eine vertraute Nähe bestätigt haben. Das Problem war nur, dass sie letzte Nacht mit Dror geschlafen hatte, sie war noch gezeichnet oder vielleicht auch neutralisiert. Auf jeden Fall aber war ihre Entschlossenheit abgeschwächt. Mit einem – kleinen – Kraftakt machte sie sich los, und Gilad drückte Dror die Hand.

Im Wohnzimmer warteten schon alle. Aus Gewohnheit glitt ihr Blick über die Bilder an der Wand, als vermochten diese, ihr in Erinnerung zu rufen, wer sie war: fünf gerahmte, kleine Zeichnungen, die sie gemalt hatte, als sie sehr klein gewesen war, zwei von Blumen, eine mit einem Tierkopf, vielleicht ein Elefant, eine von einem Mann mit Ohrringen, die ihre Mutter besonders geliebt hatte und von der sie jetzt dachte, man sähe, dass sie Talent gehabt hatte, und noch eine Version desselben Mannes, vielleicht ein Entwurf. Hannah und Hamutal hatten sich irgendwie noch auf das Sofa gequetscht, Dror war zur Toilette gegangen, und nur für sie gab es keinen Platz.

Plötzlich überkam sie ein Bedauern. Warum waren ihre Eltern nie umgezogen? Warum waren Ofra und ihr Vater nicht umgezogen? Warum konnten sie nicht in einem neuen Haus wohnen, einer Wohnung im oberen Stockwerk eines schicken Apartmentturms, voll ausgestattet, in der Nähe der Enkelkinder, kleiner und passender für ihre Bedürfnisse, so eine, wie alle Pensionäre sie irgendwann bezogen? Mit einem Mal erschien ihr das nicht fair, war es doch Pflicht des verbliebenen Elternteils, irgendwann einmal den Wohnsitz zu wechseln und den eigenen Kindern die Möglichkeit zu geben, mit ihren Problemen in ein sauberes Zuhause mit neuen Sofas zu kommen, wo die Wehmut nichts hatte, woran sie sich festkrallen konnte. Sie warf einen Blick auf Nir und Shimrit, die auf dem Sofa saßen. Ihre rechte Hand und seine linke lagen zwischen ihnen, umklammerten einander. Jetzt war sie gezwungen, einen Spagat hinzulegen, damit sie die Enden zu fassen bekam, das Alter von drei und das von vierzig, den Elefanten ohne Körper und die Töchter, die sie hatte, all die Möglichkeiten und ihr Nichtmehrvorhandensein, ihre Mutter.

Ofra erhob sich von ihrem Stuhl und sagte, setz dich, hier, bitte, ich verschwinde ohnehin eine Weile in der Küche, und Gilad sagte, ich geh in die Küche, Mama, sag mir, was noch fehlt, und ich bring auch noch einen Stuhl mit, und zu Osnat sagte er, nimm meinen solange, und Osnat sagte, ich steh gerne ein bisschen, das tut mir gut, wobei sie nicht wusste, warum sie das sagte, weil es gar nicht stimmte.

Ofra sagte, bring alles mit, was auf der Arbeitsplatte steht, und Gilad ging in die Küche. Sie blieb noch einen Moment lang so stehen wie eine Vollidiotin, bis sie sagte, yallah, genug gefaulenzt, ich geh ihm mal helfen, aber niemand hörte es.

2.

Sie sah nur die Hälfte von Gilads Körper, die Küchenwand verdeckte ihn. Er stand mit dem Rücken zu ihr.

Sie lehnte sich gegen die Wand im Flur. Immerhin war sie schön gekleidet, sah an sich herunter, um sich dessen zu vergewissern. Sie wusste nicht, ob der Damm gebrochen war, weil sie schon mal miteinander geschlafen hatten, und ob das hieß, dass es immer eine Möglichkeit gab, oder vielleicht genau das Gegenteil: eine Option, die überprüft worden und endgültig verworfen war. Sie wusste gar nichts.

Erneut kam ihr dieser unliebsame Gedanke: Konnte es nicht vielleicht sein, dass Lior doch zuvor mit Dror geredet hatte? Bei ihren Strandgängen oder wer weiß, wann, wir bringen den Hund mit, und du hast von nichts eine Ahnung. Und dann, glaub mir, sobald sie ihn sieht, wird sie ganz allmählich weich werden.

Sie rückte den Anhänger ihrer Kette zurecht, als wollte sie ein Kruzifix küssen, schob den Verschluss genau mittig in den Nacken und trat in die Küche. An der Arbeitsplatte lehnte Dror, hinter ihm die Ofenlampe wie ein Warnsignal, erst jetzt sah sie ihn.

Er fragte, was, haben sie dich den letzten Nerv gekostet? Nein, gar nicht, sagte sie, ich wollte nur tragen helfen, und Gilad sagte, verrückte Geschichte, das mit dem Hund, und Osnat sagte, ach, hast du es ihm erzählt? Und Gilad sagte, ich werde nichts sagen, keine Sorge, schon verstanden, das ist so eine Art Geheimnis, und Osnat sagte, das hat mit Geheimnis nichts zu tun, aber … wenn mein Vater davon hört, sind wir aufgeschmissen, er würde im Leben nicht zulassen, dass wir ihn zurückgeben.

Dror fragte, hast du auch einen? Und Gilad sagte, was,

einen Hund? Nein, aber nur wegen der vielen Reisen, ich bin ja ständig on tour, das wäre echte Hundequälerei, und Dror fragte, ja? Fliegst du noch immer so viel durch die Weltgeschichte? Und Osnat dachte plötzlich, dass er vielleicht auch auf andere Menschen neidisch war, auf ein anderes Leben, der Gedanke traf sie wie ein Schlag, gerade weil er so naheliegend und ihr trotzdem nie in den Sinn gekommen war. Gilad sagte, nur zu bestimmten Zeiten, aber demnächst bin ich zum Beispiel wieder für einen Monat weg, was würde ich da mit einem Hund machen? Osnat fragte, was, das, wovon deine Mutter geredet hat? Und Dror fragte, was, worum gehts? Gilad sagte, so ein Seminar in Straßburg, und Dror sagte, das mit den sechsundzwanzig Unternehmern, und Gilad sagte, genau. Osnat fragte, und wann ist das? Im Mai, sagte Gilad, und Osnat sagte, ich flieg auch im Mai! Nach Köln, zu einem Kongress, und Dror fragte, ist das im Mai? Und Osnat sagte, ja, Ende Mai.

Dror sagte, prima, und willst du vielleicht einen Dogo Argentino? Klein, süß, und Gilad sagte, nein, danke.

3.

Nir lehnte sich zurück, wie jemand, dessen Kräfte schwanden oder der, im Gegenteil, vielleicht gerade neue sammelte. Er sagte, das muss man verstehen, wenn du da bist, also als Mediziner, dann bist du zwar offiziell Mediziner, aber eigentlich bist du nur Hilfskraft, bist Aushilfe, und dann sagst du jetzt nicht, nein, das mache ich nicht, ich bin hier, um das und das zu machen, du verstehst das sehr schnell und gewöhnst dich auch daran, es ist einfach ein Paralleluniversum.

Er hielt jetzt nicht mehr die Hand seiner Frau. Aß auch

nichts. Sie schaute sich am Tisch um. Nur ihr Vater aß weiter, ihr Vater aß immer weiter, auch wenn außer den Kindern alle anderen längst aufgehört hatten. Einmal, als sie etwas zu Dror darüber gesagt hatte, vielleicht, um sich mit ihm zu solidarisieren, indem sie über ihre eigene Familie lästerte, hatte er gesagt, weißt du was, Respekt! Alle sitzen da und wollen nur endlich essen, denn diese Jesiden gehen ihnen am Allerwertesten vorbei, aber keiner tut es, als würde man dadurch etwas für die Jesiden tun. Ich hab echt Hochachtung vor deinem Vater, damit du es weißt, er ist ein wunderbarer Mensch und hat mehr soziales Gewissen als alle anderen, glaub mir. Und sie erinnerte sich, wie sie umgehend ihre Meinung revidiert hatte, ihren Standpunkt, und stolz auf sich selbst gewesen war, Dror ausgewählt zu haben.

Nir sagte, wir haben Suppenmandeln mitgebracht, das heißt, unser Team, die sind da ganz verrückt nach diesen Dingern, also bringen wir jedes Mal welche mit. Einen ganzen Tag lang, an einem Freitag, das weiß ich noch, habe ich dort gestanden und Suppenmandeln in Plastikschüsseln geschüttet. Und Shimrit sagte, und dafür lassen sie einen Ophthalmologen einfliegen, könnt ihr das fassen? Nir berührte ihre Hand und sagte, aber genau das ist ja die Sache, dass einen das nicht schert. Wenn du dort bist, schert dich das nicht. Du denkst nicht mal drüber nach. Es gibt da eine, so ein Genie aus Harvard, junge Frau, wirklich bemerkenswert, blutjung, vielleicht gerade mal Anfang dreißig, Professorin für Konfliktmanagement, wirklich eine tolle Frau ... unglaublich. Aber die Kinder dort, die interessiert Harvard nicht oder Ophthalmiatrie, das interessiert die nicht die Bohne. Wir beide, sie und ich, haben da unter der sengenden Sonne gestanden, in dieser Gluthitze, und haben unsere ganze Augenheilkunde und unser Harvard in Plastikschüsselchen geschüttet, bloß darauf bedacht, dass in jeder Schüssel gleich viel ist. Etwas, das selbst Renana hätte machen können, sagte er und deutete auf seine kleine Tochter. Und dabei fühlst du dich wichtig. Wichtig und wie eine Null, gleichzeitig. Hast das Gefühl, du tust das Wichtigste auf der Welt und das Unbedeutendste, denn in dem Augenblick ändert das alles und letztendlich rein gar nichts. So sieht ein Tag im Nordirak aus, in der Kurzfassung.

Sie sah zu ihrer Schwester, die Nir anhimmelte, ehrfurchtsvoller als alle anderen, als gehorchte sie einem archaischen Gebot zum Verhältnis der Geschlechter. Sie versuchte sich zu erinnern, ob Shimrit ihn immer schon so angeschaut hatte. Und abermals erschien ihr alles in bester Ordnung, als sei nichts passiert. Die Worte, die Shimrit benutzt hatte, als sie ihr von Roi erzählte, wirkten mit einem Mal gewichtslos, wie auswendig gelernt. Und gleichzeitig verspürte sie das Verlangen, dass es doch stimmte, dass die Dinge ihren Lauf nähmen, dass sie nicht selbst eine derart komplexe Welt würde zusammenhalten müssen, zu komplex für ihre Kräfte.

Shimrit sagte, erzähl ihnen von Nihad, und Nir sagte, oh Mann, aber das ist eine ziemlich lange Geschichte, und Shimrit sagte, erzähl, erzähl, und Osnat warf einen Blick auf den Tisch, auf das nicht angerührte Essen und die Umsitzenden, von denen ein Teil den kurzen Wortwechsel nutzte, um verstohlen ein paar Bissen zu sich zu nehmen, während sie Nir halbherzig drängten, nein, erzähl doch, was denn, und Nir sagte, na gut, als gäbe er nur widerwillig nach. Die Kurzversion: Also, wir sind da, und gleich am ersten Tag, da, wo ich die Untersuchungen durchführe, und das ist nicht mal ein Zelt, nur ein paar Planen, also da kommt ein Mädchen zu mir, das aussieht wie sechs, bildhübsch, aber nicht redet. Was normal ist, wobei normal, normal ist das ja eigentlich nicht, oder? Aber dort ist das normal, man darf ja auch kaum erwarten, dass sie reden, nach allem, was sie erlebt haben. Egal, kurzum, sie kommt zu mir, ich untersuche sie, und alles ist in Ordnung, sie wirkt okay. Und sie kommt allein zu mir, ja? Ohne jemanden sonst, ohne Eltern, ohne Geschwister, was aber auch nicht allzu verwunderlich ist, man kennt das schon. Auf jeden Fall hatte ich das Ganze schnell wieder vergessen. Und dann nachts, als ich mit Lisbeth zusammensitze, und Shimrit sagte, die aus Harvard, und Nir sagte, ja, genau, auf jeden Fall, als ich mit ihr zusammensitze und wir so reden, sagt sie plötzlich zu mir, sag mal, hast du dieses Mädchen gesehen, das hier herumläuft? Hast du sie untersucht? Und was stellt sich heraus? Dass sie auch bei Lisbeth war. Und dabei macht sie gar keine Untersuchungen, eigentlich kommt nie jemand zu ihr, ich meine, von den Kindern, ja? Die haben nichts zu suchen bei ihr. Aber sie ist zu ihr rein. Hat auch bei ihr nicht geredet. Hat nur dagesessen. Hat bei ihr im Büro gesessen, na ja, nennen wir es mal so, die anderthalb Meter, die sie ihr zur Verfügung stellen. Lisbeth hat ihr Wasser gegeben, hat ihr irgendeinen Schokoriegel ausgepackt, aber nichts, hat sie nicht angerührt. Hat ungefähr eine Stunde bei Lisbeth im Büro gesessen, sagt sie. Hat einfach nur dagesessen. Und Osnat fragte sich, ob auch Shimrit bemerkte, wie er ihren Namen sagte, Lisbeth, in einem Tonfall, der förmlich nach Sex stank, Sex, der schon stattgefunden hatte oder auch noch nicht, und wenn sie es bemerkte, ob sie sich freute, denn vielleicht waren sie ja schon so weit, dass einer sich für den anderen freute, und Nir sagte, und so ist uns plötzlich aufgegangen, dass hier etwas ganz und gurnischt in Ordnung ist, ich meine, was heißt schon in Ordnung, gar nichts ist dort auch nur irgendwie in Ordnung, ja? In Ordnung gibt es da nicht, in Ordnung ist ein Traum, auch schlecht ist ein Traum, nicht nur in Ordnung, denn diese Menschen machen gerade die Hölle durch, aber sagen wir, dass irgendwas nicht stimmte, und Osnat schaute zu Dror, der ein Stückchen Sellerie quer über den Teller bugsierte, vielleicht würde er sich ja auch für sie freuen, würde sie vielleicht liebend gern mit einem kleinen Fehltritt anstecken, und Nir sagte, kurzum, wir begeben uns zu dem einheimischen Team, fragen nach dem Mädchen, fangen an, Erkundigungen einzuholen. Doch das Mädchen ist nirgendwo verzeichnet. Keiner weiß, wer sie ist. Nicht, woher sie stammt, nicht, wer ihre Eltern sind, ihre Geschwister, nichts. Osnat dachte an all das, was sie Shimrit fragen musste, und zwar ganz dringend, und Nir sagte, nicht, dass das dort irgendwie außergewöhnlich wäre, absolut nicht, es kommen auch weitaus schlimmere Sachen vor, aber du weißt in der Regel wenigstens, wer das Kind ist. Doch hier, nichts, weshalb sie theoretisch auch überhaupt keine Jesidin hätte sein können, und Osnat linste zu Gilad, der der Geschichte mit ausdrucksloser Miene lauschte, und dann zu Dror, der gelangweilt wirkte oder schon komplett abgeschaltet hatte, und ein plötzliches Glücksgefühl brandete in ihr auf, schoss ihr in den Brustkorb, dass es fast wehtat, wie ein Blutgerinnsel, und für einen Moment meinte sie, es genau so haben zu wollen, und Yasmine fragte, aber woher wusstet ihr denn, dass sie Nihad heißt, wenn sie nicht geredet hat, und Nir sagte, ah, genau hier fängt die Geschichte an.

4.

Er ließ sich auf das Sofa neben sie fallen, füllte die zu kleine Lücke ganz aus, seine linke Seite drückte sich gegen ihre Hüfte und ihr Bein. Sie versuchte, ein bisschen zu rutschen, mehr eine angedeutete Bewegung, aber auf ihrer anderen

Seite saßen ihr Vater und Renana, alle waren aneinandergepresst und verteidigten ihren Platz auf dem Sofa nur mit Mühe. Er sagte, wir haben noch gar nicht geredet, und sie sagte, stimmt. Er sagte, also, was machen wir? Ich wollte nämlich mit dir reden, und sie schaute schnell zu ihrem Vater und sagte dann, ich wollte auch mit dir reden, und Gilad sagte, es gibt da so eine Sache, die ich mit dir machen wollte, und Osnat wusste nicht, was er meinte, hatte Angst, etwas Dummes zu sagen, also sagte sie gar nichts.

Sie streifte ihn mit einem Blick. Sagte, wir können das auch jetzt machen, auf der Terrasse oder so, aber ihr Vorschlag ging unter in einem kollektiven Ausruf der Bewunderung: Hannah stand im Wohnzimmer, ein großes Bild vor sich haltend, von einem Hund. Ein Hund, so wie man ihn für ein Kind malte, ein archetypischer Hund. Ofra sagte, was ist denn das für ein schöner Hund? Und Hannah sagte, Papa hat gesagt, ich darf das nicht sagen, und lächelte dann ihrem Vater zu, als bekräftigte sie entweder ein gemeinsames Geheimnis oder vielleicht auch ihren feierlichen Eintritt in die Welt der Geheimnistuer, der Erwachsenen.

XXV

1.

Pony wartete an der Tür auf sie. Sie hob die schlafende Hannah von ihrem Arm, legte sie auf eines der Sofas im Wohnzimmer ab und beugte sich dann zu dem Hund hinunter, der ihr übers Gesicht leckte. Sie sagte, so einen Hund zu Hause zu haben ist schon nett, kann man nicht anders sagen, und Dror sagte, ich lege sie auch hier ab, okay? Sie können einfach hier schlafen, wir holen nur noch die Decken. Er legte Hamutal vorsichtig auf das zweite Sofa und lockerte dann seine Schulter, den ganzen Körper, als wollte er die Erinnerung an das Gewicht loswerden. Er sagte, er ist schrecklich knuffig, es sagt ja niemand, dass er nicht knuffig ist.

Pony schaute sie erwartungsvoll an. Dror sagte, aber er wird nicht immer so aussehen. Sehr schnell schon wird er nicht mehr so aussehen. Osnat sagte, stimmt, stand auf, und der Hund folgte ihr. Sie sagte, ich muss Pipi, willst du etwa mitkommen, auch Pipi machen? Aber als sie die Treppe ins Obergeschoss hochstieg, sah sie etwas auf den Stufen. Sie hatte ihre Brille nicht auf und dachte, er hätte vielleicht ein Häufchen dort gemacht, und mit jeder weiteren Stufe wuchs ihre Wut, bis sie bereit war, allen Ärger, der sich in ihr angestaut hatte, an dem Hund auszulassen. Aber er hatte kein

Häufchen gemacht, was sie erst verstand, als sie den weichen Stoffkörper aufhob, aus dem Füllwolle quoll. Es war der Torso einer Puppe von Hamutal, ohne Kopf und Beine. Sie stieg die Treppe ganz nach oben und trat in Hamutals Zimmer. Auch hier verstand sie nicht sofort, weil das Zimmer ohnehin unaufgeräumt gewesen war, bis ihr Blick sich gefangen hatte und Puppenteile erkannte, zerbissene, angesabberte Köpfe und Stopfmaterial, das in Wölkchen über dem Fußboden des Zimmers schwebte.

Sie rief nach Dror. Er sagte, hör zu, das ist unsere Chance, wir sagen ihnen jetzt gleich, dass er unserer Tochter das Zimmer auseinandergenommen hat, dass wir ihn nicht unter Kontrolle haben, ihn aber noch nicht aufgeben wollen. So bereiten wir das Terrain vor, damit es nicht aus dem Nichts für sie kommt. Und dann, in einer Woche oder so sagen wir ihnen, wir kommen nicht mehr klar und dass das eine Nummer zu groß für uns ist.

Sie sagte, weißt du, was ich gedacht habe? Und Dror fragte, was? Und Osnat sagte, weiß auch nicht, aber dass sie uns den Hund vielleicht nicht einfach bloß so gegeben haben. Dror kniff die Augen zusammen. Sie sagte, ich meine, bei aller guten Nachbarschaft und guten Freundschaft und allem, aber Leute verzichten nicht einfach so auf fünftausend Schekel. Vielleicht ist etwas mit ihm … ich weiß nicht … nicht in Ordnung. Dror fragte, was? Denkst du, wir haben einen verhaltensgestörten Hund bekommen? Sie sagte, ich weiß nicht, vielleicht ist er ja krank, hat vielleicht irgendein Sozialproblem oder einen genetischen Schaden, was weiß ich, warum sonst wäre er überhaupt noch bei ihnen gewesen, und Dror sagte, wir wissen immer noch nicht, ob sie diese Hunde wirklich verkaufen und nicht einfach verschenken, und Osnat sagte, meinst du wirklich, sie würden Hunde, von denen einer fünftausend Schekel kostet, einfach so verschenken? Selbst wenn sie die anständigsten Leute unter der Sonne und keine Züchter oder was weiß ich sind. Warum sollten sie das tun? Ich würde das auf jeden Fall nicht machen, und Dror sagte, vielleicht ist das eine Mentalität, die wir nicht kennen, und Osnat fragte, was denn, eine Samaritermentalität?

Dror grinste. Sie atmete geräuschvoll aus. Sagte, das ist schlimmer als der Einbruch, ich könnte heulen deswegen, und Dror sagte, na, übertreib mal nicht. Sie breitete die Arme aus, als wollte sie nach dem Unglück greifen oder vielleicht auch darüber hinwegschweben, und Dror sagte, das ist in exakt fünf Minuten aufgeräumt. Und Hamutal spielt ohnehin nicht mehr mit den Puppen. Außerdem wollte sie einen Hund, dann soll sie auch verstehen, was ein Hund bedeutet.

Sie hob eine Puppe vom Boden auf, die sie nicht kannte. Der Kopf war unversehrt, aber der Körper zur Hälfte zerfetzt, bis auf die Drähte im Inneren, und nur ein Bein und der rechte Arm waren ihr geblieben. Sie sagte, ich würde nicht unbedingt sagen, dass das ein Beispiel dafür ist, was ein Hund bedeutet, und Dror fragte, warum nicht? Genau das, man schafft sich einen Hund an, und dann zerfetzt er auch Sofas, Puppen und was weiß ich noch alles. Die haben halt Energie, und wir sperren sie im Haus ein. Sie hielt die Puppe in die Luft und sagte, stell dir vor, das wäre deine Tochter, und Dror sagte, also wirklich, und sie sagte, liest du keine Zeitung? Alle paar Tage wird doch irgendein kleines Mädchen von einem Amstaff zerbissen, ich kann so was nicht mal lesen, lege die Zeitung immer gleich weg, und jetzt hab ich selbst so was zu Hause? Das ist nun mal, was Hunde machen, sagte Dror, das hat nichts mit Amstaff oder nicht Amstaff zu tun, Hunde, vor allem Welpen, nehmen alles auseinander, was sie finden können, und Osnat wedelte erneut mit den Überresten der

Puppe und fragte, so, meinst du? Und Dror sagte, für ihn bedeutet diese Puppe nichts, die ist wie ein Hausschuh für ihn, hat keinen Geruch, gar nichts. Und es ist auch nicht so, dass er ihr den Kopf abbeißt und sich dabei Hannah vorstellt, das spielt keine Rolle für ihn, es ist bloß ein Ding aus Stoff, nur du bist diejenige, die dem alle möglichen Bedeutungen beimisst, und Osnat nahm den Arm herunter, weil er anfing, schwer zu werden, und sagte, allein dafür würde ich nach Rechovot ziehen, glaub mir, nur, damit wir diesen Hund abgeben können wohin auch immer, ohne jemandem Rechenschaft schuldig zu sein.

Er sagte, dann los, für mich ist das ein ausreichend guter Grund, und Osnat sagte, das Problem ist leider, dass es kein ausreichend guter Grund ist, und Dror sagte, das ist doch eine Traumwohnung. Ich meine, für eine Mietwohnung, ja? Du ziehst dort schließlich nicht fürs ganze Leben ein, und Osnat sagte, unser Haus ist viel schöner, und Dror sagte, aber unser Haus steht in Drei-Fünf, und diese Wohnung ist in Rechovot, und Osnat sagte, und genau das ist das Problem, und Dror fragte, was? Und Osnat sagte, ich will nicht in Rechovot wohnen. Dror legte den Kopf in den Nacken. Wenn du nicht willst.

XXVI

1.

Sie stand im Wohnzimmer, verschränkte die Arme. Das ganze Haus lag ihr zu Füßen. Was würde sie damit anfangen? Sie hatte gemeint, es gäbe dringend irgendetwas zu erledigen, und deshalb hatte sie auf diesen Zeitpunkt gewartet, wenn sie allein sein würde. Doch als er endlich kam, war sie verwirrt, verschiedenste Wünsche hämmerten gegen ihre Schläfen, verlangten von ihr zu entscheiden, wer sie war, wollten, dass sie für diese Stunde teuer bezahlte.

Sie schaute zur Uhr: halb acht. Wie viel Zeit blieb ihr, eine Stunde? Vielleicht anderthalb. Allerhöchstens. Sie würden nicht später als neun wiederkommen. Sie konnte was bei Netflix gucken. Eine Folge, vielleicht anderthalb, wenn sie Glück hatte. Sie konnte es sogar schaffen, sich etwas Leckeres aus dem nigerianischen AM:PM zu holen. Nein, konnte sie nicht, fiel ihr ein, und ihre Stimmung sank: Hannah schlief ja. War viel zu früh eingeschlafen, aber was konnte man machen, sie hatte nicht den Nerv gehabt, sie wach zu halten. Also, soll sie etwa eine Folge gucken, ohne etwas zu essen? Sie hörte ihre eigene Stimme, aufgesetzt vor Begeisterung, über ihre natürliche Tonlage hinausgehend, iss einen Apfel, Datteln,

Litschis sind auch noch da, kein Wunder, dass Hamutal ihr das nicht abnahm.

Was machen Frauen, wenn sie allein zu Hause sind? Vielleicht machen sie es sich mit der Hand? Nehmen ein Bad und besorgen es sich im warmen Wasser. Aber sie würde es sich jetzt nicht mit der Hand machen, nicht abends um halb acht, nein, zwanzig vor inzwischen.

Vor einiger Zeit hatte sie eine Idee gehabt: Liors Rettungswagen zu rufen, versuchen, ihn herzubestellen, sehen, ob es tatsächlich stimmte. Was aber, wenn es stimmte? Sicher stimmte es. Würde ein Krankenwagen dann wirklich zu ihr nach Hause kommen? Oder würde sie sich eine falsche Adresse ausdenken? Und was, wenn genau in der Zeit jemand ihn brauchte, also wirklich benötigte, und sie mit ihrem infantilen Scherz den Einsatz verhinderte? Wie auch immer, was würde Lior zu ihr sagen, wenn sie anriefe? Würde er sagen, er habe zu tun, sei ausgebucht, oder würde er vielleicht gar nicht rangehen?

Sie spähte aus dem Küchenfenster, aber Israel saß nicht im Garten. Sie konnte Drors Stimme hören: Nicht um diese Uhrzeit, um diese Uhrzeit sitzt er da nicht, nur tagsüber, da bist du ja nicht zu Hause, also siehst du ihn nicht, aber er rührt sich nicht von der Stelle, ich sag dir was, ich arbeite, ja, ich arbeite, aber das macht einen wahnsinnig, das ist, wie wenn jemand dich beobachtet, während du schläfst.

Sie könnte etwas lesen. Oder auch nicht. Könnte Gilad anrufen. Wenn sie Lust hatte, etwas anzustellen, dann war er eine Möglichkeit. Aber was sollte sie ihm sagen? Vielleicht müsste sie auch gar nichts sagen und einfach nur anrufen. Nicht zwanghaft alle Eingänge besetzen, als drohte wer weiß was sich hineinzustehlen.

Vom Weg waren Stimmen zu hören. Osnat riss sich zusammen, drückte den Schalter des Wasserkochers, ohne Grund. Sie hörte Dror, er sagte, erzähl das Mama, sie wird sich freuen.

2.

Lärmend kamen sie herein, eine verschworene Gemeinschaft, als hätten sie an einem einzigen Tag gelernt, ohne sie auszukommen, als hätten sie den ganzen Trauerprozess schon abgeschlossen. Dror strich Hamutal über den Rücken, ab unter die Dusche, los, los, und Hamutal gab ihm ein Küsschen und trottete ins Bad.

Pony stand neben ihm, sein Fell noch etwas nass und ein bisschen struppig, was ihm einen kläglichen Ausdruck verlieh. Wie ein Pflegekind, dachte sie, er fühlt sich hier noch nicht zu Hause. Und mit einem Mal versetzte ihr das einen Stich: Er ist kleingläubig, und das vollkommen zu Recht.

Sie fragte, was denn, wart ihr etwa im Wasser? Und Dror sagte, Pony war drin, das hättest du sehen sollen, ihn kümmert das alles nicht, weder die Kälte noch sonst was, offenbar spüren die das nicht oder so. Hamutal wollte auch reingehen, aber ich hab sie nicht gelassen, aber hör zu, es war unglaublich. Unglaublich! Hamutal ist gerannt, wie sie vielleicht seit der ersten Klasse nicht mehr gerannt ist. Sie haben den ganzen Strand umgepflügt, sind gerannt und gerannt und gerannt. Das ist ein Hochleistungssportler, so was hab ich noch nicht gesehen, der Kerl wird einfach nicht müde. Und wenn du Hamutal gesehen hättest, du hättest nicht geglaubt, dass das deine Tochter ist. Als wäre die Sportlerin auch in ihr erwacht. Wenn sie mit Pony rennt, spürt sie gar nicht, dass sie rennt, verstehst du? Sie meint, sie würden nur spielen. Und jetzt haben wir ja noch Winter, es ist kalt, überleg mal, wie das erst im Sommer wird, und Osnat sagte, im Sommer ist es heiß, im Sommer kann man am Strand nicht rennen, und Dror sagte, auch im Winter, hast du gesagt, geht das nicht, und bitte sehr, es geht doch. Ich sag dir, deine Tochter ist bestimmt, ich weiß nicht, fünf Kilometer gerannt. Ich war echt geschockt. Und Osnat sagte, was du nicht sagst. Und Dror sagte, nächstes Mal kommst du mit.

Sie sagte, nächstes Mal? Und Dror sagte, ich glaub, ich fang an, ein bisschen mit Hamutal am Strand zu laufen. Und Osnat sagte, aber den Hund geben wir zurück, und Dror sagte, machen wir, klar.

FEBRUAR

XXVII

1.

Sie brüllte, Hannah! Hannah brüllte zurück, ich mach Aa. Peinlich berührt lächelte sie dem Monteur zu, der am Türrahmen zugange war, aber er reagierte nicht, hatte vielleicht nichts gehört. Sie fragte, kann ich Ihnen wirklich nichts anbieten? Und er sagte, nein, danke. Nachher, wenn ich hier fertig bin, vielleicht.

Sie trat durch die offene Haustür nach draußen und hob den Kopf zu dem weißen Kasten, der jetzt über ihr hing. Sah tatsächlich nicht dramatisch aus. Glaub mir, wer das sehen soll, sieht es, hatte Dror gestern Abend zu ihr gesagt, das ist die ganze Idee dahinter. Das dient hauptsächlich als Abschreckung.

Sie ging bis zur Straße, machte kehrt und marschierte wieder auf das Haus zu, versuchte den Grad der Veränderung zu ermessen. Trotz allem erschien es ihr, als müsste sie eine Niederlage eingestehen. Genau deswegen hatten sie keine Alarmanlage installieren lassen, als sie eingezogen waren, keine Alarmanlage, keine Kameras und keine hohe Mauer. Hatten sich in die Umgebung einfügen wollen. Osnat musste beinahe lachen, als sie jetzt an sie beide dachte, sie und ihn, gerade mal ein halbes Jahr zuvor, wie sie wie zwei Gymnasiasten geredet hatten: Sie hätten nicht die leiseste Absicht, eine Festung hier inmitten dieses Viertels zu errichten, dessen ganzer Charme in den einfachen Häusern bestehe, den niedrigen Hecken, ja überhaupt in dem Gefühl, dass hier Menschen wohnten. Selbst auf Gitter vor den Fenstern hatten sie zugunsten elektrischer Rollläden verzichtet, hatten die Furcht hinter weißen Aluminiumlamellen begraben.

Sie trat wieder ins Haus. Der Monteur arbeitete still vor sich hin, reagierte nicht auf ihre Anwesenheit. Sie hatte das Gefühl, er sei verärgert, vielleicht, weil sie sich gegen Kameras entschieden hatten. Wenn Sie das zusammen mit der Alarmanlage machen, kommen Sie viel günstiger weg, hatte er gesagt, hatte sich ungefragt empört ob ihrer Uneinsichtigkeit. Lassen Sie die Dinger nachträglich anbringen, zahlen Sie den vollen Preis.

Doch sie hatte ihr Einverständnis nicht gegeben, nicht dazu. Wo ist denn der Unterschied, wenn du schon eine Alarmanlage einbauen lässt, hatte Dror gesagt, erklär mir das. Und Osnat sagte, weil ich mich nicht wie eine Kriminelle fühlen möchte, mit diesen kleinen roten Augen, die dich überallhin verfolgen. Und Dror fragte, was für rote Augen denn? Von den Kameras. Und wenn jemand sich in deinem Haus herumtreibt, willst du dann nicht wissen, wer das ist?, fragte er. Und sie sagte, ich will nicht, dass das Haus die ganze Zeit gefilmt wird, das erscheint mir krank, auch so schon, die ganze Alarmanlage und so. Aber sie hatte Dror nicht gesagt, dass sie es nicht wissen wollte, nein.

2.

Sie rief in Richtung der Toilette, hast du's bald? Und Hannah brüllte zurück, nein! Dann yallah, schrie sie, wir müssen los.

Sie schaute auf ihr Handy, um ihre Ungeduld zu unterdrücken oder sie vielleicht, im Gegenteil, weiter anzufachen. Sie hatte eine Nachricht von Gilad: Kann ich dich anrufen? Sie stellte eine kurze Überlegung an, brach diese aber mittendrin ab, wählte seine Nummer und presste sich das Telefon ans Ohr. Er sagte, ich war einfach nicht sicher, ob das ein guter Zeitpunkt ist, und Osnat fragte, was, noch eine Wohnungsbesichtigung? Gilad sagte, diesmal nicht, und Osnat sagte, ah, okay, und Gilad fragte, hast du eine Minute? Osnat fragte sich, ob ausgerechnet jetzt ein guter Zeitpunkt für dieses wertvolle Vergnügen war, mit dem sie nun rechnete, konnte sich aber nicht beherrschen, worauf sollte sie warten, auf die Nacht? Sie sagte, hab ich, und Gilad fragte, du arbeitest doch bei Food Deal, oder? Osnats Herz wurde schwer und nahm mit einem Mal wieder seinen gewohnten unbeholfenen Takt auf, und doch wollte sie nicht, dass Hannah jetzt herunterkäme, noch nicht.

Sie sagte, ja, warum? Und Gilad fragte, meinst du, es besteht die Chance, die für etwas zu interessieren? Etwas Karitatives, fügte er hinzu, eine Spende an die Allgemeinheit, macht ihr so etwas? Gibt es irgendjemanden, der für so was zuständig ist? Und Osnat sagte, ich glaube nicht, dass es da jemanden Spezifisches gibt, aber sag mir, worum es geht, und ich kann fragen, und Gilad sagte, kurz gesagt brauchen wir Lebensmittelspenden für ein Flüchtlingslager in Al-Dschilasun, dort ist bei den Überschwemmungen kürzlich viel zerstört worden, und Osnat fragte nicht, bei welchen Überschwemmungen, auch wenn sie nicht den leisesten Schimmer hatte. Sie sagte, wow, Mann, was für eine Geschichte, und Gilad sagte, du müsstest mal sehen, was da gerade los ist.

Sie fragte, also, was braucht ihr, ich meine, wonach genau soll ich fragen? Und Gilad sagte, Tacheles, Grundnahrungsmittel, und Osnat fragte, wie viel, von welchen Mengen reden wir, gib mir eine Größenordnung, damit ich weiß, wonach ich fragen soll. Dann sah sie Hannah die Treppe herunterkommen, sie sagte, Mama, und Osnat sagte, Sekunde, ich telefoniere, und Gilad sagte, ich hör schon, du bist beschäftigt, und Osnat sagte, nein, nein, sprich ruhig, das kann ja wohl nicht sein, dass ich hier nicht mal mehr ein Telefonat beenden kann, und Hannah rollte mit den Augen und verschränkte die Arme, bereit, sich zu wehren, und Gilad sagte, vielleicht fragst du erst mal grundsätzlich nach, und Osnat sagte, was denn jetzt, fünfzig Pakete, fünfhundert, *grundsätzlich* verstehen diese Leute nicht, denen muss man mit Zahlen kommen, und Gilad sagte, was auch immer sie geben wollen, wird gut sein. Hannah sagte, Mama!

Hamutal kam ins Haus getrottet, zwischen ihren langen Fingern und ihrem Mund einen imposanten Schokoriegel, dessen unteres Ende gelbe Verpackungsfetzen kränzten wie Blätter bei einer Topfpflanze. Hannah sagte, das ist nicht fair, und Osnat sagte, Sekunde, Sekunde, gib mir noch eine Sekunde, und Hannah sagte, warum kriegt sie Schokolade, und Hamutal sagte, du kannst auch welche, die ist von dem Nachbarn, und Osnat fragte, von welchem Nachbarn? Gilad sagte, lass gut sein, ruf mich einfach später an, und Osnat sagte, gut, ich erkundige mich auf jeden Fall, in Ordnung? Und Gilad sagte, danke, ehrlich. Wir telefonieren.

Hannah sagte, also kaufst du mir auch was, und Osnat fragte, von wem hast du das bekommen, von welchem Nachbarn? Und Hamutal sagte, von dem nebenan, dem wir den

Kuchen gebracht haben, und Osnat fragte, von Israel? Und Hamutal sagte, glaub schon. Hannah sagte, du kaufst mir dann unterwegs was, ja?, und Osnat sagte, du gehst schon zu einem Geburtstag, da kriegst du genug, und Hannah sagte, das hat damit gar nichts zu tun, sie hat auch was gekriegt ohne Geburtstag, und Osnat trat zu Hamutal, getrieben durch eine Kraft, die stärker war als sie, stärker als all ihre Prinzipien, nahm ihr den Schokoriegel aus der Hand und strich die Verpackung glatt, zeig mir mal, was du da hast, was ist das überhaupt. Auf der Verpackung waren eine stilisierte, nicht besonders appetitliche Banane abgebildet sowie daneben ein geteilter Schokoriegel, sodass die Füllung zu sehen war, die einzelnen Schichten, und Osnat fühlte sich auf einen Schlag angeekelt, furchtbar angeekelt von dieser sonderbaren Süßigkeit und von ihrer Tochter, die so was essen wollte, sie sagte, dafür vergeudest du eine gute Süßigkeit von uns, das sieht widerlich aus, ihre Stimme belegt von Frust, den sie hoffte, zurückhalten zu können, es aber nicht schaffte. Konsterniert gab sie Hamutal den Riegel zurück, aber Hamutal nahm ihn, als kümmerte sie das alles nicht, als sei sie daran gewöhnt, die Abgabe zu leisten, und schob den unteren Teil der Verpackung zurück, bis auch das letzte Stück Schokolade in ihren Mund gewandert war. Hannah sagte, das ist trotzdem eine Süßigkeit, und Hamutal ließ die Verpackung auf den Wohnzimmertisch fallen, und Osnat sagte, wirf sie bitte weg, und Hamutal machte unwillig kehrt und griff nach den Verpackungsresten, und Osnat fragte, findest du das wirklich lecker, oder hast du das nur so gegessen? Da kam Dror aus seinem Arbeitszimmer und fragte, was ist lecker, gibts was Leckeres?

3.

Er sagte, ich geh zu ihm, und Osnat sagte, *not in Hebrew!* Und Dror sagte, das interessiert sie doch gar nicht, sie merkt das überhaupt nicht, und deutete mit dem Kinn zu Hamutal, die mit dem Smartphone auf dem Sofa saß, und Osnat sagte, *she hears everything, it is exactly when she pretends she doesn't listen that we have to be careful*, und Dror sagte, *okay, I go*, und Osnat sagte, *you don't go, not now, let's talk about it in Ruhe in the evening*, und Hannah sagte, erst hast du mich so gehetzt, und jetzt kommst du nicht, und Osnat sagte, Moment, und Dror sagte, *there is nothing to talk about, Osnat, he will not get near my child*, und Osnat sagte, *he gerade mal gave her a candy*, und Dror sagte, merkst du überhaupt, wie sich das anhört, »gerade mal« ist wie »nicht so schlimm«, und Hannah sagte, Mama! Gib ihr dein Telefon, sagte Osnat, und Dror sagte, ist bei mir im Zimmer, doch Osnat hatte ihres schon auf der Arbeitsplatte entdeckt und es Hannah in die Hand gedrückt. Aber leise, sagte sie, und Hamutal sagte, he, das ist nicht fair, warum bekommt sie euer Telefon, und Osnat sagte, weil sie kein eigenes hat? Möchtest du, dass du auch kein eigenes Telefon mehr hast? Hamutal wandte sich mit griesgrämiger Miene wieder dem Display zu und sagte, ich will ein iPhone, und Osnat sagte, *you see, she hears everthing*? Und Dror sagte, *I don't care if she hears that she cannot talk to this person, von mir aus she can hear that*, und Osnat sagte, *let's go to the other room for one second.*

4.

Sie setzte Hannah im Garten bei der Geburtstagsfeier ab und trat zurück auf die kleine Straße. Sie hatte rund anderthalb

Stunden rumzubringen, sie würde es in der Zeit nicht zurück nach Hause schaffen, zumindest nicht so, dass es sich lohnen würde.

Aber sie hatte ein Buch mitgenommen, *Der Jakubiyān-Bau*. Sie hatte es angefangen zu lesen, bevor sie umgezogen waren, und war seitdem kaum vorangekommen. Sie zog es aus der Tasche, um zu entscheiden, ob sich die Suche nach einem Café lohnen würde. Das Lesezeichen steckte mitten im Kapitel, sie wusste nicht einmal mehr, bei welchem Absatz sie aufgehört hatte.

Sie würde jetzt nicht anfangen, nach einem Café zu suchen. Genauso gut konnte sie hier irgendwo auf einer Bank sitzen und lesen, doch Osnat wusste bereits, dass sie die gesamten anderthalb Stunden auf Facebook zugange sein würde, den Roman aufgeschlagen neben sich, wie ein Alibi. Sie trug das Buch geöffnet vor sich her, ihre Finger wie ein sperriges Lesezeichen hineingesteckt, ging damit bis zum Eingang einer kleinen Parkanlage und warf einen suchenden Blick hinein, vielleicht hielt sich irgendwo dort eine geeignetere Bank versteckt, als sie ein Rufen hörte: Hey! Hallo! Osnat schaute sich um und sah den Vater aus dem Kindergarten, der rauchend an einem Pfeiler lehnte und ihr zuwinkte. Und mit einem Mal verstand sie, dass auch er nicht wusste, wie sie hieß, und auch nicht, wessen Mutter sie war, ja, dass er überhaupt nichts über sie wusste.

Sie ging mit dem geöffneten Buch auf ihn zu, während ihre Finger es von innen zerpflückten. Sie sagte, überbrückst du auch die Zeit während diesem Geburtstag, und er sagte, ja. Er hielt ihr die Zigarette hin, die zwischen seinen Fingern steckte, an ihrem Ende eine Frage. Sie sagte, nein, nein, ich hab aufgehört, zu meinem großen Leidwesen, und er sagte, das ist keine Zigarette, als wollte er sichergehen, dass sie auch verstand, und sie sagte, ah, wallah. Er sagte nichts, ließ nur den Joint weiter vor ihr in der Luft schweben, ein rotes, auf sie gerichtetes Auge, und Osnat sagte, nein, nein, ich muss noch nach Hause fahren, und er sagte, ein Joint ist doch gar nichts, außerdem, bis du nach Hause fährst …, und Osnat sagte, nein, nein, danke, und der Vater nahm den Joint wieder zwischen die Lippen und sagte, falls du es dir anders überlegst.

Er sagte, als wir in die USA gegangen sind, war es noch üblich, dass man beim Kindergeburtstag dabeibleibt, ich bin so was von nicht mehr auf dem Laufenden, außerdem bringt sie meistens ihre Mutter, und Osnat wusste augenblicklich, dass er nicht mit der Mutter verheiratet war, oder nicht mehr.

Sie überlegte zu sagen, ich hab noch nie einen Geografielehrer gesehen, der Drogen nimmt, ich weiß, das klingt idiotisch, aber das passt für mich einfach nicht zusammen. Und dann korrigierte sie sich in Gedanken, ich hab noch nie einen Geografielehrer gesehen, der Joints raucht. Aber sie sagte weder das eine noch das andere.

Er sagte, lass mal sehen, auf das Buch deutend, und sie hielt das Cover in seine Richtung. Er sagte, ein tolles Buch, oder? Und Osnat sagte, bis jetzt ja, aber ich bin erst auf Seite …, sie schob den Daumen zu den beiden anderen Fingern und klappte das Buch auf, zwanzig. Der Vater sagte, das ist ein sagenhafter Roman, er wird dir sehr gefallen. Das heißt, vorausgesetzt, du hast einen guten Geschmack. Das weiß ich natürlich noch nicht. Und Osnat sagte, gut, ich werds lesen und dir berichten. Damit setzte sie sich auf die Bank, und der Vater sagte, ich stör dich auch nicht weiter, ich rauch nur noch schnell auf, und Osnat sagte, du störst mich nicht, ohnehin hab ich jetzt nicht den Nerv zu lesen, und der Vater fragte, warum nicht?

Sie blickte ihn von unten an. Sie fragte, warum nicht? Er

nickte leicht oder schwieg vielleicht auch einfach nur, und Osnat schaute ihn an, groß, mit dem Ansatz einer Glatze, an einen Pfeiler gelehnt in einer Parkanlage, die sie noch nie zuvor gesehen hatte, weshalb sie, selbst wenn sie wollte, nie wieder hierher würde zurückkehren können. Sie schloss die Augen, um die Fassung zurückzugewinnen, und als sie sie wieder aufschlug, musterte sie die kleine Parkanlage, die hübsch angelegt und fast leer war, wie eine extra für sie errichtete Kulisse. Sie sagte, meine Schwester hat hinter dem Rücken meines Schwagers eine Affäre, und er legte die Stirn in Falten und wiederholte, die Worte einzeln betonend, deine Schwester hat eine Affäre hinter dem Rücken deines Schwagers, und Osnat sagte, ja, und er sagte, also hinter dem Rücken ihres Mannes, und Osnat sagte abermals, ja.

Er sagte, okay, und deshalb hast du keinen Nerv, den *Jakubiyān-Bau* zu lesen? Und Osnat sagte, auch deshalb. Er fragte, wieso jetzt? Weil du dir Sorgen um sie machst? Und Osnat sagte, ich weiß nicht. Weil ich daran denke. Oft. Und der Vater fragte, weil du daran denkst, dass sie ihren Mann betrügt, oder weil du daran denkst, es auch zu tun? Osnat hielt mit großer Anstrengung alle anzüglichen Antworten auf, die in ihrem Mund nach vorne drängten, und stieß sie mit der Zunge zurück hinter die Zähne, sagte, ich denke daran, dass wir erwachsen geworden sind, spüre, dass es schon kein Entrinnen mehr gibt, und der Vater fragte, kein Entrinnen wovor? Osnat sagte, kein Entrinnen vor dem Erwachsensein, wir stecken bis zum Hals drin, und der Vater sagte, mich stört das eigentlich nicht, ich war auch nicht besonders gut im Jungsein, und Osnat sagte, ich auch nicht, ehrlich gesagt, aber jetzt stelle ich fest, dass ich auch im Erwachsensein nicht die Überfliegerin bin, sie grinste, und der Vater sagte, okay, aber erwachsen sein ist leichter, die Erwartungen sind niedriger, und es ist einfacher, erfolgreich darin zu sein, und Osnat fragte, findest du? Ich bin mir da überhaupt nicht so sicher, und er sagte, im Grunde genommen weiß ich es auch nicht.

Sie blickte zu ihm hoch, schaute ihn unverwandt an. Er hatte sich während der ganzen Zeit nicht neben sie gesetzt. Er sagte, was? Sie fragte, hast du schon mal jemanden betrogen? Du musst nicht antworten, wenn du nicht … Und er sagte, nein, nein, die Frage ist absolut in Ordnung. Sie sagte, ja?, ich dachte, ich klinge vielleicht wie … Und er sagte, du klingst absolut in Ordnung.

Er sagte, ja, ein Mal. Das heißt, nicht bloß ein Mal, aber eine Frau. Und Osnat fragte, eine Frau mit einer Frau? Oder mit mehr als einer Frau? Er sagte, eine Frau mit einer Frau. Sie fragte, deine Frau? Er sagte, nein. Und sie stellte fest, dass sie enttäuscht war.

Er fragte, und du? Und sie fragte, ob ich schon mal fremdgegangen bin? Erneut antwortete er nicht. Sie sagte, nein. Nein, wirklich nicht. Er sagte, gut, aber falls dir mal danach ist.

XXVIII

1.

Sie sagte, generell nehmen wir keine Süßigkeiten von Leuten an, die wir nicht kennen, und Dror sagte, nicht nur generell, wir nehmen keine Süßigkeiten von Leuten an, die wir nicht kennen, Punkt, und auch nichts, das keine Süßigkeit ist, überhaupt nichts zu essen, und Osnat sagte, *calm down, calm down, Dordo, speak relaxed*, und Hamutal sagte, aber ich kenne ihn doch, er ist mein Nachbar, und Osnat sagte, dass er dein Nachbar ist, heißt noch lange nicht, dass du ihn kennst, und Hamutal sagte, aber wir haben ihm doch Kuchen vorbeigebracht, unser Tablett ist immer noch bei ihm, und Dror sagte, du hast doch gesagt, du seiest nicht bei ihm im Haus gewesen, und Hamutal sagte, war ich auch wirklich nicht, und Dror fragte, und woher weißt du dann, dass das Tablett noch bei ihm ist? Hamutal sagte, ich hab Mama das sagen hören, was wollt ihr überhaupt von mir? Und Osnat sagte erneut, *you have to calm down*, und Dror sagte, *I'm calm*, und Osnat sagte, es ist einfach so: Es gibt keinen Grund, dass du Essen von jemandem annimmst, abgesehen von uns natürlich, der restlichen Familie oder einer von deinen Freundinnen oder der Mutter von einer deiner Freundinnen. Also, es wird kein Essen angenommen von Leuten, die uns nicht … die uns nicht sehr nahestehen, und Dror sagte, nicht nur Essen, das betrifft nicht nur Essen, auch keine Spielsachen, keine Geschenke. Und Osnat musste sich wirklich zusammenreißen, um nichts zu sagen.

Hamutal fragte, und was ist mit Jehudith, warum hab ich von Jehudith was nehmen dürfen? Und Osnat sagte, Jehudith hat in der Rosenbaum schon neben uns gewohnt, als du noch gar nicht geboren warst, Jehudith ist wie eine Tante, wie eine Oma, und Hamutal sagte, auch Israel wird wie eine Tante oder wie eine Oma sein, wenn wir lange genug neben ihm wohnen, und Dror sagte, *we are confusing her*, und zu Hamutal, auch von Jehudith etwas zu nehmen war ein Fehler, weißt du was, das war nicht richtig, man nimmt kein Essen von Menschen, die nicht zur Familie gehören, Punkt, das ist eine Regel fürs Leben. Und Hamutal sagte, und von Freundinnen, und Dror zog skeptisch die Augenbrauen zusammen und sagte, von Freundinnen kannst du was annehmen, obwohl, auch bei Freundinnen … Ich meine, diese ganze Kultur, dass eine der anderen ständig was zu essen gibt … doch Osnat unterbrach ihn und sagte, vergiss es, Freundinnen sind Freundinnen, wenn du bei einer Freundin zu Hause bist, dann bist du bei einer Freundin zu Hause, da musst du nicht mal drüber nachdenken. Aber von Israel … das gehört sich nicht, wenn du was nimmst. Schluss, aus.

Hamutal sagte, wovor habt ihr eigentlich Angst, dass er mich vergewaltigt? Osnat sah Dror mit einem Ausdruck der Bestürzung an, den sie nicht verbergen konnte. Sie fragte, wo hast du dieses Wort gehört? Und Hamutal sagte, bei *Die Nerdin*, und Dror sagte, *she is eleven, she heard it, it's okay*, und zu Hamutal sagte er, wir haben keine Angst, dass er dich vergewaltigen könnte, Gott behüte, warum sollte so etwas auch passieren. Wir denken einfach, dass das nicht passt, ein Kontakt zwischen einem kleinen Mädchen und einem älteren Mann, du hast genug eigene Freunde, hast genug Leute, mit denen du Zeit verbringen kannst, und Hamutal sagte, ich habe keine Zeit mit ihm verbracht, er hat mir eine Süßigkeit gegeben, als ich zufällig vorbeikam, und Osnat sagte, okay, also in Ordnung, beim nächsten Mal, wenn er dir eine Süßigkeit geben will, sagst du einfach höflich, vielen Dank, einfach höflich und nett, und Dror sagte, auch mit dem Nettsein muss man es nicht übertreiben, sag einfach, Danke schön, aber ich muss jetzt zu Mittag essen, oder zu Abend essen, ganz egal, oder: Ich möchte im Augenblick nicht, und das wars.

Hamutal sagte, oder ich sage, meine Eltern erlauben mir das nicht, und Dror sagte, auch eine Idee, und Osnat sagte, aber sag, dass Papa und Mama generell nicht erlauben, außerhalb von zu Hause etwas anzunehmen, und Dror sagte, *don't drive her crazy*, und Osnat sagte, *I don't want her to tell him that we told her not to take it from him, it's insulting*, und Dror sagte, du kannst einfach sagen, meine Eltern erlauben mir das nicht, und musst dich nicht um Kopf und Kragen reden und in Einzelheiten gehen. Und Osnat sagte, und du kannst auch einfach sagen, nein, danke. Das ist am allereinfachsten.

Hamutal sagte, okay. Kann ich jetzt das iPhone? Und Osnat sagte, Sekunde noch, eine Sekunde. Und beim Anblick von Hamutals Miene sagte sie, du kriegst das iPhone sofort, ich versprechs. Aber nur eine Sekunde noch. Ich wollte nur noch sagen, dass das weder etwas mit Süßigkeiten noch mit Essen zu tun hat. Damit das klar ist. Möchtest du Süßigkeiten? Dann bitte uns darum, und wir kaufen dir welche. Wir wollen, dass du isst, und wir wollen, dass du Spaß hast, und wir wollen, dass es dir schmeckt, und wir wollen, dass du dir etwas gönnst, wir haben nichts gegen Süßigkeiten, und Dror sagte, in Maßen, natürlich, und Osnat sagte, das ist einfach etwas fürs ganze Leben, eine Regel fürs Leben, und es ist uns wichtig, dass du sie kennst: Geschenke nimmt man nur von jemandem an, den man kennt. Und Dror sagte, von jemandem, den man gut kennt, und Osnat sagte, das ist eine Regel fürs Leben. Das ist alles. Hamutal fragte, und warum sagt ihr das Hannah dann nicht? Und Osnat sagte, weil Hannah noch nicht alleine losgeht, sie ist ja die ganze Zeit mit uns zusammen, oder höchstens mit dir, das ist für sie noch nicht relevant, und Dror sagte, aber Hannah werden wir das auch sagen, wenn es so weit ist, und Osnat sagte, richtig, absolut, auch Hannah werden wir das sagen.

Sie fragte, in Ordnung? Ist das in Ordnung für dich? Und Hamutal sagte, in Ordnung, macht mir nichts aus, ich hasse es sowieso, wenn Leute mir Essen geben, und Osnat verkrampfte, das »hasse« hatte ihr Trommelfell durchstoßen und ließ sie das Gleichgewicht verlieren. Sie dachte, sie hasst es gar nicht, wenn Leute ihr Essen geben. Aber was hasst sie dann, meine Tochter?

XXIX

1.

Sie gab »Öl« in das Suchfeld ein. Einundachtzig Treffer. Für zu Hause kauften sie immer Olivenöl, aber irgendwie schien ihr, dass sie Olivenöl bestimmt hätten, die Palästinenser, das konnte eigentlich nichts sein, was ihnen im Leben fehlte. Außerdem würde sie jetzt nicht fünfzig Flaschen Olivenöl zu neununddreißig Schekel die Flasche kaufen, bei allem Respekt, egal ob die das nun hatten oder nicht.

Sie scrollte weiter nach unten, zum Rapsöl. Überschlug grob im Kopf: 16,40 mal fünfzig, und dazu kämen ja noch die Nudeln und der Reis. Noch weiter unten gab es auch welches für 7,30. Groll regte sich in ihr: Die sollten lieber mal Danke sagen, bei aller Liebe. Sie klickte auf den kleinen Pfeil, fügte Artikel in den Warenkorb hinzu, immer weitere, bis sie bei fünfzig Artikeln angelangt war. Schon fast vierhundert Schekel.

Nudeln. Sie versuchte, sich die Kinder vorzustellen, die diese Nudeln essen würden – kurze, lange, Rigatoni, Fusilli, Makkaroni –, hatte dabei aber nur Jungen vor Augen, keine Mädchen, die über die Straße rannten, wie man es manchmal im Fernsehen sah. Was wusste sie überhaupt von den Palästinensern? Eigentlich gar nichts. Sie wusste über die Palästinenser genauso wenig wie über die Flüchtlinge, die gerade mal einen halben Meter von ihrem Fenster entfernt wohnten. Und auch über andere, ganz gewöhnliche Nachbarn, die vielleicht auch bedürftig waren, in Not, wusste sie nichts.

Sie dachte an ihre Mutter, die zu den Gründerinnen von Amcha gehört hatte, einem Verein, der sich psychosoziale Hilfe für Holocaustüberlebende auf die Fahne geschrieben hatte. Ihre Mutter hatte sie und Shimrit immer genötigt, dort mitzuhelfen, auch nach der zehnten Klasse noch, als ihre Verpflichtung zu gemeinnütziger Arbeit bereits geendet hatte. Shimrit hatte wenigstens Nir geheiratet; aber sie selbst hatte ja auch geheiratet, dachte sie plötzlich, beinahe überrascht, und zwar Dror, der sein Leben dem Schutz von Kindern widmete. Und doch gelang es ihr nicht, besonders beeindruckt davon zu sein, zu lose, zufällig, erschien ihr die Verbindung. Plötzlich fröstelte sie, das unangenehme Gefühl eines Gedankens, der verscheucht werden musste, dass sie nämlich nie wieder nicht einsam sein würde, so wie ihre Mutter nie wieder nicht tot wäre.

Sie beschwor das Bild ihrer Mutter herauf, mit größter Vorsicht, als fürchtete sie einen Absturz: Wenn ihre Mutter hier wäre, was würde das mit ihr machen? Sie sah sich selbst weinen, aber das stimmte nicht. Sie schloss die Augen, impulsiv. Plötzlich glaubte sie, dass sie Angst haben würde. Wenn ihre Mutter jetzt hier wäre, würde Osnat Angst haben. Hätte Angst, Angst, Angst, immerzu. Wie Dror.

Sie ruckelte mit der Computermaus hin und her, als wollte sie so die Gedanken in die Flucht treiben. Nudeln. Nudeln für Kinder im Überschwemmungsgebiet. Jetzt fühlte sich ihre Schmach schon gut gepolstert an, von einem weichen Kissen reuiger Umkehr, als wäre ihre karitative Ader endlich zutage getreten, erst ganz zart, dann immer deutlicher, bis sie sich unübersehbar abzeichnete. Aber die Kehrtwende erschien ihr dann, trotz allem, doch sehr überzogen, immerhin ging es hier um ihr eigenes Geld und nicht nur um Zeit und guten Willen. Und je weiter sich der Warenkorb füllte, desto mehr schrumpfte ihre Geberlaune, schwanden ihre Gewissensbisse, und an ihrer Stelle regte sich eine kleine, beschämende, aber nicht abzustellende Wut auf diese Menschen, die sie melkten, die ständig mehr und immer noch mehr wollten. Nudeln, genügte das etwa nicht? Reis? Das war schon viel, war viel mehr als nichts, mehr, als die meisten taten.

Aber was sollte sie machen. Ihre Vorgesetzten bei Food Deal fragen konnte sie nicht. Sie konnte sie nicht bitten, Essen für Palästinenser zu spenden, das ging einfach nicht. Sie konnte nicht, weil sie nicht eingewilligt hätten – Food Deal hatte, trotz allem, nicht gerade wenige Niederlassungen in den Siedlungen. Und sie konnte es auch nicht, weil sie einfach nicht konnte: Sie hatte nicht den Mut, bei der Arbeit zu sagen, seht mal, ich bin eine richtige Linke, was ja auch gar nicht stimmte, das Linkste, was sie im Leben gewählt hatte, war die Meretz, und bei den letzten Wahlen auch das schon nicht mehr. Wie das allerletzte von Ionescos Nashörnern, dachte sie, diese Nashörner, das bin ich. Wenn es von Menschen wie mir abgehangen hätte, wäre nicht ein Jude im Holocaust gerettet worden.

Sie überlegte, Gilad zu sagen: Sorry. Ich hab drum gebeten, habs versucht, aber keine Chance. Auch wenn sie es gar nicht versucht hatte. Sie stellte sich vor, wie sie gemeinsam darüber schimpfen und so einen Teil ihrer Schuld tilgen würden: Wo leben wir denn, in was für Zeiten? Entsetzlich ist das. Aber Osnat mochte ihn sich nicht so vorstellen, wie er zurück nach Hause ging, nach Jaffa, mit einem »Danke trotzdem, dass du es versucht hast«, und sie zurückließ, bei Food Deal, mit den elektrischen Rollläden und den cremefarbenen Landhausfenstern, bei den Müttern und Tanten und den anderen nicht-besonderen Frauen.

Sie klickte auf »Bezahlen«. Eintausendneunhundertirgendwas Schekel, Grundgütiger. Was, wenn sie die Menge halbierte? Fünfundzwanzig Pakete, etwas weniger als tausend Schekel? Bloß ein ganz gewöhnlicher Einkauf bei Food Deal, einer von Tausenden, und im Gegenzug wäre sie frei von Gewissensbissen. Für immer? Für eine Weile auf jeden Fall. Aber nur fünfundzwanzig Pakete? Da würde Food Deal beinahe in einem schlechten Licht dastehen, sie würde ihnen eine Knauserigkeit anhängen, die sie gar nicht hatten. Laut sagte sie, yallah.

Ging noch einmal alles durch, was sie ausgewählt hatte. Nicht, dass sie irrtümlich fünfhundert anstatt fünfzig Pakete bestellte. Und dann kam ihr der Gedanke, dass überhaupt nichts Besonderes zu essen dabei war. Food Deal hätte mit Sicherheit auch irgendwas Besonderes für die Kinder mit eingepackt.

Sie gab »Süßigkeiten« ein und scrollte diesmal gleich ganz nach unten, bis ans Ende der Seite: Schokokipfel. Wie viele Jahre sie die schon nicht mehr gegessen hatte. Plötzlich wollte sie nichts lieber als das. Wie viele von den Dingern? Sicher keine fünfzig Packungen, alles hat seine Grenze. Allein der Gedanke war ja schon außergewöhnlich, charmant, die Idee. Da genügten vielleicht schon drei, vier Packungen. Weniger als zehn? Sie fügte zehn hinzu, und der Gesamtbetrag überschritt die zweitausend. Sie korrigierte: fünf. Fünf Packungen Schokokipfel, um die niemand gebeten hatte, das war doch eine schöne Geste. Ohnehin war das nur ein Extra. Ein Goodie. Sie drückte auf »Zum Warenkorb hinzufügen«, mit einer Generosität, die allmählich vor sich hin faulte, bis sie in Feindseligkeit umschlug.

2.

Am anderen Ende der Leitung fragte Shimrit, wart ihr schon beim Tag der offenen Tür? Und Osnat sagte, das ist nächsten Freitag. Aber unsere Chancen sind echt gering, alle Welt will auf diese Naturschule, und Shimrit sagte, okay, aber ihr habt wirklich ein bisschen Glück verdient, und Osnat sagte, ich hoffe es sehr. Aber lassen wir das mal einen Moment, was gibts Neues, kannst du reden? Und Shimrit sagte, nein. Aber es gibt nichts Neues, alles unverändert, im Großen und Ganzen. Osnat fragte, kann ich Fragen stellen, und du antwortest nur mit Ja oder Nein? Aber Shimrit sagte, besser jetzt nicht, und Osnat sagte, ja, das macht ohnehin nicht so viel Spaß.

Plötzlich kam ihr ein erschreckender Gedanke: Vielleicht konnte Shimrit reden, wollte aber nicht. In den zurückliegenden Wochen hatte sie immer wieder staunend festgestellt, wie wenig Raum sie hatten, ihre Schwester und sie, um auf dieser Welt unter sich zu sein. Sie schafften es einfach nicht, unter vier Augen zu reden, nicht einmal am Telefon. Als trotteten sie in einer Herde mit, die das Alleinsein verhinderte. Verbittert stellte Osnat fest, dass sie weniger frei war, als sie immer geglaubt hatte.

Aber jetzt, an diesem Morgen, an dem die freie Frau in ihr sich vortäuschen musste, sie wäre ihre eigene Herrin und es gäbe niemanden, dem sie etwas schuldig war, zumindest bis nachmittags um vier – da fragte sie sich plötzlich, ob Shimrit vielleicht ihre Begeisterung leid war, ihre bohrenden Fragen. Ob Shimrit am liebsten die Karte für die Vorstellung, die sie ihr verkauft hatte, wieder zurückhätte. Vielleicht wäre es anders, wenn sie ihr von Gilad erzählt hätte, oder von dem Vater aus dem Kindergarten, wenn sie selbst ein Risiko eingegangen wäre. Und Osnat wollte erzählen, konnte aber nicht, ohne zu wissen, warum.

Ihr Handy klingelte. Ins Festnetztelefon sagte sie zu Shimrit, warte kurz. Es war der Lieferant vom Supermarkt. Es sei niemand zu Hause, er stehe vor der Tür. Zu Shimrit sagte sie, ich ruf dich gleich zurück, und dann zu dem Boten, Sekunde, ich rufe meinen Mann an und melde mich dann wieder bei Ihnen, in Ordnung? Vielleicht hat er es nicht gehört.

Sie rief Dror an, aber er ging nicht ran. Sie versuchte es erneut. Es musste das erste Mal sein, dass er ihr nicht antwortete, seit sie ins neue Haus gezogen waren, und sie war erschrocken angesichts der neuen Möglichkeiten, die sich unverhofft zu ihren beiden Standardängsten gesellt hatten, die sich seit Jahren automatisch meldeten, jedes Mal, wenn sie sich Sorgen machte: Herzinfarkt oder Unfall. Entweder das eine oder das andere. Und jetzt dachte sie: Jemand ist eingebrochen und hat ihn umgebracht. Mit irgendwas hat er recht gehabt, mit einer seiner vielen Befürchtungen. Vielleicht ist auch was mit dem Hund passiert.

Sie rief den Lieferanten zurück. Sagte, es tut mir wirklich leid, können Sie es vor der Tür abstellen? Nochmals Entschuldigung, irgendwas ist schiefgelaufen.

3.

Er sagte, ich hab gesehen, du hast versucht, mich zu erreichen, und sie fragte, wo warst du? Ich hab was vom Supermarkt geordert und war sicher, du bist zu Hause, und er sagte, ich hab ne Runde mit Pony gedreht. Sie fragte, ohne Handy? Er sagte, hab ich im Auto gelassen, wir waren ein bisschen am Meer laufen, und ich hatte nichts, wo ich's hätte reintun können, nichts mit Taschen, und Osnat fragte, was, ihr wart schon wieder am Meer? Mit Lior? Und Dror sagte, nein, nicht mit Lior, einfach so, wir haben ein Wettrennen gemacht, und Osnat fragte, was, vormittags um elf? Ihr seid einfach ans Meer gefahren? Heute Morgen warst du doch auch schon mit ihm draußen, oder nicht? Und Dror sagte, wir haben eine große Runde gedreht, wir waren nicht zweimal draußen, und Osnat fragte, ihr seid seit heute Morgen am Strand? Und Dror sagte, wir sind nicht mehr am Strand, ich bin ab jetzt immer zu Hause, und Osnat fragte, aber ihr wart seit heute Morgen am Strand? Seit acht Uhr etwa? Und Dror sagte, weiß nicht, seit wann genau, vielleicht so seit neun. Und Osnat sagte, okay, und verkniff sich zu fragen, gestern auch? Und vorgestern? Stattdessen fragte sie, und wie wars, hats Spaß gemacht? Und Dror sagte, und wie, und Osnat sagte, aber was ist mit Hamutal, ich dachte, ihr wolltet zusammen joggen gehen, und Dror sagte, machen wir auch noch, das eine schließt das andere ja nicht aus.

XXX

1.

Was für Geizhälse, ya Allah, sagte er, als er in die Papiertüten guckte, die den kunstvoll bemalten Wohnzimmerboden bedeckten. Er nahm eine Flasche Öl heraus und hielt sie hoch. Weißt du, was sie das kostet? Vielleicht drei Schekel. Fünf. Sagen wir, fünf Schekel. Wie viele davon haben sie rausgerückt, dreißig, fünfzig? Er sondierte erneut die Tüten, sagte, eher weniger, und Osnat sagte, ich hab nicht nachgezählt, und Gilad beugte sich über eine andere Tüte und fischte eine Packung Schokokipfel heraus, sagte, davon haben sie genau fünf lockergemacht, und Osnat sagte, vielleicht sind in den anderen Tüten noch mehr, und Gilad checkte flüchtig die Tüten, schob Nudelpakete und Thunfischdosen beiseite und sagte schließlich, nein, hier sind keine mehr. Sie sagte, na gut, das ist ja bloß ein Extra, was sie eigentlich brauchen, sind doch Nudeln und Reis, oder? Und Gilad musste offenbar die Kränkung in ihrer Stimme gehört haben, denn er legte die Packung Schokokipfel so zurück in die Tüte, als wollte er dort eigentlich etwas anderes ablegen, richtete sich auf und sagte, du bist fantastisch, ehrlich. Ich lasse nur ein bisschen Dampf ab, weil es mich nervt, wenn sie das absolute Minimum geben, Hauptsache, es heißt, sie hätten was gespendet, aber nimm das nicht zu ernst, das ist eine feine Geste ihrerseits, und sag ihnen vielen Dank. Sie sagte, mach ich.

Er sagte, hast du ein paar Minuten, oder musst du gleich wieder los ins Büro, und Osnat sagte, nein, hab ich, hab mir den Tag freigenommen, ehrlich gesagt dachte ich, wir bringen ihnen die Sachen vorbei, und Gilad sagte, meinst du etwa, ich würde dich nach Al-Dschilasun mitschleppen? Und Osnat sagte, nein, ich meine, weiß nicht, könnte schon interessant sein, und Gilad sagte, wenn du willst, nehme ich dich bei Gelegenheit mal mit, gerne. Es ist wirklich interessant. Deprimierend. Aber interessant. Sie sagte, das hört sich interessant an, und Gilad sagte, wenn ich aus Straßburg zurück bin, nehme ich dich mit. Dann ist es auch ein bisschen wärmer.

Draußen regnete es stark. Damals war es Sommer gewesen, als sie mit ihm geschlafen hatte. An die Wohnung erinnerte sie sich nicht mehr, nur an den Balkon. Vielleicht hatte sie sich in der Zwischenzeit auch verändert. Plötzlich kam sie sich riesig vor, fett und alt, oder zumindest ziemlich fett und ziemlich alt, fühlte sich, als würde sie wie eine Aufseherin das Zimmer inspizieren, als wäre sie eine Besucherin in der Welt der Jungen. Sie warf einen flüchtigen Blick zu Gilad, er musste mittlerweile auch über vierzig sein. Aber Gilad war nur minimal gealtert, als sei die Zeit an ihm bloß vorübergezogen, ein notwendiges Übel. Sie dagegen hatte sich abgerackert, hatte alles gegeben, war umgezogen, hatte Kinder bekommen und sich bemüht, erwachsen zu werden, auch wenn sie das alles nicht gemusst hätte.

Er fragte, möchtest du dich setzen? Setz dich, und Osnat ließ sich auf einem gelben Sessel nieder, weil sie meinte, so weniger Platz einzunehmen. Er fragte, Kaffee? Möchtest du Kaffee? Tee? Und Osnat fragte, hast du vielleicht was zu rauchen da? Er schaute sie amüsiert und erstaunt an, sagte, ehrlich gesagt nicht, und Osnat sagte, nein, nein, macht nichts, ich dachte nur, hatte plötzlich Lust, ich hab seit, was weiß ich, einer Million Jahren nichts mehr geraucht, und Gilad sagte, normalerweise hab ich auch was da, bloß, egal, gerade jetzt ist Ebbe, und Osnat sagte, nein, nein, ist wirklich egal, obwohl sie es mit einem Mal zutiefst bedauerte. Gilad sagte, sorry.

Er setzte sich auf ein schweres, wuchtiges Cordsofa, einen Zwei- oder sogar Dreisitzer, legte die Arme auf die Rückenpolster und fuhr mit seinen Händen über die Wand. Sie stellte fest, dass ihre Frage den Raum weicher gemacht hatte.

Sie sagte, ich weiß noch, dass wir damals was geraucht haben, und Gilad fragte, damals, wann damals? Damals damals? Und Osnat sagte, als sie uns ... verkuppelt haben, und das »uppelt« sprach sie mit einem klingenden, weichen »b« aus, wie die Araber, auch wenn es dafür keinen Grund gab, bloß damit es leichter fiel. Er sagte, wallah? Kann gut sein, und Osnat sagte, ja, ausgerechnet daran erinnere ich mich noch. Wir saßen auf dem Balkon, und sie deutete in Richtung des Balkons, auf dem jetzt ein solcher Guss niederging, dass es die Konturen verwischte. Sie sagte, soll ich dir sagen, woran ich die stärkste Erinnerung habe, auch wenn das superbescheuert klingt? Gilad sagte, leg los, und Osnat sagte, ich erinnere mich, dass du so einen Metallstuhl hattest, auf dem ich ohne Slip gesessen habe. Daran erinnere ich mich. Gilad lachte einsilbig und sagte, Mist, den Metallstuhl hab ich nicht mehr, und Osnat sagte, du hast keinen Metallstuhl mehr, hast nichts zu rauchen da, was hast du denn, und Gilad sagte, nicht viel, ehrlich gesagt, und Osnat verkniff sich zu sagen, wir werden sehen, denn sie meinte, durch ein Minenfeld zu stapfen, hatte aber noch nicht entschieden, ob sie da heile wieder rauskommen oder doch lieber in die Luft fliegen wollte. Sie sagte, das ist schräg, hier zu sein, und Gilad fragte, warum schräg, wegen damals? Sie sagte, beim letzten Mal, als ich hier war, war ich nicht verheiratet und hatte keine Kinder, und sie bereute es nicht, das gesagt zu haben, es war gut, dass sie das erwähnte, sie hatte gesunde Instinkte, die Instinkte einer glücklich verheirateten Frau. Ich war damals ein anderer Mensch, sagte sie.

Er sagte, ich erinnere mich an dich als genau denselben Menschen, und Osnat sagte, ehrlich? Ich weiß nicht, ob das ein Kompliment oder eine Beleidigung ist, und Gilad sagte, klar ist das ein Kompliment, und Osnat sagte, aber du kanntest mich damals ja überhaupt nicht, und Gilad sagte, auch heute weiß ich nicht, ob ich dich kenne, was denn, ein Essen einmal in was weiß ich, kennt man sich da? Und Osnat sagte, aber schon lustig, wie sich alles entwickelt hat, dass unsere Eltern geheiratet haben und das alles, und Gilad sagte, wirklich lustig, ich hätte nie gedacht, dass meine Mutter noch mal heiratet, und Osnat fragte, Ofra? Dachtest du denn, sie bleibt alleine? Und Gilad sagte, weiß nicht, ja, ehrlich gesagt hab ich das angenommen, jetzt, wo ich so darüber nachdenke, und Osnat sagte, ich glaub nicht, dass das überhaupt was mit dem Charakter zu tun hat, und Gilad fragte, warum, hast du gedacht, Chagai würde noch mal heiraten? Und Osnat sagte, ich hätte mir nicht mal vorstellen können, dass er ein Date hat, das ist, wie soll ich sagen, das hat man nicht in der DNA, so denkt man nicht über seine Eltern, und Gilad sagte, interessant. Obwohl ich wollte, dass er jemanden kennenlernt, sagte Osnat schnell, es ist nicht so, dass ich das nicht gewollt hätte. Sie schwieg einen Moment lang und sagte dann, wobei, weiß ich wirklich, ob ich das wollte? Jetzt weiß ich nicht mehr, ob ich es gewollt habe.

Er sagte, gut, gut, dass wir damals nicht mitreden durften, und Osnat sagte, ja, es gibt offenbar Dinge, die sollten Kinder nicht über ihre Eltern wissen, und umgekehrt, und

Gilad sagte, meiner Meinung nach verdrängt meine Mutter komplett, dass wir mal was hatten, und Osnat sagte, ja, oder? Ich hab das auch mitgekriegt, als ihr bei uns wart, sie scheint sich nicht mehr zu erinnern, dass da mal was war, und Gilad sagte, doch, tut sie, sie erinnert sich sehr wohl, glaub mir, aber sie zieht es einfach vor, diese Geschichte unter den Tisch fallen zu lassen, denn meine Mutter mag keine Sachen, die nichts geworden sind, das verhagelt ihr das Narrativ, und Osnat sagte, aber das ist doch nicht ihre Schuld, dass es nicht geklappt hat, was soll man machen, und Gilad sagte, in Ordnung, niemand ist schuld, und Osnat sagte, warum, es war deine Schuld, und Gilad fragte, meine? Wieso war das meine Schuld? Und Osnat sagte, ach Quatsch, ich mach nur Spaß, und Gilad fragte, machst du wirklich Spaß? Und Osnat sagte, na klar mach ich nur Spaß, das war vor einer Million Jahren, und Gilad verengte die Augen, bis Osnat fragte, was? Gilad fragte, es war meine Schuld? Weiß nicht, sagte Osnat, du wolltest nicht, und Gilad fragte, ich wollte nicht? So hab ich's in Erinnerung, sagte Osnat, aber wir haben uns ja auch nur anderthalbmal oder so getroffen, das war jetzt nicht … Und Gilad unterbrach sie, hab ich gesagt, warum ich nicht wollte? Und Osnat sagte, ich weiß schon nicht mehr, obwohl das nicht stimmte.

Er sagte, na gut, ich erinnere das echt nicht so, aber ich glaub dir, und Osnat fragte, wie erinnerst du es denn, das würde ich gern wissen, und Gilad sagte, weiß nicht, ich erinnere mich, dass … dass es einfach nicht funktioniert hat, und Osnat sagte, okay, das sagt jetzt nicht so viel, und Gilad sagte, irgendwie klingt deine Version nicht ganz plausibel, ich hätte es dir gesagt, wenn ich nicht interessiert gewesen wäre, das hört sich für mich nicht plausibel an.

Osnats Telefon klingelte, aber sie holte es nicht aus der

Tasche. Sie sagte, wie auch immer, ist schon lange her, und Gilad sagte, okay, aber ein Mensch ändert seine Persönlichkeit ja nicht. Sie fragte, warum? Hast du etwa immer noch eine Persönlichkeit, die es anderen nicht sagt, wenn sie kein Interesse hat?

Ihr Telefon klingelte erneut. Er sagte, geh ruhig ran, geh ran. Sie warf einen Blick aufs Display: eine Festnetznummer, die ihr vage bekannt vorkam. Sie sagte, Sekunde, und nahm den Anruf an. Hallo? Sie hörte Hannahs Stimme, die am Telefon immer besonders süß klang. Mama? Mir tut der Bauch weh, sagte sie, und Osnat fragte, was ist passiert? Hannah sagte, ich weiß nicht. Sie fragte, hast du versucht, Aa zu machen? Und Hannah sagte, ja. Sie fragte, möchtest du, dass ich komme und dich abhole? Und Hannah sagte, ja. Sie fragte, hast du Papa angerufen? Und Hannah sagte, er geht nicht ran.

XXXI

1.

Die Frau in dem grünen Rock las vor, was an die Leinwand geworfen wurde: »Das Alleinstellungsmerkmal der Schule für Natur, Umwelt und Gesellschaft.« Sie wartete darauf, dass die Folie wechselte, und schaute in der Zwischenzeit mit großen, übertrieben weit aufgerissenen Augen auf die drei Begriffe, die alle längst gelesen hatten, während sie mit der Hand weiter, weiter signalisierte, als wollte sie sich auf die Seite ihrer ungeduldig wartenden Zuhörer schlagen. Die Folie wechselte: »Was ist operative Exzellenz?« war ganz oben auf einer leeren Seite zu lesen. Die Antworten wurden eine nach der anderen eingeblendet, ein schwarzer Punkt und danach die Antwort, diesmal zu schnell: »Pädagogisches Schaffen, charakterisiert durch eine Lebensweise persönlicher und menschlicher, auf Werten basierender Exzellenz; Exzellenz im Sinne einer permanenten Selbstaufforderung zur Verbesserung der unbedingten Entschlossenheit, Ziele anzustreben, und dies aus einem ständigen qualitativen Bemühen wie aus dem festen Glauben daran, diese Ziele erreichen zu können – ein Prozess, der ein optimales Ausschöpfen des vielfältigen persönlichen Potenzials in all seinen Aspekten und auf unterschiedlichen Feldern ermöglicht; Exzellenz in einer nicht auf Konkurrenz ausgerichteten Grundhaltung, die jedem Mitglied der Gemeinschaft Raum zugesteht.«

Die Frau – sie war nicht die Schulleiterin, Osnat hatte aber nicht mitbekommen, welche Funktion sie stattdessen innehatte – las die ersten Punkte vor und brach dann ab. Sie deutete gestikulierend zur Leinwand und sagte, und so weiter und so weiter, ich glaube, es ist nicht nötig, dass ich Ihnen das alles vorlese.

Osnat schaute sich um, musterte die restlichen Eltern. Zu gern hätte sie irgendeinen Makel an ihnen entdeckt. Aber die Eltern sahen aus wie Eltern, ganz normal, normale Eltern aus Tel Aviv. Sie sagte zu Dror, flüsternd, guck dir die Eltern an, was das für Leute sind, damit wir hinterher über sie reden können, aber Dror wies mit dem Kinn in Richtung der Leinwand und sagte, das ist schon interessant.

Sie betrachtete ihn, wie er da sehr aufrecht mit ernstem Gesicht neben ihr saß. Er war aufgeregt, auch wenn er dies gewiss abgestritten hätte. Seht her, er ist dabei, es wieder zu richten, seine Tochter dorthin zurückzubringen, wo sie zu sein verdiente, wo sie hingehörte. Vielleicht ließ sich das Unglück noch abwenden. Ihr schien, er war wütend auf sie, brachte sie aber bloß zum Schweigen, anstatt seinem Ärger Luft zu machen, und doch kannte sie den Grund genau: Sie hatte die Familie vom Schwarm getrennt, sie hatte sie ins Unglück gestürzt, sie war schuld, dass sie jetzt auf diese Naturschule angewiesen waren. Er war hier, um seine Tochter zu retten, während alle anderen einfach so hier waren, da es nichts gab, was ihnen wirklich Angst machte.

Die Frau im grünen Rock hatte jetzt ein hünenhafter Mann abgelöst, er sagte, ich werde ein bisschen über Lernmilieus sprechen, werde dabei auch einige Studien aus dem Bereich vorstellen, aber alles natürlich nur häppchenweise, wie man so schön sagt. Guck dir das an, sagte Dror zu Osnat, das ist der Naturkundelehrer, merkst du was? Und Osnat fragte, er ist Lehrer hier? Der ist kein Lehrer, der ist irgendwer von der Schulbehörde, oder nicht? Und Dror sagte, er ist der Lehrer für Natur- und Tierkunde, die haben hier einen Lehrer für Tierkunde, damit du Bescheid weißt, und Osnat dachte, dass er seinen Humor offenbar zu Hause gelassen hatte, ja, vielleicht nicht einmal zu Hause, wenn man es richtig bedachte, sondern in den Umzugskartons, gut verstaut.

Sie musterte Dror erneut und dachte plötzlich, dass er ziemlich gut aussah, mit seiner leichten Februarbräune, irgendwie gestärkt von einer neuen Jugendlichkeit. Sah aus wie ein Kind, das im Sommer zur Erholung in die Berge geschickt worden war, oder aufs Land, wie ein Junge, der trotz seiner schwachen Konstitution abgehärtet zurückgekehrt war. Sie fragte sich, ob das stimmte, oder ob ihr Eindruck nur daher kam, dass sie ihn die ganze Zeit am Meer wähnte, süß vor sich hin tropfend, lächelnd und frisch wie bei jenem ersten Mal, als er freudestrahlend gesagt hatte, du wirst nicht glauben, was ich heute gemacht habe, rate mal.

Alle lachten plötzlich, auch Dror. Sie richtete die Augen wieder auf die Leinwand, auf eine neue Folie: Das Erzeugen eines Lernumfelds, das sich förderlich auswirkt auf, Doppelpunkt, eine Liebe zum Lernen und den Willen, sich neuen Herausforderungen zu stellen, einschließlich der Vorbereitung der Schüler auf künftige Herausforderungen, mit denen wir schon heute konfrontiert sind; die Freude am Forschen und Entdecken und eine Steigerung der Motivation der Schüler, Phänomene der Natur und ihre Umwelt zu verstehen und zu untersuchen, und zwar durch Forschungsprojekte und Experimente; die Stimulation einer beständigen, mehrstufigen Neugierde.

2.

Sie standen draußen vor dem überfüllten Sekretariat, das in einem fort Menschen ausspuckte, die sich dann alle auf dem Gang drängten, weiter unbeirrbar in Richtung des Sekretariats lauernd, gewappnet und bewaffnet, um ihren Platz in dieser chaotischen Warteschlange, die dergestalt improvisierte Ordnung und somit die natürliche Gerechtigkeit zu verteidigen. Sie streckte das Anmeldeformular hoch in die Luft, als wollte sie es als Papierflieger ins Sekretariat befördern. Und als sie so stand und erwartungsvoll hineinspähte, blieben ihre Augen an einem Stück Stoff mit Wassermelonenmuster hängen. Sie reckte den Hals, schubste die Frau, die sich neben ihr drängte, ein bisschen beiseite, entlud so eine unterdrückte Aggression, und jetzt sah sie auch das Tragetuch, Michal, Michal von Jorge und Michal, sie schrie, Michal! Michal! Ihre Stimme kam ihr zuvor, entschlüpfte ihrem vorschnellen Mund. Aber Michal hörte sie nicht.

Er fragte, welche Michal? Und Osnat sagte, Michal von Michal und Jorge, und Dror fragte, wo, und reckte den Hals, obwohl er eigentlich groß genug war, und Osnat sagte, im Sekretariat, mit dem Kleinen, und Dror fragte abermals, wo? Die Wassermelonen, sagte Osnat, und Dror sagte, ah, wallah, das ist ja ein Ding. Schreib ihr, dass du auch hier bist, und Osnat sagte, merkst du was? Und Dror fragte, hat sie dir gar nicht gesagt, dass sie zum Tag der offenen Tür geht? Also, dass sie sich angemeldet haben? Und Osnat fragte, weißt du nicht mehr, als wir bei ihnen waren? Wie sie mich fertiggemacht hat, weil wir sie nicht an der Schule bei uns anmelden? Und Dror sagte, klar weiß ich das noch, ich dachte nur, du hättest vielleicht danach noch mal mit ihr geredet.

Sie sagte, checkst du das? Und Dror sagte, okay, wir haben

ihnen ja auch nicht erzählt, dass wir uns angemeldet haben, das ist so eine Art … Geheimnis, nichts, womit man hausieren geht, außerdem stehen die Chancen sowieso schlecht, und Osnat sagte, in Ordnung, kein Problem, wenn sie es nicht erzählt, aber dann soll sie mich auch nicht an den Pranger stellen, als sei ich irgendeine elitäre Kuh, ich könnte sie umbringen, und Dror sagte, ja, sie sind wirklich ein bisschen nervig.

Sie sagte, ehrlich, wenn Romy auf die Naturschule kommt und Hannah nicht, dreh ich durch, und Dror sagte, ich auch. Wenn Hannah nicht genommen wird, wars das.

3.

Auf dem Vorplatz versuchte sie, noch Zeit zu schinden, zog Dror zu sich heran, damit es so aussähe, als redeten sie. Sie sagte, komm, lass uns noch einen Moment warten, bis sie rauskommen, und Dror sagte, wir müssen Hannah gleich aus dem Kindergarten abholen, und Osnat sagte, eine Sekunde nur, damit sie wissen, dass wir sie gesehen haben, und Dror sagte, aber geh nicht auf sie los, und Osnat sagte, bist du verrückt geworden?

Endlich erschienen sie: Michal mit Assa im Tragetuch und Jorge an ihrer Seite. Plötzlich fragte sie sich, ob sie Jorge überhaupt schon mal hatte gehen sehen, oder ob das tatsächlich das erste Mal war. Sie gingen gemächlich daher und fachten mit ihrer lässigen Entspanntheit ihre Wut nur noch mehr an. Bis Jorge sie bemerkte und Michals Aufmerksamkeit auf sie lenkte, die ganz natürlich lächelte, als wäre nichts.

Sie blieben vor ihnen stehen. Wie gehts, sagte Michal, wobei sie das »gehts« dehnte, als wollte sie ihrem Erstaunen

Ausdruck verleihen. Osnat sagte, gut gehts, und Michal sagte, Wahnsinn, was hier los ist, und Osnat sagte, total. Michal fragte, seid ihr mit dem Wagen hier? Und Dror sagte, wir müssen aber noch Hannah vom Kindergarten abholen, und Michal sagte, kein Problem, wir habens nicht eilig. Ich werd Assa auf den Schoß nehmen.

MÄRZ

XXXII

1.

Sie blieb im Bett, bis alle das Haus verlassen hatten. Erst als sie die Tür zuschlagen hörte und ihre Stimmen sich entfernten, erst da setzte sie sich langsam auf, streckte sich vorsichtig, als wollte sie das Misstrauen eines imaginären Beobachters besänftigen. Ihr tat der Kopf ein bisschen weh, vielleicht vom langen Schlafen, vielleicht die Erinnerung der abklingenden Erkältung, aber schon im Liegen, wach hinter geschlossenen Augen, als sie den Geräuschen des Hauses lauschte, hatte sie gewusst, sie war okay, fühlte sich okay.

Sie würde gemächlich aufstehen, das Zähneputzen verschieben, ein kleiner Beleg ihrer Freiheit. Dror begleitete Hamutal auf den jährlichen Klassenausflug, und ihr Vater würde Hannah aus dem Kindergarten abholen, denn sie war krank, sozusagen.

Sie ging nach unten. Pony richtete sich bei ihrem Anblick auf, kam auf alle viere, wedelte mit dem Schwanz und schaute sie an. Ihn hatte sie fast vergessen. Sie streichelte seinen Kopf, und der Hund reckte diesen erstaunt, folgte der streichelnden Hand. Ihr schien, das hatte er nicht erwartet, und sie hörte auf damit.

Sie ging in die Küche, um sich einen Kaffee zu machen.

Durch das Fenster sah sie Israel, der auf seinem Stuhl im Hof rauchte. Er sah sie. Sie lächelte und winkte ihm freundlich zu, und er nickte zum Zeichen, dass er sie gesehen hatte oder um den Gruß zu erwidern. Sie blieb noch einen kurzen Augenblick am Fenster stehen, ihre Hände mit dem Zucker beschäftigt, vielleicht würde er ja aufstehen und ihr bedeuten, das Fenster zu öffnen. Aber Israel blieb, wo er war, und schaute nur weiter in ihre Richtung. Sie senkte den Blick zu ihren Händen und bewegte sich einen Moment später an der Arbeitsplatte entlang, bis sie dem Fenster nicht mehr ausgesetzt war. Hauptsache, riesige Fenster, Riesenfenster sollten sie sich auf jeden Fall gönnen, weil das schön ist, weil das das Haus öffnet, weil das so viel Licht reinlässt, das ist, wie im Freien zu wohnen. Und jetzt plötzlich verhöhnte sie all diese Faustregeln, offen ist schön, all die Einrichtungsprinzipien, die Trends, die zu Glaubensgrundsätzen mutieren, stell dir das mal vor, die ganze Wand ein Fenster, überleg mal, wie das wäre, spottete sie über sich selbst, die sie allen gehorcht hatte. Offen ist schön? Wer sagt denn, dass offen schön ist? Auch geschlossen kann schön sein. Geschlossen ist fantastisch. Offen ist nur schön, wenn draußen nichts ist, außer Leuten wie du selbst, Anhänger derselben Religion, der Glaubensgemeinschaft der belgischen Landhausfenster. In ihrer Vorstellung hörte sie die Innenarchitektin sich entschuldigen: Ich habe Ihnen das schönste Haus entworfen. Ich bin nur davon ausgegangen, dass die Gegend ... Sie wissen schon.

Sie nahm den Becher Kaffee und ging, einen Schluck daraus nehmend, am Fenster vorbei, bemüht, einen normalen Eindruck zu machen. Israel saß dort noch immer in mehr oder weniger derselben Haltung, und sie zwang sich, nicht in seine Richtung zu schauen. Plötzlich schämte sie sich des Spotts, mit dem sie Dror überhäuft hatte, des beinahe automatischen Abtuns und Sichlustigmachens, als könnte es nicht richtig sein, was er empfand. Seit einer halben Stunde war sie jetzt allein im Haus, an einem Morgen, und verlor bereits den Verstand, stellte groteske Planungen für das Mittagessen an, nur um den Aufenthalt an Spüle und Arbeitsplatte auf ein Minimum zu reduzieren.

Und Dror war den ganzen Tag hier. Jeden Tag, allein im Haus. Nur er und Israel. Wie ein Duell ohne Anfang und ohne Ende. Vielleicht kochte Dror auch gar nicht, fiel ihr säuerlich ein. Rannte nur ständig in die Küche. Zwei Tage zuvor, als sie hörte, dass er mit Hamutal schon wieder Falafel essen war, hatte sie ihn angefahren, vielleicht sollten wir uns, anstatt uns den ganzen Tag Sorgen darum zu machen, ob irgendein pickliger Koreaner sich am Handy einen runterholt, lieber darum kümmern, dass unsere Tochter ein bisschen normaler isst. Anstatt ihm einfach zu sagen, mach ihnen etwas Vernünftiges zu essen.

Jetzt dachte sie: Vielleicht leidet er. Vielleicht schläft er mit einer anderen. Zeit hat er ja und einen Hund und seine Runden am Strand.

In letzter Zeit schliefen sie wieder öfter miteinander. Seine Laune war besser geworden, und er hatte häufiger Lust. Seitdem der Hund da war. Deshalb hatte sie auch nichts gesagt. Jetzt versuchte sie, sich an Sachen zu erinnern, die er erzählt hatte, vor geraumer Zeit schon, als sie sich noch gegenseitig begeistert Dinge erzählt hatten, in dem Versuch, einander für die Zeit zu entschädigen, die sie getrennt verbracht hatten, die unfaire Zeit. Dinge, die sie längst eingemottet und über die sie schon lange nicht mehr nachgedacht hatte, nur die Überschriften quasi im Portemonnaie noch mit sich herumtrug: Er hatte nie einen One-Night-Stand gehabt, hatte sich nie geprügelt, hatte noch bei keiner Frau den ersten Schritt gemacht. Drei Dinge, die ihr über Dror Weiler nicht wusstet. Vielleicht lag sie also vollkommen falsch mit ihrem Verdacht, er hätte eine Affäre, beruhigte sie sich, anstatt noch mehr Argwohn aufzubauen: Die beiden ersten Dinge hatte er ihr mit einem gewissen Bedauern gestanden, das wusste sie noch, und dennoch hatte sie dieses Bedauern nie gestört. Vielleicht wegen der dritten Sache, dass er nur die Kunst des Gepflücktwerdens beherrsche.

Zuweilen dachte sie auch noch an etwas anderes, das er ihr erzählt hatte, als sie sich gerade erst kennengelernt hatten: dass er als Kind keine Freunde gehabt hatte. Sie hatte damals gedacht, das mache ihn zu jemand Besonderen, den man erst besser kennenlernen musste. Aber wenn sie später darüber nachdachte, in den darauffolgenden Jahren, hatte sie vermutet, er habe ihr das nur erzählt, weil er geglaubt hatte, sie würden nicht zusammenbleiben. Dass er ihr das sonst nicht erzählt hätte. Und tatsächlich gefiel ihr das jetzt nicht mehr. Mittlerweile sorgte sie sich, weil sie nicht verstand, warum, warum hatte ihn keiner gemocht? Vielleicht gab es etwas, das sie nicht mitbekommen hatte, das sich aber auch ihr irgendwann offenbaren würde, vielleicht ja durch ihre Töchter, ein defektes Spermientröpfchen, das er auch ihnen vermacht hatte.

Vielleicht, wenn er lesen würde. Aber er las nicht. Mochte Lesen nicht. Dabei war er ein ruhiger, stiller Typ und so klug. Der geborene Leser. Tat es aber nicht. Was also hatte er die ganze Zeit gemacht, als er keine Freunde hatte? Wozu unbeliebt sein, wenn nicht, um zu lesen?

Also was, hatte er jetzt mit einer angebändelt und endlich seinen One-Night-Stand bekommen? Sich vielleicht auch noch geprügelt und ihre Gewissheiten endgültig über den Haufen geworfen? Sah er deshalb seit Kurzem so gut aus?

Fühlte sich deshalb gut? Und was wäre, wenn? Wenn ihm das so wichtig, aber bloß eine einmalige Sache gewesen war, nur um ihm die kleine Narbe auf seiner Seele zu massieren, dann Schwamm drüber. Denn war das so schlimm? Womöglich aber hatte sich auch nichts geändert, weil sich nie etwas änderte, weshalb es auch kein harmloser Seitensprung, sondern ein ernstes Verhältnis sein konnte. Und was würde sie dann machen? Sie würde loslaufen und mit Gilad vögeln, das war es, was sie tun würde. Der Gedanke munterte sie derart auf, dass sie es nicht schaffte, den Blick auf das Ganze zu wahren und Bedauern zu empfinden.

Sie durchquerte das Wohnzimmer, und der Hund richtete sich auf. Sie musste wirklich mit ihm vor die Tür. Sie sagte, ich trink den Kaffee aus, und dann gehen wir Gassi, okay?

Mit dem Kaffee und dem Telefon ließ sie sich auf dem Sofa nieder, aber der Hund blieb stehen. Sie sagte, sitz! Mach Platz! Aber der Hund machte nicht Platz. Bei Dror machte er das, mit eigenen Augen hatte sie es gesehen, und erzählt hatte er ihr auch davon. Was macht ihr überhaupt dort, stundenlang am Strand, hatte sie gefragt, und Dror sagte, erst einmal erziehe ich ihn, und Osnat fragte, du erziehst ihn? Woher weißt du denn, wie man ihn erzieht? Und Dror sagte, das ist nun wirklich keine Geheimwissenschaft, außerdem hat Lior mir alles erklärt, erklärt mir immer noch Sachen, und im Internet findet man auch massenhaft Videos, es gibt einfach drei, vier Sachen, die man beachten muss, und Osnat fragte, wäre es nicht vielleicht besser, sich einen richtigen Hundetrainer zu nehmen? Und Dror sagte, das wäre die reinste Geldverschwendung, hör zu, das ist genau das Gleiche, wie zu einer Schlaftherapeutin zu rennen. Entweder, du bezahlst ihr tausendfünfhundert Schekel und sie sagt dir, du musst konsequenter sein, oder du bist einfach von selbst konsequenter und zahlst an niemanden tausendfünfhundert. Osnat fragte, und was, wenn du bei dem Hund Fehler machst, und hinterher beißt er irgendeinem kleinen Mädchen den Kopf ab? Das ist alles nicht mit »Sitz« und »mach Platz« getan, und Dror sagte, dafür hab ich ja Lior, weißt du, wie viele Hunde er schon erzogen hat, und Osnat sagte, ich wäre trotzdem viel beruhigter, wenn wir einen richtigen, zugelassenen Hundetrainer nehmen würden, und Dror sagte, denk nicht, dass das so einfach ist, einen guten Hundetrainer zu finden, und gerade bei solchen Hunden kann ein unseriöser Trainer jede Menge Fehler machen, *darüber* sollte man sich Sorgen machen, und Osnat sagte, unseriös ist, würde ich sagen, wenn dein Freund Lior zehn von solchen Hunden bei sich im Garten hält, ohne Lizenz und ohne sonst was, und Dror sagte, hör auf, du redest über Bürokratie, und ich rede mit dir über einen Hund, den wir jetzt zu Hause erziehen, und Osnat spürte, sie war in Begriff, den Bogen zu überspannen, und dass sie besser den Mund hielt, dass sie jetzt etwas gegenüberstand, gegen das sie nicht angehen durfte, ansonsten würde sie teuer dafür bezahlen, so eine Männergeschichte, die sie nicht verstand, etwas, das mit Lior zu tun hatte, der aus Drors Mund sprach, mit dem Drang, diesen Hund aus eigener Kraft zu formen, vielleicht auch nach eigenem Vorbild, damit er Platz macht, wenn man ihm sagt, mach Platz.

Sie sagte erneut, sitz! Aber der Hund setzte sich nicht und schaute sie nur weiter an. Sie nahm einen Schluck von ihrem Kaffee und erwiderte seinen Blick. Ihr schien, als hätten sie gerade einen Pakt geschlossen, ein Bündnis der Ungehorsamen.

2.

Ihr kam der Gedanke, dass es das erste Mal war, dass sie mit ihm rausging, und sie fragte sich, ob sie sich deshalb schämen musste. Wie eine Mutter, die noch nie eine Windel gewechselt hatte. Aber es war Drors Hund, nicht einmal der von Dror und den Mädchen. Als er Hamutal ein zweites Mal mit ans Meer hatte nehmen wollen, hatte sie geklagt, ihr tue der Bauch weh, und seither hatte er es nicht wieder versucht.

In ihrer Kindheit hatten sie einen Hund gehabt, Schoschan, er war schon da gewesen, als sie geboren wurde, und als er starb, war sie vier Tage nicht zur Schule gegangen, ihre Eltern hatten es erlaubt. Seither hatte sie gemeint, Hunde zu mögen, sehr sogar. Hatte aber nie einen anderen Hund haben wollen, einen neuen, wie sie sich jetzt eingestehen musste. Vielleicht genau so, wie sie auch keine andere Mutter hatte haben wollen, nachdem die erste gestorben war.

Pony fügte sich unaufgeregt, gleichmütig seinem Schicksal. Aber als sie auf den Weg traten, machte er einen Riesensatz in Richtung Israels Zaun, so jäh und vehement, dass sie für einen Moment meinte, eine gewaltige Kugel würde von der Leine abgefeuert, die sie hielt. Der Ruck war so stark, dass Osnat beide Füße in den Boden stemmen musste, breitbeinig, sie musste an der Leine zerren, mit aller Kraft, und sie erschrak, da sie plötzlich erkannte, dass sie den Mann schützte und nicht den Hund, oder vielmehr sich selbst, sie schützte sich und ihre Familie, und nichts anderes auf der Welt interessierte sie. Und obgleich das richtig und vielleicht sogar plausibel war, zog sie es vor, nicht daran zu denken.

Eine schwarze Frau, die in ihrem Buggy ein eigentlich schon zu großes Mädchen vor sich herschob, kam ihr entgegen und blieb angesichts Osnats Kampfes in einiger Entfernung stehen, wartete vielleicht, dass er entschieden würde. Am Ende wechselte sie die Straßenseite. Osnat schämte sich, schämte sich für die ganze Szene und auch dafür, dass diese Frau, die sie sah, sie ehrlich gesagt nicht allzu sehr kümmerte. Und sie schämte sich dafür, dass sie sich vor anderen Leuten zum Affen machte.

Sie zerrte ihn unter Pony!-Pony!-Rufen vom Zaun weg, deren Nachdrücklichkeit nicht zu dem Flüsterton passte, in dem sie ausgestoßen wurden, denn sie wollte nicht, dass der Name des Hundes bis zu Israel drang, vielleicht hatte der noch gar nichts mitbekommen. Dror hatte ihr in der Nacht gesagt: Er soll nicht an Israels Zaun springen, der regt sich auf. Und Osnat hatte gefragt: Er regt sich auf? Wann hat er sich aufgeregt? Was, hattet ihr etwa Streit? Und Dror sagte, wir hatten keinen Streit, wieso auch, warum bist du gleich gestresst, und Osnat sagte, du hast gesagt, er hat sich aufgeregt, wann hat er sich aufgeregt? Das eine Mal, als wir von Michal und Jorge zurückgekommen sind? Und Dror sagte, ja, und Osnat fragte, und? Hat er sich noch mal beschwert? Und Dror sagte, er hat sich nicht beschwert, aber er mag es nicht, wenn er an den Zaun springt. Wenn wir Gassi gehen, muss ich ihn von dort weghalten, und Osnat sagte, aber ihr hattet keinen Streit oder so was, und Dror sagte, was denkst du, dass ich den ganzen Tag herumlaufe und Streit mit Israel suche? Und Osnat sagte, nein, tue ich nicht. Und trotzdem war Osnat von diesem Gespräch ein fader Beigeschmack geblieben, der unheilvolle Nachklang einer deutlichen Warnung.

Endlich ließ der Hund vom Zaun ab. Als sie die Straße erreichten, zog sie ihn gleich nach links, aber der Hund sträubte sich, schien von Israels Zaun angezogen, als wäre dieser mit Fleisch behangen. Dror hatte ihr gesagt: So sind Hunde nun mal, sie mögen keine Zäune, und sie mögen keine Türen, in dem Fall muss ich leider sagen, das hat nichts mit Israel zu tun, aber Osnat malte sich jetzt den Kampf aus, den Kampf, der mit jedem Gassigehen verbunden war, drei, vier Mal am Tag, unmöglich, dass das jedes Mal glimpflich über die Bühne ging. Und mit einem Mal wusste Osnat, dass Dror mit keiner anderen schlief, da hatte sie komplett danebengelegen, und trotzdem war sein Leben jetzt ausgefüllt, hatte einen neuen Inhalt, wurde bestimmt durch Vormittage am Fenster, Israel im Garten, Kämpfe am Zaun, eine ganz neue Welt, die sich bis mittags um zwei zutrug, bis er wieder zu einem normalen Vater wurde.

Der Hund gab nach, unvermittelt, sodass seine Kapitulation Osnat wie ein großes Leid erschien. Sie beugte sich zu ihm herab und streichelte seinen Hals.

3.

Gegen Abend kehrten sie nach Hause zurück, luden ihre Rucksäcke am Eingang zum Wohnzimmer ab, stürzten in die Küche, um Wasser zu trinken. Sie fragte, und, wie wars? Sie betonte jedes Wort, als wartete sie begierig auf eine interessante Antwort. Hamutal sagte, toll, Osnat erhaschte gerade noch einen Blick auf ihr Gesicht, ehe es von einer großen Wasserflasche verdeckt wurde, sie wirkte glücklich, erschien ihr plötzlich wie ein Mädchen, das an die Türen dieses kleinen Wörtchens klopfte, toll, mehr sagen wollte, aber nicht wusste, wie.

Dror kam zu ihr hinüber, flüsterte ihr zu, sie hat auf dem ganzen Ausflug nichts genascht, und Osnat sagte, was? Alle hatten Süßigkeiten und Knabberzeugs dabei, Chips und was weiß ich, haben ununterbrochen gefuttert, und Osnat sagte, sie hatte auch was mit, ich hab ihr was eingepackt, und Dror sagte, kann sein, auf jeden Fall hat sie's nicht gegessen, und Osnat registrierte den Stolz in seiner Stimme, den väterlichen Stolz.

Sie betrachtete ihre Tochter, die die Wasserflasche an den Mund gedrückt hielt wie eine Rutsche aus dem Himmel.

XXXIII

1.

Ihre Schwester schickte ihr eine Nachricht, mitten am Tag. Osnat öffnete den Link: ein Gedicht von Eeva Kilpi, von der Lyrikseite der Zeitung *Yedioth Aharonoth*. Sie las: »Ich sehe plötzlich mein Spiegelbild in der Scheibe:/ die Füße auf dem Tisch, ein Buch in meiner Hand,/ eine Haltung, die nett aussieht./ Und sie lächelt.// Ehrlich, ich beneide sie.«

Sie legte das Telefon enttäuscht beiseite. Vielleicht hatte sie eine verschlüsselte Nachricht erwartet, eine Botschaft zwischen den Zeilen. Aber dieses Gedicht war bloß ein schönes Gedicht, und unwillkürlich kam ihr das verwöhnt, plump vor, einfach so deiner Schwester ein nichtssagendes Gedicht zu schicken, wenn Dringenderes zu besprechen ist, wenn deine Welt vielleicht dabei ist, aus den Fugen zu geraten.

Sie schrieb zurück: Kannst du? Und Shimrit schrieb: Nicht reden. Osnat schrieb: Schreiben? Und Shimrit antwortete: Yasmine liest alle meine Nachrichten.

Sie öffnete erneut den Link, ging wieder auf die Seite, die sie gleich wieder geschlossen hatte, vielleicht vorschnell. Auf dem Display baute sich jetzt eine blaue Seite auf, vielleicht Werbung, *Yedioth Aharonoth* präsentiert in Kooperation mit Tnuva: »Mein israelischer Lehrer.« Aber genau in dem Moment, in dem sie auf »Zurück« klickte, sah sie ein bekanntes Gesicht. Sie klickte erneut auf »Zurück«, aber die blaue Seite öffnete sich nicht noch einmal, und als sie von Neuem den Link öffnete, erschien nur eine Werbung für Rubbellose der Lotteriegesellschaft.

Sie gab »Mein israelischer Lehrer« bei Google ein und klickte auf das erste Suchergebnis: *Yedioth Aharonoth* präsentiert in Kooperation mit Tnuva: »Ein israelischer Lehrer in einem israelischen Zuhause! Die besten Lehrer Israels zu Gast zu einem echt israelischen Abendessen bei Schülern, die sie gewählt haben.«

Doch diesmal sah sie ihn nicht. Das Bild einer jungen Frau füllte das Display aus. Sie scrollte weiter nach unten, vielleicht hatte sie sich das auch nur eingebildet. »Zu allen Rezepten«, »Zu der vollständigen Liste aller Lehrer«. Osnat klickte zweimal, und jetzt sah sie ihn: der Vater aus dem Kindergarten, Dolev Cohen, jetzt hatte er einen Namen. Plötzlich erschien er ihr wie ein Wildfremder, wegen des Namens, obwohl es eigentlich genau andersherum hätte sein sollen.

Sie klickte auf das Bild, aber nichts passierte. Sie suchte weiter und bemerkte, dass Dolev Cohen noch kein eigenes Abendessen hatte. Ihre Laune besserte sich: Wenn er sich zu einem israelischen Abendessen, gesponsert von *Yedioth Aharonoth* und Tnuva, hergegeben hätte, wäre sie gezwungen gewesen, ihre Seitensprungfantasien umgehend einzustellen. Aber Dolev Cohen war offenbar nicht ausgewählt worden. Vielleicht war er nicht beliebt genug oder sah schlicht und einfach nicht gut genug aus.

Sie öffnete ein neues Fenster und googelte ihn. Er unterrichtete Geografie am Städtischen Gymnasium 4, hatte ein Diplom von der Hebräischen Universität in Städteplanung, war beim Telefonanbieter Bezeq, war auf Facebook, hatte das

Habimah-Theater verklagt! Freudig ging sie auf die Meldung in der *Haaretz*, aber es war ein anderer Dolev Cohen.

Die Anzahl der Dolev Cohens, die sie auf Facebook fand, machte sie sprachlos. Für sie klang der Name wie ausgedacht. Sie ging auf sein Profil: arbeitet am Städtischen Gymnasium 4, das wusste sie bereits, *interested in women*, auch das wusste sie. Weiter zu den Bildern. Es gab dort nur drei, alles Familienfotos, vielleicht von einer Hochzeit. Sie überflog die Posts: In den letzten drei Monaten hatte er überhaupt nichts gepostet und davor nur eine Reihe von Beiträgen im Zusammenhang mit der geplanten Förderung des neu entdeckten israelischen Gasvorkommens geteilt.

Sie überlegte, ihm eine Freundschaftsanfrage zu schicken, verwarf den Gedanken aber sogleich. Das wäre wie Ja sagen. Ja zu was? Als er ihr bei ihrer letzten Begegnung, während der Geburtstagsfeier, gesagt hatte, gut, aber falls dir mal danach ist, einfach so, als wäre nichts dabei, als sei es das Natürlichste der Welt, war sie innerlich sehr aufgewühlt gewesen; hatte zu ihm gesagt, okay, danke, obwohl sie meinte, noch etwas sagen zu müssen, etwas, das der Frau gerecht würde, die sie sein wollte, eine gute Frau oder eine schlechte, und sie hatte hinzugefügt, gut zu wissen, und nicht gewusst, für welche der beiden Möglichkeiten sie sich entschieden hatte. Dann hatte er seinen Joint ausgetreten, und sie waren zu dem Geburtstag zurückgekehrt.

Sie fühlte sich, wie sie sich vor über zwanzig Jahren gefühlt hatte, am Morgen, nachdem sie zum ersten Mal mit jemandem geschlafen hatte. Sie war damals ins Einkaufscenter gefahren und hatte sich Paul Simons *Hearts and Bones* gekauft, war fassungslos gewesen herauszufinden, dass die Welt noch immer dieselbe war, sich nichts verändert hatte. Sie holte Hannah und eine Freundin von der Feier ab und fuhr die

Freundin noch nach Hause, und unterwegs registrierte sie, dass sie an sich halten musste, dass sie Lust hatte, es ihnen zu erzählen.

Aber Zeit verging, ein Tag, zwei, der Stoff wanderte durch die Venen, verteilte sich gleichmäßig im ganzen Körper. Und mit ihm breitete sich auch Gelassenheit in ihr aus, Gelassenheit und ein Glücksgefühl, in niedriger Dosierung, eines, mit dem sich leben ließ. Sie dachte: Es gibt nichts Spießigeres als das. Sich mit der Möglichkeit begnügen, mit dem Stolz, den die Möglichkeit bietet. Und dabei auf das Körperliche verzichten. Auf das Ficken. Auf das Schmutzige. Aber das kümmerte sie nicht. Warum auch. Dror und sie vögelten in letzter Zeit ja wieder viel, relativ viel, auch er schien ein bisschen glücklich, plötzlich. Jeder von ihnen brachte seine eigenen Gründe mit ins Bett, doch nur die guten. Osnat meinte, eine Erlaubnis bekommen zu haben, an jenem Nachmittag, dort, in der Parkanlage, grünes Licht, daran zu denken, an Sex zu denken und auch an andere Männer; und dass sie allein durch ihr Vögeln Drors Segen bekam, sich damit zu beschäftigen.

Manchmal, häufig, dachte sie tatsächlich darüber nach: Wo sie sich treffen würden und wie es aussehen könnte, vor allem danach, unmittelbar danach. Und immer schreckte sie zurück, meinte, es würde enttäuschend werden und sie kreuzunglücklich sein. Vielleicht wegen der nüchternen Sachlichkeit, wenn dir mal danach ist, die vielleicht elegant und vielleicht sogar sexy sein mochte, vielleicht aber auch nicht, sie wusste es nicht. Wenn sie sich Gilad vorstellte, war es anders. Vielleicht, weil Gilad und sie ohnehin in einer Beziehung zueinanderstanden. Oder vielleicht, weil Gilad und sie Familie waren.

Plötzlich kam ihr ein neues Ventil für Nachforschungen in den Sinn, für ihre Neugierde: Sie konnte schnell mal überprüfen, von wem er der Vater war. Aus den Tiefen ihres E-Mail-Postfachs beförderte sie die Adressliste zutage, suchte euphorisiert nach seinem Namen: Dolev Cohen, Vater von Guy Cohen-Shefer. Dolitsky 9. Wer soll das sein, Guy Cohen-Shefer? Sie wusste es nicht. Sie schloss die Datei wieder, enttäuscht. Wusste nicht, was sie erwartet hatte.

XXXIV

1.

Hamutal warf den Ranzen zu Boden und sagte, Tevel ist im Krankenhaus! Osnat sagte, was? Und Hamutal hob das Smartphone in ihrer rechten Hand, als wollte sie schwören, sagte, ein Hund hat sie gebissen, und erst da verstand sie, dass sie ihr ein Bild zeigte, Tevel in einem Krankenhausbett, die verbundene Hand in die Luft gereckt, die Lippen theatralisch zusammengekniffen, der geübte Ausdruck des Leidens und des Rechthabens.

Sie fragte, was, einer von ihren Hunden? Und Hamutal sagte, glaub schon, weiß nicht, und Osnat fragte, schreibst du mit ihr? Hamutal sagte, auf WhatsApp, und schwenkte erneut das Telefon wie eine Art physisches Emoji, als könnte sie schon nichts mehr sagen, ohne es gegenständlich zu veranschaulichen. Osnat fragte, gehts ihr gut? Wie ist das passiert? Und Hamutal sagte, ich hab keine Ahnung, und Osnat hielt sich zurück und fragte nicht, was genau schreibt ihr euch denn.

Sie schickte Shani eine Nachricht: Ich hab gehört, Tevel ist im Krankenhaus, und nach kurzem Überlegen wählte sie das Icon eines schreckensgeweiteten Gesichts mit verbundenem Kopf und Fieberthermometer, und ein blaues Herz. Sie schrieb: Gehts ihr gut?

Shani antwortete umgehend, werden gerade entlassen. Und schickte sofort noch eine Nachricht hinterher, ich melde mich später.

2.

Hamutal und Tevel verschwanden im Kinderzimmer und machten die Tür hinter sich zu. Shani rollte mit den Augen wie jemand, der endlich frei reden kann, und sagte, puh, und Osnat fragte, was? Was ist passiert? Shani sagte, da siehst du es wieder, und hinterher heißt es, *unsere* Hunde sind gefährlich, und Osnat fragte, wer hat sie gebissen? Und Shani sagte, was für eine Geschichte ... Es fällt mir immer noch schwer, das zu erzählen, und Osnat sagte, du musst nicht, wenn du nicht möchtest, ich wills dir nur leichter machen, nicht schwerer, und Shani sagte, nein, ich werds dir erzählen, klar werd ich's dir erzählen, tut mir ja auch gut. Aber sollte ich plötzlich losheulen, dann musst du mir verzeihen, und Osnat sagte, na klar.

Sie sagte, sie waren hier in dem kleinen Park, Tevel und Saraf, haben dort irgendeinen Hund gesehen, und Osnat fragte, was, allein? Und Shani sagte, sie gehen immer allein, und Osnat sagte, nein, der Hund, war er allein? Und Shani sagte, von wegen allein, der Hund von einer Familie, und auch die Familie hat gesagt, ihr könnt mit ihm spielen, also nicht denken, dass sie, du weißt schon, einfach so mit dem Hund ... Also, sie haben sich irgendein Stöckchen genommen oder was weiß ich was, ich glaube ein Stöckchen, und angefangen, es zu werfen, mit dem Hund zu spielen, bis er Tevel plötzlich gebissen hat, einfach nach ihrer Hand geschnappt hat, anstatt nach dem Ast, hat zugeschnappt und nicht mehr losgelassen. Es war wohl so, dass sie ein bisschen weiter weg von der Mutter waren, und diese begriffsstutzige Kuh hat es nicht geschnallt! Am Ende hat Saraf dem Hund eine verpasst, und der hat losgelassen, aber er hat ihr einfach die ganze Hand zerbissen, verstehst du? Und das war ein Labrador, ein angeblich ach so kultivierter, ach so lieber Hund, ja? Für den braucht man keine Zulassung. Ist das nicht absurd?

Osnat fragte, ein Labrador? Und Shani sagte, ein Labrador, genauso unterbelichtet wie sein Frauchen, und Osnat fragte, was denn, eine Familie von hier? Und Shani sagte, ja klar, von hier, wohnen hier irgendwo, und Osnat fragte, und Tevel, wie gehts ihr? Und Shani sagte, ihre Hand wird schon wieder, irgendwann, außerdem ist es zum Glück nur die linke, aber weißt du, was das für ein Trauma ist? Ein Mädchen, das Hunde liebt, ein Mädchen mit Selbstbewusstsein, und dann zack, kommt so ein Köter, und all das ist futsch, und Osnat sagte, aber sie ist doch ein echt starkes Mädchen, ich bin sicher, sie kommt darüber hinweg, und Shani sagte, das hoffe ich sehr. Ich hab auch ein Trauma, damit du's weißt, ich zeigs ihr nicht, aber ich bin vollkommen fertig von der Sache. Und weißt du, was diese Tussi zu mir sagt? Sie sagt zu mir, sie hätte ihn geärgert! Tevel, ja? Ein Mädchen, das seit seiner Geburt mit Hunden aufgewachsen ist, das sich um Hunde kümmert und Hunde erzieht und was nicht noch alles! Sie soll ihn geärgert haben? Vielleicht hat die Schnepfe einfach keinen Schimmer, wie man einen Hund richtig hält? Das gibts nicht, verstehst du, das ist ja, was ich immer sage. Es gibt keine schlechten oder guten Hunde, es gibt nur, ob man weiß, wie man einen Hund hält, oder ob man's nicht weiß, es gibt schlechte Hundebesitzer und gute. Aber für einen Labrador braucht man eben keine Genehmigung. Klasse, was?

Sie fragte, habt ihr Anzeige erstattet? Und Shani sagte,

nein, und Osnat fragte, wollt ihr denn nicht? Shani sagte, das ist kompliziert, wenn wir Anzeige erstatten, bringen wir uns nur selbst in die Schusslinie, dann kommen sie uns gleich wegen unserer Hunde, und Osnat fragte, wo ist denn eigentlich das Problem? Ich meine, warum besorgt ihr euch nicht einfach eine Lizenz? Und Shani sagte, einfach ist das nicht, und Osnat wagte nicht zu fragen, warum nicht, doch Shani sagte ungefragt, niemand gibt dir eine Lizenz für so viele Hunde.

Plötzlich kam ihr ein ungeheuerlicher Gedanke, kam wie aus dem Nichts angezischt: Vielleicht hatten sie ja bei ihnen eingebrochen, Shani und Lior, hatten bei ihnen eingebrochen als Vorwand, ihnen einen Hund schenken zu können, um sie auf ihre Seite zu ziehen. Die Seite der Aussätzigen.

Shani sagte, mal ganz davon abgesehen, dass wir im Augenblick auch so schon mit der Polizei zu schaffen haben, wobei sie die Augen verdrehte als Zeichen von Erschöpfung, Resignation und Unlust, als überlegte sie, ob sie überhaupt noch die Kraft hatte, davon zu erzählen. Osnat fragte, was, was ist los? Und Shani sagte, ach nichts, die ganze Geschichte mit Israel, und Osnat fragte, was, irgendwas Neues? Und Shani sagte, die wollen uns jetzt vor Gericht bringen, wegen seiner wiederholten Beschwerden. Und Osnat fragte, wer will euch vor Gericht bringen? Und Shani sagte, die Veterinäraufsicht, angeblich hätten sie uns eine Frist gesetzt, die wir nicht eingehalten haben, und Osnat sagte, das darf doch nicht wahr sein! Und Shani sagte, wir sind hingegangen, um mit ihm zu reden, denn wenn er die Anzeige zurückzieht, gibt es keinen Fall, dann haben sie nichts in der Hand, das ist alles nur Israel, sonst hat sich keiner beschwert. Weil da ja auch nichts ist, worüber man sich beschweren könnte. Für uns wäre so ein Gerichtsverfahren eine Katastrophe, schlicht und einfach eine Katastrophe, das muss ich dir nicht erklären. Sie würden uns die Hunde wegnehmen, würden uns unser … würden uns die Hunde einschläfern, keine Ahnung, was sie tun würden. Und jetzt hat er Anzeige erstattet, wir hätten ihn bedroht, verstehst du? Osnat sagte, und ihr habt ihn nicht bedroht, und Shani sagte, was glaubst du denn?

Sie sagte, wow, was für eine Geschichte. Sie wartete einen Moment, aber Shani sagte nichts mehr. Sie spürte, dass sie in ihrer Rolle als Freundin versagte, dass sie etwas tat, was nicht in Ordnung war. Hamutal und Tevel kamen in die Küche gestürmt, holten sich eine Tüte Cracker aus dem Schrank. Sie fragte, möchtest du vielleicht was essen? Ich hab dir überhaupt nichts angeboten, entschuldige, auch wenn sie eigentlich gar nichts dahatte, und Shani sagte, nein, nein, danke, und Osnat fragte, sicher? Die übertriebene Gastfreundlichkeit beruhigte sie, versöhnte für ihren Verrat, und Shani sagte, danke, wirklich nicht, Lior hat das ganze Krankenhaus mit Essen bombardiert, die komplette Kinderorthopädie isst noch immer sein Hähnchencurry, und Osnat sagte, Hähnchencurry? Wahnsinn, und Shani sagte, nichts Dolles, Hähnchencurry eben, und Osnat sagte, nein, ich wusste einfach nicht, dass Lior kocht, und Shani sagte, wie kann das sein, nur deswegen, scheint mir, kommt Hamutal doch zu uns, und sie rief in Richtung Küche, stimmts, Hamutal? Aber Hamutal antwortete nicht, und als sie nach den Mädchen schauten, fanden sie sie auf dem Sofa sitzend, auf ein Handy starrend.

Sie versuchte sich zurückzuhalten, aber es rutschte ihr trotzdem heraus, sie fragte, kocht er bei euch echt für die Kinder, ernsthaft jetzt? Und Shani sagte, Dror kocht doch auch, oder? Und Osnat sagte, ja, aber … Und Shani sagte, na, also?

3.

Sie sagte, Michal hat gesagt, Tevel hat ihn richtig genervt, hat echt alles darangesetzt, ihn zu ärgern, sie sagt, sie hat ihr das auch mehrfach gesagt. Nicht, dass das irgendwas rechtfertigt, sie sagt nicht, dass das was rechtfertigt, ja? Aber Tevel hat ihn wohl regelrecht gequält. Er sagte, okay, was sie nicht sagt, und Osnat sagte, hör zu, nach dem, was sie beschreibt, und Dror unterbrach sie, sie hat doch dort dabeigestanden, sie war dort, und wenn das Mädchen den Hund tatsächlich gequält hat, was sich für mich übrigens reichlich übertrieben anhört, aber gut, wenn also ein Kind deinen Hund piesackt, dann stoppst du das doch, du stehst nicht dabei und wartest, dass der Hund es beißt, und Osnat sagte, ganz so einfach ist das nicht, Kinder spielen ständig mit Hunden, und du willst auch nett zu dem Kind sein, willst ihm den Hund nicht einfach wegnehmen, so wie sie es schildert, hat sie versucht, Tevel zu erklären, wie man mit dem Hund umgeht, aber sie hat ihm die ganze Zeit auf die Nase geschlagen, und Dror fragte, auf die Nase geschlagen?! Und Osnat sagte, weiß nicht, ich habs nicht genau verstanden. Aber vergiss nicht, Tevel ist nicht unbedingt ein Unschuldslämmchen, und Dror sagte, da gibt es aber schon einen Unterschied, zwischen einem Streit mit einem anderen Mädchen beim Kunstturnen und einen Hund zu quälen, der gut und gerne zwanzig Kilo wiegt, und Osnat sagte, das ist nicht nur beim Kunstturnen, Dordo, und Dror fragte, wo denn noch? Und Osnat sagte, hab ich dir doch erzählt, in der Schule und so, sie veranstaltet dort offenbar ziemlichen Terror, und Dror sagte, das ist die beste Freundin deiner Tochter, und Osnat sagte, sie ist nicht *die* beste Freundin meiner Tochter, das mal vorweg, und Dror sagte, sie ist eine der besten Freundinnen deiner Tochter, und Osnat sagte, das bedeutet gar nichts, und Dror sagte, gar nichts? Das bedeutet gar nichts? Und Osnat sagte, nicht gar nichts, aber es heißt nicht automatisch, dass das, was Michal erzählt, nicht stimmt, sagen wir es mal so. Was ja auch nichts ändert, denn so oder so ist es Michals Verantwortung, ja? Es ist ihre Verantwortung, dass ihr Hund niemanden beißt, auch wenn jemand was weiß ich mit ihm macht. Ich sage ja nur, ich habe nicht den Eindruck, dass Tevels Geschichte hundert Prozent der Wahrheit entspricht.

Dror spielte mit der Fernbedienung des Fernsehers, fuhr die Liste mit den Folgen rauf und runter. Die schnell wechselnden Bilder reizten ihre Augen. Auf der linken Seite des Bildschirms wechselte das Bild, der Folge entsprechend, hinkte immer ein bisschen hinterher, hielt nicht Schritt. Und immer waren die beiden Männer und die Frau zu sehen.

Sie hätte gern eine weitere Folge gesehen und nicht mehr geredet. Jetzt, da sie endlich etwas Annehmbares gefunden hatten. Sie hatten lange nach etwas gesucht, das sich abends gemeinsam gucken ließ. Zuweilen schien ihr, dass dies der Zweck ihrer heißen, neuen Bettfreuden war: schnell vergessen zu machen, was ihnen vorausgegangen war, den Abgrund zu überbrücken, der sich plötzlich zwischen ihnen aufgetan hatte, als sie eine Serie nicht beide mochten.

Er sagte, ich dachte, du kannst sie nicht ausstehen, und Osnat fragte, wen? Und Dror sagte, Michal und Jorge, und Osnat sagte, also wirklich, nicht ausstehen? Dror wiegte skeptisch seinen Kopf hin und her, ein Vertreter einer unumstößlichen Wahrheit, und Osnat sagte, sie gehen mir auf die Nerven, ja, sie sind Menschen, die einem ein bisschen auf die Nerven gehen, aber sich eine Lüge ausdenken über ein elfjähriges Mädchen? Und Dror sagte, sie haben dich auch bei der Schulsache belogen, und Osnat sagte, erstens, sie haben nicht gelogen, sie haben es verschwiegen, was nicht heißt, dass das weniger nervt, es nervt, aber es sind trotzdem anständige Leute, und Dror sagte, auf welcher Grundlage? Und Osnat fragte, was auf welcher Grundlage? Dror sagte, auf welcher Grundlage sagst du, sie sind anständige Leute, und Osnat sagte, weiß nicht, du kennst sie doch genauso wie ich, haben sie dir irgendwann schon mal einen Grund gegeben zu denken, sie seien nicht anständig? Dror fragte, und Lior und Shani, haben die dir einen Grund gegeben? Und Osnat sagte, ich verstehe nicht, sind das jetzt plötzlich unsere Rollen, dass du für Lior und Shani bist und ich für Michal und Jorge? Worüber streiten wir überhaupt? Und Dror sagte, wir streiten gar nicht, wir reden, und Osnat sagte, du bist aber total anti, als sei ich gegen dich, als seien Michal und Jorge gegen dich, als hätte Prince Hannah gebissen und nicht Tevel, und Dror sagte, er hätte genauso gut Hannah beißen können, und Osnat sagte, er hätte Hannah nicht beißen können, ich bitte dich, und Dror fragte, warum nicht? Osnat sagte, weil Hannah im Leben keinen Hund ärgern würde, und weil sie sofort damit aufhören würde, wenn man sie darum bittet, und Dror sagte, vorausgesetzt, Tevel hat den Hund geärgert, und Osnat sagte, okay, was soll ich dazu sagen.

Aber ..., und Dror sagte, oh, jetzt wirds spannend, und Osnat sagte, aber dass du mit Lior befreundet bist, und Dror sagte, und dass du mit Shani befreundet bist und dass Hamutal Tevels Freundin ist, und Osnat sagte, dass wir mit ihnen befreundet sind, okay? Das heißt noch lange nicht, dass sie nicht illegal Hunde halten, dass es nicht von überallher Beschwerden gegen sie hagelt und jetzt offenbar auch eine Anzeige gegen sie vorliegt und dass sie nicht unbedingt die Leute sind, die alles nach Vorschrift machen, um es vorsichtig auszudrücken, und Dror sagte, seit wann bist du so eine Vorschriftenfanatikerin, und Osnat sagte, was soll das denn heißen, und Dror sagte, weiß nicht, die Stadt verteilt auch Strafzettel an Leute, die an Stellen parken, die nicht ausdrücklich als verboten gekennzeichnet sind, und das stört auch niemanden, deine Freunde aus der Rosenbaum kriegen ständig welche, und Osnat sagte, meine Freunde aus der Rosenbaum?! Nein, das passiert deinen Freunden! Und Dror sagte, du hast schon verstanden, was ich meine, und Osnat sagte, okay, ich verstehe, du bist ein echter Revoluzzer geworden, du kämpfst für die Rechte der Working-Class, schon verstanden, und Dror sagte, worüber redest du überhaupt, und Osnat sagte, darüber, dass du Pony wie ein Tattergreis umsorgt hast, keine zwei Wochen war er hier, und du hast ihn zum Impfen geschleppt, hast ihn registrieren lassen, hast ihm eine Steuermarke besorgt und was weiß ich nicht alles, aber in Ordnung, und Dror sagte, was hat denn das damit zu tun, und Osnat sagte, hat es nicht, alles klar, und Dror sagte, wie konnte der ganze Abend so verdorben werden, ich verstehe das nicht, wie ist es überhaupt zu diesem Gespräch gekommen, und Osnat sagte, ist es nun mal. Nicht weiter tragisch.

XXXV

1.

Beim Abendessen fragte Hamutal, wenn ich euch etwas erzähle, werdet ihr dann auch nicht böse? Osnat horchte auf und sagte, nein, während Dror sagte, hängt davon ab, was, und Osnat sagte, wir werden ganz sicher weniger sauer sein, wenn du uns jetzt die Wahrheit erzählst, als wenn sie später irgendwie ans Licht kommt, sagen wir's mal so, und Dror sagte, du kannst uns alles erzählen, und Hamutal sagte, er hat mir noch mal Schokolade gegeben, Israel, meine ich. Osnat und Dror wechselten einen Blick, und Dror fragte, wann? Und Hamutal sagte, heute, vorhin, als ich vom Turnen gekommen bin, aber ich hab sie nicht gegessen! Hab ich nicht, und ich hab ihm auch gesagt, dass ich sie nicht nehmen kann, alles, was ihr gesagt habt. Aber er hat gesagt, dass das unhöflich ist, Geschenke nicht anzunehmen, und dass ich sie Hannah geben soll, wenn ich sie nicht will. Ich hab sie wirklich nicht gegessen, sie ist in meiner Sporttasche. Soll ich sie holen?

Dror sagte, erst einmal, alle Achtung, dass du das Zeug nicht gegessen hast, und Osnat sah ihn entsetzt an, sie versuchte nicht einmal, es zu verbergen. Er fragte, was? Und Osnat sagte, erst einmal kannst du Süßigkeiten essen, wir sind nicht dagegen, dass du Süßigkeiten isst, Gott behüte, Süßigkeiten essen macht Spaß, aber einfach alles in Maßen, und während sie noch vor sich hin deklamierte, sah sie ihre aufmerksam zuhörende Tochter an, ihre elfjährige Tochter, und hätte sich nicht ausmalen können, wie weit diese sich schon von ihren Eltern entfernt hatte und von deren Ansprachen beim Abendessen, iss mit Genuss, du bist schön und fantastisch, und du hast einen süßen und wundervollen Körper. Hamutal sagte, okay, und sie sagte, was Papa meint, ist, alle Achtung, dass du daran gedacht hast, was wir dir gesagt haben, und wie du auf die ganze Situation reagiert hast, wie du mit ihm geredet hast, höflich sein ist wichtig, toll, dass das so gut geklappt hat. Alle Achtung.

Dror sagte, *and when he invites her in, you also want her to say yes, Hauptsache not to insult him?* Und Osnat rollte mit den Augen und sagte, natürlich ist höflich sein nicht das Wichtigste im Leben, ja? Du weißt ja bestimmt noch, dass du nicht mit Fremden reden sollst und dass du erst recht nicht mit ihnen mitgehen und ihr Haus betreten sollst, auch wenn es Nachbarn sind. Zu Nachbarn geht man nur mit Mama und Papa, allein geht man zu Freundinnen oder zu Opa und Oma.

Hamutal kniff die Augen zusammen, als dächte sie angestrengt über dieses Regelwerk nach. Osnat wusste nicht, ob sie ihr nicht folgen konnte, oder im Gegenteil schon die Fortsetzung der Sätze hörte, die hinter dem Punkt lauerten, die Katastrophen, die nicht laut ausgesprochen wurden. Sie fragte, und wenn er mir noch mal welche gibt? Er wird mir ganz sicher noch mal welche geben, er gibt mir jedes Mal was, wenn er mich sieht, und Osnat sagte, dann nimmst du es und sagst, vielen Dank.

Hamutal legte die Gabel beiseite und sagte, ich bin satt. Osnat sagte, hoffentlich hats geschmeckt. Sie fragte, kann ich dann jetzt den Schokoriegel? Und Hannah sagte, das ist unfair! Hamutal sagte, ich geb dir auch die Hälfte ab, du Zecke, und Osnat sagte, dann warte, bis Hannah auch mit dem Essen fertig ist, und Hannah sagte, ich bin fertig. Hamutal fragte, also darf ich? Und Osnat sagte, ja.

Hamutal stand vom Tisch auf und ging zur Sporttasche, zog den Schoko-Bananen-Riegel heraus. Osnat ekelte sich erneut, als wäre das Ganze weniger abstoßend, hätte er ihr ein Tortit oder irgendeinen anderen normalen Schokoriegel gegeben. Hamutal brach den klebrigen Riegel durch und streckte Hannah eine braun verschmierte Hand hin. Hannah, sagte sie, ich geb dir die größere Hälfte ab.

2.

Sie sagte, nichts zu machen. Das tun ältere Menschen nun mal, sie geben Kindern Süßigkeiten, dagegen kann man nichts machen, so sind sie einfach, und Dror sagte, er ist nicht Jehudith, Os, er ist keine dreiundachtzigjährige Witwe, und Osnat sagte, ich bin auch nicht begeistert davon, was denkst du denn? Aber besser, er gibt ihr Süßigkeiten, als dass er uns den Briefkasten einhaut, so haben wir wenigstens ein gutes Verhältnis zu ihm, und Dror sagte, ich finde nicht.

Er sagte, komm, lass uns mit ihm reden, und Osnat sagte, es gibt nichts mit ihm zu bereden, und Dror fragte, warum nicht? Osnat sagte, erstens, weil es nichts helfen würde, und Dror sagte, wieso, wir sind ihre Eltern, wir bitten ihn, ihr keine Süßigkeiten mehr zu geben, Punkt, und Osnat sagte, bei meinem Vater wäre es genauso, das ist eine andere Generation, Dordo, das hat keinen Sinn, die sind nicht in der Lage zu verstehen, was *possibly* so schlecht für ein Kind an einer einzigen Süßigkeit sein kann, sie schaffen es einfach nicht, weiterzudenken, das ist eine fruchtlose Diskussion, und Dror sagte, das ist keine Diskussion, das ist eine Ansage, und Osnat sagte, das ist ein erwachsener Mensch, du kannst ihm nicht sagen, was er tun soll, außerdem gibt er ihr bloß eine Süßigkeit, was willst du ihm denn sagen? Und es würde unser Verhältnis nur weiter belasten, du hast ja gesehen, wie er reagiert, besonders auf dich, und Dror sagte, dann red du mit ihm, und Osnat sagte, ich bin dazu nicht fähig, das sage ich dir jetzt schon, ich hab nicht das Herz, zu diesem Menschen zu gehen und ihm zu sagen, er soll aufhören, meiner Tochter vielleicht alle zwei Wochen einen billigen Schokoriegel zu geben, das kann ich nicht, das käme mir echt beleidigend vor, und Dror sagte, anstatt dir wegen diesem Kerl den Kopf zu zerbrechen, solltest du dir vielleicht lieber Gedanken um deine Tochter machen, und Osnat sagte, wie bitte, und Dror sagte, nein wirklich, statt Mitleid mit einem Kriminellen zu haben, der dir im schlimmsten Fall dein Haus zerstört hat, und Osnat sagte, nein, ich hab dafür keine Kraft mehr, und Dror sagte, und im besten Fall bloß ein gewöhnlicher Verbrecher ist, irgendein windiger Vogel, der dir zwar nicht dein Haus ausgeräumt hat, in Ordnung, dafür aber anderen Leuten, und Osnat sagte, der einzige Beweis, den du dafür hast, dass er kriminell ist, ist das, was Lior und Shani gesagt haben, Lior und Shani, ja? Mit denen er im Clinch liegt von hier bis ich weiß nicht, wohin, und Dror sagte, und, dass er mit ihnen verfeindet ist, heißt das nicht – aufgemerkt? Und Osnat sagte, auch mit Michal und Jorge sind sie jetzt im Clinch, vielleicht sind ja auch Michal und Jorge Kriminelle? Beim nächsten Mal, wenn sie Hannah ein Stückchen Ananas geben wollen, ruf ich die Bewährungshelfer, und Dror sagte, die Bewährungshelfer?! Und Osnat sagte, komm, es reicht, lass uns nicht streiten, und Dror sagte, wir streiten nicht, wer streitet denn? Wir unterhalten uns.

Sie sagte, soll ich dir noch etwas sagen? Und Dror sagte, Sekunde noch, eine letzte Sache, bevor ich es vergesse. Osnat sagte, was, und Dror sagte, auch wenn er nicht kriminell ist? Auch wenn er nichts Verbotenes im Leben angestellt hat, okay? Lass uns das mal annehmen. Osnat sagte, okay, und Dror sagte, auch in dem Fall wirst du mir beipflichten, dass er nicht unbedingt ein normaler Mensch ist. Er ist ein Mensch, der den ganzen Tag hinterm Haus sitzt, raucht und nichts macht, und Osnat sagte, vielleicht ist er einfach in Rente, was willst du eigentlich von ihm? Und Dror sagte, ich glaube nicht, dass er in Rente ist. Aber egal, mal angenommen, er ist in Rente. Ist er nicht trotzdem zu jung, relativ gesehen, um gar nichts zu machen? Er tut nichts, hat keine Familie, und Osnat sagte, soweit uns bekannt ist, und Dror sagte, und er ist auch nicht besonders nett, entschuldige, dass ich das sage, aber er ist einfach nicht nett. Osnat sagte, das ist sein gutes Recht, nicht nett zu sein. Oder ist das jetzt auch schon ein Verbrechen? Und Dror sagte, das ist kein Verbrechen, aber er ist nun mal nicht nett. Er ist kein sympathischer Mensch, ist nicht nett zu uns, obwohl wir ihm nicht das Geringste getan haben und absolut unkomplizierte Menschen sind, ist er einfach nicht nett. Aber ausgerechnet zu wem ist er nett? Zu Hamutal! Zu unserer elfjährigen Tochter! Ich sag dir das ganz deutlich, das schmeckt mir nicht. Und das ist mein gutes Recht.

Sie sagte, okay. Kann ich jetzt mal was sagen? Und Dror sagte, ja. Sie sagte, wenn du mich fragst, ist Israel wie ein Kleinkind. Dror runzelte die Stirn und zog die Augenbrauen zusammen, und sie sagte, je mehr du dich daran aufreibst, desto mehr bekommt er mit, dass das dein Knackpunkt ist, ein Weg, dir auf die Nerven zu fallen. Schon als wir bei ihm waren, um ihm den Kuchen zu geben, hat er verstanden, dass Süßigkeiten dein Schwachpunkt sind, das war glasklar, dass das ein Thema ist. Wenn du jetzt zu ihm marschierst, um mit ihm zu reden, dann wird nur noch mehr ein *issue* daraus. Lass es, komm, wir ignorieren das, sagen Hamutal genau, wie sie reagieren soll, dass sie diesen ekligen Schokobananenscheiß alle zwei Wochen einfach nimmt und vielen Dank sagt, und du kannst dir sicher sein, es wird nichts passieren.

Dror legte beide Hände zusammen und führte sie an die Brust, sagte, glaub mir, ich will nicht streiten, aber das ist dermaßen arrogant, und Osnat fragte, was ist arrogant? Dror sagte, von ihm zu sagen, er sei wie ein Kleinkind. Das ist unglaublich arrogant. Osnat dachte einen Moment lang darüber nach, und Dror sagte, ich traue ihm wenigstens was zu, und Osnat sagte, ja, dass er ein Krimineller ist, und Dror sagte, das ist gar nicht mal wenig.

APRIL

XXXVI

1.

Du ..., Nir brachte einen Tonfall zustande, der halb aus Resignation und halb aus Verachtung zu bestehen schien, du redest, als wäre das ein normales Land, wo medizinische Versorgung und das Leben von Menschen selbstverständliche Dinge sind, und Dror sagte, ist aber nicht so, was? Und Nir sagte, komm, ich schildere dir mal eben, wie das läuft, okay? Sie kommen in ein Dorf, und Herzliya fragte, wer? Und Nir sagte, der IS, und Arye sagte, wer sonst. Nir sagte, ich rede mit euch über eine Situation, ich sage nicht alltäglich, aber auch nicht die Ausnahme, okay? Sie kommen in ein Dorf, zwingen alle Männer und Frauen, sich zum Islam zu bekennen, versprechen, wer sich zum Islam bekennt, dem passiert nichts. Wer sich weigert, den bringen sie um. Sie foltern, werfen dich von Gebäuden, alles, was du dir vorstellen kannst, und auch alles, was du dir nicht vorstellen kannst. Danach trennen sie Männer und Frauen. Osnat warf einen Blick zu den Kindern, die aber in ihre Smartphones versunken waren. Die Männer werden direkt getötet, auch die, die sich zum Islam bekannt haben. Hunderte, ohne mit der Wimper zu zucken. Wenn du Glück hast, erschießen sie dich, wenn nicht, finden sie andere Wege, und das alles natürlich vor den Augen der Frauen und der

Kinder. Sind sie damit fertig, nehmen sie sich die Frauen vor. Die alten bringen sie um, für die haben sie keine Verwendung. Und soll ich dir was sagen? Die haben großes Glück. Denn die jungen, und ich meine alle, von neunjährigen Mädchen bis zu schwangeren Frauen, und Osnat sagte, *don't say what they do to them*, und Nir sagte, okay, und Shimrit sagte, *don't worry*, und Nir sagte, sie verkaufen sie einfach immer weiter, ein Mal, zwei Mal, drei Mal. Oder sie landen im Gefängnis, aus irgendeinem Grund wirft man sie ins Gefängnis. Ohne Luft, ohne Essen, wenn sie rauskommen – wenn –, wiegen sie zwanzig, dreißig Kilo, haben keine Haare und sind furchtbar krank. Ich rede von Frauen, die man monatelang gezwungen hat, den Urin der Aufseher zu trinken, so haben sie überlebt. Also weißt du, bevor wir über medizinische Versorgung reden, lass uns einen Moment lang darüber reden, ob ein solches Leben überhaupt besser ist als der Tod. Es gibt Menschen, die verstehen, dass der Tod besser ist, die das rechtzeitig verstehen, aber was willst du machen, willst du deine Tochter töten, um sie vor einem solchen Schicksal zu bewahren?

Er nahm einen Schluck aus dem Glas mit der Cola Zero. Sagte, und auch wenn sie es in die Flüchtlingslager schaffen, zur sogenannten medizinischen Versorgung, was soll ich dir sagen, ist das die Rettung? Erstens, der Zustand der Menschen, wenn sie dort eintreffen ... das sind apathische Kinder, komplett ausgelöscht durch jahrelange physische und seelische Misshandlungen und Gehirnwäsche, und traumatisierte Frauen, physisch, psychisch, so entsetzlich, das kann man sich nicht vorstellen. Und dazu die erbärmlichen Zustände dort, so erbärmlich, wie es nur geht, Seuchen, die immer wieder ausbrechen, ohne dass man sie bekämpfen kann. Vor allem ist es eine menschliche Tragödie nach der anderen, sodass du nicht mal weißt, wo du überhaupt anfangen sollst.

Er nahm noch einen Schluck von der Cola und blickte vor sich auf den Tisch. Drors Vater sagte, und die Welt schweigt. Osnats Vater sagte, ich spende ihnen jeden Monat fünfundzwanzig Dollar, per Dauerauftrag. Macht das auch. Ich schick euch den Link.

Sie atmete tief ein, geräuschvoll, und ließ dann die Luft entweichen, als senkte sie den Vorhang zwischen zwei Akten. Sie sagte, Geschenke? Hamutal war gleich auf den Beinen, klatschte bestimmt in die Hände, sagte, ich helfe dir beim Auspacken, und gesellte sich zu Dror, der einen Berg von Tüten in Hannahs Richtung schob. Unschlüssig betastete sie die Tüten, und Dror sagte, fang mit dem von Oma und Opa an, und ihr Vater sagte, die Frage ist nur, von welchen Oma und Opa, und Osnat hielt ein riesiges Paket hoch und fragte, ist das von euch? Arye schaute Herzliya an, die sagte, ich weiß schon nicht mehr, und dann in die Tüte blickte und sagte, ja, von uns, das ist von uns. Hannah ließ sich mit dem rechteckigen Paket auf dem Fußboden nieder und riss das Geschenkpapier ab, und Hamutal fragte, soll ich dir helfen? Aber Hannah antwortete nicht, sie hatte das Papier schon komplett aufgerissen, und plötzlich tat es Osnat leid für Hamutal, tat es ihr leid, dass ihre kleine Schwester bereits allein Sachen auspackte, sogar die in Folie eingeschweißten, die man ein bisschen mit dem Fingernagel aufschlitzen musste.

Hannah fragte, was ist das? Und Herzliya nahm ihr den riesigen Karton aus den Händen und sagte, das ist das beste Kreativset, das es gibt, du hast hier Tuschstifte, Gouache, Ölkreide und Buntstifte, schau, mit einhundertsechsundzwanzig verschiedenen Farbtönen, und Hannah sagte, danke, Oma, und Dror sagte, und Opa? Und Hannah stand auf und gab beiden ein Küsschen, und Herzliya sagte, da sind auch diese Platten dabei, ich weiß gerade nicht, wie die heißen, so wie

Styropor, aber Hannah bahnte sich bereits ihren Weg durch das Tütenfeld, auf der Suche nach einem schöneren Geschenk.

Herzliya sagte, Sekunde, Süße, ich hab auch eine Kleinigkeit für Hamutal, einen Trostpreis, und Dror sagte, sie muss nicht dafür getröstet werden, dass sie heute nicht Geburtstag hat, und Herzliya sagte, ich werde meiner Enkelin ja wohl noch etwas schenken dürfen? Und umständlich wühlte sie in ihrer Tasche, bis sie daraus ein Buch hervorzog, es durch die Luft schwenkte und rief, ta-ta! Und Hamutal sagte, wirklich?! Und Herzliya sagte, druckfrisch, du bist das erste Mädchen auf der Welt, das es zu lesen bekommt, und Hamutal nahm das Buch und umarmte ihre Großmutter, das Buch in der Hand, ein Flüchtling, der Umarmung entronnen. Osnat sagte, zeig mal, und nahm das Buch.

Den Einband zierte die Zeichnung eines molligen Mädchens, das sich, einen Schulranzen auf dem Rücken, zu einer Gruppe von Kindern umschaute, die die Köpfe zusammensteckten. In der einen Bildecke stand ein Junge, ausgesucht vornehm gekleidet, der zu dem Buchtitel aufblickte: *Yardens Geheimnis*.

2.

Sie sagte, ich hoffe wirklich, das verletzt sie nicht, du hättest vorher mit mir reden sollen, Herzliya, und Herzliya sagte, verletzen? Warum sollte sie dadurch verletzt sein? Und Osnat sagte, sie könnte denken, es basiert auf ihr, und Herzliya sagte, es basiert nicht auf ihr, aber ich hatte sie natürlich im Kopf, als ich es geschrieben habe, keine Frage, und genau deshalb kannst du ganz beruhigt sein, ich hab nonstop an sie gedacht, das ist ein Buch, das sie sogar stärken wird, und Osnat sagte, stärken in welcher Hinsicht? Was muss sie denn gestärkt werden, und Herzliya sagte, ich schlage vor, du liest erst mal das Buch, und wir reden danach darüber, glaub mir, danach siehst du es anders, und Osnat sagte, sie wird es mich nicht vor ihr lesen lassen, Herzliya, und Herzliya sagte, stimmt, ich hätte dir auch ein Exemplar mitbringen sollen. Egal, vergiss es, sagte Osnat, ich hab den Klappentext gelesen, das reicht. Sie verliebt sich in einen Jungen, und er will sie nicht, weil sie dick ist? Und Herzliya sagte, siehst du, so ist das, wenn man nur den Klappentext liest, und Osnat sagte, das steht da aber, und Herzliya sagte, ihn stört überhaupt nicht, dass sie dick ist, was sie nebenbei gesagt gar nicht ist, auch Hamutal nicht, und Osnat sagte, aha, und Herzliya sagte, aber seine Freunde ziehen ihn auf, verstehst du? Und Osnat fragte, wieso ziehen sie ihn auf, weil er sie liebt? Gott bewahre, sagte Herzliya, nun warte doch mal, das versuche ich dir ja zu erklären, und Osnat sagte, also? Und Herzliya sagte, irgendwann sagt er ihr, dass er ihr Freund sein wird, wenn sie eine Diät macht, und Osnat sagte, nein, ich kann mir das nicht mehr anhören, und Herzliya sagte, Osnat, warte doch mal eine Sekunde, eine Sekunde nur, bis ich fertig erklärt habe!

Shimrit kam in die Küche. Sie fragte, was, störe ich euch grad bei irgendwas? Herzliya sagte, deine Schwester ist hysterisch, und Osnat sagte, ich bin nicht hysterisch. Hast du das Buch gesehen, das sie mitgebracht hat? Und Shimrit sagte, bin schon wieder weg. Willst du mitkommen, Eis holen? Wenn ihr hier fertig seid? Und Osnat sagte, ja, warte auf mich, und Shimrit sagte, gut, ich warte draußen.

Herzliya sagte, hör mir nur eine Sekunde zu, du machst vollkommen umsonst so einen Aufstand, und Osnat sagte, ich kann nicht glauben, dass du ihr so was angetan hast, und

Herzliya sagte, ich habe was? Ich bin ihre Großmutter, glaubst du etwa, ich würde etwas tun, das sie auch nur ansatzweise verletzen könnte? Osnat sagte, nicht absichtlich, klar, das nicht, aber du verstehst nicht, wie sensibel das alles ist, wie sensibel sie ist, wie sehr sich solche Botschaften bei ihr festsetzen, dass man sie nicht will, weil sie zu dick ist, dass sie keine Freunde haben wird, dass was weiß ich noch alles, auch so lässt sie die Hälfte immer schon stehen oder verheimlicht vor uns Sachen, die sie isst, willst du, dass du eine magersüchtige Enkelin hast, wenn sie zwölf ist? Du bist ja nicht normal, sagte Herzliya, und Osnat sagte, ich bin sehr wohl normal, und zwar so was von normal, und Herzliya fragte, wärst du wohl so gütig, mir endlich zuzuhören, und zwar bis zum Ende? Osnat verschränkte die Arme vor der Brust, die klassische Haltung der ungeduldigen Zuhörerin, mit Tränen in den Augen.

Herzliya sagte, im Buch willigt Yarden nicht ein. Sie willigt nicht ein! Sie wird für niemanden eine Diät machen, und Osnat fragte, warum muss sie sich in der fünften Klasse überhaupt mit so was wie einer Diät beschäftigen? Und Herzliya sagte, sechste, im Buch sind sie in der sechsten Klasse, und Osnat sagte, auch in der sechsten sollte man sich nicht mit Diäten befassen, ja, sie sollte den Begriff noch nicht mal kennen, und Herzliya sagte, so ist das Leben aber nun mal, meine Süße, Mädchen beschäftigen sich heute schon in der ersten Klasse damit, und das sage ich dir als jemand, die, bei allem Respekt, ein bisschen mehr Kontakt zu Kindern in dem Alter hat als du. Also, wenn sie sich schon mit Diäten und all dem beschäftigen, dann sollten sie wenigstens Sachen lesen, die sich verantwortungsbewusst damit auseinandersetzen.

Osnat fragte, also, sie macht keine Diät? Und Herzliya sagte, natürlich nicht. Sie sagt Joav, dem Jungen, sie habe nicht das geringste Interesse, mit jemandem zusammen zu sein, der sie nicht so will, wie sie ist. Natürlich begreift Joav, dass er einen Fehler gemacht hat, und danach merken es auch seine Freunde. Am Ende des Buchs ist Yarden in einer sehr starken Position. Osnat sagte, okay, und Herzliya sagte, und erst dann, als Joav und sie zusammen sind, was ihre eigene Entscheidung war, erst dann beschließt sie, dass sie ein wenig abnehmen will – für sich selbst und nicht für irgendjemand sonst. Und bei diesen Worten ließ Herzliya ihren Zeigefinger wie ein Metronom mit feuerroter Spitze hin- und herpendeln.

3.

Sie sagte, checkst du diese Hausfrauenpsychologie? Ich bin vollkommen fertig, und Shimrit sagte, ich verstehe dich, aber kann ich dir was sagen? Du übertreibst, und Osnat sagte, schön wärs, ich wünschte, ich würde übertreiben, und Shimrit sagte, glaub mir, Hamutal hat schon weit schlimmeren Mist mitbekommen, und Osnat sagte, das bestreite ich gar nicht, aber noch aus keinem Buch, das ihre Großmutter über dicke Mädchen geschrieben hat, die akzeptiert werden oder nicht, weil sie übergewichtig sind oder nicht, das ist auf jeden Fall eine Erfahrung, die ich ihr gerne erspart hätte, und Shimrit sagte, vor allem aber doch, weil du das Ganze als etwas furchtbar Persönliches betrachtest. Hamutal wird das überhaupt nicht als etwas Persönliches sehen, glaub mir, sie wird sich nicht fragen, was heißt das, dass meine Oma sich Gedanken über mich macht, für sie ist das ein Buch, ein stinknormales Buch, das aber coolerweise ihre Großmutter geschrieben hat, und mit dem sie in der Schule angeben kann, weil sie jetzt ein bisschen berühmt ist. Aber das Buch selbst? Interessiert sie nicht die Bohne, wer das geschrieben hat, oder meinst du, wenn es richtig schlecht wäre, also schlecht nach ihrem Geschmack, dass sie es dann lesen würde, nur weil ihre Oma das verzapft hat? Osnat gestand, nein, und Shimrit sagte, Jesus! Im Leben nicht! Ihr eigener Mann liest das nicht, und dann soll ihre Enkelin es lesen? Hamutal liest diese Bücher schlicht und ergreifend, weil sie sie liebt, und Osnat sagte, trotzdem, und Shimrit sagte, hör zu, Herzliya ist sicher keine literarische Größe, was soll man machen, aber die Kinder lieben sie, und davor habe ich Hochachtung, denk dran, Kinder sind nicht blöd, aber sie ist halt nicht *politically correct*, und auch dafür lieben sie sie, weißt du, warum, weil sie sich mit Dingen befasst, die sie interessieren, und zwar ohne erhobenen Zeigefinger, dass alle gleich sind und der ganze Blödsinn, Kinder kriegen das sofort mit, wenn man ihnen Quatsch verkauft, und Osnat fragte, also was, soll ich sie das einfach lesen lassen? Und Shimrit fragte, hast du eine Wahl? Und Osnat sagte, ich weiß nicht, vielleicht vorher mit ihr darüber reden, ihr das vielleicht vermitteln, und Shimrit sagte, du musst ihr gar nichts »vermitteln«, schon dieser Begriff! Lass das Mädchen lesen, was es interessiert, und freu dich, dass sie eine Großmutter hat, der sie etwas bedeutet und die das zumindest aus irgendeiner Überlegung heraus schreibt, denn Sachen über Diäten und Jungs und Mädchen und Beliebtsein und all das wird sie ohnehin lesen. Hinterher kannst du sie, wenn du willst, danach fragen, nach dem Buch, keine Ahnung, was, guck einfach, ob sich ein Gespräch entwickelt. Vertrau ihr. In der Hinsicht hat Herzliya recht, sie traut ihr viel mehr zu als du. Osnat sagte, das ist das, was Dror immer sagt, und Shimrit sagte, dann hat er recht.

Sie sagte, na gut, wir werden sehen. Shimrit, das Lenkrad in der Hand, verfiel in Schweigen. Sie fragte, was ist los? Und Shimrit sagte, alles gut, mehr oder weniger, und Osnat sagte, wir reden überhaupt nicht mehr, und Shimrit sagte, was soll ich machen, und plötzlich verstand Osnat etwas, begriff es ohne besonderen Anlass, verstand trotz dieser nichtssagenden, dämlichen Antwort, oder vielleicht gerade deswegen, dass Shimrit sehr wohl Zeit hatte, dass sie diese aber ganz einfach mit diesem Roi verbrachte. Und mit einem Mal war sie so gekränkt, dass sie das Verlangen verspürte, sich auf Nirs Seite zu schlagen und ihm alles brühwarm zu erzählen. Auf die Seite des Betrogenen zu wechseln.

Shimrit sagte, es läuft nicht besonders, und Osnat wandte ihr den Kopf zu, überrascht, voll Anteilnahme und vielleicht auch gespannter Erwartung. Sie fragte, was, mit Roi? Und Shimrit sagte, er will Kinder, und Osnat fragte, hat er keine? Ich dachte, er hat welche, und Shimrit sagte, er hat einen Sohn, will aber noch eins. Sie fragte, er will noch mehr Kinder, mit *dir*? Und Shimrit schnappte zurück, mit wem denn sonst?

Sie sagte, warum denn jetzt auf einmal Kinder? Ihr schlaft doch gerade mal zwei Monate miteinander, und Shimrit sagte, wir sind verliebt, in einem Ton von Stolz und Kränkung, und Osnat sagte, in Ordnung, aber du bist verheiratet, hast schon drei Kinder, und er ist auch noch halb verheiratet, und Shimrit sagte, er ist nicht mehr verheiratet, und Osnat sagte, auch gut, das ändert aber nichts. Kinder? Du bist vierundvierzig, und Shimrit sagte, du weißt, wenn man möchte, ist das möglich, und Osnat fragte, aber möchtest du? Und Shimrit sagte, nein. Aber er.

Plötzlich ermüdete sie das. Sie ermüdete der Ausblick. So schnell ging das? All diese Mühe, diese Leidenschaft, nur für ein kurzes Tunnelchen, an dessen Ende aber nicht das große Licht wartet, sondern wieder Kinder, Kinder oder Dinge wie Kinder. Vierundvierzigjährige Menschen, und das ist alles, was sie interessiert? Der Geruch von Ordnung stieg ihr in die

Nase, einer wiederhergestellten Ordnung. Und sie schämte sich. Auch sie war über vierzig und nicht interessanter als irgendjemand sonst.

Sie sagte, ein Vater aus dem Kindergarten hat mir angeboten, mit ihm ins Bett zu gehen, und Shimrit schaute sie an und sagte, was? Osnat sagte, eine offene Einladung, falls mir mal danach ist, du weißt schon, einmal durchlüften, und Shimrit fragte, und was hast du gesagt? Osnat sagte, ich hab Nein gesagt, und Shimrit fragte, in welchem Zusammenhang hat er dich gefragt? Und Osnat sagte, genau genommen hab ich nicht Nein gesagt, ich hab gesagt, gut zu wissen, so was in der Art, und Shimrit fragte, und willst du? Osnat sagte, weiß nicht. Eher nicht. Ich bin ganz sicher nicht in ihn verliebt oder so was, und Shimrit sagte, gut, wenn du nicht in ihn verliebt bist, gibt es schon mal keinen Konflikt, und Osnat sagte, es wäre einfach bloß so, weißt du, und Shimrit sagte, für bloß so ist es das nicht wert, glaub mir, das bringt ne Menge Kopfschmerz, und Osnat dachte, sie hätte es im Grunde genommen gar nicht erzählen sollen, so wie sie es auch bislang nicht erzählt hatte, denn das war eine Sache, die sich unmöglich erzählen ließ, ohne nach einer Lösung zu gieren, ohne von einem anderen Menschen Rat dazu einzuholen, dabei war sie gar nicht auf einen Rat angewiesen, sondern nur auf das Problem selbst, auf den kleinen Schlenker vom rechten Weg.

Shimrit sagte, ich dachte, du und Dror, bei euch läufts, und Osnat sagte, wir vögeln so viel wie noch nie, und Shimrit sagte, wow, was du nicht sagst, und Osnat sagte, okay, abgesehen von den ersten Monaten, als wir uns kennengelernt haben, und Shimrit sagte, trotzdem. Also, alles bestens, und Osnat sagte, aber wir streiten auch ständig, nein, nicht streiten, aber wir diskutieren, und Shimrit fragte, worüber? Über alles Mögliche, erwiderte Osnat, über das Haus, über Hamutal, doch plötzlich hatte sie keine Lust mehr, weiter zu reden, ihrer Schwester zu ermöglichen, besser dazustehen, eine bessere Note einzuheimsen. Sie sagte, über alles Mögliche halt.

4.

Sie schlüpfte in das Zimmer ihrer schlafenden Tochter, wie in einem Film. Aber statt die Decke über Hamutals Schultern zurechtzuziehen, suchte sie nach dem Buch, bis sie es endlich in ihrem Schulranzen gefunden hatte. Sie zog sich damit zur Zimmertür zurück, wo Licht aus dem Flur hineinfiel, und schlug die mit einem Lesezeichen markierte Seite auf:

Yarden schaute zu, wie ihre Mutter sich vor dem kleinen Spiegel im Flur nachschminkte. Wie schön sie war. Die fein geschwungenen, immer roten Lippen. Nicht wie ihre, die geschwollen aussahen, als hätten auch sie es irgendwie geschafft, fett zu sein.

»Ich will nicht zu der Abschlussparty gehen«, stieß Yarden entschieden hervor.

Ihre Mutter drehte sich erstaunt zu ihr um. »Warum denn nicht?«, fragte sie verwundert.

»Darum. Ich hab keine Lust«, sagte sie wütend.

»Aber warum nicht? Ich versteh das nicht.« Ihre Mutter ließ nicht locker. »Ich dachte, ihr übernachtet hinterher bei Rony. Ich dachte, du freust dich darauf.«

»Es ist jetzt doch nicht bei Rony«, sagte Yarden missmutig. »Es ist am Meer.«

Sie blätterte zurück zur ersten Seite: »Für Hamhamchen in Liebe, von Oma.« Sie ließ das Buch zurück in Hamutals Ranzen gleiten und löschte das Licht.

XXXVII

1.

Israel stand in der Tür. Unwillkürlich machte sie sich groß, als wollte sie das, was sich hinter ihr auftat, verbergen: der große Wohnbereich, dessen Wände ohne einen einzigen Riss verputzt waren, die schönen Sofas, die Bücher und CDs, deren Vorhandensein ihr plötzlich angeberisch erschien, selbstgerecht, ja, das ganze Haus, das ihr Kraft geben sollte.

Er sagte, Ihr Hund soll aufhören, mir am Zaun hochzuspringen, und Osnat erschrak, so hatte das nicht ausgesehen in ihrer Vorstellung, sie war allein zu Hause. Sie fragte, er ist Ihnen am Zaun hochgesprungen? Wann? Und Israel sagte, die ganze Nacht, er hat an meinem Zaun rumgekratzt, und Osnat sagte, er ist drinnen, wir halten ihn im Haus, und Israel fragte, und wo ist er dann jetzt? Er spähte ins Haus, und Osnat sagte, mein Mann ist mit ihm raus, aber sonst ist er die ganze Zeit im Haus, und wenn er mal im Garten ist, behalten wir ihn im Auge. Israel sagte, dann behalten Sie ihn nicht gut im Auge, wenn Ihr Mann mit ihm rausgeht, springt er mir jedes Mal an den Zaun, und Osnat sagte, ich weiß, dass er wirklich darauf achtgibt, und Israel sagte, dann soll er besser achtgeben, ich hab die ganze Nacht nicht geschlafen, und Osnat sagte, hören Sie, ich verstehe Sie ja vollkommen, aber das kann nicht sein, dass das unser Hund war, er kommt nachts nicht raus, also kann er es nicht gewesen sein, und Israel fragte, geht Ihr Mann nachts nicht mit ihm raus? Osnat sagte, er geht abends mit ihm raus, vor dem Schlafengehen, aber nachts ist er im Haus, er schläft drinnen, und sie deutete unbestimmt in das Innere des Hauses, und Israel sagte, es geht nicht, dass ich nachts nicht schlafen kann, ich muss nachts schlafen, ich bin krank, und Osnat sagte, na klar, selbstverständlich, gar keine Frage, ich denke einfach wirklich, dass in diesem Fall nicht wir das waren, und ich schlage vor, Sie sollten vielleicht, wenn Sie wieder so ein Kratzen hören, einfach für einen Moment rauskommen und gucken, wer oder was da ist. Sie werden sehen, unser Hund ist es nicht, und Israel sagte, wenn ich was höre, muss das sehr laut sein, ich höre nämlich nicht gut, und er deutete mit dem Daumen auf sein linkes Ohr, und Osnat sagte, ich verstehe, ich bin mir aber sicher, das waren nicht wir. Aber wir werden auf jeden Fall trotzdem achtgeben.

Er sagte, tun Sie das. Und sagen Sie das auch Ihrem Mann. Ich bin nicht bereit, auf meinen Schlaf zu verzichten, das ist mein Haus. Und Osnat sagte, Sie haben hundertprozentig recht. Wir von unserer Seite werden achtgeben, aber noch einmal, es gibt hier sehr viele Hunde im Viertel, wir können nicht verantwortlich gemacht werden ...

Doch Israel sagte, können Sie, können Sie sehr wohl. Und sagen Sie Ihrem Mann Bescheid. Er machte auf dem Absatz kehrt. Sie sagte, *bye*, aber Israel ging einfach weiter, hatte sie vielleicht nicht gehört.

2.

Er sagte, er wird uns den Hund vergiften, ich sags dir, und Osnat fragte, was, denkst du wirklich, er würde so was machen? Und Dror sagte, warum nicht? Sehr viel weniger gestörte Leute als er vergiften Hunde, und sie sagte, mir scheint, wenn er bis jetzt nicht die Hunde von Lior und Shani vergiftet hat, dann ist das nicht unbedingt etwas, das er machen würde, und Dror sagte, er wohnt aber nicht neben Lior und Shani, es genügt, wenn er uns ein paar Brocken Gift über den Zaun wirft, und fertig, dann wars das für Pony, und Osnat sagte, er würde so was nicht machen, wir würden doch sofort wissen, dass er das war. Er ist nicht dumm.

Er sagte, und wenn du wüsstest, dass er das war, was würdest du machen? Würdest du zur Polizei gehen? Was juckt ihn das, wenn du es weißt? Und Osnat sagte, weiß nicht, Tatsache ist, dass er bei der Polizei Anzeige gegen Lior und Shani erstattet hat, und Dror sagte, was ist daran Tatsache? Dass er sich als Opfer sieht? Was das angeht, diskutiere ich nicht mehr mit dir, und Osnat sagte, Tatsache ist, dass er die Polizei respektiert, und Dror sagte, na toll! Er respektiert die Polizei, danke, wirklich. Frag dich mal selbst: Siehst du dich zur Polizei gehen und Anzeige gegen Israel erstatten? Wegen der Vergiftung eines Hundes, wegen Einbruch, einem abgetretenen Außenspiegel, wegen egal was? Siehst du dich das tun? Osnat wiegte den Kopf langsam hin und her, als dächte sie nach, und Dror sagte, im Leben nicht! Du würdest nicht, nachdem du ihn bei der Polizei angezeigt hast, hier zu Hause hocken, im Wohnzimmer mit deinen Töchtern warten, während die Polizei darüber nachdenkt, ob sie ihn vielleicht so in ein, zwei Monaten mal zu einer Befragung einbestellen oder es einfach lassen soll. Also ehrlich. Ich werde dich das auf jeden Fall nicht tun lassen, solltest du irrtümlicherweise wirklich darüber nachdenken. Lior wagt es nicht, ihn anzuzeigen, und dann machen wir das? Osnat fragte, weswegen genau sollte Lior ihn denn anzeigen? Und Dror sagte, weißt du, wie viele Jahre sie schon Katz und Maus spielen? Denkst du, sie könnten ihn nicht wegen irgendwas drankriegen, wenn sie wollten? Aber sie haben Angst, weil sie ganz normale Leute sind. Mach nicht so ein Gesicht. Sie sind normale Leute. Osnat sagte, ich hab überhaupt kein Gesicht gemacht, das ist mein normales Gesicht.

Sie fragte, also was, heißt das, wir sollen ab jetzt unser Leben in dem Wissen verbringen, dass die Polizei keine Option ist? Dass wir einfach hier sitzen bleiben und jeden mit uns machen lassen, was er will? Dror sagte, ich dachte, du hast keine Angst vor ihm, und Osnat sagte, ich weiß nicht, du hast mit dieser Vergiftungsgeschichte und all dem angefangen. Am Ende hast du mich damit vergiftet. Und Dror sagte, *join the club*. So sieht mein Leben schon seit acht Monaten aus.

Sie schwieg. Im Hintergrund war Pony zu hören, wie er fraß und schluckte, wie seine Schnauze gegen die Wände des Metallnapfs stieß. Er hatte aufgefressen, schüttelte einmal kräftig seine Lefzen und kam dann zu ihnen, langsam, ermattet, wie eine mit Blut vollgesogene Mücke. Er ließ sich auf dem Teppich nieder, und seine Schnauze verströmte den durchdringenden Geruch des Dosenfleischs. Sie sagte, er ist riesig geworden, und tätschelte ihm sofort den Kopf, als wollte sie gegenüber Herrchen oder Hund Abbitte leisten.

Er sagte, und dumm ist er schon, und Osnat fragte, wer? Dror sagte, Israel. Weil er Angst vor dem Hund hat, ist seine Körpersprache brutal aggressiv geworden, verstehst du? Und Pony riecht das, er kriegt das mit, und das stachelt ihn noch mehr an, und Osnat fragte, aber wann begegnen sie sich denn überhaupt? Er springt ihm doch nur an den Zaun, er sieht ihn doch gar nicht, und Dror sagte, doch, jedes Mal, wenn wir da vorbeimüssen, also nicht jedes Mal, aber du weißt schon, hast ja gesehen, wie er zum Zaun zieht. Und anstatt mich ihn wegziehen zu lassen, nähert sich dieser Schwachkopf dem Zaun von seiner Seite, um zu sehen, dass er ihm auch ja nicht daran hochspringt, verstehst du? Um auf Nummer sicher zu gehen. Das hat Pony bereits mitgekriegt, dass da ein Mensch haust, der anti ist.

Er sagte, du gehst besser gar nicht mehr mit ihm Gassi, und Osnat sagte, tu ich nicht, und er sagte, nein, ich weiß nicht, also wenn ich nicht zu Hause bin oder so, dann warte, ich meine, weder du noch die Mädchen, dafür braucht man einfach echt viel Kraft, nicht, dass er uns plötzlich von der Leine geht und Israels Zaun anfällt, und Osnat sagte, sag das auch deinen Eltern, falls sie kommen und dir helfen, wenn ich in Köln bin, nicht, dass sie irrtümlich meinen, die Helden spielen zu müssen, und am Ende passiert hier ein Unglück, und Dror sagte, nein, schon klar, dass ich es ihnen sage.

Er sagte, Lior würde alles dafür tun, ihn aus dem Viertel zu bekommen, und Osnat sagte, schön, dass er alles dafür tun würde, und Dror sagte, ja, oder? Siehst du, wie das ist? Es braucht nur einen Menschen, der daneben ist, und alles war für die Katz. Und Osnat sagte, komm, übertreib mal nicht.

XXXVIII

1.

Aber warum lasst ihr den Garten so verkommen?, fragte sie. Echt schade, und Osnat drängte sie, einzutreten, endlich ins Haus zu gehen, hätte sie am liebsten vor sich hergeschoben, und Michal warf einen Blick über den Zaun und sagte, Schalom! Israel erwiderte, Schalom, und Michal wandte Osnat das Gesicht zu und sagte, was für ein Gentleman, und Osnat eilte ihnen voraus zur Tür und schloss auf, und endlich waren sie drinnen.

Pony wartete auf der anderen Seite der Tür, wild mit dem Schwanz wedelnd, und Jorge sagte, wie groß er geworden ist! Das gibts nicht, und Michal beugte sich zu ihm hinunter und ließ sich übers Gesicht lecken. Sie sagte, er ist der Hammer. Ein Hund ist doch was Tolles, oder? Ich habs euch gesagt. Sie richtete sich wieder auf und ging ins Wohnzimmer, mit Pony im Schlepptau. Sie sagte, am besten fand ich, dass ihr wirklich gedacht habt, jemand würde euch fragen, und Dror fragte, was meinst du? Michal sagte, dass ihr gesagt habt, wir geben ihn zurück, vielleicht geben wir ihn zurück. Weil, wenn ein Hund sich auf dich einlässt, dann fragt er dich eigentlich nicht, interessiert sich nicht für deine Meinung. Es ist andersrum, du sagst Danke, dass er dir erlaubt, sich um ihn zu kümmern. Und Dror sagte, ich dachte immer, das sagt man über Katzen, und Michal sagte, weiß nicht, ich kenne das mit Hunden.

Michal setzte sich in den gestreiften Sessel, und Jorge ließ sich zu ihren Füßen nieder, den Rücken gegen den Sessel gelehnt und die Beine in stumpfem Winkel leicht überschlagen, das Wohnzimmer wie eine Sichtbarriere zerschneidend. Sie spürte, dass ihre Geduld schwand, dass ihre Einladung nicht aufrichtig gewesen war, sie hatte nicht wirklich gewollt, dass sie kamen, ihre bloße Gegenwart war ihr unangenehm. Aber sie hatten es immer wieder vorgeschlagen, ohne Kinder, ein Erwachsenenabend, ganz locker, man könne vielleicht sogar irgendwohin gehen, und als Dror und Osnat gesagt hatten, ihre Babysitterin bereite ihnen Probleme, hatten sie vorgeschlagen, zu ihnen zu kommen.

Michal sagte, überleg mal, wenn wir jetzt im Garten sitzen könnten, und Osnat sagte, ja, ich weiß, so weit sind wir noch nicht, und Michal sagte, dann mal los! Wir arbeiten dran, sagte Osnat, wir arbeiten dran.

Dror fragte, also, wie läufts? Und Jorge sagte, läuft gut, und Michal sagte, du musst ihn fragen! Ich kann nicht glauben, dass wir gar nicht mehr daran gedacht haben, und Jorge fragte, was, wegen der Seite? Und Michal sagte, klar! Jorge fragte, hättest du Lust, uns die Seite zu machen? Und Michal sagte, zu programmieren, und Dror fragte, was, welche Seite? Michal sagte, für das Theater. Wir wollen eine Homepage bauen, wir schaffen es nicht mehr, dass alles über uns läuft, es muss so sein, dass man einfach über die Seite reservieren kann, dass es ein System gibt. Außerdem sind wir ja auch bald auf Tour, haben wir euch das erzählt? Osnat fragte, wo geht ihr auf Tour? Jorge sagte, Japan, für einen Monat, fast einen Monat, und Michal sagte, wir sind eingeladen zu einer Art …

Die nennen das Workshop, und Osnat sagte, Theaterwerkstatt, und Michal sagte, das ist nicht unbedingt eine Theaterwerkstatt, das sind Theatermacher aus der ganzen Welt, und Osnat fragte, Kindertheater? Und Jorge sagte, nicht nur.

Sie fragte, und wann fahrt ihr? Jorge sagte, Ende Mai, und Osnat sagte, ich fahre auch Ende Mai, und Jorge fragte, nach Japan? Osnat sagte, nach Köln, und Jorge fragte, wo soll das sein? Michal sagte, in Deutschland, mit genervter Stimme, und zu Osnat, was, allein? Osnat sagte, ich hab da was Berufliches, und Michal nickte, wie man sonst angesichts eines vagen Gerüchts nickte. Osnat sagte, ich fliege am Dreiundzwanzigsten, und Jorge sagte, wir am Vierundzwanzigsten! Und Osnat sagte, witzig. Sie fragte, und was macht ihr mit den Kindern? Und Michal sagte, die kommen mit, wir haben keine andere Wahl, das ist ganz schön lang, und Assa wird ja noch gestillt, und Dror fragte, und Prince? Michal sagte, meine Schwester kommt und passt auf ihn auf, und Osnat sagte, das ist gut, doch Michal wiegte skeptisch ihren Kopf hin und her und Osnat fragte, was? Michal sagte, nein, sie ist zauberhaft, und sie mag Hunde auch total gern, und Jorge sagte, sie kümmert sich einfach nicht gern um sie, doch Michal widersprach, tut sie wohl, das stimmt so nicht, sie ist einfach … sie ist neunzehn, und Osnat fragte, du hast eine neunzehn Jahre alte Schwester? Michal sagte, aus der zweiten Ehe meines Vaters, und Osnat sagte, wallah! Michal sagte, sie ist verrückt nach Prince, aber sie ist nicht besonders … organisiert, sagen wir es mal so, und Jorge sagte, zum Beispiel öffnet sie ihm morgens einfach die Tür, damit er sein Geschäft machen kann, und legt sich selbst wieder hin, und Michal sagte, sie würde im Leben nicht um sieben aufstehen. Dror fragte, aber warum lasst ihr ihn dann bei ihr? Und Michal sagte, wir haben keine wirkliche Alternative, und Dror schlug vor, gebt ihn in eine Pension, doch

Michal sagte, das haben wir ein Mal gemacht, es war eine Katastrophe. Außerdem ist sie wirklich bezaubernd, sie ist zauberhaft und er ganz vernarrt in sie. Keine Frage.

Die Existenz dieser Schwester ließ sie mit einem Mal weich werden, ja bereitete ihr Schuldgefühle. Sie war immer nett zu ihr gewesen, Michal. Von dem Augenblick an, als sie hergezogen waren, hatte sie stets ihre Hilfe angeboten und war lieb mit den Mädchen gewesen. Es war nicht ihre Schuld, dass bei ihnen nicht eingebrochen worden war.

Wie viele Menschen sie schon vor den Kopf gestoßen hatte, seit sie hergezogen waren. Sie zählte durch: Michal und vermutlich auch Jorge; ein oder zwei Freundinnen. Sie schwankte, ob sie auch Dror mitzählen sollte. Eigentlich waren es gar nicht mal so viele. Bislang hatte sie immer gemeint, ihre Situation sei absolut besonders, unbekannt und noch nie da gewesen. Aber vielleicht stimmte das gar nicht. Ein Nachbarschaftsstreit, und auch der nicht wirklich dramatisch. Sollte man meinen.

Sie sagte, gib ihr unsere Nummer, und Michal fragte, wem? Osnat sagte, deiner Schwester, ich werd nicht da sein, aber Dror und die Mädchen, falls sie was braucht, und Michal sagte, Mensch, das beruhigt mich jetzt aber, und Osnat sagte, gern geschehen, oder, stimmt doch? Sie schaute zu Dror.

Er sagte, kein Problem. Wir können auch gemeinsam Gassi gehen, wenn ihr das hilft, und Michal sagte, ihr Problem ist das Aufstehen, wenn sie erst mal auf ist, ist alles okay, habt vielleicht einfach ein Auge drauf, falls ihr Prince plötzlich hier allein herumlaufen seht oder so, und Osnat hoffte, Dror würde nicht vorschlagen, an ihrer Stelle mit dem Hund rauszugehen. Alles hatte eine Grenze.

Michal sagte, ich weiß gar nicht, was ich sagen soll, danke, und Dror sagte, immer gern. Osnat sagte, das klingt echt fantastisch, und fügte hinzu, diese Japangeschichte. Und Michal sagte, als verriete sie ein schmutziges Geheimnis, die bezahlen auch alles.

Sie fragte, also was ist jetzt mit der Seite? Kurz gesagt brauchen wir eine Homepage, sagte Jorge und Dror fragte, und was braucht ihr da genau? Jemanden, der sie euch baut, oder jemanden, der sie euch pflegt? Oder beides? Und Jorge verzog das Gesicht, als würde ihn die Frage überfordern. Michal sagte, mir scheint, als Erstes bräuchten wir jemanden, der uns sagt, was wir brauchen, und Osnat zeigte mit beiden Daumen auf Dror und sagte, da sitzt euer Jemand.

Er sagte, ich bin gerne bereit, euch zu beraten und zu helfen, aber ich baue keine Seiten, und Osnat fragte, kannst du das nicht? Dror sagte, kann ich schon, weißt du, aber auf einem ziemlich elementaren Niveau, und es gibt Leute, die machen das nur, machen das jeden Tag, und Osnat sagte, aber das, was du für dich gemacht hast, ist superschick geworden, und Dror sagte, das ist aber nicht wirklich eine Homepage. Außerdem, es muss auch jemand sein, der das Fulltime macht, nicht jemand, der euch das so nebenbei erledigt. Und ich hab auch noch meine eigenen Sachen, um die ich mich kümmern muss, weshalb das euch gegenüber nicht fair wäre.

Sie sagte nichts. In den letzten Wochen hatte er schon nicht mal mehr so getan. War morgens aufgestanden und mit Pony ans Meer gefahren, vielleicht auch noch woanders hin, manchmal mit Lior, und war erst nach Stunden wiedergekommen. Mittags war er immer zu Hause, wenn die Mädchen nach Hause kamen. Aber gearbeitet hatte er nicht, da war sie sich fast sicher. Sie selbst war auch nie zu Hause, und es war ihr unangenehm, ihm hinterherzuspionieren, ihn aufzufordern, ihr zu sagen, wie er mit seiner Arbeit vorankam.

Aber er hatte aufgehört, von Rechovot zu sprechen, und

auch über Israel – sie war diejenige, die ihn gelegentlich erwähnte –, und er wirkte zufrieden, gut gelaunt. Er lief viel mit Pony und war wie dieser muskulöser geworden, wie ein Welpe, der mit Verspätung wuchs. Ihr schien, als hätten sie einen Vertrag unterschrieben: Sie würde bekommen, was sie wollte, würde in diesem Haus wohnen bleiben, sie würden hier wohnen bleiben. Und im Gegenzug würde sie nicht fragen, wie es mit seiner Arbeit voranging. Das war es, was er offenbar wollte: Ruhe. Der Gedanke bedrückte sie, dass es das war, was ihr Mann wollte, dass er dies anscheinend mehr als alles andere auf der Welt wollte; dass sie eine Frau war, die einen solchen Mann hatte. Immerhin war dieses Bedürfnis nach Ruhe nicht *ihre* Schuld, trotz allem.

Er sagte, aber ich kann euch jemanden empfehlen, erinnert mich dran, bevor ihr geht, ich gebe euch die Telefonnummer. Er ist wirklich gut, und Jorge sagte, fantastisch.

Sie nahm einen Schluck von ihrem Wein und lehnte sich auf dem Sofa zurück. Ihre Stimmung besserte sich, mit einem Mal genoss sie den Abend. Die Kinder waren aus ihren Gedanken komplett verschwunden, alle, Michals und Jorges und ihre eigenen, sie schliefen zwar in der Nähe, aber dennoch schien ihr, als wären sie gar nicht auf der Welt, als wäre sie in der Zeit zurückgewandert und wieder Anfang zwanzig. Und sie wollte über etwas Interessantes sprechen.

Michal sagte, sagt mal, euer Nachbar, und Osnat fragte, wer, Israel? Und Michal sagte, der vorhin draußen saß, als wir gekommen sind, und Osnat sagte, Israel, ja, und Michal fragte, wisst ihr zufällig, ob er es war, der diese Familie mit den Hunden angezeigt hat? Unwillkürlich setzte sich Osnat ein bisschen auf, wechselte einen schnellen Blick mit Dror, sagte, ich hab keine Ahnung, und Michal sagte, du weißt, welche Familie ich meine, die mit den eine Million Hunden, mit dem Mädchen, und Osnat sagte, ich hab echt keine Ahnung, wir haben nicht so den Kontakt zu ihnen.

So waren sie übereingekommen, Dror und sie: Sie wissen gar nichts und steuern erst recht nicht von sich aus Informationen bei. Und die Verbindung zu Lior und Shani spielen sie herunter, wollen nicht in diese Sache mit reingezogen werden, haben nicht das geringste Interesse daran. Jetzt verstand sie, dass Michal und Jorge schon gar nicht mehr wussten, dass sie, Osnat und Dror, mit ihnen befreundet waren, mit denen mit den eine Million Hunden. Und das, obwohl sie sie ihnen gegenüber immer wieder erwähnt hatten. Ein Glück, dass sie derart auf sich selbst fixiert waren. Sie erwog, sich in ihren Groll über die Selbstbezogenheit der beiden reinzusteigern – ein verführerischer Gedanke – oder ihn vielleicht doch zu verdrängen, immerhin erinnerte sie sich ja auch oft nur an das, was sie unmittelbar betraf.

Sie dachte einen Moment lang darüber nach und sagte dann, warum fragst du? Ich dachte, die ganze Geschichte ist ausgestanden, und aus dem Augenwinkel sah sie, wie Dror ihr angespannt und voller Unbehagen zuhörte. Plötzlich fand sie Gefallen daran, Michal und Jorge würden Lior und Shani verunglimpfen, würden über sie herziehen und Drors Feigheit belegen oder seine Aufrichtigkeit infrage stellen. Aber Jorge sagte nur, sie haben noch nichts unternommen, und ich hoffe sehr für sie, dass sie das auch nicht tun werden, und Michal sagte, dreiste Leute sind das, und Osnat fragte, wozu braucht ihr dann Israel? Michal erwiderte, wir brauchen ihn nicht, wir wollten bloß wissen, inwieweit das eine problematische Familie ist, denn nach dem, was ich verstanden hab, stehen sie ihm bis hier, und er hat angeblich Anzeige gegen sie erstattet. Nur damit sie Bescheid wissen, verstehst du, dass wir, falls nötig, auch was gegen sie in der Hand haben.

Sie fragte, wer hat euch gesagt, dass er Anzeige gegen sie erstattet hat? Und Michal fragte, was? Osnat fragte erneut, woher wisst ihr, dass Israel Anzeige gegen sie erstattet hat? Und Michal sah Jorge an und sagte, woher wir das wissen, und Jorge verzog erneut den Mund, als sei er überfordert. Michal wandte sich wieder Osnat zu und sagte, ich weiß nicht mehr. Wir haben mit so vielen Leuten geredet, dass ich schon nicht mehr weiß, wer uns das gesagt hat.

Sie dachte, wer sind denn diese vielen Leute? Wo hat sie die her, so viele Leute? Was sind das für Leute, die ihr all diese Sachen erzählen, die richtigen? Sie selbst kennt genau fünf Menschen in diesem Viertel, gerade mal fünf Menschen hat sie geschafft, kennenzulernen, und alles, was die sagen, ist für sie wie eine Art Musik, eine mögliche Interpretation einer Ansammlung von Noten. Sie erwartete von den Dingen schon längst nicht mehr, unbedingt richtig zu sein. Eindeutige Antworten schienen ihr unzeitgemäß.

Michal fragte, habt ihr seine Telefonnummer? Und Osnat sagte, nein. Oder hast du sie?, fragte sie Dror, und Dror sagte, ich glaub nicht, und Michal fragte, ihr habt die Nummer eures direkten Nachbarn nicht? Und Osnat sagte, ich hab dir doch gesagt, wir haben nicht wirklich Kontakt zu ihm, und Michal sagte, trotzdem, wenn mal was passiert, und Osnat sagte, wenn mal was passiert, ist er nicht der Mensch, den ich anrufen werde, und Michal fragte, warum, stimmt was nicht mit ihm? Und Dror sagte, wir haben ehrlich gesagt keine Ahnung, wir wissen nichts über ihn, und alles in seiner Stimme sagte: Punkt.

Osnat fragte, ach übrigens, wann kommen die Entscheide für die Naturschule, wisst ihr das? Und Michal sagte, das dauert noch, soweit ich verstanden hab, und Osnat fragte, was? Wie lange kann das denn noch dauern? Und Michal sagte,

Juni, Juli. So um den Dreh herum. Sie sagte, ihr sagt uns Bescheid, wenn ihr was hört, oder? Ich bilde mir die ganze Zeit ein, wir kriegen nicht all unsere Post, wegen des demolierten Briefkastens. Ich weiß nicht, ob denen klar ist, dass er noch in Gebrauch ist, und Michal sagte, bei uns fehlt auch ständig Post, und unser Kasten ist einwandfrei, das hat damit nichts zu tun.

Für einen Moment trat Stille ein, eine nicht abgesprochene, beinahe unmögliche Stille, als sei die gut geölte Maschine des Verhaltens, des menschlichen Austauschs kaputtgegangen. Vielleicht tat sie das ja absichtlich, musste sie sich eingestehen, ein bisschen gewaltsam schweigen, einfach so, weil sie, trotz allen Bemühungen, diesen Abend harmonisch zu gestalten, Lust hatte, etwas anzukratzen, eine Stille zu hören, die schaudern machte.

Michal sagte, komm, sagen wir es mal so, ich würde mir einfach keine allzu großen Hoffnungen machen, du hast ja selbst gesehen, wie viele Leute da waren, beim Tag der offenen Tür, und Dror sagte, aber der Laden wirkte großartig, das muss man zugeben, schade, dass nicht alle Schulen so aussehen, und Michal sagte, ich weiß nicht, und Dror fragte, was, warum nicht? Osnat dachte, das Nachbohren passt nicht zu ihm, er wehrt sich innerlich, die Hoffnung aufzugeben, und sie wurde von einem Gefühl der Wärme erfüllt, wie sie es zuweilen empfand, wenn ihr einfiel, dass sie nicht allein war.

Michal sagte, komm, das ist schon eine Schule für Elitesoldaten, und Dror gab zurück, was? Was soll das denn heißen? Versteh ich nicht, und Michal sagte, das ist eine gute Schule, die gute Schüler hervorbringt, die es hinterher auf eine gute Universität schaffen werden, das ist es, und Dror sagte, klingt wirklich schrecklich, und Osnat richtete sich auf, entweder in freudiger Erwartung eines guten Kampfes oder gewappnet, für den Unterlegenen in die Bresche zu springen, und Michal lächelte und sagte, du hast schon verstanden, was ich meine.

Er sagte, nein, ehrlich gesagt nicht. Das ist eine hervorragende Schule, mit offenbar ausgezeichneten Lehrern, und ich verstehe offen gesagt nicht, was deine ... Anspielung soll, und Michal sagte, das ist eine Schule, die nach Lehrplan läuft. Das ist keine Schule, die sich Experimente erlaubt, wenn der Preis dafür ein schlechterer Notenschnitt ist. Das heißt, wenn du ein Kind hast, das, du weißt schon, nicht tipptopp ins System passt, ist das vielleicht nicht der richtige Ort für dein Kind. Und Osnat fragte, also heißt das, Romy passt tipptopp ins System? Und Michal sagte, nein, und deshalb wird sie da auch nicht hingehen, und Osnat sagte, wie bitte, und Dror fragte, ihr würdet den Platz nicht annehmen? Michal stülpte ihre Unterlippe vor, als Zeichen der Verneinung, sagte, ich hab da große Zweifel, sagen wir es mal so, und Osnat fragte, und warum wart ihr dann da? Und Michal sagte, ich weiß nicht, aus Interesse, ich wollte es mir ansehen, vielleicht ist es ja doch eine klasse Schule, was weiß ich? Ich treffe nicht gern Entscheidungen, ohne zu wissen, worüber ich rede, und Osnat fragte, und warum habt ihr die Formulare abgegeben? Michal fragte, was für Formulare? Und Osnat sagte, die Anmeldeformulare, warum habt ihr sie angemeldet, wenn ihr gar nicht vorhabt, sie da hinzugeben, und Michal sagte, warum sollte ich mich nicht da anmelden? Schadet ja nicht. Weißt du, was bis September noch alles passieren kann? Was, wenn sie plötzlich die Direktorin der Stadtteilschule hier feuern? Warum sollte ich mir nicht bis zum Schluss möglichst viele Optionen offenhalten? Nein sagen kann man immer, dann vergeben sie den Platz eben an ein anderes Kind. Wir würden ihn dann euch überlassen, sagte sie mit einem Zwinkern, die Hälfte ihres Gesichts zwinkerte, und Osnat erkannte darin mit einem Mal eine gewisse Schlitzohrigkeit und verstand plötzlich Jorge.

Michal sagte, außerdem, wenn schon Lernfabrik, dann dürfte die Naturschule mit die beste sein, gar kein Zweifel. Und Romy ist jetzt auch kein Mädchen, das einfach aufhören wird, Gedichte und Geschichten zu schreiben, Fantasie zu haben und kreativ zu sein, selbst wenn zehn dämliche Naturkundelehrerinnen ihr sagen, das zu tun, und Osnat fragte, warum sollte ihr jemand sagen, sie soll damit aufhören? Und Michal sagte, warum? *Welcome to the public school system, my dear,* und Osnat sagte, mir brauchst du das nicht zu erzählen. Wir haben eine Tochter in der fünften Klasse, eure sind noch nicht mal eingeschult, doch Michal sagte, ich bezweifle, dass es viele Eltern gibt, die mehr zu diesem Thema gelesen haben als ich, und Jorge sagte, das stimmt.

Osnat sagte, wenn Romy angenommen wird, gebt ihr sie hin, sollen wir wetten? Niemand würde einen Platz an der Naturschule aufgeben, so was gibts nicht, und Jorge sagte, da kennst du Michal nicht, und Michal sagte, mit gezwungenem Lächeln, ich bin bereit, mit dir um alles in der Welt zu wetten, nur um meine Kinder nicht.

Jorge sagte, super wäre ja, wenn sie am Ende zusammen hingehen, und Osnat sagte, ja.

XXXIX

1.

Sie fragte, erinnerst du dich, wo wir am Ende die Pässe hingetan haben? Und Dror fragte, sind die nicht in dem Karton mit den ganzen Unterlagen? Sie sagte, den Karton haben wir ausgepackt, haben alles verstaut, erinnerst du dich nicht? Den Karton haben wir weggeworfen, soweit ich weiß, und jetzt finde ich vor lauter Ordnung nichts wieder, und Dror sagte, okay, noch ist Zeit. Bis du fliegst, haben wir ihn gefunden, und Osnat sagte, ich dachte plötzlich nur, mein Pass ist vielleicht nicht mehr gültig, und Dror sagte, aber wir haben sie doch erst letztes Jahr verlängert, und Osnat sagte, ihr eure, meiner war noch gültig. Gut, egal, ich werd ihn suchen, und Dror sagte, wenn ich nach Hause komme, helfe ich dir.

Sie legte das Telefon auf dem Tisch ab und kniete sich vor die Kommode: Rechnungen, Quittungen, Versicherungen, Verschiedenes. Vielleicht bei Verschiedenes? Sie setzte sich auf den Parkettboden und packte sich den Haufen Verschiedenes in den Schoß, sah ihn flüchtig durch. So viele Sachen hatten sich da angesammelt, seitdem sie hergezogen waren. Das Verschiedene aus der alten Wohnung hatte sie einfach entsorgt. Und plötzlich wurde ihr vollkommen bewusst, dass sie tatsächlich hier wohnte, sie wohnte hier und fertig, und die kapitulierende, unvollkommene Ordnung war der Beweis, nicht wie im Hotel, wo man die Ordnung jeden Morgen aufs Neue herstellte, entgegen dem menschlichen Hang zur Unordnung.

Sie kehrte zurück in die Küche, zu dem unliebsamen Schrank mit den Belegen von den Renovierungsarbeiten, den Gebrauchsanweisungen und Garantiebescheinigungen, die sie sicherheitshalber aufgehoben hatten. Sie kramte eine der prall gefüllten Klarsichthüllen heraus, woraufhin ein Metalltablett herunterfiel. Sie griff danach und richtete sich überraschend mühevoll auf; hatte zu lange gebückt gestanden, ihr Rücken schmerzte. Sie betrachtete das Tablett: An einer Seite war ein kleiner Fleck, hellbraun, vielleicht Schokolade. Sie kratzte ihn mit dem Fingernagel ab und ließ die Krümelchen zu Boden rieseln.

Sie besah sich das Tablett erneut, schrie nach Hamutal, aber Hamutal antwortete nicht.

2.

Sie betrat ihr Zimmer, das Tablett in der Hand. Hamutal lag auf dem Bett, auf der Seite, und schrieb etwas in ein Heft. Sie dachte, vielleicht sollte ich das mal lesen.

Hamutal sagte, was ist das, und deutete mit dem Kinn zu dem Tablett, und Osnat sagte, ich muss kurz mit dir reden, geht das?

Hamutal legte das Heft beiseite. Sie sagte, was, mit sanfter Stimme. Osnat verspürte den Drang, ihr etwas zu erzählen, ihr etwas zu geben, etwas, das Mütter ihren Töchtern mitgaben, wenn sie allein waren. Aber sie fragte nur, du weißt doch, dass du mir alles erzählen kannst, oder? Hamutal sagte, klar, und Osnat sagte, und ich werde niemals böse auf dich sein, egal, was du mir erzählst, und Hamutal sagte, und wenn es was Schlimmes ist? Osnat fragte, was denn Schlimmes? Und sofort verbesserte sie sich, auch, wenn es etwas Schlimmes ist, was wäre denn etwas Schlimmes, zum Beispiel, und Hamutal sagte, weiß nicht, dass ich dir zweitausend Schekel aus dem Portemonnaie gestohlen hab, und Osnat sagte, wenn du mir zweitausend Schekel aus dem Portemonnaie nimmst und es mir erzählst, wäre ich sehr stolz auf dich, weil du es zugibst. Was nicht heißt, dass ich das gut fände, aber wenn du etwas genommen hättest, würde ich es vorziehen, wenn du es mir erzählst. Warum? Hast du dir Geld aus meinem Portemonnaie genommen? Und Hamutal sagte, ernsthaft jetzt?

Sie fragte, sag mal, hast du eine Ahnung, wie dieses Tablett bei uns gelandet ist? Und Hamutal fragte, ist das nicht unseres? Osnat sagte, wir haben darauf den Kuchen zu Israel mitgenommen, aber er hat es mir nie zurückgebracht, und Hamutal sagte, dann hat er es eben doch zurückgebracht, und Osnat fragte, hat er es dir gegeben? War er irgendwann hier, als wir nicht zu Hause waren? Hamutal verzog das Gesicht und sagte, nein, und Osnat fragte, kein Mal? Hamutal sagte, nein, was denn, ich red doch kaum mit ihm, und Osnat fragte, was soll das heißen, *kaum*? Redest du mit ihm? Hamutal sagte, weiß nicht, nein, und Osnat fragte, aber du hast ihn gesehen? Ihr seht euch und redet nicht miteinander oder du hast ihn einfach nicht gesehen? Und Hamutal sagte, glaub nicht, und Osnat fragte, was glaubst du nicht? Dass du ihn gesehen hast? Und Hamutal sagte, ja. Aber ich erinnere mich nicht, weiß nicht. Du setzt mich unter Druck!

Sie sagte, Entschuldigung, das wollte ich wirklich nicht, es ist alles in Ordnung. Das ist das Wichtigste. Es ist alles in Ordnung. Ich wollte mich nur vergewissern, dass du dich noch an die Regeln erinnerst, und Hamutal fragte, welche Regeln, und Osnat sagte, welche Regeln? Dass, wenn dir jemand etwas tut oder dich berührt oder … Und Hamutal sagte, ah, okay, ich erinnere mich, klar, und Osnat sagte, und wenn jemand dir sagt, Papa und Mama werden böse sein, wenn sie es herausfinden, stimmt das? Werden sie böse sein? Würden wir sauer sein? Hamutal sagte, nein, und Osnat sagte, im Leben würden wir nicht böse sein. Und wenn er dir sagt, wenn sie es herausfinden, werden sie sterben – stimmt das? Und Hamutal sagte, echt, Mama, wie oft denn noch, und Osnat sagte, bitte, tu mir den Gefallen, und Hamutal sagte, nein, sie werden nicht sterben, und Osnat sagte, genau, du weißt, dass es nicht stimmt. Hamutal sagte, ja. Osnat fragte, und wenn er dir sagt, er wird dich umbringen oder uns oder ich weiß nicht wen, du weißt, dass das alles Unsinn ist, ja? Und Hamutal fragte, warum, hat Israel gesagt, er würde uns umbringen? Osnat sagte, bist du verrückt geworden? Bist du jetzt total verrückt geworden, sag mal? Das war alles nur ein Beispiel, und ich habe auch nicht Israel damit gemeint, das wird alles sowieso nicht passieren, und es gibt absolut keinen Grund, dass jemand so etwas zu dir sagt. Du sollst einfach nur daran denken, das ist alles. Israel ist ein sehr netter Mensch.

Hamutal sagte, Mama, und Osnat sagte, was denn, Süße? Hamutal sagte, hörst du zu, und Osnat sagte, was, und Hamutal sagte, ich war doch ein Mal bei ihm zu Hause, und Osnat spürte das Leben schwinden, spürte, wie alle vorherigen Katastrophen auf einen Schlag verblassten. Sie fragte, bei Israel? Und Hamutal sagte, das war, bevor ihr mir gesagt habt, ich soll nicht zu ihm ins Haus, und dann habt ihr es gesagt, und ich wollte es nicht erzählen, damit ihr nicht sauer seid, und Osnat fragte, und was hast du bei ihm im Haus gemacht? Hamutal sagte, gar nichts, er hat mir nur den Schokoriegel gegeben, den er mir immer gibt, und Osnat fragte, aber warum hat er ihn dir nicht draußen gegeben? Hamutal sagte, weiß nicht, er hatte draußen keinen, und Osnat fragte, du bist rein und dann? Hast du ihn drinnen gegessen? Und Hamutal sagte, nein, gar nicht, er hat ihn mir gegeben, und ich bin gegangen, hab Danke gesagt und bin gegangen, und Osnat fragte, und was hat er zu dir gesagt? Komm doch rein? Was hat er zu dir gesagt? Und Hamutal sagte, ich weiß nicht mehr genau, dass ich einen Moment warten soll und er ihn holt, und Osnat fragte, und warum hast du nicht draußen gewartet? Hamutal sagte, weiß ich nicht mehr, keine Ahnung, er hat ihn mir halt drinnen gegeben, und Osnat fragte, hat er dich berührt? Und Hamutal sagte, igitt, wieso das denn? Und Osnat sagte, sicher? Und Hamutal sagte, ganz sicher, und Osnat fragte, hast du dich bei ihm hingesetzt? Und Hamutal sagte, nein, ich sag dir doch, das waren genau anderthalb Minuten, er hat mir nur die Schokolade gegeben, und ich bin gegangen, das wars, und Osnat sagte, du weißt, alles was passiert, oder passiert ist, egal was, dass du mir alles erzählen kannst? Du musst es mir erzählen, du musst, und Hamutal sagte, Mama, du siehst doch, dass ich dir alles erzähle.

Sie sagte, gut. Gut, dass du es mir erzählt hast. Und du gehst nicht noch einmal zu ihm. Sag, Mama und Papa erlauben es nicht. Und Hamutal sagte, klar. Und erzähl es Papa nicht, das würde nur … Du kennst ja Papa. Du hast es mir erzählt, das genügt. Und Hamutal sagte, ich habs ihm schon erzählt.

MAI

XL

1.

Der Zug fuhr los, und Osnat meinte zu fallen. Hatte das Gefühl, als rollte der Zug nach unten anstatt vorwärts, und vielleicht fuhr er auch gar nicht, sondern stürzte durch ein Loch in der Erde, an dessen Ende vielleicht Straßburg lag, worauf konnte sie noch vertrauen? Und wenn Straßburg nicht dort war oder sie unterwegs verloren ging, würde niemand wissen, wohin sie verschwunden war. Am Ende würde der Zug kraft seiner Geschwindigkeit irgendeine Mauer durchbrechen oder eine Begrenzung, würde vielleicht in eine andere Dimension katapultiert werden, grau wie die vorherige, aber von dieser getrennt, aus der es kein Zurück gäbe.

Sie schloss die Augen und schlug sie wieder auf, betrachtete angestrengt die Landschaft, die sie nicht interessierte. Auf ihren Knien lag *Der Jakubiyān-Bau*, sie erinnerte sich nicht, wann sie das Buch aus der Tasche geholt hatte. Plötzlich bedauerte sie es sehr, keinen Walkman dabeizuhaben, oder Discman, irgendwas, was Lieder abspielen konnte, die sie zu Hause aufgenommen hatte. So wie sie früher, vor Urzeiten, auf Zugreisen Musik gehört hatte. Damals hatten sich ihre Eltern um sie gesorgt. Und sie hatte ein Mal in der Woche angerufen. Jetzt schrieb sie sich mit Dror, ständig, und mit den Mädchen, schrieb sich mit ihrem ganzen Leben. Und dennoch schien ihr, dass sie damals unter Kontrolle gewesen war, an die Versprechen gebunden, die sie geleistet hatte, während sie jetzt frei war, fast schon verlassen. Vielleicht war das der Unterschied zwischen den Eltern und dem Partner, dass, solange es noch einen Elternteil gab, man von jemandem beaufsichtigt wurde, auch gegen den eigenen Willen und alle Moden und entgegen dem guten Geschmack. Vielleicht war das die eigentliche Bedeutung des Verlusts, wenn man die Eltern verlor, dass man plötzlich frei war. Unvermittelt, beinahe überraschend, traf sie die Erkenntnis, dass sie ja bereits einen Elternteil verloren hatte.

Ihr gegenüber saß ein sehr junges Paar. Das Gesicht des jungen Mannes war von kleinen Aknewunden übersät und strahlte dennoch, als wisse er bereits, was das Leben für ihn bereithalte. Oder vielleicht war er bloß einfach gut erzogen und hatte gelernt, wie vorteilhaft es ist, zu lächeln. Die junge Frau war sehr hager, und auf ihren Beinen, die unten aus der Hose hervorschauten, wuchsen helle, beinahe durchsichtige Härchen. Unwillkürlich stellte sie sich den Sex vor, den die beiden hatten. Für einen Moment empfand sie Neid, im nächsten Mitleid. Sie dachte, dass sie froh war, nicht mehr mit jungen Menschen ins Bett gehen zu müssen, und wurde für einen kurzen Augenblick von Glück erfüllt.

2.

Beim Aussteigen aus dem Zug setzte sie eine ernste, vielleicht sogar ein bisschen geheimnisvolle Miene auf, für den Fall, dass er beschlossen haben sollte, sie zu überraschen und trotz allem am Bahnsteig auf sie zu warten. Erst nachdem sie die

Treppe hinabgestiegen war, die große Ankunftshalle durchquert und endlich das prunkvolle Bahnhofsgebäude verlassen hatte, sich umschaute und sich dann an einer etwas entfernten Bushaltestelle hinsetzte, erst da gab sie sich erleichtert der Rolle der Touristin hin, fasste ihre verschwitzten Haare zusammen und fragte akzentfrei, *this is the bus to the cathedral, yes?*

Im Bus besetzte sie einen Doppelplatz, für sich selbst und die mittelgroße Reisetasche, die sie mit sich herumschleppte und die ihre Absichten besser verriet als sie selbst. Das war eine Dreistigkeit, zwei Plätze zu besetzen, sogar in Israel wäre so etwas dreist gewesen, und umso mehr in Straßburg. Aber das war der Zeitpunkt, ihre ganze gesammelte Dreistigkeit zu verprassen ohne Rücksicht auf Verluste; bei dem Münster einen Auftritt hinzulegen wie eine Mademoiselle in Straßburg, sie meinte, es gäbe ein Gemälde dieses Namens, ein berühmtes, vielleicht war es auch ein Buch.

Sie hatte sich freigenommen von dem *Jakubiyān-Bau*, zumindest für diese Reise. Wollte einfach genießen, die Freuden miteinander vermischen. Aber der Blick aus dem Fenster war uninteressant, und die ganze Schönheit glitt an ihren Gedanken ab wie Wasser an einem glatt geschliffenen Felsen, stürzte in die Tiefe. Abermals bedauerte sie, keine Musik zu haben, Musik, die sie sich auf die Ohren hätte setzen können.

Schließlich stieg sie aus dem Bus. Fuhr sich durchs Haar, warf es zurück, rückte sich die Tasche auf der Schulter zurecht und überquerte den Platz. Hob die Augen zum Münster, wie eine Abgabe, die zu entrichten war. Danach trat sie vorsichtigen Schrittes in den Schatten des Gebäudes, als fürchtete sie, erwischt zu werden. Sah sich um. Erinnerte sich an jenen Morgen, an dem sie vor dem Lebensmittelladen auf ihn gewartet hatte, und erinnerte sich an das Gefühl von Ferien, das Gefühl, als wäre ihr normales Leben nicht dort, zwischen den Straßen »Der Hände Arbeit« und »Die Fahnenträger«, sondern hier.

Der Platz kam ihr wie ein Bild in 3-D vor: die Grundform eines europäischen Platzes, dessen Details nicht auszumachen waren. Sie kniff die Augen zusammen, rechnete damit, auf ihn warten zu müssen, aber sie sah ihn sofort: Er saß auf einer Bank, winkte ihr zu. Gilad.

3.

Sie ging in seine Richtung, und er erhob sich, wie ein Liebespaar im Film. Aber als sie sich schließlich trafen, blieben sie voreinander stehen, streckten unbeholfen die Hand aus und gaben sich schließlich ein Küsschen auf die Wange. Er sagte, schon komisch, dass du hier bist.

Sie näherten sich dem Münster, als gäbe es keine andere Möglichkeit. Sie fragte, wohin gehen wir eigentlich? Und er sagte, weiß auch nicht. Möchtest du es von innen sehen? Und Osnat sagte, muss nicht sein, und Gilad fragte, sollen wir uns hier irgendwo hinsetzen, und Osnat sagte, können wir machen, ja.

Sie schauten sich um. Der Platz war von Cafés umgeben, aber sie blieben unschlüssig stehen, als wollten sie sagen: eigentlich egal. Sie deutete auf eines und sagte, das da? Aber als sie sich den kleinen Tischen näherten, wirkten sie plötzlich unpassend – unpassend wofür eigentlich? –, und das Ganze war so offenkundig, dass sie beide sich wortlos abwandten, noch etwas in Richtung des Kellners murmelten, dessen Beflissenheit sogleich in Feindseligkeit umschlug, und mit neuer Leichtigkeit zur Platzmitte zurückkehrten, wie zwei, die ein gerade gemeinsam verübter Streich zusammengeschweißt hatte.

Er fragte, sollen wir uns vielleicht einfach auf eine Bank setzen? Ich hab auf einer schönen gesessen, bevor du kamst, und Osnat sagte, ja, gut, und Gilad sagte, wir könnten vorher auch noch was einkaufen, ein kleines Picknick machen. Sie sagte, ich hab richtigen Heißhunger, ehrlich gesagt, aber nach was Illegalem, und Gilad fragte, nach was Illegalem? Und Osnat fiel ein, dass er ja nicht Dror war, und war ungewollt ein bisschen enttäuscht, denn Dror hätte gleich verstanden, was sie meinte.

Sie sagte, irgendein Croissant, so was in der Art, nur bloß keinen Salat, Gott behüte, und Gilad sagte, Gott behüte! Osnat lächelte, und Gilad sagte, gut. Er stemmte die Hände in die Hüften und sah sich um, sagte, komm.

4.

Sie kehrten zu der Bank zurück, auf der er zuvor allein gesessen hatte. Die Aufschläge seines senffarbenen Jacketts dienten als Unterlage für die Papiertüte mit den großen Gebäckstücken, winzige Stofffäden krochen daraus hervor, und das Ärmelfutter begann, sein Innenleben preiszugeben. Sie sagte, ich kann nicht glauben, dass ich in fucking Straßburg bin. Gilad fragte, bist du schon mal hier gewesen, und Osnat sagte, nein.

Er sagte, ist nett hier, aber ein Monat ist zu lang, und Osnat fragte, zu lang allgemein oder zu lang, um hier zu sein? Gilad sagte, zu lang für hier. Das Problem ist, dass die Leute bei dem Programm alle viel jünger sind, das strengt mich an, und Osnat sagte, junge Menschen sind ermüdend, und Gilad sagte, sehr.

Sie fragte, also was, bist du der Methusalem des Projekts? Und Gilad sagte, sei nicht so selbstzufrieden, und Osnat sagte, ich bin zufrieden, das ist die Wahrheit, und Gilad sagte, das sehe ich, du bist richtig schadenfroh, und Osnat sagte, das ist kein Zuckerschlecken, immer die einzige Tante weit und breit zu sein, und Gilad sagte, du? Eine Tante? Und Osnat sagte, für Dreißigjährige bin ich eine Tante, und Gilad sagte, da ist nichts Schlimmes dran, eine Tante zu sein, das ist eine Ehre, und Osnat war erneut enttäuscht, hatte gedacht, er würde sagen, für mich bist du keine Tante.

Sie fragte, und, warst du einsam? Gilad sagte, komm schon, du fährst ja richtig darauf ab, und Osnat sagte, gib mir das Gefühl, dass ich gekommen bin, um dich zu retten, mach schon, und Gilad sagte, du bist gekommen, um mich zu retten, und Osnat sagte, oh. Er sagte, nein, die Wahrheit ist, dass hier tolle Leute dabei sind, ich quengle bloß ein bisschen rum, nette, interessante Leute.

Sie fragte, hast du hier auch irgendeine Frau getroffen, die interessant ist? Gilad schaute sie an und wiederholte, ob ich hier auch irgendeine Frau getroffen habe, die interessant ist? Osnat sagte, ja. Das letzte Mal, als wir uns gesehen haben, hast du gesagt, es gelingt dir nicht, mal eine interessante Frau zu treffen, und Gilad fragte, so was hab ich gesagt? Und Osnat sagte, ja, ich glaub schon.

Er sagte, ich hab hier tatsächlich jemanden getroffen, und Osnat sagte, okay, und Gilad sagte, aber sie ist auch noch ziemlich jung, und Osnat fragte, wie heißt sie? Gilad sagte, sie heißt Suzette, und Osnat wiederholte, Suzette. Sie fragte, eine Französin? Und Gilad sagte, halb Französin und halb Spanierin, und Osnat gab sich geschlagen, war so geschlagen, dass es sie danach verlangte, die Haare erneut über ihrem verschwitzten Nacken zusammenzufassen und die Hände ehrenhalber zu heben, um sich freiwillig zu ergeben.

Sie schaute zu der in ihrer übertriebenen Schönheit, ihrer Fülle von Details beinahe obszönen Kirche, von der sie dennoch fast vergessen hatte, dass sie da war. Für einen Moment erschien sie ihr unecht, wie eine schlampig gemachte Fotokulisse, der mittelprächtige Nachbau einer europäischen Stadt. Und genau so eine Kulisse stellten sie auch dar, vielleicht: eine hinkende romantische Szene.

Sie fragte, und, wie ist sie? Gilad sagte, sie ist wirklich in Ordnung, und Osnat sagte, komm schon, erzähl mir mehr, und Gilad sagte, deshalb bist du hergekommen, und Osnat sagte, ich weiß nicht. Gilad schüttelte mit dem Kopf, und Osnat sagte, nein, ohne Fragezeichen, und er kniff die Augen zusammen und schaute sie durch fast geschlossene Lider an, nickte entschlossen, als würde er auf jeden Gedanken einschlagen, der ihn nicht interessierte, als vertriebe er Suzette und vielleicht noch mehr, bis nur noch sie allein blieb.

5.

In einem kleinen Souvenirladen neben einem überteuerten Kiosk erstanden sie zwei handtellergroße, runde Holzlabyrinthe, in deren Gänge Metallkügelchen rollten. Auf der Bank spielten sie damit, manövrierten die Kugeln in eine kleine Vertiefung. Sie überlegte, die beiden Spielzeuge hinterher als Geschenke für Hamutal und Hannah mitzunehmen. Aber der Gedanke war unangenehm, als könnten sie nicht gleichzeitig existieren, sie in Straßburg und ihre Töchter in Tel Aviv, als wären das zwei Welten, die nichts miteinander zu tun hatten.

Sie zählten die Punkte, sie führte. Wollte nicht aufhören zu spielen, denn wenn sie aufhörten, hätten sie sich vielleicht nichts mehr zu sagen. Seine Finger waren lang und an den Knöcheln dicker. Sie hatte sie so nicht in Erinnerung gehabt, erinnerte sich überhaupt nicht mehr an seinen Körper. Vielleicht altern Gelenke einfach so, dachte sie, in dieser Form, schließlich hat jeder Teil des Körpers seine eigene, sonderbare Art des Alterns.

Wenn er spielte, bebten seine Schultern leicht, verrieten den Ehrgeiz, den übertriebenen Einsatz. Dabei wirkte er ziemlich alt, aber auch geschmeidig, wie jemand, der noch keine Kinder hatte. Er sagte, ich krieg gleich einen Krampf in den Fingern, und sie sagte, es gibt genau so einen Sketch vom Kammerquintett, mit Shai Avivi, und er fragte, was für ein Sketch denn? Und plötzlich hatte Osnat keine Lust mehr, davon zu erzählen, sie erinnerte sich in allen Einzelheiten an den Sketch, was sie peinlich berührte, also sagte sie, eigentlich geht er doch anders, keine Ahnung, warum ich ihn erwähnt habe.

6.

Sie gingen noch zwei Mal los und kamen wieder zurück. Holten Trinkpäckchen mit Saft, danach was zum Abendessen. Die Bank erwartete sie, niemand setzte sich dort hin. Und jedes Mal, wenn sie zu ihr zurückkehrten und sie noch frei war, hob das ihre Stimmung, meinten sie, das sei ein Zeichen. Ihr zumindest kam es so vor.

Sie hatten ihre Sandwiches aufgegessen. Der Platz füllte sich mit nächtlichen Ausflüglern. Er fragte, bleiben wir hier? Und fügte gleich hinzu, ich hätte kein Problem damit, mir gefällts hier, und Osnat sagte, ich weiß nicht, was für Möglichkeiten gibts denn sonst, und Gilad sagte, sag du mir, was für Möglichkeiten es gibt, bleibst du noch bis morgen, oder musst du zurück, und Osnat sagte, eigentlich sollte ich heute

Nacht zurück, und Gilad fragte, nach Israel oder nach Köln? Nach Köln, sagte Osnat, zurück nach Israel fliege ich erst Mittwoch.

Er streckte seine Arme auf der Lehne der Bank aus, den Blick von ihr weggerichtet. Für einen Moment kam er ihr vor wie ein Junge aus einem alten amerikanischen Film, vielleicht *Grease* oder *West Side Story*. Er fragte, und uneigentlich?

Sie warf den Kopf zurück, als hätte sie etwas zu gestehen, und sagte, die Frage ist, welche Möglichkeiten gibts sonst.

Er sagte, ich weiß nicht, wir könnten ein bisschen gehen, herumlaufen, vielleicht etwas trinken. Oder auch hierbleiben. Könnten Wein kaufen und herbringen. Wo ich wohne, gibt es auch eine ziemlich nette Bar.

Sie sagte, ich hab einen Zug um elf, um kurz nach. Und Gilad sagte, in Ordnung. Kriegen wir hin. Erneut blickte sie zum Münster hoch. Er sagte, es sei denn.

Sie sagte, ich glaube, ich sollte zurück. Er wandte den Kopf zu ihr, sagte, prima, und Osnat spürte, wie jedes Bemühen aus seinen Worten wich. Sie sagte, ich muss morgen einfach in Köln sein und … Er sagte, prima, kein Ding, und sie sagte, nur wie komme ich von hier zum Bahnhof zurück, und er fragte, möchtest du, dass ich mitkomme? Ich komme einfach mit. Aber Osnat wollte nicht, dass er mitkäme.

XLI

1.

Der Zug, in den sie sich setzte, war ein anderer als der, in dem sie gekommen war. Und sie wollte, dass er endlich losführe, ihr die Last der Entscheidung aus der Hand nähme.

Ihr Telefon summte immer wieder, gut versorgt von dem zugeigenen WLAN. Eine Nachricht von Dror: Ruf an, auch später. Sie erschrak, ein diffuser, alles umfassender Schrecken, und drückte sofort auf seinen Namen.

Hannah ging ran. Sie sagte, Mama! Und Osnat dachte, sie lebt. Hannah sagte, ich hab das Tablet gefunden! Und Osnat sagte, ist nicht wahr! Hannah fragte, verzeihst du mir? Und Osnat sagte, was? Hannah fragte, bist du nicht böse auf mich? Und Osnat sagte, warum um alles in der Welt denkst du, ich wäre böse auf dich, und Hannah sagte, weil ich das Tablet verloren hab, und Osnat sagte, nein, nein, wieso das denn? Aber kannst du mir mal kurz Papa geben?

Sie hörte Drors Stimme, so, das wars, jetzt hast du mit Mama gesprochen, und Hannah sagte etwas, das Osnat nicht verstand, worauf Dror sagte, auf gar keinen Fall, weißt du, wie spät es ist? Hannah sagte noch etwas, und Dror sagte, in Ordnung. Wenn ich mit Mama telefoniert habe. Abmarsch jetzt, gute Nacht.

Er sagte, wie gehts dir? Und sie fragte, was ist los, ist was passiert? Dror sagte, Israel ist tot, und Osnat sagte, was? Dror wiederholte, Israel ist tot, und Osnat fragte, unser Israel? Ja, sagte Dror, und Osnat fragte, wie? Dror sagte, ist noch unklar, offenbar ist er im Haus gestürzt oder was, aber noch weiß man nichts, und Osnat sagte, ich fasse es nicht, und Dror sagte, ich auch nicht. Osnat fragte, wann ist das passiert? Und Dror sagte, heute Morgen, vielleicht auch gestern schon, sie wissen es nicht genau. Das heißt, setzte er hinzu, vielleicht wissen sie es, aber ich nicht, und Osnat schien, er wirkte verstört, und sie wurde von einem Schuldgefühl ganz neuer Art erfüllt, als mangelte es ihr ausgerechnet daran, an Schuldgefühlen.

Sie fragte, wissen die Mädchen es schon? Und er sagte, ja. Sie fragte, was hast du ihnen gesagt? Und er sagte, ich habs einfach gesagt, weißt du, und sie fragte, und wie haben sie reagiert? Er sagte, hat sie nicht groß gejuckt.

Er fragte, wusstest du, dass er eine Tochter hat? Geschieden, ergänzte er. Sie sagte, wallah? Und er sagte, ja, ich hab sie nur von Weitem gesehen. Seine Stimme verstummte.

Sie sagte, gut, was soll ich sagen? Armer Kerl. Und Dror sagte, ja. Sie hörte Hannahs Stimme im Hintergrund und Dror sagen, dann mach einfach die Augen zu. Du wirst schon irgendwann einschlafen.

XLII

1.

Die Toilettenräume auf der Kongressetage des Hotels waren zu groß, das Licht grell, die Wände weiß gekachelt, wie die Umkleideräume in einem Jugendzentrum. Überrascht stellte sie fest, wie empört sie war: Ihr schien es, als verstießen die Räumlichkeiten gegen einen ungeschriebenen Vertrag, als hielten sie ihr die menschlichen Exkremente vor, anstatt diese diskret zu verbergen und so zu tun, als seien sie nicht existent, bis die Gäste nach Hause zurückgekehrt wären.

Sie wusch sich betont gründlich die Hände, blieb aber trotzdem am Spiegel hängen. So sah sie aus? Gestern hatte sie noch nicht so ausgesehen, hatte sich auf der Toilette im Zug und in allen Schaufenstern Straßburgs kontrolliert, war vielleicht über Nacht gealtert, vielleicht wegen der Nachricht von Israels Tod. Denn jetzt sah sie eindeutig alt aus, eine alte Frau, ohne Vergangenheit, ohne Anfang, ohne einen Faden, der sich aus ihrem Gesicht zu dem einer jungen, anderen Frau spinnen ließ.

Sie befeuchtete sich die Haare ein wenig, aber auch das half nichts. Sie wandte den Blick vom Spiegel ab, beinahe ostentativ, wie ein Fotomodell, und zog schließlich mit einiger Mühe die Massivholztür auf und trat hinaus in den Kongressbereich. Die Tür fiel überraschend schnell hinter ihr zu, ließ sie mit ihren eigenen Angelegenheiten zurück.

In einiger Entfernung erkannte sie neben dem Empfangstisch eine ehemalige Kollegin aus dem Bereich Nord, Maya, die in der Zwischenzeit zu Procter & Gamble gewechselt war. Sie war älter als sie, füllig und untersetzt. Dennoch schlabberte die Hose um ihren Hintern. Vor zwei Jahren, auf dem gleichen Kongress, hatte ihr ein kroatischer Kollege erzählt, diese Frau treffe jedes Jahr während des Kongresses einen Mann, den sie hier kennengelernt hatte, einen indischstämmigen Briten. Sie schliefen miteinander, liefen vielleicht zusammen ein bisschen durch die Gegend, führten für ein paar Tage ein Verhältnis. Danach kehre sie nach Hause zurück, zu ihrer Familie, und das ganze Jahr würden sie nichts voneinander hören, bis zum nächsten Kongress. Er sei auch verheiratet, hatte der Kroate hinzugefügt, habe aber keine Kinder. Vielleicht inzwischen doch.

Sie war sprachlos gewesen, derart fassungslos, dass sie ihre Überraschung hatte verbergen müssen, um nicht der scheinheiligen Unschuld verdächtig zu werden. Hatte sich gefragt, woher er das wusste, der Kroate, ob Maya es ihm selbst erzählt hatte. Danach hatte sie sich gefragt, ob er vielleicht versuchte, mit ihr anzubändeln, sie auf eine Idee zu bringen. Aber seine Augen waren den Tisch entlanggewandert und sie hatte verstanden, dass es das nicht war.

Seitdem war ihr Maya schöner vorgekommen, anziehender, während sie sich selbst immer weniger attraktiv fand, weniger versiert in den wichtigen Dingen dieser Welt. Oder vielleicht war das auch dasselbe. Diese ganze Sache war vielleicht archaisch, schön, hässlich, eine alte Welt, wen kümmerte das überhaupt noch? Alle wollten doch einfach nur alle flachlegen, und ganz bestimmt mit über vierzig, da ohnehin schon keiner mehr besonders aussah. Ja, vielleicht waren alle schon längst durch damit, und nur sie steckte noch mittendrin.

Sie überlegte, zur Bar zu gehen, um Maya Schalom zu sagen. Irgendein Mann aus Zagreb hatte ihr von dem Verhältnis erzählen müssen, das Maya aus dem Bereich Nord führte, die im vergangenen Jahr noch lange geschwankt hatte, ob sie nicht das Angebot von Tnuva annehmen sollte, denn das hatte sie ihr sehr wohl erzählt. Auf halbem Weg blieb sie stehen, hatte keine Lust mehr, der Raum erschien ihr plötzlich sehr klein, stickig, er triefte vor Sex und banaler Alltäglichkeit, als wäre beides dasselbe.

Sie schickte Dror eine Nachricht, um die Gedanken auf null zu setzen, sie vielleicht sogar abzurichten, damit sie still Platz machten, wie Pony. Aber Dror war zuletzt früh am Morgen online gewesen und hatte nichts geschrieben.

Die Teilnehmer begannen, sich zu ihren Plätzen zu begeben. »Der Kunde als Banker: Kundenermächtigung in einem misstrauischen Konsumentenzeitalter«, auf Englisch klang es ein bisschen weniger grausam. Sie verspürte Lust, den Vortrag zu schwänzen, hatte aber niemanden, mit dem es sich lohnte, und auch nichts, wofür.

Was würde sie am Abend machen? Sie hatte gemeint, eine kleine Sünde stände ihr wohl zu, als Entschädigung gewissermaßen für die große, die sie sich versagt hatte. Aber jetzt, da Israel tot war, vielleicht schon nicht mehr. Denn ihr schien, als sei das Haus gestorben, nicht Israel. Das Haus war gestorben und sie darin, null und nichtig, übrig waren nur sie und Dror, schwebten durchs All, ohne Haus, ohne Umstände, vielleicht auch ohne Vergangenheit, so wie ihr neues Gesicht im Spiegel. Vielleicht würden sie jetzt richtig dort einziehen können, ein Neubeginn.

Ja, sie hatte das Gefühl, auf der Schwelle zu einem großen

Moment zu stehen, zu einer Entscheidung, von der es kein Zurück gäbe, als würde sie in Zukunft nicht noch auf Tausenden solcher Kongresse sein, auf unzähligen solcher Geschäftsreisen. Ihr schien, als hätte alles hierher geführt, und danach würde es nur noch ein von jetzt an geben. Aber sie war unvorbereitet gekommen, war eingedöst in ihrer Einfalt, hatte gefaulenzt und sich selbst erlaubt, zu lange das kleine Mädchen zu sein.

Jemand anderes würde dort einziehen, anstelle von Israel. Erst jetzt wurde ihr das bewusst: Das Haus würde gar nicht verschwinden, würde nicht abgerissen und dem Erdboden gleichgemacht werden, würde sich nur verändern, seine Bewohner wechseln. Und plötzlich war dieser Gedanke unerträglich, es gab so viele Menschen auf der Welt, wer garantierte ihr, dass die, die kommen würden, besser wären? Flüchtig, nachlässig, unterzog sie den Saal, die ganze Welt, die Menschen, einer Musterung, glaubte, die Chancen stünden gleich null, in etwa so, wie an einer seltenen Krankheit zu erkranken oder von einer solchen zu genesen. Wen würde sie überreden können, dorthin zu ziehen? Vielleicht würden sie das Haus ja selbst kaufen, würden noch mehr ausbauen, ihre Eltern würden noch ein bisschen was springen lassen.

Vielleicht werden die Leute so zu Aasgeiern: Man kauft alles um sich herum auf, aus Angst vor dem, was man nicht hat, nicht vor dem, was einem schon gehört. Also kauft man noch etwas dazu, wohl oder übel, gezwungenermaßen, kauft und kauft, denn immer gibt es einen Zaun und jemanden jenseits davon.

JUNI

XLIII

1.

Der Fahrer hatte den Koffer auf dem Weg abgestellt, vor dem Hauseingang. Sie stand daneben. Es war das erste Mal, dass sie von einer richtigen Reise zu diesem Haus zurückkehrte. Es war schöner, als sie es in Erinnerung gehabt hatte, und für einen Moment war sie peinlich berührt. Seine Schönheit kam ihr plötzlich übertrieben vor, anstößig, als müsste sie gezügelt werden. Sie verrückte den Koffer ein wenig, als wollte sie ihn optisch verkleinern, den Beleg für eine weitere Unverfrorenheit verbergen.

Aus dem Augenwinkel sah sie Israels Garten, leer. Sie ging zurück zum Zaun und näherte sich der Traueranzeige: »In Liebe und Trauer nehmen wir Abschied von unserem teuren Israel Venezia, Sohn von Alisa und Aharon, möge ihr Andenken gesegnet sein. Die Schiwa wird gehalten im Haus von Familie Brodo, Chanoch-Albeck-Straße 7, Kfar Yona. Seine Tochter: Adi Matya (Venezia). Seine Schwester: Samira Brodo und Angehörige.« Am Zaun hing noch eine weitere Traueranzeige: »Der Verein der Pensionäre der Stadtverwaltung Bat Yam und die Mitarbeiter der Abteilung Lärm und Strahlung betrauern den Tod ihres Freundes Israel Venezia und nehmen Anteil am Leid der Familie.«

Sie kehrte zurück zu ihrem Koffer, zog ein Schreiben aus dem Briefkasten und trug beides zur Tür. Sie klingelte, wartete aber nicht, ehe sie den Schlüssel aus der Seitentasche des Koffers zog. Sie hatte Dror die falsche Ankunftszeit gesagt, doch als sie ihren Irrtum feststellte, war der Akku ihres Telefons schon leer gewesen.

Sie steckte den Schlüssel ins Schloss und drehte ihn um, öffnete die Tür. Furchtbarer Lärm schlug auf sie ein, der Koffer fiel ihr aus der Hand, ihr war, als hätte man sie geohrfeigt, ein brutaler, gewalttätiger, unsittlicher Lärm, wie Hagel, der aufs Trommelfell prasselte. Sie stürzte zurück nach draußen, über den Weg zum Gartentor, die Hände auf die Ohren gepresst, doch das auf- und abschwellende Heulen hörte nicht auf. Sie sah sich um, benötigte Hilfe, aber niemand war da, vielleicht hatten sie im Voraus eine Warnung erhalten, und Osnat rannte wieder ins Haus, als müsste sie etwas aus einem Feuer retten, zwei, drei, eins, zwei, Sternchen, Raute, Raute.

Sie verharrte einen Moment in der Stille, ließ diese die brennenden Organe abkühlen und trat dann wieder ins Freie, vorsichtig, als wollte sie den entstandenen Schaden in Augenschein nehmen. Aber die Straße war leer, war wie immer, gleichgültig für ihre Schicksalsfügungen.

Sie kehrte ins Haus zurück, stand im leeren Wohnzimmer. Welcher Tag war heute? Der Flug hatte sie ganz durcheinandergebracht. Mittwoch, heute war Mittwoch.

Sie ging in die Küche, hatte Durst. Im Kühlschrank stand der große Topf. Osnat hob den Deckel ein wenig an, Reis mit Kürbis und Putenbruststreifen. Aber sie war nicht hungrig.

Sie nahm den Brief und öffnete ihn im Stehen. Wir freuen uns, Ihnen mitteilen zu können, dass Ihre Tochter, Hannah Weiler-Roth, an der Schule für Natur, Umwelt und Gesellschaft angenommen wurde und im kommenden Schuljahr die erste Klasse besuchen wird. Wir möchten Sie bitten, die anliegenden Formulare ausgefüllt bis zum 30. Juni an das Schulsekretariat zu übersenden.

Ein Laut entschlüpfte ihrem Mund, ein spontaner Ausdruck ihrer Freude, ohne Zeugen. Sie ließ sich mit dem Brief aufs Sofa sinken und las ihn erneut, schaute sich um, suchte nach einem Ventil für ihr Glück. Dann stand sie auf, trug den Koffer ins Schlafzimmer, kam die Treppe herunter und verließ das Haus.

2.

Dolev Cohen öffnete und wich bei ihrem Anblick einen Schritt zurück, sichtlich überrascht. Sie sagte, Hannah hat einen Platz an der Naturschule bekommen. Er fragte, wer ist Hannah?

XLIV

1.

Als sie zurückkehrte, brach der Abend bereits an. Die Mädchen kamen angestürmt, um sie zu umarmen. Dror wartete, bis er an der Reihe war, und küsste sie auf den Mund. Sie verspürte keinerlei Schuldgefühl, im Gegenteil. Vielleicht dank der Naturschule, die den ganzen Abend in fröhliche Farben tauchte. Dann verteilte sie die Geschenke.

Sie ging nach oben, um zu duschen. Als sie wieder herunterkam, saßen sie im Wohnzimmer. Hamutal guckte sich etwas auf ihrem Smartphone an, Hannah auf dem Tablet, und Pony döste zu ihren Füßen. Dror lag mit dem Laptop auf dem Sofa. Sie fragte, wo war es denn nun eigentlich? Aber Hannah antwortete nicht. Dror sagte, irgendwo in ihrem Zimmer.

Sie hob seine Beine an, setzte sich neben ihn und legte sie auf ihren Oberschenkeln ab. Sie fragte, *what happened to the neighbour, what, heart attack?* Und Dror sagte, Hebräisch geht auch, sie wissen Bescheid. Außerdem hören sie ohnehin nichts.

Er klappte den Laptop zu, um sie besser sehen zu können. Sagte, er hat sich den Schädel gebrochen, ist gestürzt. Sie sagte, oj wej! Er sagte, er hatte eine Bisswunde am Knöchel, von einem Hund, ist offenbar gebissen worden und dann gestürzt und hat sich den Schädel gebrochen. Hirnblutung. Sie riss die Augen auf. Welcher Hund? Und Dror sagte, weiß man nicht.

Sie sagte, was, kanns sein, dass das ein Hund von Shani und Lior war? Und Dror sagte, ich hab keine Ahnung. Lior sagt, nein. Sie sagte, gut, was soll er sonst sagen. Er schien etwas andeuten zu wollen, schaute sie noch einen Moment lang an und klappte dann den Bildschirm zwischen ihnen wieder auf.

Sie vergrub sich tiefer in die Kissen, kehrte zurück zu ihren eigenen Gedanken. Betrachtete Hannah, die ihre Geschenke schon vergessen hatte, Hamutal, mit aufgesetzten Kopfhörern, weil ihr Gespräch sie gestört hatte. Schaute zu Dror, dessen unablässiges Scrollen ihr schien, als habe er etwas zu verbergen. Warf einen Blick auf Pony.

Dann stand sie auf, um sich um ihre Sachen zu kümmern.